UM ROMANCE ESPIRITUOSO

B.K. BORISON

UM ROMANCE ESPIRITUOSO

TRADUÇÃO
LAURA FOLGUEIRA

HARLEQUIN
Rio de Janeiro, 2025

Título original: *Good Spirits*

COPIDESQUE Anna Clara Gonçalves
REVISÃO Daniela Georgeto e Rebeca Benjamim
DESIGN DE CAPA Ploy Siripant
ILUSTRAÇÃO DE CAPA Brittany Keller
ADAPTAÇÃO DE CAPA Guilherme Peres
DIAGRAMAÇÃO Abreu's System

Dados Internacionais de Catalogação na Publicação (CIP)
(Câmara Brasileira do Livro, SP, Brasil)

Borison, B. K.
Um romance espirituoso / B. K. Borison; tradução Laura Folgueira. – Rio de Janeiro: Harlequin, 2025.

Título original: Good spirits
ISBN 978-65-5970-566-5

1. Romance norte-americano I. Título.

25-300217.0 CDD-813.5

Índice para catálogo sistemático:
1. Romances: Literatura norte-americana 813.5
Bibliotecária responsável: Cibele Maria Dias – CRB-8/9427

Rua da Quitanda, 86, sala 601A – Centro
Rio de Janeiro/RJ – CEP 20091-005
Tel.: (21) 3175-1030
www.harpercollins.com.br

Para os perdidos e esquecidos.
E para os que acreditam e aguentam firme.

Capítulo Um

Harriet

No primeiro dia de dezembro, o universo me deu: um joelho lesionado, uma guirlanda retorcida e uma gata malcomportada.

Não preciso de nenhuma dessas coisas, mas tenho as três disputando minha atenção enquanto rolo até o último degrau da varanda depois de tropeçar numa gata rebelde. Ela mia e vem correndo atrás de mim, oferecendo uma lambida áspera no dorso da mão — como se não fosse o motivo de eu estar estirada na calçada em frente à minha casinha como numa cena de abertura de *CSI: Annapolis*, com um festão brilhante enrolado no tornozelo.

Oliver solta um miado lamurioso enquanto me sento depois de muito esforço e inspeciono meu joelho. Minha meia-calça rasgou e vou ficar com um baita hematoma, mas não está sangrando… muito. Acho que podia ser pior.

Então vejo que a felina responsável pelas minhas acrobacias matinais está segurando um pedaço de papel-cartão grosso com folha de ouro entre os dentinhos minúsculos e afiados, e minha positividade vai ao chão.

— Podia ter esperado até mais tarde, Oliver — resmungo, fazendo carinho na gata enquanto ela deposita o convite no meu colo.

Sinceramente, podia ter esperado até *nunca.*

Oliver mia de novo, dando uma cabeçada no meu braço antes de sair saltitando. Um "levanta a cabeça, princesa" silencioso. Com um balançar do rabo laranja, ela desaparece num canto, indo se ocupar com o que quer que faça durante o dia.

Olho para o envelope no meu colo. Vinte e cinco anos e minha mãe não mudou o design nem uma única vez. Quando criança, eu me escondia no hall do escritório dela e a observava escrever lentamente cada nome. Pensava que o cuidado e a atenção aos detalhes significavam que ela queria que fosse especial. Agora, sei que ela só gosta do espetáculo.

Passo o dedo pelo meu nome: *Harriet York*.

Nem um pingo de customização ou uma única indicação de que a mulher que endereçou este cartão é a mesma que me criou. É o mesmo convite que o contador do meu pai recebe, assim como o restante da lista de convidados do anual Baile de Gala Natalino da Família York. O envelope chega sempre, sem exceção, no dia 1º de dezembro, porque o comprometimento da minha mãe com a tradição e a etiqueta é incomparável.

Coloco-o na bolsa, tomando cuidado para não dobrar o papel-cartão. Por mais que eu deseje que fosse mentira, é importante para mim receber um convite. Significa que ainda sou considerada parte da família, apesar do quanto nos distanciamos.

Com muita dificuldade, eu me levanto da calçada, desenrosco o festão rebelde da perna e pego as sacolas que caíram no arbusto ao lado da grade da varanda. Sempre estou com as decorações de Natal prontas antes mesmo de o convite chegar. Uma tradiçãozinha para a minha época do ano favorita. Passei o fim de semana tirando tudo do sótão e organizando em pilhas — não que isso tenha importância no momento. O festão, antes habilmente enrolado na balaustrada, está pendendo todo frouxo. A poinsétia gigante, que passei vinte e seis minutos ajustando para que ficasse *perfeita*, está com uma pétala faltando.

Ajeito o canto da flor enorme para esconder aquele espaço vazio.

— Pronto — digo. — Novinha em folha.

Tia Matilda costumava dizer que há poucas coisas que não podem ser resolvidas com uma mudança de perspectiva e novos cacarecos brilhantes. Apliquei isso à minha vida comprando decorações natalinas bizarramente grandes. Tento encontrar o lado bom das coisas, e, quando todo o resto falha, sempre tem o folhado de mirtilo da padaria minúscula no fim da rua para afastar o mau humor.

Não gosto de focar o lado negativo. Nunca gostei.

Então, não foco.

— Tudo bem aí, Harry?

Uma sombra recai sobre a cerca baixa de madeira que circunda minha propriedade. Darryl, o carteiro responsável pelo nosso quarteirão, está fazendo o possível para espiar por cima das caixas empilhadas em seus braços.

— Tudo certo, Darryl.

Vou mancando até encontrá-lo na cerca e pego o pacote de cima da montanha de encomendas. Ele sorri aliviado, o bigode grosso escondendo a maior parte da boca, mas não as linhas de expressão profundas perto dos olhos.

— Como sabia que a caixa ia cair?

— Provavelmente porque você não consegue nem enxergar com uma pilha desse tamanho. — A torre em suas mãos bambeia e a bolsa em seu ombro está abarrotada. Franzo a testa. — É a correria do Natal? Não é muito cedo pra isso?

— Que nada. Só estou devolvendo alguns pacotes entregues no lugar errado. — Ele se vira para olhar por cima do ombro. — Não sei como me confundo tanto.

Darryl tem *se confundido* durante toda a sua carreira, entregando a correspondência errada para as pessoas erradas há bem mais de vinte anos. Não sei por que um homem sem senso de direção decidiu virar carteiro. Dou uma olhada rápida no pacote em minhas mãos, então viro a cabeça dele no sentido da placa verde na esquina.

— Você está na rua errada. A etiqueta diz que isto precisa ser entregue na Morris Street. Aqui é a Murray.

Darryl aperta os olhos para enxergar as letras no papel, com um *Hein?* chocado preso no fundo da garganta.

— Não acredito que não reparei nisso.

Nem eu, considerando que ele cometeu o mesmo erro na semana passada. A maioria dos moradores passa o domingo descobrindo quem recebeu o quê e aonde aquela correspondência deveria ter chegado. Na semana anterior, houve tantas encomendas trocadas que decidimos fazer uma confraternização também.

— Que tal eu ficar com isto aqui — começo, colocando o pacote extraviado embaixo do braço — e deixar no endereço certo a caminho do trabalho? Assim, você pode terminar esta rua sem precisar ficar indo e voltando.

O rosto dele se ilumina.

— Faria isso por mim?

Já fiz coisas mais complicadas que envolviam muito menos reconhecimento. Sorrio para ele.

— Eu adoro brincar de Papai Noel — digo, com um tapinha em seu ombro. — Nos vemos depois?

Darryl me dá uma piscadela por cima do ombro, já seguindo pela calçada.

— Não se eu puder evitar.

No primeiro dia de dezembro, o universo me deu: mais dois pacotes extraviados, uma paradinha rápida para comprar curativos e nenhum folhado de mirtilo.

— Sinto muito mesmo, meu bem, mas acabou tudo.

Do outro lado do balcão, Paula me olha com a testa franzida, as rugas nas laterais da boca ficando mais marcadas de preocupação. Frequento a padaria dela desde os 6 anos, quando colava o rosto na vitrine com as bochechas sujas de mirtilo.

— Quer um de *cranberry* e maçã? — oferece ela.

Não. Quero um folhado de mirtilo. A promessa desse deleite doce e açucarado foi a única coisa que me fez sobreviver a esta manhã infernal. Era uma recompensa me motivando ao longo do caminho. Mas não é culpa de Paula que tenha acabado, então forço um sorriso e assinto, disposta a aceitar até migalhas dessa mulher.

— *Cranberry* está ótimo, obrigada.

Enquanto ela estende a mão para a longa vitrine de vidro, inspeciono meu joelho. O buraco na meia-calça aumentou, virando um grande rasgo em minha coxa. Pareço uma princesa grunge de Natal com minha saia de tweed e botas de cano alto. O curativo de unicórnio adiciona uma corzinha, pelo menos. Que bacana.

— Ah, não.

Ergo a cabeça. Paula está agachada, procurando na vitrine de massas recheadas.

— *Ah, não* o quê? — pergunto.

Odeio *ah, nãos*. Não sei mais quantos *ah, nãos* ainda aguento hoje.

— Acho que acabaram os folhados.

— Todos os folhados? Até o de *cranberry*? Não tem mais nada?

Paula suaviza as feições diante da completa devastação na minha voz. Eu *sempre* como folhado no dia 1º de dezembro. *Sempre*.

— Você chegou bem mais tarde que o normal — diz ela, analisando-me de maneira minuciosa de trás do balcão e apontando com a cabeça o meu joelho lesionado. — Você se meteu numa briga? O que aconteceu?

— A vida aconteceu — murmuro.

Cheguei mais tarde que o normal porque estava tentando fazer uma boa ação, mas acho que todo bem tem seu preço.

Ciente da fila que começa a se formar atrás de mim, passo os olhos pelas opções. As únicas coisas que sobraram são alguns croissants com manteiga e uns *donuts* simples com açúcar em cima.

— Vou levar um *donut*. — Olho por cima do ombro. — Desculpa deixar todo mundo esperando.

— Fica tranquila. — Com a pinça de metal, Paula pega um *donut* e coloca numa sacola para viagem. — Por que não pega um café na saída? Tem aquele *mocha* de hortelã-pimenta que você adora. Diz para Imani no caixa que eu falei que é por conta da casa.

Forço um sorriso.

— Obrigada, Paula.

Como meu *donut* de consolação enquanto bebo meu café também de consolação a caminho da Toca do Corvo, a loja de antiguidades que herdei da tia Matilda há alguns anos. Açúcar de confeiteiro decora a frente do meu suéter conforme viro em uma das muitas avenidas tortuosas que serpenteiam pelo centro de Annapolis, seguindo o trajeto de paralelepípedos ao longo do cais. Aninhada ao fim da rua, a Toca do Corvo me aguarda — minha segunda casa —, emoldurada dos dois lados pela água cintilante.

Telhado de madeira. Acabamentos em verde. Uma placa com dizeres curvos e dourados acima da porta. Quando estiver mais perto, poderei ver as marcas de lápis desbotadas no batente, onde minha irmã e eu medíamos nossa altura a cada verão.

Enquanto meus pais guardavam nossos prontuários médicos num envelope pardo bem-organizado no escritório compartilhado, tia Matilda gravava nossa infância em suas paredes. Sempre encontrei um lar entre as coisas esquecidas que lotam e bagunçam as prateleiras da loja. Esses cacarecos me deram esperança. Me fizeram companhia. Mais de uma vez, peguei um bonequinho abandonado e vi beleza em suas imperfeições. Eu me perguntava se, ao consertar minhas partes machucadas e quebradas, eu também poderia voltar a ser brilhante. Perguntava se algum dia alguém me veria como algo precioso.

Saio da calçada para a pequena ponte de madeira bem em frente à entrada, os saltos das minhas botas quase estalando. *É como andar na prancha*, dizia tia Matilda, com uma piscadela. Salto pela última tábua e cumprimento os dois abetos-de-douglas gigantescos que me aguardam pacientemente ao lado da porta, encomendados de uma fazenda de árvores de Natal a algumas cidades de distância. Pretendo decorar a loja enquanto Bing Crosby canta da vitrola antiga nos fundos e me empanturrar de chocolate com hortelã-pimenta até que a manhã de hoje não passe de uma lembrança ruim.

Mas meus planos pensados com tanto cuidado são enfiados embaixo das árvores. Nunca chego nem a colocá-las de pé. Assim que viro a placa de FECHADO para ABERTO, somos inundados por um fluxo contínuo de clientes. Eu devia ficar agradecida pelo movimento, mas são apenas o tipo de freguesia que faz um monte de perguntas e compra um total de zero itens, testando a positividade a que estou me agarrando por pura força de vontade. Em geral, não ligo de conversar, mas uma mulher passa quinze minutos no viva-voz do celular, outra tenta me convencer a comprar uma máscara de hidratação capilar que tem usado religiosamente faz dez anos e um homem irritado de meia-idade arfa de um lado para o outro com os tênis de marca pela seção de móveis.

— Você não tem nenhuma mesa de cabeceira desmontada? — pergunta ele, com as mãos na cintura e um dos tênis *off-white* chutado para o lado.

"Isto aqui não é a IKEA!", quero berrar. Mas enterro essa vontade no mesmo lugar em que guardo minha tristeza profunda pelo folhado de mirtilo e boto um sorriso no rosto.

Pense no lado bom das coisas, digo a mim mesma. *Lado bom, lado bom, lado bom.*

— Não, a gente não vende antiguidades desmontadas — respondo, ficando orgulhosa de mim mesma por meu tom não vacilar. — Mas temos algumas peças encantadoras.

Quando o sol enfim desaparece pelas janelas dos fundos, estou exausta, meu joelho dói e não tem um único enfeite na loja, exceto por um pequeno ramo de azevinho colocado de qualquer jeito no almoxarifado. Viro a placa na porta da frente e dou um tapinha numa das árvores, arrastando os dedos pelos galhos espinhosos.

— Não se preocupe, amiga. Amanhã é um novo dia.

Com sorte, um dia melhor. Com sorte, um em que eu possa pendurar luzinhas nas minhas árvores.

O vento assovia sobre a água enquanto tranco a porta da loja, a chave ornamentada de latão pesando na minha mão — outra excentricidade da tia Matilda que não tive coragem de atualizar. Guardo a chave no bolso e subo a rua, as luminárias enfileiradas de cada lado da calçada lentamente ganhando vida ao anoitecer.

Não há gatos rebeldes no meu caminho para casa. Nem pacotes extraviados, nem enfeites de Natal gigantes amassados numa pilha na varanda. Há apenas minha casinha tranquila de estilo *craftsman* numa ruela de Annapolis e uma porta que preciso chutar no canto inferior direito para abrir.

O brilho da árvore de Natal me recebe quando jogo minhas coisas num montinho ao lado da porta, sacudindo-me para tirar a meia-calça. Coloco meu pijama favorito — um conjunto de flanela vermelho e branco com renas dançantes — e prendo os cachos num rabo de cavalo. Agora, vou aliviar as decepções deste dia com *Natal branco* e chá de hortelã-pimenta. Amanhã, tento de novo.

O Natal sempre foi minha época do ano favorita. É a única em que parece que a magia talvez seja real e esteja pairando em algum lugar próximo à superfície. Como se desse para estender a mão e tocá-la. Segurá-la entre a ponta congelada dos dedos, como se estivesse nas ameixas açucaradas e nos cordões de pipoca. No fogo crepitando nas lareiras e nos biscoitos de gengibre recém-saídos do forno. O Natal sempre me pareceu certo. O Natal sempre me pareceu verdadeiro.

Eu me afundo no conforto do sofá e assisto ao filme, removendo a embalagem de uma bengala doce enquanto Betty e Judy cantam sobre serem irmãs. Algo difícil de engolir assenta no fundo da minha garganta. *Irmãs.*

Na infância, minha irmã e eu nos deitávamos no chão com as cabeças coladas e assistíamos a essa cena inúmeras vezes. Prometíamos uma à outra que seríamos iguais às personagens, gargalhando, sorrindo e dançando — *juntas.* Vimos nossa mãe e tia se atacarem e se desentenderem até a relação das duas virar uma pilha de cinzas. Sabíamos que queríamos algo diferente. Algo melhor.

Mas, da última vez que falei com minha irmã, havia flores de cerejeira nas árvores e lágrimas em suas bochechas. Por algum motivo, apesar das nossas melhores intenções, tivemos o mesmo destino que elas.

Eu segui um caminho. Samantha seguiu outro.

Afasto o pensamento. Hoje é primeiro de dezembro. Não é um dia para recordações dolorosas. É dia de Danny Kaye, de doces de hortelã-pimenta e das minhas meias mais confortáveis.

Tradição. Esperança. Gentileza.

Estou tão ocupada tentando tomar chá e me convencer de que estou bem que não noto as coisas importantes. Isto é, o homem desconhecido na minha sala. É o barulho das botas dele arranhando o chão que finalmente chama a minha atenção, sua sombra grande e ameaçadora pairando sob o brilho da minha árvore de Natal. Ele pigarreia, eu me viro em sua direção e…

Grito. Grito a plenos pulmões e jogo nele o objeto mais próximo. O controle remoto voa por cima de seu ombro e pousa ao lado de um enfeite de farol.

O desconhecido nem vacila, seu olhar cravado em mim, vindo das sombras.

— Olá, Harriet — diz, com tranquilidade.

A voz é rouca. Tem um leve sotaque que não consigo reconhecer ou distinguir. Não consigo *distinguir* nada dele, quase todo escondido nas sombras. Enxergo apenas um maxilar definido e um corpo largo, com as mãos ao lado.

Eu me afundo ainda mais no sofá. Fica difícil respirar. Todos os podcasts de *true crime* que já ouvi na vida começavam exatamente assim.

O desconhecido levanta as mãos, mostrando as palmas.

— Não precisa se assustar.

Não precisa se assustar. Beleza. Disse o homem que está parado — sem ter sido convidado — no meio da minha sala. Ele chega mais perto e a luz passeia por seu rosto bem definido. Está com a barba por fazer, mais aparente em cima do lábio superior. Um indício de um bigode, se o deixasse crescer por completo. Ele passa a mão pelo cabelo desgrenhado e bagunçado pelo vento.

Seguro minha bengala doce com força. Não é afiada a ponto de eu poder apunhalar o homem, mas tenho adrenalina suficiente correndo pelas veias para causar algum estrago, acho.

— O que você quer? — sussurro.

— Quero te ajudar. — Ele chega ainda mais perto. — Não é tarde demais, Harriet. Você pode consertar as coisas.

Pisco.

— Isso aí é, tipo assim, pregação de porta em porta? Não estou interessada em entrar para a sua seita, obrigada. — O rosto dele continua sem expressão. Dou uma olhada rápida na direção da entrada. — Como entrou na minha casa?

— Eu...

— Mais que isso, quando pretende ir embora?

— Eu não...

— Não tenho nada de valor. — Mordo o lábio inferior. — Mentira, tenho sim. A casinha de biscoito de gengibre perto do seu pé é pintada à mão. É provável que consiga alguns trocados por ela num mercado clandestino.

Ele analisa a casinha em questão, as sobrancelhas arqueadas.

— Mercado clandestino — repete, devagar.

— Pode ficar com ela — sussurro. — Por favor, vai embora agora.

O homem balança a cabeça, voltando a atenção para mim. Seus olhos se demoram um pouco demais no tecido estampado da minha calça de pijama. Ele passa a mão no queixo.

— Não estou interessado na sua casa de gengibre.

— No que você está interessado, então? Assassinatos?

Boa, Harriet, diz meu cérebro. *Bem sutil.*

— Também não tenho interesse em assassinatos. — A luz se move sobre seu rosto. Ele é todo traços definidos e olhos afiados, sugestivos. O desconhecido tensiona o maxilar e levanta o queixo. — Estou interessado na sua alma — anuncia, de um jeito sinistro, e meu coração sobe para a garganta.

Hesito, esperando que ele continue, o que não acontece.

— Olha, isso meio que tem cara de assassinato.

— Não é um assassinato.

— Tem *muita*, muita cara de assassinato.

— Não é — insiste. — Eu não sou…

— É só que, se você não é um assassino, devia realmente melhorar sua apresentação, porque…

— Estou aqui para o seu acerto de contas — interrompe ele depressa, levantando a voz. Parece frustrado, como se nada disso estivesse correndo conforme o plano. Ótimo. Somos dois, então. Ele contrai a boca e me lança um olhar estranho, uma espécie de brilho oscilando em seus olhos. Uma chama. Ou uma vela, quase. — Eu sou um Espírito dos Natais Passados, Harriet. Sua redenção está à espera.

Fico boquiaberta. Minha bengala doce cai no chão.

No primeiro dia de dezembro, o universo me deu: uma maré de azar e um… espírito, pelo visto.

Capítulo Dois

Nolan

Harriet me observa com um espanto silencioso. Não se mexe de seu lugar no sofá, tem os olhos castanhos arregalados e segura o cobertor com força junto ao peito. Depois de uma primeira reação fervorosa, parece ter decidido fingir que é invisível.

Para mim, isso não é problema. Sou um homem paciente.

Ainda estou me recuperando do choque do controle remoto quase atingindo minha orelha. Embora respostas violentas à minha aparição sejam comuns, não posso dizer que estava esperando uma dessa mulherzinha minúscula usando um pijama ridículo.

Eu me viro na direção da árvore de Natal e estico a mão, pegando de volta o pequeno aparelho enquanto Harriet processa tudo. Com cuidado, deixo o controle na mesa de centro.

Ela emite um som de engasgo, confusa.

Encantador.

— Você não... — Harriet engole em seco, inspira fundo, depois expira. — Você não parece um espírito — diz, enfim.

— Bem... — A palavra sai da minha boca e fica lá pairando, incerta. Não estou acostumado com pessoas duvidando da minha existência quando estou diante delas.

— Bem o quê? — indaga ela, encarando-me atordoada.

Uma caneca em formato de árvore de Natal se encontra ao lado do cotovelo dela, e tem tantas bengalas doces penduradas em diferentes luminárias que deve haver risco de incêndio. A bagunça se apodera de cada centímetro de espaço disponível. Esta casa é um desastre, mas… é festiva, acho. Um desastre festivo.

Tento reunir toda a minha bravata espectral.

— Eu sou um deles.

— Um espírito?

— Sim. — Assinto. — Eu sou um espírito. Ou fantasma. Como você preferir.

Em resposta, Harriet pisca devagar. Seu cabelo é uma confusão de cachos loiros desgrenhados presos de qualquer jeito num rabo de cavalo bem no topo da cabeça. Duas mechas estão soltas, roçando as maçãs do rosto altas. Ela esfrega os olhos com o punho, em uma aparente tentativa de enxergar direito, então abaixa a mão, piscando com a visão ainda turva para mim.

— Mas é claro. Faz sentido. — Ela solta uma risada um tanto histérica, revirando os olhos. — Você é um espírito — diz, baixinho. — Ele é um espírito.

Assinto.

— É. Eu sou um espírito.

O sorriso some do rosto dela pouco a pouco.

— Você é um espírito — repete, o sarcasmo se transformando em descrença.

— É, um Espírito dos Natais Passados.

— Que foi enviado para me assombrar? — Harriet aponta o dedo para o próprio peito. — Euzinha?

Solto um *humm* em afirmação.

— Estou sendo assombrada? Agora? — Ela semicerra os olhos, enrugando o nariz. — Isso é… difícil de acreditar.

— É uma reação até que comum.

— Você está *me* assombrando? Eu. Eu sou uma pessoa boa. Pago meus impostos. Alimento a gata da minha vizinha. — Ela aperta ainda mais os olhos. — Certeza de que não é só uma invasão domiciliar?

Balanço a cabeça, gesticulando para a sala.

— Eu não invadi lugar nenhum. Apareço onde sou convocado. É uma consequência involuntária do processo de assombração.

Harriet se ajeita embaixo do cobertor, torcendo a boca, pensativa. Isso também é comum. A passagem lenta do choque à confusão, depois à negação. A forma como as pessoas tentam entender minha aparição repentina e inesperada. Eu *sei* que não pareço um espírito. Pareço um homem comum. Bota marrom. Calça jeans escura. Camisa de flanela quentinha. Nunca curti muito o espetáculo estrondoso que alguns dos meus colegas fazem. Sério, não tem por que usar fantasia, já que minha aparição do nada em geral resolve. Não vou começar a vestir um longo manto branco só pelo drama da coisa toda.

Se bem que, de repente, eu deveria. Pode ser que isso acelere as coisas. Deixo a ideia anotada para a próxima vez.

Harriet lentamente volta os olhos para os meus e algo em sua expressão me incomoda. Inclino a cabeça para o lado e a analiso. Ela parece... familiar. Como o resquício de uma lembrança que não consigo recordar direito. Ou como uma... sensação, talvez. Uma música que já ouvi antes.

— Já nos conhecemos? — pergunto.

— Sei lá — responde ela, a voz falhando. Harriet se mexe no sofá e a luz passa a bater nela de um ângulo diferente. Meu incômodo se esvai. — Me diz você. Você é *stalker*, além de vândalo?

Reviro os olhos.

— Eu não invadi a sua casa, Harriet. Usei minha magia.

— Magia — repete, cética. — Você sabe que o método da invasão não invalida a invasão em si, certo?

Aperto a ponte do nariz.

— Dá pra gente, por favor, superar a parte da invasão?

— Ah, você ia adorar isso, né?

Ia, sim. Desesperadamente. Mal comecei esta missão e já estou irritado. Em geral, esse sentimento só aparece por volta da segunda ou terceira lembrança que visitamos. Passar a temporada de festas assombrando o pior dos piores de toda a humanidade não ajudou muito a amolecer meu coração na vida após a morte.

Parte da magia escapa do meu controle minucioso, e as luzes da sala piscam e depois diminuem a intensidade. Harriet arregala os olhos.

— Faz de novo — pede, num sussurro.

— Não.

— Por que não?

Porque não foi de propósito, mas ela não precisa saber.

— Porque não é você que manda.

Minha resposta acende uma faísca de rebeldia. Harriet se endireita no sofá, e o cobertor que a envolvia escorrega um pouco por seus ombros.

— Eu quero provas — exige.

— Do quê?

— Da sua… sobrenaturalidade. Você tem algum tipo de documentação? — Uma mão esguia emerge de baixo do cobertor, segurando uma bengala doce. A ponta da guloseima está afiada. — Um… distintivo, de repente?

— Um distintivo de espírito?

— Não sei como funciona esse tipo de coisa.

— A gente não carrega distintivo. Nem qualquer tipo de documentação.

Ela me encara, desconfiada.

— Que conveniente.

Dou de ombros.

— Vou mencionar isso na próxima reunião de equipe, então.

— Reunião de equipe? Tem outros iguais a você?

Assinto. Há centenas de nós. Decerto ela não pode acreditar que existe só um Espírito dos Natais Passados assombrando todos os transgressores do mundo. Seria impossível.

— Tá, beleza. Está tudo bem. Sem problema — sussurra Harriet para si mesma.

Ela me encara, então desvia o olhar. Encara e desvia de novo. Na terceira vez, sua atenção permanece em mim.

— Faz alguma coisa sobrenatural — exige ela.

Deus do céu. Mas que mulherzinha…

— Não.

— Prova que você é um espírito — insiste. — Faz alguma coisa que só um espírito faria. O negócio da luz de novo.

Cruzo os braços.

— Não é um *truquezinho barato.*

Harriet assume um ar arrogante.

— É bem o que um não espírito diria.

— Eu acabei de me materializar na sua sala. Acho que isso, por si só, já é suficiente.

— Você surgiu de trás da árvore — corrige ela. — É possível que tenha entrado pela porta.

Viro a cabeça e faço questão de olhar para a fechadura da porta dela. A trava sequer saiu do lugar.

— Não entrei.

— Pela janela, então.

— A janela também está trancada.

Harriet ergue as sobrancelhas, procurando na mente por uma explicação.

— Talvez eu esteja tendo um sonho muito elaborado — diz ela, com a voz ficando fraca, então belisca o pulso.

Dou um sorriso irônico.

— Não está.

Ela bufa, irritada.

— Você é meio novo para ser um espírito.

— Quem disse? — Dou de ombros. — Eu morri jovem.

— E a sua voz. Qual é a desse sotaque?

Arqueio uma sobrancelha.

— Meu sotaque?

Ela assente.

— Eu morri irlandês.

Harriet franze a testa.

— E agora não é mais irlandês?

— Ainda sou irlandês, sim.

— Então por que não está assombrando uma garota bacana lá na Irlanda?

— Sei lá. Esta é a localização que me deram. — Coço o queixo. — Deve ser porque vocês, estadunidenses, precisam ser assombrados mais do que os outros.

Ela arfa, ofendida.

— Que grosseria.

Dou de ombros.

— É verdade. Vocês são um bando de narcisistas.

Harriet fica em silêncio, refletindo. Os únicos sons na sala são o zumbido da televisão às minhas costas e a bengala doce quebrando na ponta ao ser mordida. Ela usa um pijama de flanela com pequenas renas por toda parte e meias vermelhas grossas. O visual é estranhamente cativante, ainda que um completo absurdo.

— Estou sendo assombrada por um espírito — afirma Harriet. — Ao que tudo indica, eu fiz uma coisa terrível e agora estou sendo assombrada. Por um espírito.

— Isso mesmo, é assim que funciona.

— E tem *certeza* de que sou *eu* que você deveria estar *assombrando*?

Estalo os dedos e um pedaço de papel aparece em minha mão. Eu o desdobro e forço a visão para decifrar a caligrafia confusa. Isabella, minha supervisora no departamento de Assombrações e Espíritos, prefere os métodos arcaicos. Nossas missões são sempre escritas à mão e entregues em pessoa.

— Você é Harriet York, certo? Tem 27 anos? Dona da Toca do Corvo?

Ela pisca, encarando o local onde o papel se materializou.

— Você tem um pedaço de papel com o meu nome? — sussurra.

— Me deram um, sim.

— Você não está se ajudando contra as acusações de ser um *stalker*, parceiro.

Suspiro.

— Isto não é perseguição. É assombração.

— Aham.

— É assim que fazemos as coisas.

Todo Espírito dos Natais Passados, Presentes e Futuros recebe uma carta de Isabella no último dia de novembro e… então partimos. Temos o mês de dezembro para mudar o comportamento dos transgressores que nos foram designados, ou eles serão fadados a uma vida de miséria e tristeza. Devo entregar Harriet ao próximo espírito até a véspera de Natal, senão ela estará condenada para sempre.

Ou algo do tipo. Nunca me importei a ponto de investigar os detalhes do que acontece quando meu trabalho termina.

— Vamos começar do início? — proponho. — Acha que isso vai te ajudar a aceitar o que está acontecendo aqui?

No sofá, ela se senta sobre as próprias pernas. Outro cacho faz uma tentativa desesperada de se libertar do rabo de cavalo.

— Não custa nada tentar.

— Eu sou um Espírito dos Natais Passados. Fui enviado para te ajudar a consertar as coisas. Vamos analisar o seu passado para que você possa aprender com seus erros.

— Tá… — pronuncia Harriet devagar, esticando a palavra até parecer mais uma pergunta do que uma afirmação.

— Sim? Tudo bem? Pronta para ir?

— Não exatamente. — Ela enfia a bengala doce na boca. — Tenho algumas perguntas.

Sinto meus ombros caírem.

— Óbvio que tem.

— Esses erros… — a voz dela suaviza, e um lampejo de arrependimento passa por seus olhos castanhos, sumindo quando ela pisca — … foram o quê?

— Será tudo revelado quando visitarmos o seu passado.

— É só isso?

— Mais ou menos.

Harriet não parece convencida.

— E você tem certeza de que eu cometi esses erros? Que mereci esta assombração?

Quase pego o papel amassado que ainda está no bolso de trás da calça e o enfio embaixo do nariz dela. *O papel tem seu nome*, quero gritar. *Por que você está questionando a magia de um espírito natalino?* Passo a mão pelo cabelo, frustrado, e deixo a palma pressionando a nuca.

— A magia é quem decide. Você foi considerada passível de salvação, caso conserte as coisas. Você precisa se redimir.

Os mortais são todos iguais. Contestam no início — dizem que são *bons* e que não merecem ser assombrados —, mas não conseguem escapar da verdade. As lembranças não mentem.

E não posso seguir em frente até cumprir minhas obrigações sobrenaturais. Não estou interessado em ficar mais tempo do que o necessário neste lugar infernal. Passei cem anos *esperando*. Estou de saco cheio de ficar vagando.

Estendo a mão, impaciente.

— Vamos começar.

— Quer dizer, a gente até poderia. Acho — diz ela. — Ou poderíamos esperar.

Quase resmungo em voz alta.

— *Por que* a gente precisa esperar?

— Porque eu não estou convencida de que isto não é uma emergência médica e não estou a fim de ser assombrada hoje, valeu. Pode voltar para qualquer que seja o canto da minha mente de onde você saiu. *Eu* vou dormir e considerar esta noite inteira o resultado de um lote estragado de chá de hortelã-pimenta. — Harriet franze a testa e pressiona a têmpora com os dedos. — Ou de uma concussão.

— Embora eu me sinta lisonjeado em saber que estou alinhado com seja lá quais sonhos você está tendo, não é assim que funciona. Não posso só desaparecer. Estou preso a você durante a temporada natalina até que reconheça os erros do seu passado e eu possa entregá-la a um Espírito do Natal Presente.

Harriet ri, quase histérica.

— Ah, que ótimo. Mais regras.

Assinto.

— Sim. Tem um processo de transição.

Ela forma com os lábios as palavras *processo de transição.*

— É tudo muito organizado.

— Sim — admito. — Eu também não esperava que fosse desse jeito. Quando morri, eu não tive escolha, mas, se tivesse, não teria escolhido isto: esta existência completamente mundana, observando outras pessoas seguirem com a vida enquanto fico preso onde estou. Assombrando humanos horríveis. Assistindo a suas lembranças tristes e deploráveis.

Depois de mais de cem anos assombrando o pior que a humanidade tem a oferecer, mal consigo me lembrar de como era quando estava vivo. As lembranças vêm e vão em lampejos de cor e som. O azul-turquesa dos ovos de um tordo. O verde do vidro marinho. Um rosa muito, muito claro. Ondas batendo na lateral de um navio e um sino de igreja soando em algum lugar distante. Um farol na praia.

Lampejos, em vez de momentos. Perdi tudo o que eu era. Agora, sou isto. A casca de um homem forçado a suportar o que há de pior nos outros.

Estendo a mão outra vez, frustrado.

— Está na hora.

Harriet nem se mexe.

— Não, obrigada.

Abaixo o braço.

— Harriet.

Ela pega sua caneca.

— Moço espírito.

— Você não pode fugir do seu destino.

Harriet arqueia a sobrancelha.

— Uau, essa frase é ótima.

Mudo os pés de posição, desconfortável. Ouvi outro Espírito dos Natais Passados dizer isso uma vez. Sempre pareceu uma declaração muito poderosa.

Pelo jeito não é.

— Como posso te convencer a segurar minha mão?

Harriet passa os olhos pelo meu ombro e por toda a extensão do meu braço, ponderando. Ser um espírito significa que raramente sou visto — quase nunca analisado. É uma sensação estranha. Sua observação minuciosa e lenta faz minha espinha formigar.

Meus dedos estremecem.

De repente, ela volta seu olhar ao meu.

— Quero falar com o seu supervisor, Espírito dos Natais Passados.

— Ah, por favor. Não seja esse tipo de pessoa.

Ela ri. Uma explosão alegre que irrompe de seu corpo. Harriet ri como se tivesse sido criada para fazer exatamente isso, e seu riso é suficiente para me fazer vacilar, à beira da indecisão.

— Então fale *você* com o seu supervisor — diz ela, ainda sorrindo. — Só assim vai conseguir me convencer a examinar o meu passado, ou seja lá o que você diz fazer. — Harriet puxa o cobertor antes largado de volta para o lugar, embrulhando-se nele como uma criatura entocada. Suas bochechas estão rosadas, e os lábios, vermelhos como maçã do amor. Ela combina com as luzes da árvore de Natal, todas coloridas e brilhantes. Mas um tiquinho exausta. — Se você aparecer amanhã de novo — continua —, talvez eu acredite que não foi tudo um sonho bizarro.

— É só disso que você precisa? Que eu retorne amanhã?

Harriet assente, olhando além de mim para onde o filme continua passando na TV. Eu me lembro do ano em que *Natal branco* foi lançado. Sentei-me bem no fundo da sala de cinema com todos os mortais, uma caixa de balas de canela apimentadas no colo e o coração na garganta. Vi Danny Kaye girar Vera-Ellen sem parar num vestido rosa-claro e senti dor na palma das mãos. Saudade de casa, ou algo do tipo. Um aperto sob o esterno, uma ânsia por algo que eu não conseguia alcançar. Algo que eu não conseguia sequer *nomear*.

Os resquícios de familiaridade me envolvem outra vez.

O rangido de um barco sob meus pés. A maresia e minhas mãos em metal polido.

Rosa muito, muito claro.

— Amanhã — repito, devagar, tentando entender aquele sentimento, mas falhando, demorando-me no meio da sala dela.

Isso nunca aconteceu antes. Ninguém jamais se recusou a segurar minha mão e... pediu para falar com um supervisor. A não ser que eu a prenda no sofá e a force a concordar, não posso obrigá-la a visitar o passado. Ela precisa escolher fazer isso.

Outra regrinha nossa.

— Isso. Amanhã. — Harriet puxa um pote de pipoca do nada, como se também tivesse os próprios truques de mágica. — Se for usar a janela ao sair, por favor, lembre-se de fechá-la até o fim. Senão entra uma corrente de vento.

Eu bufo, achando graça apesar de tudo.

— Eu não vou usar a janela, Harriet. Sou um espírito.

— Isso é o que você diz.

Dou um passo hesitante para trás, na direção da árvore.

— Vejo você amanhã — digo, com convicção.

Talvez, até lá, terei reforçado minha determinação.

Harriet me dá um joinha distraído. Reviro os olhos e invoco minha magia, que me envolve por inteiro antes que ela possa inventar mais alguma desculpa.

Ou tacar outra coisa em mim.

Capítulo Três

Nolan

Bem na metade da rua de paralelepípedos que leva da câmara estadual em Annapolis até o porto, há uma loja vazia. Discreta, fica entre uma sorveteria e uma lojinha de equipamentos náuticos. As vitrines estão cobertas com papel pardo desbotado, e o toldo está torto, o tecido verde rasgado como se alguém tivesse tentado arrancá-lo.

As pessoas passam sem olhar duas vezes, ignorando as vitrines empoeiradas, em busca da promessa de um doce mais adiante na rua. Nesta época do ano, tudo tem cheiro de caramelo e chocolate quente. Calda de chocolate. Veludo molhado e pinho fresco.

Passo tão despercebido quanto a vitrine da loja vazia para a qual estou indo, escondendo o queixo na gola do casaco enquanto multidões fazendo compras de Natal se aglomeram ao meu redor. Saio da calçada e uma mulher esbarra no meu ombro, sua sacola vermelha brilhante com detalhes dourados quase me levando ao chão. Seguro seus braços para que não perca o equilíbrio, e ela me dá um sorriso envergonhado e distraído antes de sibilar um pedido de desculpas e sair correndo atrás dos amigos.

Ela não vai se lembrar de mim. Não vai nunca mais pensar em mim. Com exceção dos transgressores que me foram designados e do punhado de espíritos habitando esta cidade, ninguém olha diretamente para mim há mais de um século. As pessoas mantêm distância de forma natural, passando por mim como um rio contorna uma pedra. Há um sexto sentido enterrado em algum lugar da mente delas que lhes diz que sou outra coisa, que devem se afastar de mim. Não sou daqui nem dali — mas de outro lugar completamente diferente. De outro tempo. Espero, escuto e observo enquanto o mundo evolui e se transforma ao meu redor, sem que eu mesmo jamais vá a lugar algum.

Se eu fosse um homem taciturno, chamaria de meia-vida.

Mas é só a minha vida após a morte.

A porta da loja abandonada range quando abro, e um sino numa fitinha vermelha anuncia minha chegada. Durante um bom tempo, acharam que seria uma boa ideia ter o portal de acesso ao escritório do departamento de Assombrações e Espíritos na seção de toalhas da Bed Bath & Beyond. A intenção era fazer uma referência ao *Great Beyond*, isto é, o pós-morte, eu acho. Mas houve um acidente com um poltergeist e um pufe no formato de cheeseburger, e os mortais começaram a fazer perguntas. Agora, usa-se uma abordagem mais sutil.

Apesar da fachada surrada e decadente, o cômodo é iluminado pela luz do sol por meio de uma claraboia ampla que se estende por todo o teto. Um teixo enorme cresce no meio da sala, atravessando o piso de azulejos, seus galhos retorcidos e nodosos estendendo-se em direção ao topo. Duas poltronas confortáveis estão posicionadas junto ao tronco e uma grande mesa de mogno preenche o espaço vazio atrás da árvore, bloqueando de propósito o caminho até uma porta.

— Nolan! — Uma mulher baixinha de cabelo loiro lustroso acena para mim do balcão de recepção, suas pulseiras dançando para cima e para baixo no pulso. Ela tem geleia na frente da blusa e um folhado pela metade no cantinho da mesa. — Que surpresa!

O homem esperando pacientemente diante do balcão se vira na minha direção, com um chapéu de caubói surrado debaixo do braço. Ele me dá um aceno de cabeça, e eu levanto a mão em cumprimento. Não o reconheço, mas isso não é incomum. Às vezes, acho que deve haver mais seres espirituais do que humanos nesta cidade.

Betty, que é a recepcionista desde que me lembro e que provavelmente ocupa esse cargo há bem mais tempo que isso, gesticula para uma das poltronas.

— Deixa só eu ajudar este cavalheiro aqui e já te atendo.

— Sem pressa. Não me importo de esperar. — Eu me jogo em uma das poltronas e estico as pernas sob a sombra da árvore. — É bem confortável aqui.

Eu me distraio observando as nuvens pela claraboia enquanto Betty termina a conversa aos sussurros com o caubói perdido. Ficar neste cômodo sempre me faz sentir como se estivesse preso no fundo de um caleidoscópio. Cores pálidas e borradas e sons abafados.

A casa de Harriet me passou a mesma sensação, porém com mais entusiasmo. Como um caleidoscópio de Natal.

As bengalas doces. O cabelo bagunçado, quase com vida própria. Aquele pijama de rena. Nunca vi um pijama tão ridículo na vida, e isso inclui a vez que assombrei um homem que achava apropriado usar um macacão de lycra para dormir.

Será que foi presente de alguém? Uma brincadeira? Ou ela comprou para si mesma?

Que mulher estranha e excêntrica. Além de um verdadeiro pé no saco.

A porta atrás da mesa abre e fecha, e minha atenção se volta para Betty.

— Nolan. — Ela gesticula para que eu me aproxime, segurando uma tortinha de geleia com elegância. — Estou pronta para atender você agora.

Betty dá uma mordida colossal na torta, deixando as migalhas choverem na frente da blusa, e fecha os olhos em êxtase.

Eu a encaro.

— Tem certeza? Se precisar de um momento sozinha, eu posso voltar depois e…

— Não, não. — Ela termina a tortinha, com as bochechas cheias. — Houve uma confusãozinha na pousada em Church Circle — explica, as palavras emboladas por conta da massa e da geleia. Betty termina de engolir a guloseima e pressiona a boca com o punho. — Reed está enfrentando algumas dificuldades na missão dele. A pousada tem uma nova proprietária que insiste em queimar sálvia em todos os aposentos no andar de cima, o que faz com que ele seja expulso toda vez, e agora não tem para onde ir. — Ela me lança um sorrisinho tenso. — Mas chega desse assunto. Em que posso ajudar? Não costumo te ver muito no comecinho da temporada natalina. Como está indo sua missão?

Minha missão está um desastre. Minha designada não acredita em nada que eu digo e insiste em defender sua inocência. Ah, e ela exigiu que eu viesse aqui e falasse com a minha supervisora.

Coço o queixo.

— Tive um pequeno contratempo — admito. — Queria discutir isso com Isabella.

Betty faz uma careta, compadecendo-se.

— Sua designada tentou te espantar com sálvia?

— Não. Não houve sálvia envolvida.

— Ela usou as velas baratas daquela médium em Waldorf?

— Também não. — Ainda bem. Ouvi dizer que as dores de cabeça causadas por essas velas duram uma década. — Só estava querendo um momentinho com Isabella, se não for pedir demais.

Betty me lança um olhar cúmplice.

— Bem — diz ela, limpando as migalhas da saia —, você sabe como ela é.

Sei, sim. Conheço Isabella desde o dia em que apareci no escritório bem-arrumado dela, chocado e ainda ensopado com a água do oceano em que me afoguei. Ela me deu uma olhada, arqueou a sobrancelha e perguntou: "Por que você está me olhando com essa cara?".

Como se eu tivesse escolhido cair do navio no meio de uma tempestade de inverno.

A delicadeza não é uma das qualidades dela.

— Eu gostaria de vê-la mesmo assim.

Betty pega o telefone na ponta da mesa e digita três números. Outro folhado aparece magicamente bem ali, como se o universo, o destino ou seja lá o que governa este mundo soubesse que ela precisa de um tiquinho de coragem.

— Então é bom se preparar para o seu enterro — diz ela.

Dou um sorrisinho.

— Não vai ser o primeiro.

Betty solta uma risada pelo nariz.

— Certifique-se de continuar com o bom humor quando vir Isabella.

Ouço o zumbido ocioso de um tom de discagem, uma voz ríspida, então um silêncio enquanto Betty explica a situação. O silêncio se prolonga por diversos segundos desconfortáveis. Até as folhas da árvore atrás de mim farfalham agitadas.

Betty coloca o telefone de volta no gancho com uma careta.

— Ela vai receber você agora.

Não saio do lugar.

— Ela está brava?

Betty entrelaça os dedos sobre a mesa. Abre e fecha a boca, e então tenta de novo.

— Não tenho liberdade para dizer.

Suspiro.

— Então está.

— Melhor só esperar para ver — opina, gesticulando para a porta fechada atrás de si. — Você conhece o caminho.

A porta discreta atrás da mesa de Betty leva a um corredor igualmente desinteressante, a luz natural substituída pelo brilho de lâmpadas fluorescentes. Portas minuciosamente identificadas com placas ocupam os dois lados, espaçadas entre si em intervalos regulares. Leio os letreiros conforme vou passando.

Fantasmas, *Ghouls*, *Espíritos Malignos* à esquerda. *Anjos da guarda*, *Cupidos*, *Essências* à direita.

As palavras de Harriet me vêm à mente.

"É tudo muito organizado."

Ah, se ela soubesse...

Eu estava falando sério sobre as reuniões de equipe. Temos relatórios trimestrais, também. Além de diversos benefícios que ainda não descobri direito como utilizar e um piquenique de verão ao qual sempre esperam que a gente vá.

A porta da seção de Possessões chacoalha de um jeito sinistro quando passo por ela. Um bebedouro pinga na frente da de Ceifadores. Passo por aquela da seção de Poltergeists e escuto uma discussão acalorada do outro lado, um sotaque forte subindo de volume, depois sumindo. Eu me pergunto se é ali que o caubói que estava no lobby foi.

A porta da seção de Espíritos Natalinos fica bem no fim do corredor, feita em madeira escura e com uma maçaneta dourada brilhante. Costumava haver um raminho alegre de visco pendurado. Nunca descobri por que Isabella o arrancou.

Bato duas vezes à porta, simulando vagamente a melodia de "Jingle Bells", tentando cair nas graças da minha supervisora.

Não adianta. Uma voz ecoa lá de dentro:

— Entre.

Espreito com a cabeça pela porta primeiro, tomando cuidado para não entrar por completo. Isabella já está de cara fechada, a seriedade de sua expressão de algum modo destacada pela sua tiarinha de rena que pisca. Só Isabella seria capaz de fazer um acessório natalino parecer intimidante. O cabelo escuro preso atrás da orelha, a pele bronzeada, macia e sem manchas. As maçãs do rosto salientes. Os olhos escuros e perspicazes.

Dizem que ela morreu pouco antes de seu aniversário de 20 anos e ficou furiosa demais com a morte precoce para seguir em frente. Ela começou no departamento de Déjà-Vu, mas se transferiu para o de Assombrações e Espíritos em algum momento do final do século XV. Desde então, é chefe da seção de Espíritos Natalinos.

O escritório dela é tão vazio quanto o restante do departamento, exceto pela mesa e a estante de livros logo atrás. Cada centímetro de espaço disponível foi coberto com globos de neve de diversos tamanhos e formatos. Alguns estão com a neve caindo e outros, completamente imóveis. Isabella segura um com a silhueta obscura de uma cidade, os floquinhos brancos pairando preguiçosos sob o vidro.

Ela o coloca de lado enquanto entro e fecho a porta.

— Nolan — cumprimenta, sem emoção.

— Isabella. — Abaixo o queixo. — É sempre um prazer.

Ela solta um zumbido e arrasta uma unha vermelho sangue pela borda de outro globo de neve.

— Ou você quebrou um recorde impressionante, ou está aqui para me irritar. — Isabella pausa antes de continuar: — Qual dos dois?

Entrelaço as mãos nas costas.

— Eu não quebrei um recorde impressionante.

Ela aperta os lábios. A tiara de rena alterna entre o vermelho e o verde. Vermelho. Verde. Vermelho. Verde.

— Qual é a da tiara? — pergunto.

Nunca a vi usar nem um brinco chamativo que seja.

Ela fecha ainda mais a cara.

— Os executivos acharam que eu precisava mostrar um pouco mais de espírito natalino. Para levantar o ânimo da equipe. Você veio aqui me perguntar sobre a tiara?

— Não, eu...

— Sobre a confraternização de fim de ano, talvez?

— Também não. Eu estava querendo saber se...

— Presumo que esteja *querendo saber alguma coisa*, já que está aqui. No meu escritório. No início da temporada natalina. — Ela se recosta na cadeira. — Desembucha, Nolan.

Tensiono o maxilar e então o relaxo. Garanto que a tiarinha dela não está levantando o ânimo de ninguém hoje.

— Por acaso eu estou participando de algum treinamento?

A carranca dela atravessa o rosto todo.

— Quê?

— Tem algum treinamento rolando sem eu saber?

Isabella me encara por tanto tempo que cogito desaparecer porta afora. Eu a observo com cautela.

— Que dia é hoje, Nolan?

Inspeciono a estante atrás dela. No meio de todos os globos de neve, há um pequeno calendário que praticamente grita 2 DE DEZEMBRO para mim por cima do ombro dela.

— É o segundo dia de dezembro.

— Correto.

Ela toca de leve a tiara, e as cores oscilantes se tornam um vermelho constante, o que destaca suas feições definidas e projeta sombras em seu rosto. O escarlate profundo de seus lábios parece um pouco demais com sangue para o meu gosto. Isabella realmente poderia trabalhar na seção de Espíritos Malignos, se quisesse. Não tenho ideia de por que nunca pediu transferência.

— E você acha que — continua ela —, no segundo dia de dezembro, bem no início da nossa temporada mais atarefada, eu orquestraria um treinamento?

Enfio as mãos nos bolsos, devidamente repreendido.

— Não.

— Você está precisando de treinamento, Nolan?

— Não?

— Era para ser uma pergunta?

— Não — repito, garantindo que minha resposta soe decidida. — Não, não estou precisando de treinamento.

— Você é espírito há mais de cem anos. Eu espero que não mesmo. — Ela toca de novo a tiara, que volta a piscar. — Por que está aqui me perguntando sobre um treinamento? Não tem trabalho a fazer?

— É por isso que eu vim. Tem alguma coisa errada.

Isabella fica só me encarando.

— Com a minha designada — esclareço.

— Como assim?

— Ela é… — *Caótica. Bagunceira. Sincera.* — Jovem.

— Idade não define caráter, Nolan — diz, com o tom de voz e o rosto banalizando minha preocupação. — Você já assombrou pessoas mais jovens que ela.

— Eu sei. Mas tem alguma coisa esquisita com esta.

Como um livro fora de lugar numa estante. Uma única nota desafinada. Uma corda puída no meio. Tem algo de diferente em Harriet York, e não consigo definir exatamente o que é.

— Ela é gentil — acrescento, sem jeito, tentando, sem sucesso, articular a conversa bizarra que tive com Harriet na noite anterior. — Meus designados… em geral não são gentis.

Um pouco obcecada por bengalas doces e com um gosto questionável para pijamas, com certeza, mas algo nela parecia genuíno. Autêntico. Ela me disse que é uma pessoa boa e eu…

Acho que acreditei nela.

Isso nunca aconteceu antes.

Isabella parece entediada.

— E você chegou a essa incrível avaliação do caráter dela depois de uma única conversa?

Faço uma careta, perdendo um pouco do autocontrole diante da frustração.

— Você não me disse várias vezes para confiar no meu instinto?

— Você não tem instinto — diz ela, seca como um deserto. — Está morto.

— Tem alguma coisa nela que parece diferente. — Familiar, quase. Fora de lugar, talvez. — Não acho que ela devia ser assombrada. Eu agradeceria se você pudesse checar se houve um erro.

Isabella aperta os lábios e pega outro globo de neve — com um porto desta vez, e um farol bem no meio. Ela o chacoalha com um giro gracioso do pulso, e o branco obscurece o vidro. Quando os flocos de neve se acomodam, o farol está envolto em luzinhas cintilantes. Um brilho fraco acende dentro dele e logo se apaga.

— Estou aqui há milhares de anos, Nolan. Já vi todos os passados, presentes e futuros que você pode imaginar. Já vi coisas que você não conseguiria nem começar a entender. — Isabella desvia o olhar do globo, os olhos escuros sérios. Cansados. Nunca a vi tão humana. — Não há erros. Não aqui. Não com isso. Você recebeu sua missão por um motivo. Cabe a você descobrir qual.

O coração de que não preciso começa a bater num ritmo irregular no meu peito. Há uma ameaça em algum lugar nessas palavras. Ou, no mínimo, um aviso.

— E se eu não conseguir?

Isabella chacoalha de novo o globo, e as luzinhas se apagam abruptamente.

— Aí, vai enfrentar as consequências do seu fracasso.

Capítulo Quatro

Harriet

— Tem uma rachadura na parte de baixo. Está vendo? Bem aqui.

Mordo a parte interna da bochecha e finjo interesse enquanto examino a rachadura minúscula na base da caixinha de música que vendi na semana anterior. É uma das minhas peças favoritas. Uma gaiola dourada com um pássaro canoro no meio, envolta em trepadeiras floridas. Fiquei feliz em vendê-la para alguém que queria presenteá-la. Dediquei tempo extra à embalagem.

Usei o melhor papel de embrulho. Enrolei as pontas da fita.

Agora, não há mais fita. Nem um papel de embrulho dourado e delicado. Imagino o meu trabalho árduo jogado numa lata de lixo em algum canto e sou consumida pela frustração. Deixo esse sentimento tomar conta de mim por um tempo, depois respiro fundo e empurro a irritação para outro lugar.

É só papel. Só fita. Fácil de substituir.

A mulher de *legging* da Lululemon vira a caixinha de música de lado e aponta repetidamente para uma rachadura do tamanho de uma tachinha.

— Não posso dar uma caixinha de música quebrada para a minha irmã no Natal — diz ela. — Não consigo nem acreditar que você vende caixas de música quebradas.

— Não está quebrada — explico. Viro a caixa com cuidado na mão e giro a manivela na base. O pássaro começa a rodar e uma melodia adorável e tilintante soa. — Viu? Ainda toca música.

A mulher ignora a melodia e inclina de novo a caixa, que faz um baque ao se chocar com o balcão. Eu cerro os dentes com tanta força que eles rangem. Ela não está sendo cuidadosa.

— Mas tem uma rachadura — insiste ela.

— Sim, mas...

— Tem uma rachadura — repete a mulher, falando mais devagar e pronunciando cada sílaba como se eu não tivesse ouvido nas primeiras quarenta e sete vezes que ela disse aquilo.

A frustração em meu peito se espalha para as bochechas, deixando meu rosto quente. A vontade de pedir desculpas borbulha na minha garganta, mas eu a ignoro. A mulher semicerra os olhos.

— Uma rachadura significa que está quebrada — argumenta.

Uma rachadura não significa que está quebrada. Uma rachadura significa que aquela caixinha fez exatamente o que deveria fazer por gerações. Uma rachadura significa que centenas de mãos a seguraram... e ouviram aquele passarinho cantar. Uma rachadura significa que ela é única. Diferente de qualquer outra coisa.

Uma rachadura significa que é especial.

Uma pequena imperfeição, e essa mulher está pronta para abandonar a peça.

Puxo a caixinha de música para perto e reprimo a parte de mim que quer discutir. Estou exausta, e nem o café sofisticado da cafeteria do outro lado da rua está me revigorando. Tive sonhos estranhos na noite passada: um homem bonito com uma camisa de flanela velha e desbotada. Ele estava carrancudo e estendia a mão para mim.

É o que ganho por cair no sono à luz da minha árvore de Natal depois de tomar meia caixa de chá de hortelã-pimenta vencido. Acordei no sofá com o cabelo na boca, *Natal branco*, de alguma forma, ainda passando na TV e sem sinal do homem que dizia ser um espírito.

Verifiquei a fechadura das janelas só para ter certeza.

— O que você quer que eu faça em relação à rachadura? — pergunto.

Sei o que eu gostaria de fazer. Gostaria de pausar este dia e voltar para a cama. Sinto que estou dois passos atrás em todas as conversas e irritada por causa disso.

— Bem, eu gostaria de outra caixinha de música — responde, ainda falando comigo como se eu fosse burra. — Sem a rachadura.

Franzo a testa.

— Eu não tenho outra caixinha de música como esta. Isto aqui é uma loja de antiguidades. Cada peça é única.

Única e original, escolhida a dedo por mim em leilões online, vendas de bens do espólio e caças às pechinchas em brechós em todo o estado, do jeitinho que tia Matilda costumava fazer. Passei a infância zunindo pelos corredores lotados enquanto meus pais tratavam de negócios na câmara estadual. Naquela época, parecia mágico. Colares e anéis do tamanho da palma da minha mão, com pedras brilhantes e coloridas. Caixinhas de música e pratos com cavalos pintados. Cestas tecidas à mão e copos de cristal que refletiam um arco-íris no teto. Tia Matilda sempre dizia que entrar pela porta da Toca do Corvo era como adentrar um baú de tesouros.

A magia ainda está presente, mas estou tendo dificuldade de senti-la esta manhã. Não gosto quando as pessoas entram aqui e tratam as peças como excentricidades divertidas.

E ainda não tive a chance de montar as árvores de Natal da loja.

A mulher franze ainda mais a testa.

— Está me dizendo que não tem outra caixinha de música igual? Nem uma sequer?

É exatamente isso que estou dizendo. É exatamente isso que *já disse* diversas vezes.

— Nós temos muitas caixinhas de música. As que temos são diferentes — explico, optando por ser breve. — Nenhuma igual a esta, mas todas especiais do seu jeito. Gostaria de dar uma olhada no restante da nossa seleção? Com certeza temos algo que…

— Eu quero esta. — Ela bate no topo da gaiola dourada. — A do pássaro. Minha irmã é uma observadora de pássaros ávida. Ela ama pardais.

Eu a encaro. O pássaro na gaiola não é um pardal. É uma pomba.

— A senhora quer… que eu embrulhe de novo?

— Não, eu quero a mesma caixinha de música, *sem* a rachadura na base. Nem sei quantas vezes já tive que explicar isso.

E continuamos nesse ciclo eterno. Será que essa mulher é parente do homem que queria as mesinhas de cabeceira desmontadas?

— Que tal se eu devolver o dinheiro? — Sempre foi mais fácil para mim aceitar o golpe do que insistir na briga, e esta discussão não vale a pena. Pego a caixa de música. Prefiro ficar com ela, de qualquer maneira.

— Também posso indicar uma loja a dois quarteirões daqui, talvez você tenha mais sorte lá.

Levo apenas alguns instantes para fazer o reembolso e a mulher sai pela porta, com os óculos grandes empoleirados no nariz arrebitado. Giro a manivela na base da caixa de música e ouço as primeiras notas tremulantes enquanto a porta se fecha.

— Você não está quebrada, né? Só um pouco machucada. — Passo o dedo pela pequena rachadura na base. — Tudo bem. Ela que sai perdendo.

Coloco a caixa de música na mesa e fecho os olhos, pressionando os nós dos dedos no peito. Há uma dor ali que não consigo afastar, por mais que tente.

Talvez o sonho estranho da noite anterior tenha sido algum tipo de profecia. Um reflexo da minha consciência. Talvez eu tenha feito escolhas erradas. Talvez eu *seja* uma pessoa ruim.

— Caramba, essa aí era uma megera. — Sasha, a gerente da loja, surge das prateleiras como uma nuvem de fumaça. Dou um salto e ela me lança um olhar sério. — Por que está tão nervosa?

— Além do fato de você estar me espiando?

Sasha dá de ombros.

— Nada. — Afasto o cabelo do rosto. — Sonhos estranhos. Chá vencido.

Um homem que diz ser um espírito enviado para me assombrar como represália por eu ter sido uma pessoa terrível.

Sasha me encara, pensativa, enquanto se arrasta para trás do balcão, para o lugar onde deveria estar. Para o lugar onde a deixei vinte e cinco minutos antes para que eu enfim pudesse montar as árvores de Natal. Para o lugar onde ela decerto não estava quando a sra. Lululemon entrou pela porta.

— Podemos adicioná-la à lista de clientes banidos — sugere Sasha.

— A gente não tem uma lista de clientes banidos — respondo, observando-a teclar na antiga caixa registradora.

As unhas dela estão pintadas com esmalte preto craquelado, e vários anéis que não combinam entre si decoram seus dedos. O cabelo loiro acobreado brilha com um tom rosado, em contraste com o preto do suéter, e a luz fraca da luminária de vitral acima de nós a faz cintilar. Para alguém que parece ter saído de um *cupcake*, ela nunca teve dificuldade em impor limites.

Quero ser como ela quando crescer.

— Também não aceitamos devoluções — retruca, cantarolando as palavras. — Mas isso nunca te impediu de ceder.

Ignoro. Não concordamos com a política de devolução nem com a lista de clientes banidos. Sasha e eu temos a dinâmica do policial bom e do policial mau. Eu cedo a todas as exigências dos clientes, e ela os encara em silêncio quando se irrita com eles.

— Onde você estava? — pergunto. — Achei que tinha pedido para você ficar atendendo no balcão.

Sasha ajeita os óculos.

— Senti o cheiro do Love Spell da Victoria's Secret quando ela abriu a porta. De repente, precisavam de mim no estoque.

— Quem precisava de você no estoque?

Somos as duas únicas funcionárias da loja.

— Eu precisava de mim no estoque.

Eu bufo.

— Ou seja, você precisava se sentar no pufe perto da parede dos fundos do estoque, que você acha que eu não sei que existe, e colocar a leitura em dia enquanto eu lidava com a cliente difícil.

Um sorrisinho de satisfação se forma nos cantos da boca dela.

— Dá na mesma.

Ela aperta outro botão e um recibo começa a sair lentamente da caixa registradora. Precisamos mesmo modernizar as coisas, mas toda vez que ouço o sininho estridente que acompanha a abertura da gaveta de dinheiro, juro que consigo escutar tia Matilda xingando baixinho. A saudade que sinto dela ainda é como uma pedra pesada no meu peito. Sou sentimental demais para me desfazer de qualquer coisa que me faça lembrar dela.

A caixa registradora solta um rangido angustiado. Faço uma careta.

— Você pode ficar responsável pelo pedido da decoradora hoje?

Sasha assente, os olhos escuros já examinando o relatório.

— Claro. Estou carregando as paletes nos fundos. Vou deixar tudo pronto para o caminhão sair de noite.

— Excelente. Obrigada.

Posso até deixar os clientes abusarem da minha boa vontade, mas essa mesma energia positiva me ajudou a fechar diversos contratos com empresas locais que nos tiraram de uma década de dívidas. Pela primeira vez em muito tempo, a Toca do Corvo está gerando lucros.

Sasha arranca o recibo que está pendendo até o chão e o dobra três vezes.

— As meninas amam qualquer coisa mais *aesthetic.*

— E nós as amamos por isso. — Dou um leve empurrão nela com a cintura. — Não aja como se não estivesse secretamente colecionando vários castiçais de bronze.

Sasha ri.

— Agora você me pegou. — Ela apanha uma prancheta e um saquinho de mix de castanhas que deve ter escondido em algum momento da semana passada debaixo do balcão. — Beleza. Vou para os fundos. Grita se precisar de mim.

Eu a observo ziguezaguear entre as prateleiras.

— E você vai vir se eu gritar?

— Quem sabe — responde Sasha, cantarolando as sílabas. Depois, diminui o passo e para perto de um guarda-roupa ornamentado. Só consigo ver o topo de seu cabelo rosado. — Lembra de ser firme! — berra. — Pare de dar reembolsos às pessoas e de deixar que elas passem por cima de você!

Pego a caixinha de música outra vez.

— Farei o meu melhor.

Não pretendo cumprir a promessa. A vida inteira, as pessoas apontaram meu temperamento dócil como uma fraqueza. Sempre que eu participava de um debate na faculdade de Direito, recebia o mesmo feedback. *Tímida demais. Cede à pressão externa. A hesitação diminui o impacto do argumento.* Todos esperavam mais da caçula da família York, um sentimento que me acompanhou durante quase toda a vida. Sempre pareci melhor na teoria.

Mas é importante escolher suas batalhas. Sou boa em entender as nuances e definir minhas expectativas de acordo com a situação. É uma habilidade que aperfeiçoei ao ser criada em uma casa fria, com pais frios. Às vezes, é melhor se diminuir para passar despercebida.

Mesmo que passar despercebida parta seu coração.

— É inacreditável que ela esteja se referindo a você — diz uma voz familiar do outro lado do balcão. — Não se dar por vencida? — Ele estala a língua. — Não achei que tivesse dificuldade com isso.

Levanto tão rápido a cabeça que meu pescoço estrala em protesto. É o tal homem-espírito presente em meu sonho sob o efeito de uma concussão e overdose de hortelã-pimenta. Ele está do outro lado do caixa, com um copo de café em cada mão.

Na noite anterior, não consegui distinguir suas feições, mas agora vejo os detalhes.

Olhos azul-escuros. Cílios grossos. Um nariz levemente torto, como se tivesse sido quebrado uma ou duas vezes. Lábios carnudos que se curvam ligeiramente para cima em um dos cantos. Uma fina cicatriz branca acima da sobrancelha esquerda.

Se ele é um espírito, é um espírito bem bonito.

— Você — sussurro.

— Eu — diz ele.

O divertimento faz as rugas ao redor dos olhos dele se aprofundarem. Duas covinhas aparecem em meio à barba por fazer.

Puta merda, sussurra minha mente.

O homem-espírito coloca um copo de café na minha frente e apoia o braço no balcão.

— Olá de novo, Harriet.

A camisa térmica que ele está usando é verde-escura e antiga. Tem um pequeno rasgo na base do pescoço. Eu analiso aquela parte do tecido em vez de olhar nos olhos do homem. Ele contrai o pescoço ao engolir.

— Achei que você fosse fruto da minha imaginação — sussurro.

O homem-espírito sorri em resposta e as covinhas se aprofundam, convertendo-se em dois sulcos nas bochechas.

Ou o protagonista de um sonho particularmente indecente. Ele parece o tipo de homem que estampa as capas de romances antigos. Daqueles que tia Matilda guardava em uma pilha desorganizada na mesinha de cabeceira. Ele é forte. Um pouco rústico.

As covinhas são um acréscimo injusto — e, para ser sincera, desnecessário.

— Não. — Ele enfatiza a palavra ao pronunciá-la e empurra o copo de café para mais perto de mim. — Toma. Trouxe para você.

— Eu caí da escada de novo? Bebi xarope? — Uma vez, sem querer, tomei antigripal demais e pensei que tinha esquilos dançando na minha janela. Tentei ligar para um dedetizador. Tenho certeza de que aquela mensagem de voz infame ainda existe. Provavelmente a reproduzem durante a orientação de novos funcionários. — Estou em coma? — pergunto, baixinho.

— Não. Você não está em coma. — O homem-espírito olha para a linda luminária de vitral pendurada entre nós. Tia Matilda a comprou em um leilão de espólio em Baltimore, depois saiu para beber e voltou com mais dezesseis. Estão penduradas por toda a loja, em alturas variadas e aleatórias. — Se bem que essas luminárias ficam muito para baixo. É bem possível que você tenha batido a cabeça em uma delas.

— Estou dormindo? — Belisco o pulso. — Tomei algum alucinógeno?

— Você está em sã consciência. — Ele franze a testa para a marca vermelha deixada em minha pele beliscada, depois pega o copo do balcão e o balança na frente do meu rosto. — Bebe o seu café.

Desta vez, sou eu quem franze a testa para o copo de papelão, desconfiada.

— É *mocha* com hortelã-pimenta, não arsênico. — O homem-espírito balança o copo de um lado para o outro. — Bebe.

— Não sei se eu devia aceitar bebidas estranhas de homens desconhecidos.

Ele coloca o copo de volta no balcão e troca pelo dele.

— Bebe o meu, então.

— Você toma café?

O homem-espírito leva o café com hortelã-pimenta aos lábios e dá um gole. Então levanta os ombros até as orelhas enquanto engole com evidente dificuldade.

— Não sei se eu chamaria isto de café.

— Mas você disse... que é um espírito?

Ele volta os olhos azuis para os meus.

— Eu sou. Que bom que você de fato se lembra da nossa conversa.

— Espíritos tomam café?

O homem-espírito ergue uma das sobrancelhas escuras.

— É com isso que você está preocupada?

Assinto. É isso ou reavaliar tudo o que sei. Não acho que tenho capacidade mental para lutar contra o universo neste momento.

O homem-espírito esfrega a mão na nuca, depois passa pela linha do queixo. Ouço a barba por fazer roçando a pele. É um som típico da madrugada, que combina perfeitamente com o farfalhar dos lençóis e sussurros num quarto. O vento batendo nas janelas e mãos traçando a pele quente de sono.

Belisco meu pulso com tanta força que puxo o ar entre os dentes.

É isso que acontece quando não durmo direito. Minha mente começa a vagar por becos onde não devia se meter. Começo a ter pensamentos inapropriados sobre *espíritos*.

— Eu tomo café. Eu como diferentes alimentos — explica meu espírito aos poucos, alheio à minha deterioração mental. — Eu durmo em uma cama e tenho um caso de amor bastante tórrido com balas de canela apimentadas. Não preciso fazer nenhuma dessas coisas para existir como espírito, mas velhos hábitos são difíceis de abandonar.

— Hábitos de... quando você era humano?

— Sim.

— Porque você é um espírito.

— Sim — repete, mais do que um pouco exasperado. — Porque eu sou um espírito.

— Humm.

Ele estreita os olhos.

— Você me disse que acreditaria em mim se eu voltasse hoje.

— É, bem, eu também pensei que você era uma pessoa imaginária. Acordos feitos em sonhos não contam.

— Não foi um sonho.

— Pelo jeito, não.

Após um momento de hesitação, pego o copo de café que ele não está segurando e dou um gole. É um café de torra escura da padaria da Paula, sem nenhum dos ingredientes divertidos como incremento. O gosto é horrível.

— Quer seu *mocha* de hortelã-pimenta de volta? — pergunta, com a voz carregada de um divertimento mais arrogante do que qualquer homem, vivo ou morto, deveria demonstrar.

— *Argh*, quero, por favor.

Praticamente jogo o copo nele, pegando o outro com as mãos. Bebo tudo que nem um pequeno duende guloso. É o equilíbrio perfeito entre doce e untuoso, chocolate e hortelã-pimenta explodindo na minha língua.

O homem-espírito se apoia nos cotovelos, debruçando-se no balcão. Parece uma longa curva, com as mangas arregaçadas acima dos antebraços. Tem as mãos cobertas de cicatrizes finas e brancas que se sobrepõem aos nós dos dedos.

— Melhor? — pergunta ele.

— Este café está muito melhor, sim, obrigada.

Minha vida, por outro lado, continua fora de controle.

— Excelente. Vamos discutir o que precisamos fazer agora?

— Ousado da sua parte achar que eu tenho alguma ideia do que *precisamos* fazer — retruco, baixinho.

Reunindo coragem e reprimindo as dez mil perguntas que ziguezagueiam na minha mente, jogo o cabelo para trás, com uma ou duas mechas teimosas presas na gola do suéter. Tento ajeitá-las, com dificuldade de subjugar a cabeleira toda.

Hoje, em específico, está indisciplinado, com o ar seco do inverno enchendo os fios de estática. Alguns dias tento enfiar debaixo de um gorro ou domar com uma trança, mas estava cansada demais depois de uma noite agitada para fazer qualquer coisa. Agora, as madeixas deixam seu descontentamento transparecer, provavelmente arrepiadas acima da minha cabeça como uma criatura marinha. Aposto que estou a cara da Medusa.

Deixo as mechas teimosas de lado com um suspiro. Tenho coisas mais importantes com o que me preocupar do que o estado do meu cabelo. Como o autoproclamado espírito diante de mim e o seu suposto acerto de contas que vai redimir minha alma. Eu o analiso. Não há nada de anormal nele.

— Sasha está aqui — digo, de repente.

Com óbvia relutância, o homem-espírito desvia o olhar do meu cabelo para o rosto.

— Quem?

— A gerente da loja. Ela está aqui. Se Sasha aparecer, vai me ver falando sozinha e provavelmente me internar em uma daquelas clínicas especiais com spa.

Ele esconde o sorriso atrás do óleo de motor que chama de café.

— As pessoas conseguem me ver, Harriet.

— Conseguem?

O homem-espírito assente.

— Elas veem, mas não se lembram. Espíritos circulam pelos limites da consciência.

— Ah, sim, claro.

Eu bufo. O ar deixando minha boca sem permissão nem pensamento prévio.

O olhar dele fica afiado, a curiosidade queimando num azul-cobalto em seus olhos.

— O que está insinuando?

Aponto para toda a extensão dele enquanto minhas bochechas ficam quentes. A barba por fazer. O maxilar. O cabelo. Os... antebraços. O quase bigode. Não achei que fosse algo que eu curtisse, mas aqui estamos nós.

— Está dizendo que as pessoas não reparam em você?

Um sorriso se forma no canto da boca dele. É quase tão devastador quanto as covinhas.

— Flertar não vai te ajudar em nada, Harriet.

— Não estou flertando — digo para o copo de café, e as linhas de expressão em volta dos olhos dele ficam mais aparentes. — Não estou.

— Tá bom. — Ele ri, depois toma outro longo gole do café e coça o queixo com o olhar pensativo. — Você já sentiu arrepios sem motivo? Já esteve em um lugar e sentiu que tinha alguém lá com você?

Prendo a respiração. Às vezes, quando estou aqui sozinha, juro que ouço uma voz sussurrar pelos cantos, cantarolando o refrão de "I'll Be Home for Christmas". As tábuas de assoalho rangem com um padrão de passos que conheço de cor e fico esperando que tia Matilda apareça em um corredor com um sino de vento ou uma bandeja de prata, exibindo com orgulho seu mais recente tesouro.

— Às vezes — respondo, com a voz rouca.

Ele toma outro gole do café.

— É provável que haja um espírito por perto. Você sente, mesmo que não entenda. As crianças tendem a notar melhor do que os adultos. — Ele hesita e inclina a cabeça para o lado, pensando. É um gesto dolorosamente humano, sem dúvida sincero. — Os gatos também — acrescenta, com um pequeno sorriso.

— Os gatos?

Ele assente.

— Gatos sempre sabem quando há um espírito.

— Tem... Você consegue sentir se tem outro espírito aqui? Agora?

O homem-espírito franze a testa.

— Na sua loja?

Assinto, sem ousar nem respirar. Ele olha rapidamente ao redor, os olhos velozes passando pelos cantos da loja sem se dar ao trabalho de demorar. Minha esperança se apaga e desaparece.

— Não — responde, devagar, voltando os olhos para os meus. — Não, não tem mais ninguém aqui.

— Não faz mal — digo rápido, mesmo que ele não esteja se desculpando. Por mais que me olhe como se esperasse uma explicação, não quero desabafar sobre essa mágoa em específico. — Tenho outra pergunta.

Ele bufa, curvando os cantos dos lábios.

— Óbvio que tem.

— Você tem um nome ou prefere seu... título?

Desta vez, ele franze a testa, confuso.

— Seu nome — digo, lentamente. — Você deve ter um.

Ou talvez não tenha. Eu lá vou saber? Minha mente ainda está a uns vinte e dois quilômetros dali, acompanhando o desenrolar de toda essa situação com um ceticismo maldisfarçado.

Um Espírito dos Natais Passados. *Me* assombrando.

Uma ruga aparece entre as sobrancelhas dele.

— Eu não mencionei?

Balanço a cabeça.

— Me desculpe.

Ele endireita a postura, ficando apenas alguns centímetros mais alto do que eu, mas de certa forma parecendo ainda maior. Ergo o queixo para encará-lo, observando uma sombra passar por seus olhos. O homem-espírito estende a mão entre nós, de um jeito quase antiquado. Mas, pensando bem, não teria como ele ser de outro jeito, né?

— Meu nome é Nolan. Muito prazer.

Olho para a mão dele com desconfiança. Na noite passada, Nolan me ofereceu a mão por um motivo bem diferente.

— Se eu pegar sua mão, você não vai me levar de repente para um reino espiritual, vai?

Ele ri sem emitir som, os ombros chacoalhando.

— Não. Não vou te levar para um reino espiritual. Vou apertar sua mão com a minha. É uma forma de se apresentar a alguém, certo?

Justo.

Estendo devagar a mão em direção à dele, que aperta meus dedos delicadamente, sua grande palma fazendo a minha parecer minúscula. A mão dele é um pouco fria, com calos na base. Espero um choque ou uma chuva de faíscas, mas nada fora do comum acontece quando nos tocamos. Não sou levada para uma realidade alternativa. Nenhum portal nos moldes de um redemoinho de destruição se abre aos nossos pés. Ficamos ali, apertando as mãos no balcão da minha aconchegante lojinha de antiguidades.

— Muito prazer, Nolan.

Ele inclina o queixo.

— O prazer é meu, Harriet.

Continuamos apertando as mãos, olhando um para o outro. Seu aperto se intensifica e o divertimento desaparece aos poucos de seu rosto. Em vez disso, ele passa a me estudar como se estivesse procurando algo, com uma ruga se formando entre as sobrancelhas. Sou como um livro aberto, então o deixo olhar. Não tenho nada a esconder.

Em algum lugar, nas profundezas da loja, uma cadeira range.

Puxo de volta a mão e a coloco sobre o peito. Nolan pigarreia.

— Falei com minha supervisora, como você pediu — conta, em meio ao silêncio que se segue.

Ele pega o café outra vez e toma um longo gole. Tento não notar como põe a boca bem em cima da marca de batom vermelho que deixei.

— Ah, nossa. Eu meio que esqueci que pedi isso ontem à noite.

A Harriet Hortelã-Pimenta é osso duro de roer.

O divertimento reaparece nas linhas de expressão em seu rosto, suavizando seus traços sérios.

— É realmente difícil acreditar que acham que você precisa se impor mais.

— É, pois é. Como eu disse, pensei que você fosse um sonho. — Eu me ocupo limpando com a manga da blusa a marca de condensação deixada na bancada. — O que a sua supervisora disse?

Imagino uma aparição sobrenatural sentada em um trono, com uma túnica longa e esvoaçante em seu corpo majestoso. Nolan ajoelhado a seus pés em súplica. Um livro antigo aberto em seu colo, com meu nome sublinhado duas vezes.

"Harriet York", provavelmente bradou, "merece pagar penitência. faça-a sofrer."

— Ela disse que não existem erros. Se estou te assombrando, é por um motivo.

Franzo a testa para a mancha úmida em meu suéter verde-claro. Penso em uma noite fria em meados de dezembro, com as mãos cerradas em punho sobre a saia. O rosto da minha mãe, angustiado antes de ficar com raiva.

— E qual é o motivo? — pergunto, e Nolan arqueia uma sobrancelha. — Tipo, quais motivos você costuma ter para assombrar alguém? Me dá um exemplo, para eu saber do que posso ser culpada.

Ele suspira, voltando os olhos para o teto de zinco, pensativo.

— Teve um cara que ficava aumentando o aluguel de uma inquilina até que ela não conseguiu mais pagar, só porque a mulher rejeitou as investidas dele. Outro demitiu todos os funcionários na véspera do Natal.

Estremeço.

— Credo.

— Tinha uma mulher que ficava chamando a polícia para as crianças do bairro que gostavam de jogar basquete. Outra que vivia mandando e-mails fraudulentos para amigos e familiares. Ah, e claro, o pai que nunca se lembrava das apresentações de Natal dos filhos. Em vez disso, ia para o cassino, financiado pela poupança da família.

Franzo a testa.

— Eu nunca fiz nada disso.

— É o que vamos ver — rebate ele com naturalidade, mas há cautela no tom.

Um zumbido baixo de aviso que me diz que Nolan não vai ceder. Não nisso.

Dá para perceber que ele não acredita em mim — que acha que estou escondendo algum grande segredo —, mas quem ri por último ri melhor. Meu maior segredo é que às vezes deixo minhas roupas na secadora por mais de uma semana, reiniciando a máquina sem pestanejar para tirar os amassados que parecem nunca sair por completo. Não sou o monstro que ele pensa que sou.

Exceto por uma noite. Um erro.

E já paguei o preço por esse deslize.

— E como você planeja me julgar? — pergunto devagar.

Tento lembrar o que aconteceu em *Um conto de Natal*, mas tudo está confuso. Um espírito com uma coxa de peru, talvez? Uma aldraba que ganhou vida? Eu me lembro claramente de um espírito com correntes nos pulsos e tornozelos, arrastando os pés.

Espio por cima do balcão e olho para as pernas de Nolan.

Duas botas marrons um pouco arranhadas.

Sem correntes.

— Eu vou ser seu guia e, juntos, vamos observar suas lembranças. Visitaremos aquelas que precisam ser examinadas e, quando você tiver seu momento de epifania, será entregue aos cuidados do próximo espírito. É um processo bastante simples.

— Simples. — Um riso escapa da minha boca. — Nada disso é simples, Nolan.

Ele assente, um resquício de sorriso aparecendo. Mas some tão rápido quanto surge, sendo substituído por uma expressão solene. Ou ele teve missões muito fáceis antes de mim, ou está fazendo isso há tanto tempo que não percebe como tudo é a mais completa piração.

— Pode ser, se você deixar. O que você tem para fazer agora?

— Agora? — Olho ao redor da loja. — Agora estou trabalhando.

Nolan contrai a boca enquanto examina a loja vazia.

— Sim, estou vendo que está muito ocupada.

A indignação me faz endireitar a coluna.

— Tenho ferramentas para organizar. Papelada para colocar em dia. Minhas árvores… — Aponto na direção dos dois abetos ainda largados ao lado das vitrines, com os galhos nus. — Preciso decorar minhas árvores de Natal.

— Suas árvores vão ficar bem.

— Você não tem como saber.

— Quando cheguei, você estava olhando triste para um passarinho. Você tem tempo de sobra. — Ele bate o copo duas vezes na bancada. — Vamos.

— Espera, espera, espera. Agora?

Nolan termina o resto do café e joga o copo vazio na lixeira embaixo do balcão do caixa.

— Sim, agora. — Ele me lança um olhar sério. — Você está resistindo bastante para alguém que supostamente é uma *pessoa boa*. Você tem algo a esconder, Harriet?

— Não — respondo, na defensiva. Droga. Minha relutância faz mesmo parecer que tenho algo a esconder. O que não é verdade. — E se Sasha precisar de mim? Não posso só desaparecer.

— Vamos voltar para este exato momento, o mesmo segundo. Vai ser como se o tempo não tivesse passado. — Ele estende a mão entre nós de novo, com a palma para cima. Dou dois passos para trás e coloco as mãos sobre o peito. Nolan suspira, flexionando os dedos. — Harriet.

— É que eu estou... nervosa. — Respiro fundo. — Como é a sensação?

— Como é a sensação *de quê*?

Consigo perceber mais o sotaque dele quando está frustrado. Um início e um fim ásperos que contornam as bordas das palavras. Fico imaginando como soa quando está bravo ou cansado. E se acontece o mesmo quando está feliz.

Ele não parece muito feliz.

Enlaço os dedos.

— Atravessar o... portal sobrenatural, ou sei lá o quê, vai doer? — pergunto.

— Não, não vai doer — responde, com o rosto enfim suavizando em compreensão. — É como... entrar num sonho. — Nolan me alcança e a ponta dos dedos dele roça o dorso da minha mão, silenciosamente me incentivando a relaxar. A confiar nele. A acreditar neste conto de fadas extraordinário que minha vida de alguma forma se tornou. — É como adormecer quando você está em uma estrada longa e sinuosa e acordar em outro lugar.

— Ah. — Pisco, a tensão deixando meus ombros de repente. Com base na descrição dele, parece algo que eu *quero* fazer. — Você já pensou em seguir carreira em vendas?

— Nem uma única vez — declara Nolan, engolindo em seco, os olhos procurando os meus. — Você estará segura comigo. Eu te dou minha palavra.

Mordo o lábio inferior e relaxo o corpo, com as mãos tremendo.

— Você não vai soltar minha mão?

Ele balança a cabeça.

— Não vou soltar você.

— Promete.

Se vou me permitir participar de tudo isso, quero uma confirmação de que não vou acabar no oitavo círculo do inferno. Ou na ilha de *Lost*. Eu morreria em 0,2 segundos se visse um urso polar na selva.

Nolan se aproxima.

— Eu prometo, Harriet. Não vou soltar sua mão.

Eu poderia discutir mais um pouco, encontrar algum motivo para enrolar. Ainda não sei bem como cheguei aqui, mas, bom, é ver para crer. Nolan cumpriu sua parte do acordo. É hora de cumprir a minha.

Acho que sempre acreditei na magia do Natal.

Estendo a mão, pressiono a palma na dele e, juntos, desaparecemos.

Capítulo Cinco

Nolan

A mão dela é quente. Macia. Pequena em meio ao meu aperto forte.

É a única coisa em que consigo pensar enquanto o tempo começa a rodopiar ao nosso redor. Eu disse que viajar ao passado era como cair num sonho, contudo é mais parecido com ser jogado numa tempestade. Uma maré que vem rápido demais. As rajadas de vento batem com força no cabelo e nos puxam como se estivessem tentando descobrir onde, exatamente, nos deixar. Já fiz isso mais de cem vezes e ainda não me acostumei.

Mas dizer que *é horrível pra caralho* não é mesmo a melhor forma de convencer alguém, então distorci a verdade. Não sei o que vai acontecer se eu não entregar Harriet ao seu próximo espírito, e não pretendo descobrir. Já passei tempo demais esperando. Preciso completar esta missão. Preciso seguir em frente.

Quando os arredores nos dão uma puxada particularmente brusca, Harriet segura minha mão com mais força, e eu aperto a dela, estabilizando-a. Estamos quase lá.

A pressão diminui, lampejos de cor se assentando enquanto deslizamos até parar no meio do que parece um lobby chique. O tempo nos aterrissa com a mesma falta de graça com que nos arrebatou, e Harriet tropeça ao meu lado. Seguro seu cotovelo conforme ela se equilibra.

— Meu Deus do Céu — sussurra ela. — Meu *Deus* do Céu. Você não estava brincando.

— Sobre o quê?

— Sobre *o quê*? Viagem no tempo. Sobre… *magia*. — Ela gesticula de maneira agitada e complexa com as mãos. — Você usou *magia*, Nolan.

— Eu sei. — Deslizo a mão do cotovelo ao antebraço dela e resisto à vontade de gritar "Eu avisei!" que nem uma criança birrenta. — E, tecnicamente, não é uma viagem no tempo.

— Tanto faz. — Harriet se solta do meu aperto e se inclina, levando as mãos aos joelhos. — Que cacete você quis dizer com "é como entrar num sonho"? Que tipo de sonhos você *tem*?

— Eu não sonho há mais de cem anos — respondo, distraído. Este lugar parece frio, e não só por causa do mármore. Colunas gigantes e ornamentadas estão ancoradas em cada lado do espaço, com uma guirlanda do tamanho de um avião de pequeno porte pendurada entre elas. Há um hall com diversos elevadores de um dos lados e uma mesa sem ninguém do outro. — Eu precisava que você concordasse em vir.

— É, bem, agora minhas entranhas parecem querer sair pela boca, então, valeu, viu? — Harriet me encara desconfiada. Seu cabelo, se é que é possível, está ainda mais bagunçado do que na lojinha de antiguidades. Cachos loiros bem definidos voam para todo lado, metade deles grudada no rosto dela, que os afasta com a palma da mão, ajeitando-os devagarinho. — Você não sonha?

— Outro efeito colateral de ser um espírito, infelizmente — explico. Eu durmo, mas não sonho. Eu como, mas não sinto o gosto. Tudo vem na forma de sensações vagas. Como expirar num vidro gelado, fazer um desenho e o observar desaparecer aos poucos.

— Que triste — diz ela, franzindo a testa.

Dou de ombros.

— Não faz mal.

No começo, isso me incomodava. Existir sem viver. Fazer as coisas no automático, sem a satisfação. Passar meu tempo observando o que há de pior na humanidade sem qualquer tipo de redenção.

Mas tive tempo para me acostumar. Agora, já sei o que esperar.

Harriet parece querer continuar a conversa, mas seu rosto fica pálido de repente e ela se curva para a frente, emitindo um som que parece uma buzina de neblina.

— Meu Deus amado — sussurra, com a voz embargada. — Acho que vou vomitar.

Dou tapinhas desajeitados em suas costas enquanto ela respira fundo até o pior passar. Harriet tensiona os músculos das costas, e eu espalmo a mão, desacelerando o toque. Ela solta um suspiro trêmulo.

— Não acredito que usou magia — sussurra para si mesma.

Por fim, não consigo resistir:

— Eu avisei.

— É, mas... — Ela sente náuseas. — Eu não acreditei em você.

Esfrego de novo as costas dela.

— Você vai ficar bem. Só dá um tempinho, tá?

Harriet está vestindo um suéter verde grosso que é tão macio quanto parece. Minha mão continua seu circuito sem meu consentimento explícito. Para cima e para baixo. De um lado para o outro. Entre suas escápulas e descendo até a lombar. Na terceira passada de mão, meu polegar roça o topo da coluna dela, no ponto delicado e escondido embaixo de todo aquele cabelo. Permaneço ali um tempo, traçando a pele quente e macia.

Faz décadas que não toco uma pessoa para reconfortá-la. E ninguém me toca há ainda mais tempo. Só recebo rudeza e palavras de grosseria. Esqueci como é a sensação de algo delicado.

A respiração de Harriet falha, e eu afasto a mão, envergonhado.

Não devia estar encostando nela. Não devia estar consolando-a.

Devia era estar prestando atenção aos meus arredores. Devia estar tentando descobrir seus segredos. Até onde sei, Harriet pode ser uma golpista muito talentosa. Preciso desvendá-la, revelar os esqueletos em seu armário e mandá-la seguir caminho.

Preciso me ater ao plano. Preciso *seguir em frente.*

Enfio as mãos no bolso, olhando o espaço. Em geral, as lembranças que visito não costumam ser tão... vazias.

— Eu nunca mais vou acreditar em você — constata Harriet com dificuldade, endireitando-se aos poucos.

— Isso é o que vamos ver. Estou preso a você, lembra?

Inclino a cabeça para trás para analisar o teto ornamentado. Há filigranas de ouro lá em cima. Um domo de vidro gigante, coberto e escuro. *Gente rica.*

— Você reconhece este lugar? — pergunto.

— Vagamente — responde ela, atentando-se ao trenzinho de jardim montado ao redor da grande mesa da recepção. Uma locomotiva preta elegante dá voltas puxando uns seis vagões coloridos. Harriet se aproxima. — Esse trenzinho. Tem algo nele que eu reconheço. — Ela hesita. — Acho.

Que bom. Se reconhece o lugar, então vai conseguir reconhecer o que quer que tenha nos trazido aqui. Talvez seja uma missão curta, no fim das contas, apesar das minhas preocupações iniciais.

Divago pelas possibilidades enquanto Harriet analisa o trem. Talvez este seja o início de um assalto a banco elaborado. Ou talvez ela tenha um amante, e vamos assistir à esposa dele descobrindo tudo. Já vi todo tipo de transgressão. O pior das pessoas. Duvido que muita coisa ainda consiga me surpreender.

Harriet dá mais um passo, arrastando os pés até a mesa vazia, o rosto concentrado.

— Eu me lembro do som — diz ela. — Do apito.

Na mesma hora, o trenzinho solta um apito agudo, ganhando velocidade na curva. Do outro lado do lobby, um sino toca na área dos elevadores. A expectativa faz meus ombros se contraírem.

Mas as portas douradas reluzentes não revelam uma amante rejeitada, nem uma Harriet disfarçada, nem nada remotamente interessante. Do elevador, saem duas crianças pequenas, gargalhando uma com a outra.

— Cuidado, meninas! — avisa a voz de uma mulher logo atrás. Sapatinhos batem no mármore, e duas figuras correm ao nosso redor. — Cuidado com o piso! Harriet! — grita a mulher de novo. — Não corre!

Uma garotinha de cachos loiros definidos ri sem parar, esticando o braço para a outra, que está com dificuldade de alcançá-la. As duas são reflexos oscilantes uma da outra. Como uma pedra jogada em águas calmas, as similaridades ondulando até se tornarem diferenças.

Ao meu lado, Harriet emite um som suave.

— Minha irmã — diz, bem baixinho, como se estivéssemos numa igreja ou museu. Algum lugar digno de reverência. — É a minha... Aquela é a minha irmã. Nós somos crianças. — Os olhos dela, brilhantes e arregalados, encontram os meus. — Acho que agora acredito em você.

— Finalmente — disparo, mas ela nem liga para mim.

Sua atenção está em outro lugar, vendo as garotinhas saltitarem pelo lobby.

— Vem, Sammy — chama a versão em miniatura de Harriet, ceceando de leve. — Vamos olhar!

— Estou indo. — A outra menina ri. — Mas vai devagar, tá? Eu não sou rápida que nem você.

— Mentira! Você é mais rápida, e mais forte, e mais inteligente, e muito, muito mais bonita. — Ao meu lado, Harriet solta uma risada chorosa. A menininha de cachos rodopia, com os braços bem abertos. — Você é a melhor irmã mais velha do mundo todinho!

Elas caem de joelhos uma do lado da outra na frente do trenzinho, de mãos dadas. Dois adultos seguem devagar atrás delas, conversando com as cabeças quase coladas. A mulher faz uma careta. Seja lá o que estejam discutindo, não estão nada felizes com o assunto.

— Só podia ser Matilda, lógico — diz a mulher, em tom de desdém. — Ela sempre tem uma opinião.

— É só inveja — responde o homem, parecendo entediado. Na verdade, parece que ele preferia estar em qualquer outro lugar. — Simples assim. Só ignorar.

— Não é tão simples assim — retruca a mulher. — Você não entenderia.

Eles continuam discutindo, andando pelo lobby atrás das garotas.

— Seus pais? — pergunto.

Harriet assente, olhando para a mãe por um breve momento antes de voltar a atenção às duas meninas cochichando na frente do trem. A locomotiva dá mais uma volta, e a pequena Harriet bate palmas, alegre.

A mãe se aproxima. Vejo as semelhanças na cor do cabelo, um loiro-escuro que se parece mais com ouro fiado à luz artificial. Mas é aí que as similaridades acabam, a expressão da mãe esculpida em algo severo e implacável, mesmo enquanto observa as filhas se divertirem com o trenzinho. Ela passa a palma das mãos pela saia do vestido de veludo vermelho. Combina com as roupas das meninas, mas, de alguma forma, aquela mulher consegue fazer o traje parecer austero, em vez de festivo. Um cisne de cristal colocado na prateleira mais alta.

Já observei pessoas questionáveis e de moral duvidosa o suficiente para conseguir reconhecer uma maçã podre quando vejo.

— Harriet! — A mulher se irrita de novo, e não deixo de perceber como a Harriet adulta endireita a postura ao meu lado. Observo-a cuidadosamente, catalogando os detalhes de sua reação. Pode haver pistas ali, talvez algo que eu possa usar depois. Meu trabalho é ficar atento e ser convincente, e faço as duas coisas bem. — Você é velha demais para ficar brincando com trenzinhos. Não é apropriado.

— Estou só olhando, mãe — responde a garotinha, espiando tímida por cima do ombro. Suas bochechas são rosadas, as mãos estão enterradas em meio ao tule da saia. — É tão lindo, e ele anda tão rápido, e olha! Este ano colocaram até um porto com barquinhos e…

A mãe lhe dá as costas. A menina segue tagarelando, apontando vários objetos, sem perceber o desinteresse. Ao meu lado, Harriet se aproxima da cena, assentindo como se sua versão criança fosse capaz de sentir seu entusiasmo.

Mas a pequena enfim nota a ausência da mãe e fica quieta, a vozinha sumindo aos poucos.

— Por que estamos aqui? — pergunta Harriet, com a atenção fixa nas menininhas.

A Harriet criança está com a cabeça apoiada no ombro da irmã enquanto o trenzinho dá voltas e mais voltas, as duas de braços dados. Em algum lugar atrás de nós, os pais dela discutem sobre responsabilidades familiares, e o nome Matilda é mencionado diversas vezes. Harriet entrelaça os dedos e os pressiona embaixo do queixo.

— Por que você escolheu esta lembrança? — insiste ela.

— Eu não escolho as lembranças. Minha magia nos guia. Nós vemos o que precisamos ver — respondo, sério.

Não controlo esta parte. Sou só um acompanhante. Vou com meus designados ao passado deles e os conduzo por suas piores decisões. Coloco um espelho diante de suas ações e permito que vejam o dano que suas más escolhas causaram.

Mas nada disto aqui parece uma má escolha. Ela é só uma garotinha observando um trem.

— Harriet! Samantha! — Desta vez é o pai, gritando por insistência da mulher ao seu lado, que bate o pé com salto alto no mármore, olhando pelas janelas, emanando irritação e impaciência.

Samantha começa a se afastar do trenzinho obedientemente, mas Harriet continua lá, examinando a aldeia minúscula e a frota de barquinhos de madeira embaixo de uma ponte construída de palitos de picolé.

Ela toca de leve um dos barcos, encantada quando ele balança para cima e para baixo num mar feito de plástico-bolha.

— Vem, Harry — implora a outra menina, olhando nervosa entre os pais e a irmã.

Ela dá um puxãozinho nas costas do vestido da irmã.

Harriet se contorce para se soltar.

— Eu só quero ver o trenzinho mais uma vez.

Samantha se aproxima da irmã.

— Mas eles vão ficar bravos.

Harriet estende de novo a mão para o trem, os dedinhos se esticando na direção do topo das árvores.

— Eles já tão bravos — diz ela, numa voz que parece desgastada demais para uma menina tão jovem.

— Mas tão ficando ainda mais — sussurra Samantha, com urgência.

Atrás das garotinhas, a mãe delas atravessa o lobby a passos largos, batendo os saltos com determinação. Ao meu lado, Harriet solta um suspiro que parece uma risada.

Olho para ela de soslaio. Harriet observa a mãe pisar duro na direção das crianças, com um sorriso forçado contorcendo os lábios.

— Desta parte eu lembro — afirma.

A mãe puxa o braço da pequena Harriet, obrigando-a a se levantar e se afastar do trenzinho com insistência. A menininha tenta se soltar, mas duas mãos com a manicure perfeita seguram seus ombros, girando-a na direção da saída.

— Por que você precisa sempre dificultar tanto as coisas para mim? — explode a mãe.

— Não é de propósito — diz a pequena Harriet, em uníssono com sua versão mais velha ao meu lado.

Harriet me oferece outro sorriso forçado e sou acometido de novo por aquela sensação incômoda. Aquela coceira de familiaridade bem no fundo da mente.

— Você me envergonhou na festa — continua a mãe, marchando com a pequena Harriet pelo lobby. A criança tropeça, e a mulher suspira como se aquilo fosse mais um inconveniente. — É tão difícil assim para você se comportar por uma noite? Olhe a sua irmã.

Harriet se vira, ainda sendo segurada pela mãe, e observa a irmã. Samantha desvia o olhar, fingindo estar interessada nos próprios sapatos.

— Samantha — acrescenta a mulher — *sempre* toma a decisão certa.

Harriet murcha.

— Desculpa — diz, subjugada. — Eu vou tomar boas decisões, que nem a Samantha. Eu prometo.

A mãe arqueia a sobrancelha.

— Eu duvido muito.

Eu também. Porque, assim que a mãe de Harriet a larga no chão para continuar em direção à porta, vejo um barquinho de madeira na mão da garota. Ela rapidamente o esconde no grande laço às suas costas e assume uma expressão recatada e arrependida.

Dou risada. Uma vigaristinha de vestido de veludo.

— Em minha defesa — argumenta a Harriet adulta —, eu provavelmente não teria roubado se ela tivesse me deixado ficar olhando.

Solto um risinho pelo nariz.

— Você era uma diabinha, isso sim.

A família desaparece pela porta principal. Ao meu lado, Harriet pega todo o seu cabelo despenteado e prende num coque solto.

— Eu nem me lembro desse barco. — Ela observa o trenzinho de jardim. — Eu me sinto mal. Alguém trabalhou muito nesse mostruário.

Eu murmuro e me balanço nos calcanhares. Harriet me lança um olhar sério.

— Que foi? Você acha que eu queria destruir o mostruário de Natal?

— Não falei nada.

— Sua cara já diz tudo. O barquinho nem foi para uma boa causa. Minha mãe deve ter encontrado e destruído.

— Ela não te deixava ficar com seus tesouros?

— O que você acha?

Acho que a mãe de Harriet não a deixava ficar com muita coisa. Talvez por isso ela tenha uma loja de antiguidades, com as estantes abarrotadas com tantas coisinhas que é impossível se achar em meio às prateleiras. Talvez por isso a casa dela seja uma explosão de cores. Um dragão acumulando ouro.

— Que foi? — pergunta ela. — Que cara é essa?

— Nada. — Volto a assumir uma expressão neutra e estendo a mão, com a palma para cima. — Pronta para ir embora?

— É só isso? — Harriet franze a testa, olhando ao redor. — Eu esperava algo mais... substancial.

Não sei como dizer a ela que eu também. Que uma garotinha roubando um barco não combina muito com as transgressões que costumo testemunhar. Mas não sei quanto do que ela demonstra é fingimento e quanto é verdade. Em algum momento, o passado vai revelar os segredos dela, mesmo que peguemos o caminho mais longo.

Eu posso ser paciente.

— É por isso que você está aqui? — questiona ela. — Porque eu roubei um barquinho de brinquedo?

— Estou aqui por um motivo — respondo, tranquilo. — Talvez isso seja o começo de uma vida inteira de furtos.

— Furtos? — Ela ri.

— É uma possibilidade. Eu não conheço você, Harriet. É possível que esteja escondendo todo tipo de segredo.

Ela desfaz o sorriso e desvia os olhos dos meus. Franzo a testa. Tem algo fora do lugar, mas não consigo descobrir o quê.

— Talvez você tenha razão — diz, olhando para as portas por onde a família desapareceu. — Pode ser que eu tenha estragado tudo.

Hesito. Meu trabalho não é fazer com que Harriet se sinta melhor, mas não gosto de sua expressão nem de como ela está se portando. Mãos nos cotovelos, ombros curvados para a frente. Ela parece menor aqui no passado. Diminuída.

— Só para deixar claro — admito devagar —, não acredito que roubar barcos de trenzinhos de jardim torne você uma pessoa ruim.

Ela desliza o olhar até o meu, desconfiada.

— Não?

Balanço a cabeça.

— Não.

Harriet abre um sorriso tímido, e a sensação incômoda coçando ao longo das minhas costelas é substituída por uma pressão firme. Algo pesado e desconfortável, como se eu tivesse sido empurrado.

Se eu sou um espírito, talvez Harriet seja uma bruxa. Não seria a coisa mais estranha que já aconteceu.

— Viu só? — Ela dá um peteleco no meu peito. — Foi tão difícil assim?

— O quê?

— Ser *gentil*. Gentileza gera gentileza, sabia?

Reviro os olhos.

— Nesse caso, quando chega a sua vez de ser gentil?

— Bem, durou trinta segundos. — O sorriso some do rosto dela. — Você é meio babaca, sabia?

— E sua verdadeira face vai se revelar em breve. Sempre se revela. — Estendo a mão. — Hora de ir embora.

Não consegui fazê-la segurar minha mão no presente, e agora ela está hesitando no passado também. Estou começando a achar que o verdadeiro propósito de Harriet York é ser uma baita dor de cabeça para mim. Talvez seja o *meu* acerto de contas cármico. Não o dela.

Harriet ignora minha mão e, em vez disso, alonga os ombros, esticando um braço e depois o outro diante do peito.

— O que você está fazendo?

— Estou me preparando para o tornado do tempo, ou seja lá que porcaria de magia é aquele redemoinho lá. E você está sendo mandão. — Ela engrossa a voz e continua: — "Vamos logo, Harriet." "Você não pode fugir do seu destino, Harriet." "O que você está..."

— Estou tentando fazer meu trabalho — argumento, mal-humorado.

Harriet levanta a voz, falando por cima de mim:

— "O que você está escondendo, Harriet?" "Qual é o seu segredo, Harriet?"

— E qual *é* o seu segredo, Harriet?

— Só estou dizendo — continua ela, ignorando minha pergunta — que você não ia morrer se fosse um pouquinho mais simpático.

Eu não ia morrer.

— Você sabe que já estou morto, né? Eu não ia morrer porque eu... Harriet, eu estou morto.

Um sorrisinho se forma na boca dela.

— Então não custa nada ser gentil.

Bufo. O sorrisinho incipiente dela se alarga e vira um sorrisão. Tendo terminado o alongamento, Harriet bate o pé no piso de mármore, fingindo olhar para um relógio imaginário. Gostaria de não ter achado o gesto tão charmoso.

— Harriet — tento chamar, suavizando a voz. Então coloco a mão com a palma para cima entre nós. Estou sempre tentando alcançar essa mulher. — Você poderia, por favor, segurar minha mão para podermos ir embora deste lugar e voltar ao presente? — Termino com uma reverência sarcástica. — Se não for um incômodo terrível.

— Precisa melhorar — diz ela. — Mas por enquanto serve.

Harriet dá uma última olhada no lobby, demorando-se no trenzinho, que continua percorrendo alegremente o entorno da mesa da recepção, balançando de leve a ponte quando passa por cima dela.

— Harriet.

— Sim — responde, desviando o olhar. — Podemos ir.

— Maravilha.

Ela dá uma risadinha e segura minha mão.

— Segure firme — peço.

A última coisa que vejo é seu sorriso, um tanto desanimado, mas ainda brilhando como o último raio antes de o sol desaparecer no horizonte. Um clarão de luz e aí...

E aí, nada.

Capítulo Seis

Harriet

Fico olhando pela janela atrás do sofá com o rosto apoiado nos braços, observando nuvens pesadas se acumularem sobre o porto. Andei tentando me distrair com minhas coisas favoritas — uma caixa nova (ou seja: dentro do prazo de validade) de chá de hortelã-pimenta, um conjuntinho de pijama de algodão, um cobertor quentinho que acabou de sair da secadora e um balde de pipoca do tamanho da minha cabeça —, mas minha mente não para de voltar para a lembrança de um trenzinho com duas menininhas perto dos trilhos.

Não lembro a última vez que pensei no lobby espalhafatoso da firma de advocacia dos meus pais. Não por causa de um trauma há muito enterrado. Só nunca pareceu um local do qual deveria me lembrar. Apesar de toda a sua grandiosidade e comprometimento com uma arquitetura de inspiração grega, o lobby nunca me impressionou quando eu era criança. Era como entrar num showroom. Um lugar frio e sem vida, onde todos conversavam em sussurros abafados.

Mas foi para essa lembrança que Nolan decidiu me levar. Ou me seguir, acho, já que ele diz que não controla aonde vamos. Tudo me parece muito conveniente, mas nunca fui assombrada antes. Sei lá quais são as regras.

Franzo a testa para meu reflexo na janela. Vivenciar aquela lembrança como espectadora me desorientou. Achei que tivesse deixado de ser a garotinha de vestido vermelho e cabelo despenteado, mas talvez eu não tenha mudado nada. Impulsiva. Cheia de caprichos. Bagunceira.

Uma decepção.

Observando à distância, quase pude sentir a aspereza daquele veludo horrível nas minhas escápulas. Minha mãe sempre nos obrigava a usar vestidos combinando para o Baile de Gala Natalino da Família York de todo ano. Ela ainda dita o que devo vestir nele, incapaz de soltar sua mão de ferro controladora. Dentro do envelope, que ainda não me dei ao trabalho de abrir, com certeza há um pedacinho de papel-cartão com as ordens detalhadas numa bela caligrafia.

Vestido longo. Azul-marinho. Brincos de pérola.

Minha mãe adora suas fotografias bonitas.

Reviro a lembrança do trenzinho de todos os ângulos, examinando-a. O que havia de significativo nela? Por que visitamos aquela época? Aquele lugar? Será que eu precisava ver a desaprovação da minha mãe? Não era algo inusitado quando eu era criança, e só piorou conforme fui crescendo. Será que eu precisava assistir de camarote à ambivalência do meu pai? Mesma coisa.

Ouvi minha mãe mencionar tia Matilda. A relação delas sempre foi muito tensa, mas deteriorou conforme eu crescia. Na minha adolescência, as duas já não se falavam mais. E, quando tia Matilda morreu de repente de ataque cardíaco, elas já não se viam há anos.

Passo os dedos pela borda da janela, sentindo a pressão do ar frio do outro lado. Em algum lugar do porto, um barco flutua à deriva, as luzinhas de Natal enroladas no mastro.

Talvez tenha sido por causa de Samantha. Minha irmã, que não vejo há seis meses. Como é que fomos de garotinhas de mãos dadas a irmãs que mal reconhecem a existência uma da outra? Parece o segundo ato da minha mãe e da tia Matilda, mas com menos ferocidade. Trocamos as brigas acaloradas por um silêncio sepulcral. Em muitos sentidos, é pior.

Discutimos quando eu assumi a Toca do Corvo, por mais que ninguém que estivesse nos observando tenha notado. Ficamos calmas. Nunca chegamos a levantar a voz. Mas isso não fez com que as farpas que trocamos fossem menos dolorosas. Samantha achava que eu estava sendo infantil, e eu, que ela estava sendo insensível. Eu queria continuar o legado da minha tia, e minha irmã estava pronta para jogá-lo fora. Lembro como o rosto dela se fechou quando fui dominada pela frustração, cuspindo palavras iradas e rancorosas. "Por que você não se importa com tudo isso? Por que não se importa comigo?" Perguntas lacônicas feitas sob luzes de vitral.

Uma vida inteira decepcionando as pessoas, nunca sendo a coisa *certa*, me partiu ao meio, e toda a minha mágoa veio à tona.

Por que não voltamos a *essa* lembrança? Na qual falei coisas que não queria de verdade e fiz minha irmã chorar? Se eu sou a vilã que Nolan imagina, talvez devêssemos começar por ali.

Pego o celular debaixo do ninho de cobertores e rolo a tela até o número de Samantha. Hesito, depois cerro os dentes e digito uma mensagem rápida:

Pensando em você, decido enfim. *Espero que esteja bem.*

Parece algo que minha mãe escreveria e faço uma careta ao enviar. Debato por mais um minuto, aí logo digito outra mensagem:

Sinto sua falta, Sammy.

Pronto. É um passo em direção a uma reconciliação ou... algo nesse sentido. Nolan deveria ficar orgulhoso de si mesmo. Uma assombraçãozinha de nada e já estou mudando meu comportamento.

Não que ele tenha sido lá muito útil desde que voltamos do passado. Assim que paramos de girar na versão sobrenatural de uma centrifugadora, estávamos exatamente onde havíamos começado, como ele dissera. Sasha gritou uma pergunta lá dos fundos, eu berrei uma resposta e, quando me virei, Nolan tinha desaparecido. Os únicos vestígios dele eram o copo de café descartado na lixeira embaixo do balcão e os arrepios em meus braços.

Você sente, mesmo que não entenda.

Bem, nisso ele tinha razão. Eu não entendo absolutamente nada. Magia, e lembranças, e homens estoicos sem senso de humor.

— Espíritos idiotas — murmuro, jogando-me de costas no sofá e olhando para o teto. — Indo e vindo quando querem. Sem explicar nadinha. Sendo vagos e misteriosos de forma irritante.

— Eu não sou misterioso, não.

Dou um grito e rolo do sofá, caindo de qualquer jeito no chão da sala. Meu cobertor quente da secadora fica preso nas minhas pernas, apertando-me como uma corda. Nolan observa tudo bem calmo enquanto tento me soltar, com duas xícaras de chá fumegante nas mãos.

Ele as levanta, numa explicação silenciosa.

— Você largou o chá na bancada — diz, me vendo batalhar com a colcha. — Fiz uma xicrinha para nós. Espero que tudo bem.

Se eu estivesse mais calma, ia achar um charme o jeito como Nolan disse *xicrinha*. Mas, no caso, estou tentando me convencer de que não estou prestes a ser assassinada.

De novo.

— Não está tudo bem, não — falo, sem ar. — Não está nada bem.

Ele me olha confuso.

— Você não quer chá?

— O chá, eu quero. O que não quero é um *intruso* fazendo o chá para mim.

— Intruso — repete, com um suspiro cansado. — De novo isso.

— Sim, Nolan. De novo isso.

— Se você não queria chá, não devia ter largado a xícara na bancada — argumenta ele, olhando por cima do ombro para a minha cozinha. — Se bem que você parece ter dificuldade de encontrar espaço para guardar as coisas.

— Nolan.

Meu Deus. Há quanto tempo ele está espreitando minha casa em silêncio? Fuçando minhas coisas?

— Que foi? — Nolan contorce o rosto em agitação, as sobrancelhas pesando sobre os olhos escuros. — Você está tão chateada assim por causa do chá?

— Não estou chateada por causa do chá, e sim porque você se materializou do nada. De novo!

— Eu não me *materializei* — retruca ele, ofendido. — Eu dei oi. Coloquei a chaleira no fogo. Você não me escutou? Fiz barulho suficiente para acordar até os mortos.

Semicerro os olhos. Não consigo dizer se é piada ou não.

— Está tentando fazer graça?

— Não costumo ser acusado de ser engraçado, Harriet.

Nisso, eu acredito.

— Escuta. Eu gostaria que você batesse na porta, que nem qualquer... — quase digo *ser humano* — ... que nem qualquer espírito sensato — termino, enfim conseguindo desemaranhar as pernas do ninho de cobertores, chutando tudo para longe. — Há quanto tempo você está na minha casa?

— Uns dez minutos, mais ou menos — responde Nolan, com o olhar fixo nas minhas pernas nuas. Ele semicerra os olhos, a ruga entre suas sobrancelhas se tornando mais visível, então gesticula com uma das xícaras para minhas pernas. — Que diabo é isso?

— Isso o quê?

Olho depressa para baixo, esperando, pela gravidade de sua expressão, encontrar uma horda irada de formigas-lava-pés marchando pelos meus joelhos. Em vez disso, vejo só pele pálida e meias enormes, uma delas levemente mais alta que a outra, graças à cambalhota que dei do sofá.

— Isso aí.

Nolan aponta com a cabeça para o meu torso.

Puxo minha regatinha fina, estampada por inteiro com bengalas doces minúsculas. Eu a amo.

— Isto? Meu pijama?

Ele bufa.

— Isso aí não é pijama — retruca, sem desgrudar os olhos do tecido em volta da minha cintura.

— Eu comprei na seção de pijamas — digo, na defensiva.

É macio como manteiga e deliciosamente confortável. Conjuntinhos de pijama sempre foram um prazer secreto meu. Acho que são os tecidos macios como seda e a total recusa de praticidade. Eu me sinto indulgente quando uso. Uma coisa que é só para mim.

Levanto do chão, ajustando o short combinando, que cobre até a metade da coxa.

Nolan faz um som de engasgo.

— Eu comprei em liquidação na Nordstrom — conto.

— Que diabo é uma Nordstrom? — pergunta ele, parecendo atordoado.

Nolan desliza o olhar de volta para as minhas pernas, então tensiona o maxilar, um cor-de-rosa levíssimo aparecendo em seu pescoço. Não sabia que alguém podia odiar tanto conjuntinhos de pijama.

— É uma loja.

Arrasto os pés com meia e cogito me enrolar no cobertor, mas descarto a ideia de imediato. É problema dele, não meu. Não preciso ter vergonha da minha festividade.

Apoio as mãos na cintura e tento encontrar a minha tão fugidia assertividade.

— Se você tivesse batido à porta, como pedi, talvez eu tivesse tido tempo de vestir algo mais apropriado.

Relutante, ele volta a atenção ao meu rosto com uma expressão intensa como um trovão.

— Quê?

— A porta — repito. — Quero que você a use quando vier visitar. Você já me assustou duas vezes. Pode usar a porta.

— É sério isso?

Assinto, resistindo à vontade de voltar atrás. De dizer para ele que tudo bem. De deixar tudo fácil, confortável e agradável. Sempre fui boa em acomodar as necessidades dos outros, mas acho que algo na lembrança do dia anterior despertou um desejo de rebeldia há muito escondido. Eu me sinto inspirada por aquele minúsculo barco de madeira escondido no punho da minha eu de 6 anos.

Queria ainda ser tão corajosa quanto aquela garotinha. E tão esperançosa quanto ela, também.

Ergo o queixo.

— Não acho que é pedir demais.

Nolan sustenta meu olhar, a boca inclinada para baixo nos cantos. Uma mecha de cabelo escuro cai sobre a testa dele, fazendo sombra nos olhos.

— Por favor — acrescento.

Ele revira os olhos, dá meia-volta e sai batendo o pé na direção da cozinha, com o chá nas mãos. Escuto o barulho das xícaras sendo colocadas na pia, um palavrão abafado sendo sussurrado e aí… nada.

Absolutamente nada.

Dou passos hesitantes até o cômodo, o arrependimento pesando como uma pedra no estômago. Eu forcei demais a barra. Fui grossa sem necessidade. Nolan é um *espírito*. Está morto há sei lá quanto tempo. Só viu o *pior* da humanidade. Claro que é meio babaca e prepotente. É a única coisa com que ele teve contato há mais de cem anos.

— Nolan?

Uma batida impaciente sacode a porta ao mesmo tempo que meu celular apita com uma notificação. A pressão em meu peito estoura como um balão, substituída por algo leve e confuso.

Ele não foi embora. Eu não o espantei. Não me dei por vencida, fui firme, e nada de ruim aconteceu.

Escuto outra batida, desta vez mais curta, e desligo o alerta da minha câmera de segurança sorrindo que nem doida. Gargalho alto ao ver o rosto mal-humorado de Nolan aparecer na tela, olhando feio para minha porta.

Aperto o botão do alto-falante.

— Então você *usa* sua magia.

Do contrário, como ele poderia ter ido da minha cozinha até a varanda da frente?

Duvido que tenha enfiado o corpo enorme pela janelinha em cima da pia.

Ele se assusta com o som da minha voz.

— Claro que uso minha magia. A viagem no tempo não foi indício suficiente?

— Para outras coisas além disso, quero dizer. Ainda quero uma demonstração.

— Aquela *foi* a demonstração.

— Mesmo assim — insisto, curtindo provocá-lo através da porta.

Esta é a sensação de ser firme? Estou embriagada de poder.

Nolan faz um gesto rude para a câmera e outra gargalhada sai borbulhando de mim. Ele deve mesmo ter poderes mágicos. É a única explicação para ficar tão bonito pela câmera. Ninguém fica bonito por esta câmera. Às vezes, recebo alertas quando estou levando o lixo para fora e enfrento três segundos de medo puro e genuíno. Aí lembro que a criatura na tela na verdade sou eu antes de me arrumar.

Já Nolan parece alguém tirado do pôster de um catálogo da Patagonia e jogado na minha varanda. Ele tira o cabelo dos olhos enquanto analisa a porta, tentando descobrir de onde minha voz saiu.

É adorável o quanto parece irritado.

— Você está quase lá — cantarolo. — Continua procurando.

Por fim, Nolan se inclina para inspecionar a campainha, o nariz comicamente grande na lente objetiva da câmera. Estou muito animada por poder voltar e reassistir a esses vinte segundos sempre que quiser.

— Ao que parece, não sou o único que tem magia — diz ele pelo alto-falante, sua voz diluída e distante.

Atravesso a sala a passos largos e abro a porta. Nolan endireita a postura, seu olhar fazendo um breve desvio pela minha roupa antes de se centrar em mim.

— Você nunca viu uma dessas antes? — pergunto.

— Está falando da sua roupa de baixo disfarçada de pijama ou do espírito malévolo minúsculo que reside na sua campainha?

Dou uma risada.

— É uma câmera de segurança.

— É insuportável. — Ele passa a mão pelo queixo e me olha de um jeito suplicante. — Posso entrar agora ou você quer que eu cumpra mais algum desafio?

Batuco com os dedos nos lábios e finjo considerar a pergunta. Sinto frio com a porta aberta assim, mas vale a pena o desconforto para vê-lo sofrer. Algo em Nolan me deixa mais corajosa do que o normal. Ele me faz querer ir além. Ver do que consigo me safar.

— Sem mais desafios, mas eu tenho um pedido.

Nolan cruza os braços e apoia o ombro no batente da porta.

— Eu devia saber. Prossiga.

— Quero ver você usar sua magia — revelo, animada.

Eu a senti. Eu existi dentro dela. Mas não *vi*. Se vou ser assombrada, gostaria de usufruir dos benefícios. Gostaria de um showzinho junto da minha danação eterna.

O que mais ele consegue fazer? Será que é temático de Natal? Consegue fazer ameixas açucaradas dançarem?

Nolan junta as sobrancelhas, o traço brincalhão desaparecendo de suas feições. A sensação jubilosa semelhante a ter ganhado uma medalha de ouro despenca até o mais fundo do meu ser.

— Não — diz ele.

— Como assim? Por que não?

Ele se afasta da porta, as mãos pendendo ao lado do corpo, fechando-se em punho antes de voltarem a relaxar.

— Eu te avisei — lembra ele, com a voz afiada. Seu sotaque está mais forte agora. Mais brusco. — Não é um truquezinho barato.

— Eu sei que não, é só que…

— Posso entrar agora? Já supri sua necessidade de conversa fiada?

Calo a boca, devidamente repreendida. Considero fechar a porta na cara dele, mas, conhecendo Nolan, é provável que ele só aparecesse na minha lareira. Dou um passo para trás e ele passa por mim, o braço roçando o meu.

— Vou fazer um chá para nós — informa ele, como se quisesse discutir por causa disso, indo direto para minha cozinha. — De novo — acrescenta, conseguindo de algum jeito infundir nessas duas palavrinhas veneno suficiente para fazer eu tensionar meus ombros até que quase toquem as orelhas.

Fecho a porta atrás dele, tremendo com o vento gelado que entra pelas frestas. Meu cabelo voa e se acomoda nos ombros, deveras embaraçado. No momento, é a personificação física de como me sinto.

— Fica à vontade! — grito. — De novo.

Nolan acena por cima da cabeça e desaparece por uma parede com papel floral. Um segundo depois, escuto o tilintar de xícaras de cerâmica e da chaleira no fogão. Volto a me acomodar em meu lugar no sofá, pegando o cobertor e colocando no colo enquanto ele anda atrapalhado pela minha cozinha.

Espero.

E espero. E espero um pouco mais.

Quanto mais tempo passo sentada, mais culpada me sinto, puxando os fios soltos de um pequeno rasgo no cobertor. Em minha tentativa de ser brincalhona, acho que toquei num ponto sensível. Não tenho ideia das circunstâncias em que Nolan virou um espírito. Não tenho ideia das coisas que ele viu nem do que teve que fazer. Posso até não ter pedido para ser assombrada durante as festas de fim de ano, mas não acho que Nolan pediu para assombrar pessoas. Ele deixou bem claro que quer fazer seu trabalho e seguir em frente. Andei dificultando isso.

Talvez tenha algo em jogo para Nolan aqui. Eu não deveria levar isso na brincadeira.

Quando ele volta com duas novas xícaras de chá de hortelã-pimenta fumegante, já estou nervosa a ponto de entrar numa espiral de ansiedade. O buraco no meu cobertor parece uma ferida aberta.

Nolan pousa minha xícara na mesa de centro diante de mim e se senta na poltrona aconchegante mais perto da árvore de Natal. Ele estica o corpo comprido, colocando o tornozelo por cima do joelho, a colher batendo ruidosamente na borda da xícara. Nolan para de mexer o chá ao ver o buraco que transformei numa cavidade mais ou menos do tamanho do meu punho, com fios soltos pendendo sobre o dorso da minha mão como sobreviventes de um desastre de lã.

Ele rearranja a colher e a prende com o dedo, levando a xícara à boca.

— O que o cobertor fez contra você? — pergunta.

Aperto com força o tecido, escondendo o buraco enorme. Depois eu costuro.

— Nada — digo, sentindo-me desajeitada e completamente despreparada. Odeio me sentir assim. Como se eu tivesse feito algo errado. Como se precisasse preencher o espaço vazio entre mim e outra pessoa até a sensação vacilante no meu peito desaparecer. — Eu... eu não devia ter... Me desculpa — começo, e Nolan levanta as sobrancelhas. — Eu não devia ter te pressionado a fazer... — engulo em seco — ... a coisa que eu queria que você me mostrasse — termino, sem jeito.

Não dava para soar mais suspeita nem se eu tentasse.

Nolan abaixa a xícara devagar. Sua língua aparece por um instante no canto da boca.

— A coisa que você queria que eu mostrasse — repete ele.

Talvez seja por causa do jeito lento como Nolan enuncia as palavras ou talvez seja a forma como está sentado — os joelhos bem afastados, ocupando cada centímetro da poltrona como se fosse *propriedade* dele. Meu constrangimento se transforma em outra coisa. Um líquido quente que se afunda em minha barriga.

— Não fala desse jeito — sussurro.

— De que jeito?

— Você sabe. Como se... eu tivesse feito uma proposta indecente.

— Você está me fazendo uma proposta indecente, Harriet?

Solto um grunhido e puxo mais o cobertor, tentando me esconder atrás dele. Pelo furo no tecido, vejo um sorriso presunçoso transformar o rosto de Nolan.

Ele se acomoda mais na poltrona.

— Não é tão divertido ser provocada, né?

— Não, acho que não.

Nolan ri. Minha garganta parece apertada demais. Minha boca, seca demais. Talvez seja *esta* a magia dele. Me deixar sem palavras.

— Saiu do jeito errado. — Umedeço os lábios. Nolan toma mais um gole de chá, achando graça. — Eu queria te ver usar sua magia, mas agora entendo que não é algo que você queira discutir. Não vou mais pedir isso.

— Tem razão — diz ele, devagar. — Não é algo que eu gosto de discutir, mas… — Nolan contorce a boca enquanto tenta desemaranhar os próprios pensamentos, os olhos vagando por cima do meu ombro até a janela atrás de mim. — Não é algo pelo que você precisa se desculpar.

Pego meu chá e dou um gole, só para ter o que fazer com as mãos. Nolan deve ter colocado mel. Está exatamente do jeito que eu gosto.

— Você tem o direito de sentir as coisas — falo, baixinho.

— E você tem o direito de me perguntar as coisas — retruca Nolan, a voz incomumente gentil. Ele respira fundo e solta um suspiro abalado. — Eu não… costumo conversar com pessoas fora dos meus compromissos de assombração. Você vai ter que me perdoar se eu for rude. Estou sem prática.

— Perdoado — digo, com facilidade, e é sério.

Nolan enruga a testa, confuso. Eu solto uma risada.

— Olha só a gente. Acabamos de sobreviver à nossa primeira briga.

Ele arqueia uma sobrancelha.

— Primeira?

— Tá bom. Talvez segunda. Ou terceira — corrijo, inquieta em meu lugar, sorrindo para Nolan. — É quase como se fôssemos amigos.

Ele grunhe.

— Posso fazer outra pergunta?

Nolan fecha os olhos antes de assentir brevemente.

— Você realmente não conversa com ninguém há um tempo?

— Eu sou um espírito, Harriet. — Ele abre os olhos, e um sorrisinho triste obscurece sua boca. — Não consigo falar com quem não me enxerga. E as únicas pessoas que me enxergam são meus designados.

Franzo a testa.

— Parece solitário.

— Eu não sou de conversar. — Nolan dá um longo gole no chá. — Obviamente.

— Não só essa parte — falo, tentando imaginar. Morar nesta cidade, mas não falar com uma única pessoa. Ser visto, mas não lembrado. Ficar à margem de tudo. Por décadas. — Nolan — sussurro. — Eu sinto muito mesmo.

Ele cutuca a calça jeans na parte do joelho, uma das pernas compridas bem esticada.

— Sempre fui um homem solitário, e os livros são uma boa companhia. Não lembro muito da minha vida mortal, mas eu... lembro disso. De estar sozinho. — Sua expressão calma vacila e vejo a rachadura por baixo. Um lampejo de uma dor lancinante e intensa. — Mas encontrei maneiras de me manter ocupado na vida após a morte.

— Por exemplo? — pergunto.

Um sorriso se forma no canto da boca dele.

— Fiquei muito bom em cuidar de gatos de rua ao longo dos anos. Por algum motivo, eles parecem particularmente apaixonados pela biblioteca que montei na minha casa. São boas companhias.

— Você achou que seria assim? — questiono, com a curiosidade me consumindo. — Sua vida após a morte?

Nolan balança a cabeça devagar.

— Achei que teria mais. Que não seria só...

— Passar o tempo na sala de uma desconhecida e fazer chá enquanto tenta descobrir as maiores transgressões da vida dela?

— *Aye* — concorda, o sotaque mais forte nessa palavra do que em qualquer outra coisa que já disse. Um som arrastado que vem bem do fundo da garganta. — Algo assim.

Não tinha percebido que nós dois estávamos com dificuldade para nos situarmos. Pensar nisso é estranhamente reconfortante, como um fio delicado nos costurando um ao outro.

Dou um sorrisinho, que Nolan retribui. Um pouco da tensão desaparece, transformando-se num silêncio confortável. Ele me deu uma migalha, e eu quero mais.

— O que foi? — indaga, jogando a cabeça para trás e apoiando na cadeira, ficando confortável. — Você ficou toda agitada agora.

Bem, Nolan falou que eu tinha o direito de perguntar as coisas.

— O que você fazia antes? Qual era o seu trabalho?

— Eu era pescador. — A cabeça dele pende para o lado, quase descansando no ombro. Ele fecha um olho. — Por que quer saber?

Observo a força sutil do corpo dele. As mangas da camisa arregaçadas até os antebraços e a mão grande fechada em torno da xícara. A cicatriz que mal consigo enxergar acima da sobrancelha e a barba por fazer ao longo do maxilar. Nolan parece indecente, sentado ali com os dois primeiros botões da camisa abertos, expondo o pescoço longo. Consigo imaginá-lo perfeitamente no deque de uma embarcação. O sol na pele. O vento no cabelo.

— Você tem cara de pescador.

Algo no que digo o diverte.

— Como assim?

— Você parece... habilidoso — decido, olhando de novo a mão dele. — Rústico.

— Isso é bom?

Sopro minha xícara, observando o vapor dançar pela borda.

— Para mim, não — murmuro.

Nolan dá uma risadinha — um riso grave, áspero, retumbante —, e arrepios irrompem em meus braços.

— Ah! — exclama ele. — É verdade. Você achou que eu fosse um sonho naquela primeira noite. — Seus olhos brilham com algo metido e arrogante. — Eu sou o homem dos seus sonhos.

Eu bufo.

— Não se empolga muito, não.

Nolan ri de novo, e eu escondo um sorriso atrás da borda da xícara. Levo os joelhos até o peito, com o cobertor no colo.

— Então... — começo, ansiosa para não deixar morrer essa sensação tranquila e calorosa entre nós — ... e agora?

Eu adoro descobrir o que as pessoas precisam de mim. Sasha teria muito a dizer sobre meu desejo de validação externa, tenho certeza, mas é bom chegar ao fundo de alguma coisa e encaixar as peças até formarem uma imagem completa. Entender as pessoas ao meu redor. Fazer com que elas me entendam.

— Como assim? — pergunta ele.

— Eu sei que você não apareceu na minha casa para fazer chá. O que veio fazer aqui esta noite?

— Ah, Harriet. Melhor se acostumar a me ver. Eu vou ocupar todas as suas noites — diz ele, e eu engulo em seco. — Estou preso a você durante as festas de fim de ano — continua. — Vou estudar seu passado, depois te entregar ao seu presente. — Nolan arqueia uma sobrancelha insolente. Sem dúvida, parece alguém que minha mente inventou e colocou de presente embaixo da minha árvore de Natal. Ele levanta a xícara num brinde silencioso. — Temos um trabalho a fazer, Harriet York.

Capítulo Sete

Nolan

Vinte minutos depois, Harriet e eu estamos no meio de um campo de árvores, com neve até os joelhos. Quando falei que tínhamos trabalho a fazer, não esperei que fosse ser algo tão… rural.

— Que bom que você me mandou trocar de roupa. Eu ia congelar de pijama.

Resmungo em resposta, com as mãos enfiadas no fundo dos bolsos do casaco. Eu não pedi para Harriet se trocar porque estava preocupado com o fato de ela passar frio. Pedi porque, se eu precisasse ver a alcinha minúscula da regata dela deslizar pelo ombro outra vez, ia socar uma parede.

Pijama. Aquele short soltinho com uma fenda na lateral não é um *pijama*. Ela estava usando uma vestimenta costurada pelo demônio, projetada especificamente para dominar os homens.

— Acho que não notei na lembrança anterior, mas o passado parece diferente — continua Harriet, alheia à minha distração. Ela se remexe na neve, testando-a, aí estende a mão e pega um floco, que mantém sua forma minúscula e cristalina por meio segundo a mais do que deveria antes de se derreter em sua pele. — O frio é só um friozinho de leve. É como estar numa bolha — observa Harriet. — Ou vestir um traje espacial.

— Nós somos observadores — explico. — Não participantes.

Enquanto a Harriet do presente pondera as especificidades da lembrança que visitamos, a Harriet do passado faz o possível para cortar uma árvore. Só consigo ver suas pernas cobertas pela calça jeans saindo de baixo de um emaranhado de galhos. Ela está tentando desde que chegamos. Não tenho a menor ideia do que está fazendo lá embaixo.

E também não faço ideia de por que estamos aqui, *nesta* lembrança. É mais uma espiada perfeitamente inócua no passado de Harriet. Cem por cento comum. Estamos num campo sereno, coberto de neve e cheio de lindos abetos-de-fraser. Música natalina ecoa do grande celeiro vermelho ao longe. As risadas vêm em acessos e explosões enquanto as crianças correm com seus pais, e, sob a árvore, Harriet persiste com o que presumo ser uma serra muito ineficiente.

Será que ela vai dar um jeito de botar fogo na árvore e reduzir a fazenda toda a cinzas? Será que a árvore que Harriet está tentando destruir é uma herança preciosa? Talvez a esteja cortando para se vingar de alguém por meio do… espírito natalino?

O que ela está *escondendo*?

— É como se eu estivesse aqui, mas ao mesmo tempo não estou — continua Harriet, rodopiando nos calcanhares enquanto estou ruminando em silêncio ao seu lado. Ela se abaixa e junta um punhado de neve com as mãos, despejando-o de volta ao chão logo em seguida. — A neve parece marshmallow.

— É porque estamos no passado — explico outra vez, inclinando a cabeça, preocupado quando a árvore começa a balançar.

Analiso o campo vazio. E se cair? A Harriet do passado está sozinha aqui, e não tem ninguém para ajudá-la com a porcaria da árvore.

Alguém pelo menos sabe onde ela está? E por acaso ela está usando uma serra ou roendo o tronco com os dentes? Fecho as mãos em punho ao lado do corpo.

— Para de ficar brincando com neve — estouro, irritado. Irritado por *estar irritado*. — Você vai ficar com as mãos geladas.

— Mas eu não sinto nada.

— Vai sentir quando voltarmos — esclareço, olhando a árvore balançar para a frente e para trás. — Esse tipo de coisa tende a demorar para passar.

— Sério?

Assinto. Se ela não tomar cuidado, vai sentir o gelo da neve por dias. Eu mesmo nunca liguei muito para isso, mas, com Harriet, pareço ligar.

Estou irritado.

Ela olha para as mãos e flexiona os dedos.

— Que estranho.

Mexo nos bolsos, procurando algo.

— Quer minhas luvas?

— Você tem luvas?

— É inverno. Lógico que eu tenho luvas.

Tiro-as do bolso e balanço na frente dela, que as pega e veste. São comicamente grandes. Parecem até luvas de forno.

Harriet bate uma palma enluvada, toda alegre.

— Você mesmo que tricotou?

— Não.

Sim. Tenho uma quantidade obscena de tempo livre e pouquíssimos hobbies. Eu tricoto. Leio. Cuido dos gatos que aparecem de maneira inexplicável na minha janela a cada poucos meses. Vez ou outra roubo um dos barquinhos de pesca ancorados no porto e vou navegar.

— Eu comprei num centro mercantil perto do cais em 1976.

Os cílios grossos dela são como um leque em cima das bochechas, e a ponta do nariz está rosada de frio. O casaco é rosa também. Harriet parece um algodão-doce.

Mas, caralho, como é encantadora.

— Na década de 1970? — pergunta.

— Aham — minto, virando-me para a outra Harriet e a árvore precariamente inclinada. — Estavam em liquidação.

— Uma liquidação de luvas.

— Correto.

— Em 1976.

— Sim.

— Tá bom.

Observo-a de canto de olho enquanto ela enfia uma mão enluvada no bolso do casaco.

— Você está mentindo, mas tudo bem.

Harriet tenta tirar a mão, mas o braço fica preso nos confins do bolso. Ela sacode o cotovelo da mesma forma que uma galinha em perigo bate a asa, balançando para a esquerda, depois para a direita.

— Tudo bem aí? — indago, olhando para o topo da cabeça dela.

— Tudo ótimo.

— Tem certeza?

Harriet assente e para de se mexer. Um momento depois, tenta soltar de novo a mão. Deixo-a em paz, contente de observá-la passando perrengue.

Finalmente, ela se vira e olha pesarosa para mim. O braço ainda preso ao lado do corpo.

— Preciso da sua ajuda — diz.

Mordo a parte interna da bochecha para conter o sorriso.

— Com o quê?

— Minha mão está presa. — Ela sacode o braço para dar ênfase. — E não consigo pegar minha bengala doce.

— Que bengala doce?

— A que está no meu bolso. Eu sempre guardo algumas no bolso.

Lógico que guarda. Faz sentido, dada a enorme quantidade de doces que estão espalhados pela casa para sempre que sentir vontade.

Levanto as sobrancelhas.

— E como você gostaria que eu ajudasse?

— Me soltando? — Ela se vira e me oferece o cotovelo. — Um bom puxão deve resolver.

— Um puxão?

— Sim, um puxão. Encontrei este casaco no Exército da Salvação e os bolsos são pequenos demais. Isto acontece com frequência.

Imagino que sim, com todos os doces que ela anda enfiando nele. Harriet é como uma bagunça catastrófica, oitenta por cento do tempo.

Ela chega mais perto, cutucando meu peito com o braço, então aponta para ele com a cabeça.

— Vai lá.

Hesito.

— Tem certeza?

— Sim, por favor. Eu gostaria de voltar a usar meu braço hoje. E queria muito uma bengala doce. — Harriet aponta com a cabeça para seu eu do passado, ainda serrando a árvore. Escutamos um baque abafado e um grunhido. — Se me lembro bem, vamos ficar aqui um tempinho.

— Você reconhece esta lembrança?

Ela assente, com um sorriso secreto flertando com os cantos da boca. Minha atenção se fixa ali, e a mantenho até Harriet bater o braço em meu peito. Seguro com força. O casaco que ela está vestindo é macio como o suéter do outro dia, só que mais grosso.

— Nolan. — Harriet ri. — Anda. Me ajuda.

Ajusto nossa posição e puxo delicadamente o braço dela.

— O que é isso? O que você está fazendo? — pergunta, parecendo à beira da gargalhada. Não consigo ver o rosto dela assim, com seu corpo contra o meu, o cabelo escondendo o rosto. — Isso aí não vai adiantar nada.

— Eu não devia ter dado minhas luvas a você — resmungo. — Não tem uma gota de gratidão nesse seu corpo.

— Minhas mãos estão bem quentinhas e confortáveis, muito obrigada. Agora vai, tenta de novo. Vê se põe um pouco de força.

Coloco mais que um pouco de força. Despejo toda a minha frustração e também um tiquinho do meu ressentimento. Não tenho ideia de como sempre acabo nessas situações ridículas com Harriet, mas gostaria muito de fazer meu trabalho e encerrar a temporada natalina. Eu não devia estar oferecendo à minha designada as luvas que levei quase um mês para fazer. E com certeza não devia nem ligar se as mãos dela estão frias.

Mas ofereci e ligo, e, apesar de toda a minha relutância, não me arrependo de nada.

Puxo com força demais e Harriet dá um gritinho, a mão se soltando num único movimento bruto. Ela perde o equilíbrio, agitando os braços, uma bengala doce rebelde e uma caixinha escura caindo num montinho de neve à nossa esquerda. Envolvo sua cintura com o braço antes de ela cair, e suas mãos enluvadas se fecham na frente do meu casaco.

Seguro-a firme até ter certeza de que se reequilibrou, depois me demoro mais um segundo com ela em meus braços. Harriet é quente, e sólida, e real, e faz tanto tempo que não sinto outro corpo colado ao meu.

Flexiono os dedos em suas costas. As mãos dela encontram meus ombros. Ela exala, e seu hálito quente roça meu pescoço.

Espalmo bem os dedos e a puxo um centímetro para mais perto. Harriet se inclina de leve, jogando a cabeça para trás. Isso faz algo perigoso com meu autocontrole. Minha magia se revira no peito num zunido baixo.

— Tudo bem? — pergunto.

Ela assente em silêncio, os olhos muito arregalados. Eu me endireito e a ponho de pé outra vez. Depois de me certificar de que não haverá mais nenhum escorregão acidental, solto ela e me abaixo, pegando os itens dela da neve.

Estendo-os em sua direção.

— Obrigada — murmura Harriet.

Estou tão distraído vendo o rubor se espalhar por sua pele que não percebo que ela tenta me empurrar a caixinha escura, cutucando meu peito com o objeto.

Seguro seu pulso.

— O que está fazendo?

— É para você. — Ela sacode a caixa, e algo chacoalha lá dentro. — São balas. Você disse que gosta de canela, certo? Eu comprei para você.

Pisco.

— Um presente?

— É, acho que sim. — Harriet dá de ombros, com as bochechas ainda de um cor-de-rosa intenso. — Não é nada de mais. Eu vi e achei que você fosse gostar de um docinho.

Eu *não* gostei. A negação pesa na ponta da minha língua. Não vai valer a pena. Sempre que como alguma coisa, só tenho uma vaga sensação do gosto. O motivo para eu gostar tanto de bala de canela é porque essa especiaria acaba com o torpor. É o mais perto que cheguei em décadas de desfrutar um sabor.

Se visitar o passado é como estar embaixo d'água, existir no presente é como estar congelado. Nada passa.

Harriet volta a vasculhar o bolso problemático.

— Eu também tenho balinha de limão, se você preferir…

Seguro de novo o pulso dela.

— Mãos longe dos bolsos, srta. Encrenca.

Ela para tudo que estava fazendo.

— Ah. Bem lembrado.

— Quanto doce você tem guardado aí?

Harriet sorri para mim.

— Você não acreditaria se eu contasse.

Uma risada irrompe de mim. Ela deve ter razão. Deslizo um dedo para o bolso esquerdo do casaco dela.

— As balinhas de limão estão neste aqui?

Puxo o bolso, virando-a de leve. Não sei por que, mas provocar Harriet é como abrir uma porta enferrujada que leva a uma parte de mim que não vê a luz há noventa e tantos anos. Estou seguindo por um caminho muito perigoso.

Ela assente.

— Sim. Estão aí.

— Tá bom — concordo. — Mas eu pego.

Deslizo a mão para dentro do bolso impossivelmente pequeno sem desviar o olhar de seu rosto. Harriet entreabre os lábios quando meus dedos entram em contato com mais ou menos dez mil balas. Mal consigo mexer a mão em meio a tantos doces.

— Você tem um problema.

— Nunca se sabe quando a vontade vai bater — afirma ela, baixinho.

Ela passa a língua no canto da boca e tudo em mim fica tenso. Um floco de neve flutua preguiçosamente do céu e pousa em seu lábio inferior como um pequeno milagre de cristal antes de derreter com o toque dela.

Inspiro fundo pelo nariz e depois solto o ar. Pego o doce do bolso dela e seguro na palma da mão.

— Obrigado — consigo dizer, com a voz parecendo ter sido arrastada sobre pedras.

Harriet sorri para mim, voltando a atenção para a árvore balançando.

— De nada.

Fico olhando seu perfil enquanto desembrulho a bala de limão e tento racionalizar o nó que se forma no meu peito. Harriet é a primeira designada que recebo em uma década que está próxima da minha idade mortal. Em geral, não me envolvo em conversas casuais. Não consigo me lembrar da última vez que alguém me tocou sem ser por acidente ou por causa do meu trabalho. Ela é dolorosamente bonita, tem um senso de humor perverso e um desejo de ser boa que estou começando a achar que não é fingimento.

Ficar perto dela está me afetando. É só isso este sentimento.

Enfio a bala na boca. Por um único segundo esperançoso, acho que consigo sentir o gosto. Limão suave e cremoso e o toque de algo bem azedo. Mas aí o sabor enfraquece e some, meus sentidos mais uma vez silenciados.

Solto um suspiro.

— O que exatamente você está fazendo com aquela árvore lá embaixo?

Harriet ri.

— Estou destruindo a coitada. Eu tinha 21 anos e não sabia nada sobre ferramentas florestais. Não conseguia descobrir como usar a serra. — A árvore estremece, um grito vitorioso vindo de baixo dos galhos. — Espera. Essa é a melhor parte.

— Não entendo por que veio aqui sozinha. — Fico esperando que outra pessoa apareça. Um parente ou talvez um namorado. Alguém para ajudá-la com a árvore, que tem umas cinco vezes o tamanho dela. — Nem por que escolheu essa árvore.

Harriet endireita a postura, com a bengala doce entre os dentes como se fosse um charuto.

— Porque sou uma mulher forte e independente. — Uma expressão pensativa a faz enrugar o nariz. — Se bem que…

Uma sensação de mau presságio toma conta de mim.

— Se bem que o quê?

Ouço um estalo alto quando o tronco enfim cede. Vejo a árvore começar a cair… para a frente, em vez de para trás. Em direção a Harriet.

— Eu estava serrando para o lado errado — explica ela ao meu lado, com uma risada contagiante. — Física nunca foi meu forte.

A árvore cai com um baque abafado na neve, bem em cima de Harriet. À nossa frente, observamos enquanto ela se debate sob o peso da árvore. Nunca interferi no passado antes, mas agora quero fazer isso. Quero pegar a árvore e arrastar para longe dela. Quero ajudá-la a se levantar e tirar as folhas que sem dúvida estão presas em seu cabelo.

Quero ter certeza de que Harriet está bem.

Acho que não tem ninguém para ver se ela está bem.

— Você não devia estar aqui sozinha — digo em vez disso, cerrando os punhos ao lado do corpo.

Mordo a bala de limão e mastigo agressivamente até não me sentir tão descontrolado.

Harriet gesticula com a mão, dispensando minha preocupação.

— Vai dar tudo certo. Olha.

A árvore se inclina para o lado e Harriet surge, com o rosto vermelho e vitoriosa. Ela de fato tem folhas no cabelo. E uma pinha também.

O gorro que usava está, no momento, emaranhado nos galhos da árvore, um enfeite involuntário.

Mas é a expressão em seu rosto que me faz prender a respiração. Está sorrindo para a árvore como se tivesse acabado de conquistar algo.

— Eu não tinha ninguém para vir comigo — explica Harriet. — Você deve ter percebido na nossa viagem anterior ao passado, mas minha família não é bem do tipo que gosta de passear pelo campo e fazer trabalho braçal. Minha mãe não queria… — Ela inspira fundo pelo nariz e expira lentamente, deixando o resto da frase de lado. — Eles tinham outros planos, e eu queria uma árvore para o meu primeiro apartamento. Tia Matilda se ofereceu para ir comigo quando soube que eu estava sozinha, mas acho que eu queria provar que conseguia fazer as coisas sem ninguém. Que eu podia querer algo e merecê-lo. Que, mesmo que fosse difícil, valeria a pena.

Observamos enquanto a Harriet do passado se abaixa e agarra a base do abeto. Ela o levanta com um grunhido e começa a arrastá-lo pela neve.

— Valeu a pena? — pergunto.

O sorriso de Harriet é melancólico conforme observa a si mesma.

— O que você acha?

A pinha cai do seu cabelo quando ela puxa a árvore com força, quicando pela frente do casaco acolchoado e pousando exatamente ao lado do gorro. Harriet para de puxar e fica olhando, levantando a mão para tatear a própria cabeça. A compreensão ilumina seu rosto, seguida por uma risada que ecoa pelo campo, serpenteando pelas árvores como enfeites de Natal. Há alegria naquele som. Alívio também.

Harriet encontrou o que estava procurando.

— Sim — digo a ela. — Sim, valeu a pena.

Não ficamos muito mais tempo no passado.

Assim que a Harriet do passado desaparece colina abaixo com sua árvore, estendo a mão e a Harriet do presente a segura sem dizer nada. O vento que estava soprando entre as árvores agora se concentra em nós, envolvendo nossos tornozelos e enrolando-se até que o cabelo dela grude no meu rosto e meu estômago suba para a garganta. Estou ciente de todos os lugares em que estamos nos tocando enquanto cambaleamos através do tempo. Mãos, cintura, ombros. A respiração constante de Harriet em meu pescoço, e a palma da mão pressionada na minha.

Depois de desacelerar e parar, estamos de volta à sala de estar dela, nossas xícaras de chá no mesmo lugar onde as deixamos. Eu me concentro nas coisas que posso ver. Seu cobertor jogado sobre o braço do sofá. Os bonecos de gengibre de cerâmica na cornija. A árvore de Natal no canto.

— Você cortou esta sozinha também? — pergunto.

— Sim — responde ela. — Comecei uma nova tradição naquele ano, embora goste de pensar que agora sou bem melhor com uma serra. E... com a gravidade, acho. É bem menos trabalhoso hoje em dia. — Harriet contrai os lábios e fica pensativa. — Mas as da loja eu encomendo. Cortar três árvores num Natal só é meio que abusar da sorte.

Um sorriso autodepreciativo se espalha por seu rosto. Passo o polegar pelos nós dos dedos dela, nossas mãos ainda entrelaçadas. Queria que ela não estivesse usando minhas luvas. Quero sentir sua pele.

Pelo jeito, de abusar da sorte eu entendo bem.

Solto a mão de Harriet e pressiono minha palma na nuca. Preciso me recompor. Já fizemos duas viagens ao passado e nenhuma delas foi particularmente reveladora. Estou diante de um quebra-cabeça com metade das peças faltando.

— Derrubar árvores e roubar barcos — digo, frustrado. — O que mais nos aguarda, hein?

— Acho que queimei um ou dois biscoitos de gengibre ao longo dos anos. Talvez, da próxima vez que visitarmos meu passado, tenhamos que me assistir massacrar uma cidade inteira de alcaçuz. — Seu sorriso se torna forçado, seus olhos procuram os meus. De alguma forma, eu a decepcionei. Falei a coisa errada. — Você ainda acha que estou escondendo alguma coisa, né?

Acho que há algo me prendendo aqui. Algo que ainda não vi. Talvez ela não tenha a intenção de me enganar, mas o fato é que tem algo que preciso encontrar. Ver. E não é um trenzinho de jardim nem árvores em um campo.

Não há erros. Não aqui. Não com isso.

— É meu trabalho — digo a ela, sentindo uma pontada de culpa por motivos que não consigo explicar. — Preciso te entregar para o seu próximo espírito.

— Meu próximo espírito — repete ela.

— Por mais que eu esteja me divertindo — continuo, tentando soar sarcástico —, tenho outras coisas para fazer. Pessoas a quem responder. — A frustração queima minha nuca. — Você acha mesmo que é a exceção às regras que governam este reino e o outro há milênios?

A expressão de Harriet desaba. Ela tira as luvas das mãos.

— Claro — concorda, com a voz rouca. — Eu cometi muitos erros. Machuquei pessoas. Com certeza… — Harriet respira fundo, tremendo. — Com certeza devo merecer isto.

O sentimento de culpa me atormenta de novo. Uma pressão que aumenta à medida que ela fica olhando para os pés.

— Harriet…

— Quer dizer, eu não chamei a polícia para denunciar crianças nem fui responsável por alguém ficar sem ter onde morar, mas… — Ela dá de ombros, apática. — Talvez o que eu tenha feito seja igualmente ruim.

Semicerro os olhos.

— O que você fez?

Ela puxa um fio solto das luvas, virando-as sem parar nas mãos.

— Vamos descobrir, não é mesmo? Não posso fugir do meu destino, como você gosta tanto de dizer. — Harriet me dá um sorriso forçado. — Mas eu entendo. Sem ressentimentos. Não quero atrasar você nem impedi-lo de seguir em frente.

Ela me devolve as luvas.

Mas essa é a questão. Eu não vou seguir em frente. Vou ficar onde estou, acorrentado a este lugar até cumprir quaisquer requisitos que me sejam impostos. Quantas décadas passei tentando descobrir como seguir em frente? Quantas mais serão necessárias?

— Fica com as luvas — digo, de repente exausto. — Tenho outras. Posso tricotar mais. Vai me dar algo para fazer.

— Ah, tudo bem. — Harriet as segura contra o peito, apertando-as com força. — Tem certeza? Você comprou numa liquidação.

— Elas têm vinte anos. Não tem problema.

Ela torce a boca, confusa.

— Achei que você tivesse dito que comprou em 1976.

Merda.

— O tempo é um conceito fugaz para mim — desconverso. — Tem muitas coisas que eu não lembro.

— Se tem tanta certeza… — diz Harriet, por fim, virando-se e colocando as luvas no braço do sofá. — Não quer… ficar um pouco? — Ela aponta para a xícara de chá pela metade na mesinha redonda perto da árvore. Seus olhos se enchem de esperança. — Você poderia terminar seu chá. Se quiser. A gente pode conversar sobre… o que você quiser. Não precisa ficar sozinho.

Balanço a cabeça. A última coisa de que preciso é passar mais tempo nesta casa que cheira a hortelã-pimenta e pinho. Essas concessões ao conforto de Harriet precisam acabar. Não vim aqui para ser amigo dela. Vim para o seu acerto de contas.

— Preciso ir embora.

— Tudo bem — anui, baixinho, o que me faz me sentir pior.

Ela concordou com tanta facilidade. Não se parece em nada com a Harriet do campo de árvores. Esta Harriet parece cansada e abalada. Desmoronando nos cantos.

Ela tira o casaco e o pendura no encosto do sofá. Estica os braços acima da cabeça, e eu tenho um vislumbre da pele lisa e pálida de sua barriga. A elevação da cintura e a curva do umbigo.

Engulo em seco e desvio o olhar para a árvore.

— Você acha que… — Harriet para abruptamente no meio da frase.

Espero que continue, mas ela não faz isso.

— O quê?

Ela me encara.

— Você acha que… vou conseguir consertar seja lá o que eu tenha feito de errado?

Não respondo, porque não sei o que dizer. Nunca tive um designado que me perguntasse se conseguiria *consertar* as coisas. Nunca estive com alguém que quisesse sequer tentar. Em geral, as pessoas precisam enfrentar seu terceiro espírito e sua morte infeliz e/ou prematura para estarem dispostas até mesmo a considerar isso.

Harriet se apressa em preencher o silêncio, com uma expressão séria.

— Você acha que eu posso voltar a ser uma pessoa boa?

Olho para ela, brilhando à luz da árvore. Não consigo pensar em nada para dizer.

— Acho que vamos descobrir — digo, enfim, repetindo a frase dela.

Seus ombros murcham, e Harriet volta o olhar para o chão. Sou tomado por um desejo irracional de segurar seu rosto entre as mãos. Levantar seu queixo.

— Preciso ir — anuncio em vez disso, dando um passo para trás. Minha perna bate na mesa de centro e nossas xícaras de chá tilintam. — Entrarei em contato.

Ela assente.

— Para onde você vai?

— Como assim?

Harriet inclina o rosto em direção ao meu. A melancolia permanece no sorriso que ela tenta forçar.

— Quando você não está aqui. Para onde você vai? Tem um trabalho de meio período assombrando o cemitério? — Feliz com a própria piada, seu sorriso se torna menos forçado. — Ou fica flutuando ao redor do farol abandonado na enseada, gemendo e chiando?

— Eu tenho uma casa — respondo.

Se bem que a ideia do farol não é ruim. De repente, se eu ficar entediado, posso ir até lá com minha sacola de reciclagem e fazer barulho com o metal se chocando.

— Fico feliz — diz ela. Diante do meu olhar questionador, Harriet explica: — Fico feliz por você ter uma casa.

É ok. É uma casinha geminada do outro lado da cidade, com vista para a água, que foi condenada no século XIX, eu acho. A cidade de Annapolis considera um casebre, mas o departamento arrumou direitinho. Passo os dias tomando café na varanda dos fundos e lendo um dos livros da pilha interminável que ocupa minhas estantes. Tive uma televisão por um breve período no início dos anos 1990. Aí, sem querer, assisti a dois episódios de *The Jerry Springer Show*, pensei que de alguma forma tinha me transferido para o inferno e larguei o aparelho na escadaria na frente do quartel dos bombeiros.

Minha existência é silenciosa, pequena e facilmente contida. Nada como o lar que Harriet construiu, preenchido por uma árvore que ela mesma cortou e dez mil bengalas doces.

É bom estar aqui. É como... se eu estivesse absorvendo um pouco da luz dela.

E é exatamente por isso que eu deveria ir embora.

Mas é difícil deixá-la quando Harriet ainda parece tão abatida, sozinha no meio da sala com os braços em volta de si.

Eu poderia estender uma bandeira branca.

Se quisesse.

— Por que está me olhando assim? — sussurra Harriet.

O som de sua voz faz a magia em meu peito despertar e fluir pela minha corrente sanguínea, acomodando-se na palma das minhas mãos. É uma sensação estranha. Não de todo indesejada, mas estranha. Minha magia não costuma ser tão instável.

— Estou pensando numa coisa.

— No que você está pensando? — pergunta, em voz baixa.

— Ofertas de paz.

— Ah. — Ela semicerra os olhos. — Não entendi.

— Só... fica em silêncio um segundinho.

— Tudo bem.

Estudo seu rosto enquanto tento encontrar o lugar no meu peito de onde vem a magia. Aquela sensação profunda em algum lugar perto dos meus pulmões. Um sorriso flerta com os cantos da boca dela e minha magia se acende, uma chama quente de *alguma coisa*. Pego aquele fio dourado e brilhante e puxo, o chão se esvaindo.

A última coisa que ouço antes de usar a magia para pular da casa dela para a minha é sua risada alegre, quase tão brilhante quanto a magia rugindo em minhas veias.

Capítulo Oito

Harriet

— O que você pensa sobre espíritos?

Sasha franze a testa, pensativa, enquanto passa o pano no cabo de um grande garfo. Ela encontrou um conjunto de talheres de prata deslumbrante em uma venda de espólio em Baltimore e passamos as primeiras horas da manhã tentando restaurar o brilho original das peças. O conjunto está completo, exceto por duas colheres. Gosto de pensar que os dois talheres estão em alguma gaveta, aninhados um ao outro e felizes.

— Que tipo de espírito? — pergunta Sasha.

— Sei lá. Só espíritos.

Ela reflete sobre a pergunta.

— Tipo fantasmas? Meus pais me levaram para ver *Gasparzinho* num cinema *drive-in* quando eu era criança. Achei legal. — Sasha levanta o garfo para a luz, analisando-o com os olhos semicerrados. — Mas não tão legal quanto este garfo. Não parece um tridente? — Ela o joga no ar e pega de volta. — Talvez devêssemos colocá-lo na seção de armas medievais.

— Não temos uma seção de armas medievais.

— Podíamos ter. Se você tivesse comprado a clava daquele cara sinistro.

Pego o garfo antes que Sasha possa espetar a mim ou a ela mesma.

— Você está ouvindo o que está dizendo? Eu jamais compraria uma clava de um cara sinistro. Primeiro, eu não teria como verificar a autenticidade. Segundo, ele tinha cavanhaque. Não dá para confiar em homens com cavanhaque. — Coloco o garfo de volta na caixa de madeira. — E tridentes têm três pontas, não duas. Tri significa três. Agora pode começar a polir as facas.

Sasha resmunga baixinho algo que soa como "Queria que a gente tivesse uma clava" enquanto deixo minha mente divagar. Não vejo Nolan há quatro dias. Estive esperando que ele aparecesse de trás de uma das prateleiras lotadas da loja de antiguidades ou talvez batesse à minha porta de novo, mas tem sido silêncio total desde que ele desapareceu com magia no meio da minha sala.

Para onde ele foi? O que está fazendo? Nolan disse que havia um prazo para toda essa história de assombração. Nesse caso, eu não deveria vê-lo com mais frequência? Ele vai se despedir ou o Espírito do Natal Presente vai aparecer de repente no meu banheiro? Não faço ideia.

Talvez eu o tenha visto e não me lembre. Nolan comentou que os espíritos circulam pelos limites da consciência. Talvez ele tenha estado aqui todos os dias e eu tenha me esquecido dele todas as vezes.

Paro de torcer o pano de polimento.

— Por que está me perguntando sobre espíritos? — questiona Sasha, pegando uma faca para manteiga de aparência delicada. Ela gira o objeto na mão, segurando-o pelo cabo. — Você teve alguma experiência sobrenatural?

Penso na mão de Nolan segurando a minha. Na maneira como ele aperta meus dedos toda vez que visitamos o passado. Penso em como tropecei na neve quando minha mão ficou presa no bolso. Como ele me segurou firme, nossos corpos se tocando, meu coração batendo forte no peito.

Ele cheirava a pele quente e ar salgado. Algo mais sombrio. Cravo, talvez.

Eu experienciei algo, com certeza.

Dou de ombros e pego outra colher.

— Só por curiosidade. A gente trabalha em uma loja de antiguidades e nunca conversou sobre isso antes. — Olho pensativa para as prateleiras. — Aposto que algumas dessas coisas são assombradas.

— Provavelmente — concorda Sasha. — Aposto que alguns dos donos desses objetos tiveram um fim sinistro.

— Sasha.

— O que foi? É matemática básica — brinca ela. — Quer que eu vá pegar um tabuleiro Ouija? Podemos tentar entrar em contato com outra dimensão.

— E esses trecos funcionam?

Talvez eu possa usar um para entrar em contato com Nolan. *Para onde você desapareceu? Foi porque eu pedi para você me mostrar sua magia? Foi porque você me* mostrou *sua magia?*

Foi você que tricotou aquelas luvas?

É bem provável que ele teria muita satisfação em soletrar lentamente S-A-I D-A-Q-U-I.

— Não sei. — Sasha ri. — Meu conhecimento sobre mortos-vivos se resume ao que aprendi em festas do pijama de quando eu era pré-adolescente e em maratonas de *Mistérios sem solução* no Lifetime. Acho que a gente podia ir ao banheiro, apagar as luzes e chamar a Loira do Banheiro três vezes seguidas. Ver o que acontece.

Estremeço.

— Não, obrigada. — Agora que sei que Nolan existe, imagino que haja muitos outros espíritos por aí. Não quero convidar loira alguma de banheiro nenhum para um chá, muito obrigada. — Por que alguém viraria um espírito?

Sasha pousa uma faca e pega outra.

— Em vez de...?

— Não sei. Descansar em paz?

Não fui criada em um lar religioso. Meus pais eram do tipo que vai à igreja na Páscoa e no Natal, e só porque proporciona boas oportunidades de networking. Minhas opiniões sobre a vida após a morte são puramente filosóficas, na melhor das hipóteses.

— Por que alguém escolheria ficar aqui?

— Entretenimento — responde Sasha. — A sociedade está virando um baita circo nos últimos tempos. Você viu aquele novo reality show? Sobre pessoas que têm relacionamentos com objetos inanimados? Eu abriria mão da vida após a morte por isso.

— Estou falando sério, Sasha.

Ela solta o pano e me dedica toda a sua atenção, piscando atrás das lentes grossas dos óculos. Suas unhas brilham em um roxo cintilante hoje, reluzindo para mim enquanto ela ajusta a armação dos óculos.

— É, eu percebi. — Sasha franze a testa e volta a atenção para a faca, com uma expressão pensativa. — Talvez não seja uma escolha. Não consigo imaginar alguém escolhendo isso em vez de, sei lá, um campo dourado com um pôr do sol infinito. — Ela esfrega os lábios, pensando. — Churros à vontade. Nachos que não ficam moles com o molho. Ah! Brunch com bebida ilimitada que não exige reserva.

Escolha. Meu cérebro fica preso nessa palavra enquanto Sasha continua a listar as comodidades em sua versão da vida após a morte, a maioria relacionada à comida. Nolan não disse que achava que seria diferente? Melhor?

Talvez não tenha tido escolha. Ele falou que está preso a mim durante as festas de fim de ano, mas talvez também esteja preso a este lugar. Preso até concluir seja lá o que precise fazer.

Até eu reparar meus supostos pecados.

Franzo a testa para o conjunto de talheres.

— Minha mãe achava que tinha um espírito na despensa da nossa cozinha — continua Sasha. — Ela dizia que ele tinha assuntos pendentes com uma receita de pão que não conseguiu aperfeiçoar e que por isso ficava espalhando farinha pelo chão. — Recebo um olhar travesso. — Mas ela não sabia que a farinha era coisa da minha irmã. Elena era obcecada pelos pirulitos na prateleira de cima e o saco de farinha era o melhor banquinho improvisado.

Eu rio.

— Não esperaria nada menos de Elena. Nem da sua mãe.

Enquanto meus pais são rígidos e conservadores, as mães de Sasha são espirituosas e acolhedoras. Elas visitam a loja a cada poucas semanas com biscoitos orgânicos recém-assados, encantadas com as últimas novidades. Sasha fica sempre muitíssimo envergonhada, mas eu tenho muita inveja. Adoraria ser amada de maneira tão intensa.

— Minha mãe passou por uma baita fase de sexto sentido. Ela estava convencida de que cada probleminha era alguém com assuntos pendentes. — Sasha termina de polir e pousa a faca, pegando outra. — Talvez essa seja a sua resposta. Assuntos pendentes.

— *Humm.* Talvez.

Nolan não se encaixa nos meus estereótipos de espírito. Ele não parece movido por raiva ou malícia. Não é particularmente entusiasmado ou apaixonado pelo que faz. Nem pela sua magia. Nem... por nada, na verdade. Ele parece estar apenas existindo. À deriva.

A porta da frente da loja se abre com um rangido. Minha atenção se volta para lá, mas ninguém aparece. Um segundo depois, um borrão laranja passa voando.

Relaxo os ombros. Não vejo Oliver desde o incidente da carta na varanda de casa. Estava começando a ficar preocupada.

Sasha bufa.

— Essa gata é uma ameaça pública.

— *Shiu.* Ela é fofa.

— Ela está te manipulando para conseguir petiscos. E você é tão boazinha que cede. Toda vez. — Sasha pega a lata de polidor de prata e franze a testa. — Acabou. Vou pegar mais lá atrás.

— Nada disso. Eu pego — digo.

Não preciso de Sasha desaparecendo por metade do dia de novo. Da última vez que verifiquei, ela tinha pendurado um varal de luzes no seu cantinho de leitura. É um milagre ela sequer sair de lá.

— Já volto — acrescento.

Pego a lata vazia e vou em direção ao almoxarifado.

Assuntos pendentes.

Será que é por isso que Nolan está aqui? Ele contou que morreu jovem, que nunca imaginou que se tornaria um espírito, então talvez...

Talvez exista algo de que precise para seguir em frente. Um objeto, será? Algo na minha loja. Pode ser que minhas decisões erradas sejam só *parte* do motivo pelo qual está aqui. Talvez eu possa compensar minhas transgressões passadas ajudando *ele*. Eu poderia ajudá-lo a resolver seus assuntos pendentes, seja lá quais forem.

Talvez esse seja o meu caminho.

Oliver se esgueira entre meus tornozelos enquanto vou até os fundos da loja, arqueando as costas e esfregando a cabeça na minha bota à medida que procuro no escuro pelo interruptor do almoxarifado. A gata mia com a luz repentina, seu rostinho virado para o meu.

— Desculpe, meu bem. Nada de petiscos hoje.

Eu me abaixo para afagar sua cabeça, mas meus dedos estão cobertos de uma camada de polidor. Oliver sibila e sai correndo quando a substância puxa seu pelo macio, derrubando uma pequena estatueta de sereia em sua saída apressada. Suspiro e tento limpar a mistura de pelo de gato e polidor na minha saia.

A lâmpada no centro do almoxarifado pisca e depois se apaga com um leve estalo, envolvendo aquele espacinho na escuridão.

— Que ótimo — murmuro, tateando em busca da prateleira com o polidor. — Talvez eu tenha sorte e a Loira do Banheiro decida que também vai ficar comigo durante as festas de fim de ano.

— Duvido — diz uma voz perto do meu ouvido. Sal marinho e especiarias. Café e cravo. — Ela não é lá muito sociável e odeia as festas de fim de ano.

Estico a mão desenfreada e a caixa de polidor de prata cai no chão. As latas batem no piso de madeira como gotas de chuva em uma janela, enquanto meu coração martela no peito.

Nolan está atrás de mim, com as mãos enfiadas nos bolsos. No escuro, ele é quase um vulto, mas eu reconheceria aquela risada baixa em qualquer lugar.

— Olá, Harriet.

Dou um tapa em seu ombro. Não estou nem aí de sujá-lo com polidor ou pelos de gato. Ele merece os dois.

— Achei que tínhamos combinado que você não ia mais me assustar!

Ele dá de ombros e se afasta, abaixando-se para recolher as latas que ainda estão rolando pelo chão.

— Não consegui evitar — diz Nolan. — E você estava pensando tão alto que duvido que teria me ouvido de qualquer maneira.

— Bem, pelo menos tente da próxima vez — resmungo.

Ele estica a mão, passando ao redor da minha perna para pegar uma lata rebelde, e seu antebraço roça minha panturrilha. Arrepios percorrem minha pele.

— Onde você esteve?

Nolan fica em pé, com a caixa contra o peito. Ele examina a prateleira rapidamente, depois coloca os polidores de volta no lugar, mantendo a mão apoiada na estrutura como se precisasse de um suporte. O bíceps dele está a um centímetro do meu rosto.

— Por aí — fala, evasivo.

— Por aí.

— Aham. — Ele estica o fim da palavra, meio cantarolando.

— Já se passaram quatro dias. — Hesito, com o constrangimento me iluminando como uma erupção solar. — Não que eu… tenha contado.

Felizmente, Nolan parece não notar meu deslize. Ele leva a mão livre à nuca, passando-a em seguida pelo queixo.

— Desculpe. Eu tive um pequeno… imprevisto.

A maneira como ele diz a palavra *imprevisto* soa como "Eu me livrei de um corpo em um beco e depois me banqueteei com a alma dele para sustentar minha força vital". Eu me recosto nas prateleiras e tento ler seu rosto no escuro.

— Que tipo de imprevisto? — pergunto.

Nolan suspira, seu hálito quente roçando minha testa.

— Nada tão dramático quanto o que você está pensando, tenho certeza.

— Você sequestrou alguém? — sussurro.

— Não — responde devagar. — Não sequestrei ninguém.

— Comeu alguma alma?

— Quê? Não. Harriet, eu… — Ele balança a cabeça. — Essa sua imaginação — diz, com exasperação afetuosa.

— O que você estava aprontando, então?

Nolan resmunga de novo, algo grave e sem sentido.

Quase consigo sentir a vibração em meu peito. O que Nolan faria, eu me pergunto, se eu me inclinasse para ele? Será que me seguraria em seus braços como fez no campo de árvores? Espalmaria bem os dedos, como se tentasse tocar o máximo possível de mim? Ou me empurraria para longe? Me magoaria com outro comentário afiado?

— Minha gata machucou a pata — diz, por fim.

Pisco na escuridão.

— O quê?

— Minha gata — repete ele, mais devagar desta vez. — Builín. Ela machucou a pata.

— Você tem uma gata?

— Tenho. — Assente. — Eu contei que cuido de gatos de rua.

— *Cuidar de gatos de rua* é diferente de *ter uma gata*.

— Para mim, não. — Nolan hesita. — Eles são a minha única companhia. Quero ter certeza de que estão bem.

Bem, isso é… fofo.

— Foi grave? Quatro dias é muito tempo.

A prateleira de metal range em ameaça atrás de mim. Tento imaginar Nolan cuidando de um gatinho até ele se recuperar. Suas mãos grandes. Uma patinha machucada. Almofadinhas rosadas. Um corpinho peludo aconchegado em seu peito nu.

Nessa imagem mental, Nolan aparentemente está sem camisa.

Afasto o pensamento.

— Ela está bem agora — diz ele. — Mas fez muito drama. Não quis deixá-la sozinha.

— Que gentil.

Vi muitos lampejos da ternura de Nolan. Vislumbres do homem que ele talvez tenha sido. Isso me deixa ansiosa por mais.

Eu me mexo e meu corpo encosta no dele. Está tão perto que praticamente me prende contra a prateleira de metal.

Depois de alguns dias sem vê-lo, sua presença repentina neste espaço minúsculo é dissonante.

Por natureza, sou uma pessoa chegada ao toque. Gosto de abraços. De dar as mãos. De carinhos no sofá. Samantha costumava suprir essa necessidade em mim quando éramos mais jovens — tia Matilda também —, mas tenho me sentido terrivelmente privada disso como adulta. Eu me pergunto o que Nolan faria se eu só o envolvesse nos meus braços e o apertasse. Ele parece precisar de um bom abraço.

— Fico feliz que ela esteja bem agora. Sua gata. — Hesito, mordendo o lábio inferior. — O nome dela é Builín?

— *Aye* — confirma ele. — Significa pão. Ela meio que parece um pãozinho.

Espero que Nolan diga mais alguma coisa — que explique por que está aqui, que me dê o discurso de sempre sobre meu acerto de contas —, mas ele não diz nada. Só… ficamos ali. Juntos e aninhados um ao outro na escuridão.

Penso nas duas colheres faltando no conjunto de talheres de prata.

— Eu não tinha certeza se você voltaria — começo, testando o terreno.

Nolan inclina o rosto em direção ao meu, embora eu não consiga distinguir nenhuma de suas feições. Ar quente sopra em minha testa. Café, de novo.

— Ainda não descobrimos o que você fez — responde ele. — Eu estou…

— Preso a mim. — Suspiro. — Sim, eu sei.

Algo em meu peito aperta. Odeio o jeito como Nolan diz isso, com doses iguais de escárnio e resignação. Não sei ao certo se ele não gosta de ser um espírito ou se não gosta de estar comigo. Nenhuma das opções me agrada muito, mas me fortaleço com um discurso motivacional. Já lidei com coisas mais difíceis do que um espírito mal-humorado que trata com descaso seus compromissos de assombração.

— Eu estava prestes a comprar um tabuleiro Ouija — digo, indiferente.

A risada de Nolan ecoa entre nós. A empolgação de ser responsável por mudar o humor dele é como eletricidade percorrendo minhas veias. Ele afasta o braço apoiado na prateleira ao meu lado, e o metal chacoalha atrás de mim.

— Então é *por isso* que minha orelha estava queimando.

Arregalo os olhos.

— Espera. Sério?

Ele balança a cabeça.

— Não, Harriet. — Mesmo no escuro, sei que ele está sorrindo pela maneira como pronuncia os contornos do meu nome. Aposto que suas covinhas estão fazendo algo obsceno agora. — Essas coisas não funcionam.

— Como posso entrar em contato com você, então? Se eu precisar?

As botas dele arranham o chão e, no escuro, sinto algo tocar de leve meu pulso.

— Andou precisando de mim?

— Você disse que há um prazo — digo, tentando esconder a maneira como os dedos roçando meu pulso me afeta. Está tentando me deixar nervosa de propósito. Tenho certeza. — Só estou tentando ajudar.

— Que prestativa — murmura. — Harriet, a Prestativa.

— Sim — concordo, cautelosa.

Há algo na maneira como Nolan diz isso, como se não fosse algo de que eu pudesse me orgulhar. Como se eu devesse tentar ser diferente, sendo que *prestativa* é tudo o que sempre quis ser. Prestativa, descomplicada, complacente. Eu me dediquei por completo às pessoas ao meu redor, me desfiz em pedacinhos minúsculos para tentar ser exatamente o que todos precisavam. Tentei me moldar às expectativas alheias, mas isso só me deixou quebrada no final.

E a troco de quê? O universo decidiu que não era o bastante, de qualquer maneira. Fui considerada uma pessoa ruim. Pelo jeito, no mesmo nível de homens que assediam mulheres na rua.

Engulo em seco.

— Eu tento ser prestativa. Tento ser uma pessoa boa.

— Eu sei — diz Nolan, com delicadeza.

Uma rara concessão. Ele passa os dedos pela barra do meu suéter. "Macio", penso tê-lo ouvido murmurar, mas acho que não era para eu ouvir.

Nolan solta meu pulso e eu o esfrego.

— Não vai mais haver interrupções — garante ele. — Pretendo ir até o fim desta assombração. Vou estar por perto se precisar de mim. É só... pensar em coisas felizes, e eu apareço.

Reviro os olhos.

— Tá bom, Sininho.

Ele fica em silêncio por três segundos.

— Quem é Sininho? — pergunta, por fim.

— Deixa pra lá. — Estendo a mão para Nolan, com a palma virada para cima, balançando os dedos. — Estou pronta. Vamos lá me ver arruinar a apresentação musical do terceiro ano de *Rudolph, a rena do nariz vermelho* tropeçando em um dos duendes e derrubando todo o cenário.

Ele suspira, melancólico.

— Nunca desejei tanto poder escolher uma lembrança.

— Pense em coisas felizes e pode ser que aconteça. — Dou um empurrãozinho no peito dele. — Vamos lá. Vamos aproveitar o dia.

Sinto-me encorajada pela minha nova teoria, energizada pela ideia de que talvez eu possa ser a pessoa que vai ajudá-lo. É um bálsamo para a dor aguda da minha designação de *pessoa ruim*. Uma solução alternativa para toda esta situação ridícula. Nolan não foi designado a mim porque eu sou *má*. Talvez tenha sido designado a mim porque eu sou *boa*.

Porque sou a única que pode ajudá-lo.

— Peraí. — Ele segura meu pulso, afastando minha palma da dele. — Não vou segurar sua mão assim.

— O que tem de errado com minha mão?

— Está toda suja. — Nolan hesita. — E você bem que podia usar um pouco de hidratante.

Bufo, ofendida.

— Perdão? Eu uso um creme para as mãos caríssimo. — Compro na mesma liquidação na qual consigo todos os meus conjuntinhos elegantes de pijama. — Acho que você só odeia a Nordstrom.

— Ainda não sei quem é esse tal de Nord Storm e por que ele vende retalhos de roupas ridículos.

— Nordstrom — corrijo. — Nord. Strom. É uma... Quer saber, deixa pra lá. — Tento encontrar o pano que joguei longe ao ser assustada quando Nolan apareceu de repente, tateando a prateleira com a mão. — Eu passo creme duas vezes por dia — continuo. — Depois do banho e antes de dormir. Talvez suas mãos de espírito fracotes estejam... Ah! O que você está fazendo?

Nolan pega minha mão, segurando meu pulso com delicadeza. Ele vira minha palma para cima com cuidado, envolvendo-a com a dele.

— Mãos fracotes — diz Nolan, esticando o braço por cima do meu ombro para procurar o pano que eu não consegui encontrar. Seu peito roça o meu quando ele se inclina para a frente. — Não foi o que você disse na outra noite — sussurra perto do meu ouvido.

Minha respiração falha com a insinuação. Uma onda de calor começa nas minhas têmporas e se espalha até eu sentir que poderia derreter no chão. Como se eu pudesse ser derramada em uma das latas de polidor.

— O que eu disse na outra noite? — murmuro.

— Você me chamou de rústico, acho.

Ele puxa minha mão para mais perto. Começa pelo meu dedo mindinho, envolvendo-o no pano e limpando o polidor com movimentos firmes. Um toque tão inocente nunca pareceu tão ilícito. Sinto como se minhas roupas pudessem se desintegrar e cair do corpo.

— Eu estava inebriada de chá de hortelã-pimenta vencido — explico, surpresa por me ver sem fôlego.

— Você não pode continuar usando essa desculpa.

Nolan passa para o meu dedo anelar, e eu estremeço. Quero que ele pare. Quero que ele *nunca* pare.

— Tudo bem? — pergunta.

Eu emito um som confuso e ininteligível em resposta, e Nolan ri. Ele inclina a cabeça entre nós enquanto passa para o meu dedo médio, observando seu trabalho. Examino seu rosto à luz que se infiltra pela fresta da porta.

A fina cicatriz acima da sobrancelha. O maxilar marcado. O cabelo escuro e despenteado que cai sobre a testa e o traçado firme da boca enquanto se concentra.

Quando ele chega ao meu polegar, minha respiração está ofegante, meu corpo, totalmente apoiado na prateleira atrás de mim. Se Nolan percebe meu estado semilíquido, tem a decência de não dizer nada.

— Pronto — anuncia ele, aproximando minha mão do rosto para inspecionar o próprio trabalho.

Meu coração decide pular para a boca. Nunca soube que eu tinha tantos receptores sensoriais na palma da mão, mas juro que consigo sentir o toque dele em todos os lugares.

— Tudo resolvido.

Não afasto a mão da dele.

— Obrigada.

— De nada. — Ele flexiona os dedos ao redor dos meus. — Pronta para segurar minha mão fracote e seguir caminho?

— Em nenhum momento eu soltei sua mão fracote.

— Verdade.

Nolan ajusta o aperto até ficarmos com as palmas coladas. O frio na minha barriga vira uma avalanche de neve. Culpo o mundo que está começando a desmoronar sob meus pés e o forte puxão da magia dele na base da minha espinha. Fecho os olhos e me preparo, aliviada quando Nolan segura minha mão com mais força.

— Vamos lá, então — diz ele, a voz pouco mais que um sussurro em meio ao barulho crescente ao nosso redor. — Segura firme, Harriet.

Capítulo Nove

Nolan

Ao retornar para o presente, aterrissamos no almoxarifado ainda nos debatendo, com um palavrão abafado e uma pequena explosão de geleia de figo.

— Não entendo por que você sentiu a necessidade de pegar o pote inteiro. — Minha mão pegajosa fica presa no cabelo pegajoso dela, enquanto nossos suéteres pegajosos são esfregados nas prateleiras agora também pegajosas. — Tem um motivo para a gente não trazer coisas do passado.

A viagem foi uma perda de tempo — *de novo*. Nenhuma coisa nefasta foi revelada sobre Harriet, exceto talvez um vício em doces. Nós a observamos fazer geleia de Natal com uma mulher vestida com um uniforme de serviço de bufê, decorando cada pote de vidro com um único laço xadrez. A mulher nem tentou lamber a colher.

Um *desperdício* total.

— Talvez você devesse ter mencionado quando eu *peguei* a geleia.

— Eu falei "não faça isso".

— Você poderia estar se referindo a um milhão de coisas, Nolan. Não foi específico!

Cerro os dentes com tanta força que eles rangem. *Esta mulher*.

— Estou tentando encontrar essa receita há séculos — continua Harriet, com a voz abafada pela frente do meu suéter, enquanto continuamos tentando nos desvencilhar. Ela sacode o pulso, e um tiquinho de geleia cai no chão com um som úmido. — Eu não sabia que o pote ia explodir com o impacto.

— O pote não explodiu com o impacto. Explodiu em algum lugar durante a viagem, como podemos perceber pelo estado atual das coisas. A gente tem sorte de você não ter cravado cacos de vidro no meu crânio.

— Você é um *espírito* — sibila ela. — Até onde sei, não tem como você morrer de novo. E, se o vidro tivesse cravado em algum lugar, você provavelmente teria merecido.

A geleia deve ter se multiplicado enquanto rolávamos pelo tempo. Não tem outra explicação para ela estar... em todos os lugares. Está no meu pescoço. Escorrendo pelo meu peito, por baixo do suéter. Nas minhas mãos e no meu cabelo.

E Harriet está grudada a mim com a mesma tenacidade da geleia, com os braços firmes em volta da minha cintura. Ela não me soltou desde que nos puxei para fora da lembrança, com medo de que eu a deixasse lá. Consigo sentir todos os lugares em que o corpo dela se encaixa de maneira perfeita ao meu. A curva de sua cintura e a pressão suave de seus seios. Cada vez que ela se mexe, perco um pouco mais da minha sanidade.

Isto aqui. Foi por *isto* que inventei a desculpa sobre o gato e fiquei longe por quatro dias. Esperava que o tempo afastado me desse um pouco de clareza. Esperava que o tempo me permitisse me recompor.

Mas parece que só piorei tudo. Não parei de pensar em Harriet uma única vez.

— Harriet. — Seguro sua cintura com força e fecho bem os olhos. — Para de se mexer.

— Foi você que me esmagou contra a prateleira.

Ela se contorce um pouco mais, arqueando as costas. Minha cintura fica aninhada entre suas coxas, seu cabelo em meu rosto. Harriet cheira a mel e açúcar. Como um dos doces dos quais não consegue ficar sem.

— Foi sem querer — digo, entre dentes. Ela não teve a intenção de causar uma explosão no meio da viagem. Eu não tive a intenção de pressioná-la contra a parede. No entanto, aqui estamos nós. Dois tontos teimosos. — Meu pé deve ter escorregado na porcaria da geleia.

— Bem, você não está mais escorregando — retruca Harriet.

Ela se equilibra com a mão apoiada na prateleira de metal, seu corpo finalmente — *graças a Deus* — parando de se mexer contra o meu.

Contraímos o torso enquanto tentamos regular a respiração. Meu corpo está pesado, minha pulsação acelerada na base do pescoço e nas mãos.

Seria tão fácil deslizar a mão de sua cintura para a coxa, flexionar os dedos ao redor de suas curvas deliciosas, encher a palma com sua bunda linda e levantá-la. Num piscar de olhos, eu poderia estar inteiramente envolto por ela, sua boca a um centímetro da minha. Será que ela teria o gosto da geleia que decidiu confiscar do passado? Ou teria um gosto mais sombrio? Mais complexo?

Não me movo. Harriet também não. Somos nós dois pressionados um ao outro no escuro. Estou à beira de uma escolha, a tentação me puxando.

— Tudo bem? — pergunto.

A risada dela é como um sussurro em meu pescoço. Fico com a pele arrepiada ao senti-la.

— Sim, estou bem — diz ela. — Acabei de ver meu eu criança fazendo geleia de Natal com uma mulher que minha mãe contratou porque não quis se dar ao trabalho. Estou coberta com a geleia que venho tentando recriar há vinte anos. Tentei pegar uma coisa para mim que agora está... em todos os lugares, menos onde eu quero que esteja.

— Onde você quer que esteja?

— Numa torrada, de preferência. — Harriet olha para a geleia espalhada na manga do suéter e suspira. — Eu nem cheguei a provar — acrescenta, com tristeza.

Eu culpo a expressão em seu rosto e a sensação confusa e nebulosa que ainda está bem presente na base do meu crânio, depois de ricochetear pelo tempo. A dor feroz e latejante no meu peito. Não há outra explicação para que eu estenda a mão, segurando o rosto dela para poder pegar os resquícios de figo açucarado logo abaixo de seu queixo.

Sua pele é quente, assim como a geleia. Pegajosa. Um caos completo e total.

Levo o dedo à boca e chupo.

O sabor é suave, mas está lá. Doce e azedo. Uma explosão aguda que faísca e depois desaparece. É o mais próximo que cheguei de sentir o gosto de algo em décadas.

De imediato, quero mais.

— É gostosa.

— Achei que tivesse dito… — Harriet engole em seco, com os olhos cravados na minha boca. — Achei que tivesse dito que não sentia o gosto das coisas — conclui.

— Às vezes, sinto um resquício do sabor — explico, minha voz soando como se viesse de um lugar muito distante.

Estou enveredando por um caminho no qual não deveria estar, mas os lábios de Harriet estão entreabertos e tem mais geleia em seu pescoço, e faz *tanto tempo* que não me permito sentir nada além da apatia autoinduzida.

— Ah — diz ela.

Harriet hesita, depois alcança minha mão com a dela. Ela traça a base da minha palma com a ponta dos dedos, demorando-se sobre uma cicatriz que não lembro como consegui, antes de pegar um pouco de geleia que escorreu ali. Ela mantém a cabeça baixa enquanto leva o dedo indicador à boca, as bochechas encovando-se à medida que o chupa. Contraio a mão na dela. Tenho que cerrar os dentes para me impedir de fazer algo imprudente.

Harriet emite um som de surpresa.

— Que tal? — pergunto.

— É gostosa. — Ela ecoa minhas palavras, com uma risada presa na garganta, os olhos brilhando com intensidade na pequena sala escura enquanto me encara. Parecem uísque no escuro. Um copo meio cheio, com um único cubo de gelo no fundo. — Quase fez toda essa bagunça valer a pena.

Eu me mexo e sinto a geleia no peito de novo, grudada no meu suéter.

— Quase — concordo. — Posso limpar isto ou você quer provar mais?

— Pode — responde ela, com a voz rouca, as mãos se contorcendo na frente do corpo.

Não sei se Harriet está desconfortável por causa da situação, da minha incapacidade de controlar meus impulsos ou da geleia que agora está grudada no cabelo dela, mas não quero que fique constrangida por minha causa. Procuro dentro de mim o fio que contém minha magia e puxo com força.

A geleia pegajosa no meu peito, braços e pescoço desaparece. Harriet solta um suspiro de alívio.

— Outra viagem fascinante ao meu passado, hein?

Ela passa as mãos na frente do suéter, procurando por manchas que eu possa ter deixado escapar.

— *Aye*. — Estico o braço e finjo limpar um pouco de geleia de um dos cachos dela. Seu cabelo é tão macio que parece seda. Coloco a mecha atrás da orelha e deixo minha mão cair. — Você continua sendo um exemplo de bom comportamento.

Harriet bufa.

— Pelo menos tente não parecer tão surpreso.

— Não estou surpreso, estou... — Confuso. Irritado. Fiz tudo exatamente como deveria e nada está mudando. Ela não é a pessoa que deveria ser. Estamos presos num limbo onde nenhum de nós consegue seguir em frente. Eu me sinto tão cansado de ficar preso. — Estou tentando descobrir como isto vai acabar para nós dois.

Ela hesita.

— Tenho pensado nisso.

Semicerro os olhos.

— No quê?

Harriet torce a barra na manga do suéter, abrindo os dedos e fechando-os de novo.

— Talvez você não esteja aqui por mim — diz, devagar, espiando de canto de olho minha reação. — Talvez você esteja aqui por você.

Esfrego a mão sobre a boca.

— Como assim?

Ela se afasta da prateleira.

— Talvez... tenha algo que você precise fazer. Para seguir em frente, sabe? Você disse que está aqui há algum tempo... Pode ser que eu tenha que ajudar você. — Harriet aperta os lábios, pensativa. — Tenho uma loja de antiguidades. Não acho que você foi designado a mim por acaso. — A empolgação brilha em seus olhos, o rosto se iluminando de entusiasmo. — Talvez tenha algo aqui que pertença a você. Tipo um talismã ou coisa do tipo. Talvez esse objeto esteja te prendendo aqui ou... não sei. De repente você precisa ver alguma coisa comigo. Poderíamos trabalhar juntos para descobrir.

Solto um som áspero, afiado demais para ser uma risada. A ideia de seguir em frente após cem anos em um único lugar é... cômica, na melhor das hipóteses. Devastadora, na pior. Não há para *onde* seguir.

Só há isto. Uma existência sem rumo, sem propósito, na qual não posso me afeiçoar a *nada*. Na qual perco tudo o que um dia me fez humano, lenta e dolorosamente.

E Harriet — uma mulher que mal conheço — ser de alguma forma a chave para seguir em frente é...

É demais.

É uma piada. Só pode ser.

Exceto que o olhar esperançoso em seu rosto não vacila nem hesita.

— Eu disse algo engraçado? — pergunta ela.

— Você está falando sério.

— Claro que estou falando sério. Por que acha que estou brincando?

Passo a mão pelo cabelo e, em seguida, apoio-a na nuca. Belisco, torcendo para que a pressão me distraia do zumbido no peito.

— Por causa da sua completa falta de familiaridade com a minha existência, para começar. — Suspiro, tentando tirar um pouco do veneno do meu tom. Mas não consigo. Porque Harriet não tem ideia do quanto dói ter a coisa que mais quero balançando como uma guloseima na minha frente, sabendo que nunca poderei tê-la. — Há poucas semanas, você nem sabia que espíritos existiam. As coisas não funcionam assim.

— Sei que tem muitas coisas que desconheço, mas pensa bem. Nós visitamos minhas lembranças e você não descobriu nada horrível sobre mim. Já fomos ao meu passado diversas vezes, e todas foram para ver algo completamente mundano.

— Harriet... — começo.

— Eu não acho que sou uma pessoa ruim — declara ela, levantando a voz e me interrompendo. — Pelo menos não o tipo de pessoa ruim com quem você costuma lidar. Sou só alguém tentando o seu melhor, e de vez em quando cometendo erros. — Harriet inclina a cabeça para o lado. — Me diz a verdade. Você viu alguma coisa no meu passado que justifique uma assombração?

— Não vi, mas...

— Então essa deve ser a resposta! — Seu rosto se ilumina, os olhos arregalados e brilhando como cobre. Harriet para de mexer as mãos de maneira inquieta e aponta de mim para ela. — Você disse que estava preso, que pensava que haveria algo diferente. Disse que não há erros. Talvez estejamos só olhando a situação do ângulo errado.

— Do ângulo errado — repito, sentindo uma dormência no peito.

Ela assente.

— Talvez isto tudo seja para ajudar *você*. Não eu.

Considero a possibilidade. Quando me tornei um espírito, essa era a minha esperança. Passei horas, dias, semanas agonizando com a ideia. E aí semanas se tornaram meses e meses se tornaram anos. Vasculhei os detalhes da minha vida, procurando a parte que me fez merecer esta existência incompreensível. Examinei tudo meticulosamente até que os detalhes se tornaram confusos. Até que mal conseguia me lembrar da pessoa que eu era. Das coisas que eu fazia.

Continuei esperando por uma escolha, uma chance.

Mas, como nunca apareceu, percebi que era um tolo.

Não há final feliz para mim. Não há... luz no fim do túnel. Só há isto.

Depois de uma década, abri mão da esperança. Depois de um século, abri mão também das expectativas.

E agora Harriet decidiu que consegue consertar tudo. Que consegue *me* consertar.

— Há quanto tempo você está pensando nisso? — consigo perguntar.

Seu sorriso vacila.

— Bem, eu estava conversando com Sasha hoje de manhã e...

— Hoje de manhã — repito, com a frustração crescendo no peito, transbordando até me cobrir por inteiro, assim como a geleia que Harriet insistiu em trazer do passado. Ela não tem esse *direito*. Ela não tem o direito de me dar esperança quando tenho vivido sem um pingo dela desde que me lembro. — Você está pensando em um assunto sobre o qual não entende quase nada há *uma* hora, e quer que eu acredite que de repente tem uma resposta?

Ela ergue os ombros, acuada.

— Nolan...

— Obrigado, Harriet — digo, a frustração se transformando em algo mais sombrio. Mais grosseiro. Mais selvagem. Minha magia se remexe no peito em advertência, quente e punitiva. Eu a ignoro. — Estou tão aliviado por você ter encontrado a solução para este inferno absoluto em que tenho vivido.

— Nolan — insiste ela, num sussurro.

Não há mais nenhum entusiasmo em seu rosto. Eu arranquei toda a sua luz e a esmaguei em meus punhos, mas não consigo me controlar. O que Harriet acabou de fazer parece a maior crueldade de todas.

— Uma mulher que existe há um mero piscar de olhos da minha vida é, de algum jeito, a chave para a minha salvação. Não sei como não percebi antes — continuo, meu sarcasmo como uma lâmina entre nós. — Obrigado, Harriet. Você é *tão* prestativa. Dá para entender por que tanta gente quer ficar perto de você.

O golpe acerta em cheio. Ela recua e respira fundo.

— Não tem nada de errado em querer ajudar. Não é por isso que estou sozinha. — Harriet hesita e engole em seco, os olhos ficando vítreos e úmidos. — Não precisa ser cruel — termina, num sussurro.

— Não quero sua ajuda. Não te pedi nada. Você não tem ideia do que está falando — explico.

Dez minutos atrás, eu estava tentando desesperadamente não beijá-la. Agora, mal consigo suportar estar no mesmo espaço que ela. Harriet é quem está sendo cruel, e nem percebe. Está me oferecendo coisas que não pode dar.

— Você não pode... — Tento me acalmar. — Não quero que toque nesse assunto de novo. Nunca mais.

A risada dela não tem mais nada de bem-humorada. É triste e vazia. Ela envolve os braços ao redor de si mesma.

— Não precisa se preocupar com isso.

Minha magia ruge no peito. Não consigo respirar. Preciso sair daqui. Preciso ficar longe dela.

— Ótimo — respondo, bruscamente.

Harriet assente, mordendo o lábio inferior. Ela me dá as costas enquanto pega as latas de polidor e o pano que joguei na prateleira de cima, com o rosto escondido pelo cabelo. Ouço-a fungar uma vez e algo em mim desaba até os dedos dos pés. A primeira pontada de arrependimento atinge a consciência que deveria ter sido extinguida assim que me tornei um espírito.

Sou grato por Harriet ter me dado as costas, assim não preciso ver seu rosto. Talvez, com determinação e otimismo suficientes, eu consiga esquecer que a magoei de propósito.

Mas o orgulho me impede de pedir desculpas. Minha própria mágoa.

— Vou voltar para a frente da loja — diz Harriet, depois de recolher todos os seus pertences.

Quando se vira, mal faz contato visual. Estou tão acostumado com seu rosto expressivo observando cada movimento meu que a súbita ausência de sua atenção é como um fio que foi cortado. Uma luz que foi apagada. Ela força um sorriso tenso, com o olhar fixo em algum lugar no meu pescoço.

— Vejo você daqui a um ou dois dias, tenho certeza. — Ela não espera por uma resposta. Passa por mim arrastando os pés até a entrada do almoxarifado, depois para por um momento, com a cabeça virada para trás. — Fico feliz que sua gata esteja bem — sussurra.

Harriet sai sem dizer mais nada, mantendo a porta aberta. Fico para trás, no escuro, olhando fixamente para o lugar onde ela estava. Mesmo depois de ter sido rude e ter feito o possível para magoá-la da mesma maneira que fui magoado, Harriet supera isso para ser uma pessoa melhor.

Vozes abafadas soam da frente da loja. Uma conversa baixa e, em seguida, uma explosão de risadas. Uso minha magia assim que ouço a risada baixa e rouca de Harriet ecoando pelas prateleiras até o pequeno almoxarifado nos fundos.

Não quero ouvir.

Não sei se mereço.

Capítulo Dez

Nolan

Três horas depois, ainda estou pensando em Harriet.

A curvatura de seus ombros. O leve inspirar pelo nariz. O cabelo caindo como uma cortina na frente do rosto, para se esconder de mim.

Deitado numa cama que não é lá muito confortável, fico olhando para o teto do meu quarto, vendo a forma como a luz se move por ele. Enxergo o rosto de Harriet em cada raio que atravessa as sombras, especificamente a expressão dos seus olhos marejados quando zombei dela por ser prestativa.

Já vi o suficiente do seu passado para saber que ela se sente como um fardo para aqueles com quem convive. Seus pais não lhe davam um pingo de afeto, e Harriet teve dificuldade de encontrar seu lugar. Sei que tem uma ferida ali, mas mesmo assim cutuquei bem no meio.

Harriet tem razão. Eu estava sendo cruel.

— Porra — esbravejo, pressionando as mãos nos olhos até ver pontos pretos.

Quanto de mim foi distorcido pelas pessoas que assombrei? Quanto de mim eu perdi?

Harriet não sabia do que estava falando quando mencionou seguir em frente, mas isso não quer dizer que merecia ser o alvo da minha frustração. Ela não merecia ser magoada.

Coloco as mãos sobre a cama. Amanhã, vou voltar à loja de antiguidades. Vou fazer as pazes com ela. Explicar a situação. Vou… tentar articular meus próprios sentimentos, embora talvez devesse entender primeiro quais são.

De qualquer forma, vou dar meu melhor.

As tábuas do assoalho rangem no corredor. Eu me apoio nos cotovelos, os lençóis emaranhados ao redor da minha cintura.

— Builín? — chamo.

Por anos, gatos foram atraídos pela minha casinha à beira d'água. Às vezes, aparecem na varanda. Outras, entram de fininho pela janela que nunca fecha por completo. De um jeito ambíguo, já tive inúmeros animais de estimação ao longo dos anos, indo e vindo a seu bel-prazer.

Mas Builín foi a única mais ou menos constante na última década. Imagino que ela tenha retornado para seu esconderijo de todas as noites nos meus lençóis. Ou que tenha vindo suprir sua aparente necessidade de aterrorizar as pilhas de livros na minha sala.

— Nolan? — chama uma voz de volta.

Harriet aparece, emoldurada pela luz que entra pelas janelas. Está de novo com o pijama minúsculo — aquele estampado com bengalas doces por toda parte —, e minha boca fica seca só de vê-la.

Pele pálida. Curvas acentuadas na cintura. Uma faixa minúscula da barriga por baixo da barra da blusa. Ombros expostos e cabelo dourado que o luar faz parecer prateado.

— Harriet? — Fecho as mãos em punho nos lençóis ao meu lado. — O que está fazendo aqui?

— Não conseguia dormir — fala ela, enrolado, esfregando o olho com o punho. — Por causa de como ficaram as coisas entre nós. Eu não... — Harriet deixa a mão pender ao lado do corpo. — Eu não lido bem com conflitos. Como você deve ter notado.

Ela se aproxima da cama, arrastando os pés descalços. Harriet bate os joelhos no colchão e sobe sem hesitar, rastejando-se por cima do meu corpo ainda preso sob os lençóis. É contato demais, rápido demais. Só me permiti tocá-la pouco a pouco, e agora ela está me dando um banquete. Seguro sua cintura enquanto Harriet passa o braço pelos meus ombros e envolve cada lado do meu corpo com as coxas. A alça fina do pijama em seu ombro desliza até o cotovelo, a curva do seio despontando pelo tecido.

— Eu não quis te deixar bravo — sussurra, enfiando o nariz em meu ombro exposto. Fico dolorosamente consciente da pouquíssima quantidade de tecido entre nós. — Queria mesmo ajudar.

— Não estou bravo — digo a ela, ainda atordoado por sua aparição repentina, mas não a ponto de questionar.

Pressiono a mão em sua lombar e a seguro junto a mim, dedilhando sua coluna até conseguir entrelaçar os dedos em seu cabelo. Minha magia cantarola uma aprovação silenciosa, minha pele vibrando em cada ponto em que nos tocamos.

No silêncio do meu quarto, Harriet se mexe em meus braços. Só se escuta o roçar dos lençóis e o padrão contínuo de sua respiração. Não sei como ela me encontrou, mas estou feliz que esteja aqui. Seguro-a com mais força, e seu queixo encontra meu ombro.

— Eu não devia ter reagido daquele jeito. — Passo a mão em seu cabelo, deixando as mechas caírem por entre os dedos. — Você está brava?

— Não. Não estou.

— Devia estar.

— É, talvez.

Ela se acomoda mais em meu colo e solto um gemido, apertando-a com força. É tão gostoso ter ela aqui, seu peso me pressionando no colchão. É sólida. *Real.* Eu me jogo para trás nos travesseiros para poder enxergá-la melhor, movendo as mãos até sua cintura.

Harriet continua sentada, empoleirada no meu colo como, sei lá, uma deusa da lua.

— Talvez eu fique brava amanhã. Mas esta noite...

Ela passa as mãos pelos meu ombros, meu peito nu, então desce até onde os lençóis estão, na altura da minha cintura. Arqueio as costas e fecho os olhos. Ninguém me toca assim há anos. É... indescritível. Harriet desliza os dedos sob o tecido emaranhado dos lençóis de flanela e os puxa mais para baixo. A brisa noturna gelada beija minha pele quente de sono.

— Esta noite... — continua ela, com a respiração na base do meu pescoço e as pontas do cabelo fazendo cócegas em meus braços. — Esta noite, quero algo diferente de você.

Sua boca paira sobre a minha. Eu quero *tanto.*

Beijar. Devorar. *Tomar.*

Acordo com um sobressalto, o coração trovejando no peito. Minha cama está vazia, os lençóis contorcidos em volta da minha cintura. Ainda sinto o peso de Harriet em meu colo, o gosto de hortelã-pimenta em minha boca. Meu pau está duro entre as pernas, minha magia cantando no sangue.

Desabo de volta na cama e jogo os braços na frente dos olhos, exalando um gemido. O calor pulsa em minhas veias, centrando-se bem na parte baixa do quadril. Harriet, com aquele pijama. Harriet, com a boca na minha pele.

Harriet, Harriet, Harriet.

Hesito, então enfio a mão debaixo do cobertor e fecho os dedos em torno do meu membro. Aperto, arqueando a cintura no automático.

Um sonho. Foi um sonho.

Pela primeira vez em mais de um século, eu tive um sonho.

E sonhei com Harriet.

— Caralho — murmuro.

Capítulo Onze

Harriet

Nolan aparece na minha varanda três dias depois com um copo de café na mão e uma expressão arrependida no rosto.

Não me sinto particularmente inspirada por nenhum dos dois e ignoro a campainha quando ele toca. Em vez disso, observo-o pela câmera enquanto continuo a lavar os figos que comprei por impulso no mercado mais cedo.

Decidi que vou fazer minha própria porcaria de geleia. Preciso tirar algum proveito de toda essa situação assombrosa. A geleia parece a candidata mais provável.

A geleia não gritaria comigo no almoxarifado.

A geleia também não me ignoraria por três dias, mesmo depois de ter dito que ocuparia todas as minhas noites. Estou começando a desconfiar de que a história da gata era uma grande mentira.

Além de todos os seres humanos que já foram pelo menos um pouco importantes para mim, também estou sendo evitada por um espírito. Minha vida é uma piada.

Meu celular apita com um alerta de segurança, Nolan se apoiando com a mão no batente da porta. Não que eu me importe, mas ele parece frustrado na imagem minúscula e granulada. Seu cabelo está todo arrepiado e a gola da camisa de flanela está torcida. Parece que foi atingido por um tornado no caminho para cá. Talvez um caminhão de lixo.

Ótimo. Nolan foi um babaca da última vez que o vi. Devia parecer pior, sendo sincera. Aquele cacho de cabelo sobre a testa é um insulto. A sombra de suas covinhas, uma atrocidade.

Ele toca a campainha de novo.

Eu o ignoro mais um pouco.

— Eu poderia simplesmente me materializar na sua cozinha, sabe — declara, puxando assunto, a voz soando metálica pelo alto-falante do celular. Nolan encara a câmera, apertando os olhos. — Estou tentando ser legal.

— Você não estava tentando ser legal no almoxarifado — digo para mim mesma, esfregando um dos figos com força demais e fazendo-o quicar dentro da pia.

Eu me recuso a me desfazer da minha frustração. Estou tão cansada das pessoas me tratando como se eu fosse dispensável, como se meus sentimentos não importassem. Como se eu não correspondesse às expectativas delas, como se não valesse o seu tempo ou esforço. Tudo o que fiz foi sugerir uma ideia. Eu não... o mantive refém no almoxarifado ou exigi que sucumbisse aos meus caprichos. Durante a vida toda, tive que ouvir as pessoas verbalizarem sua decepção por eu não estar à altura.

Não preciso ouvir a mesma coisa de um morto-vivo.

— Harriet. — Nolan tenta novamente.

Seu corpo é uma longa linha no meio da minha varanda. Ele abaixa a cabeça em derrota, como se não aguentasse mais mantê-la erguida. Quando volta a olhar para cima, seu rosto está sério.

Bufo. Aposto que praticou esse movimento no espelho. Aposto que passou vinte e dois anos fazendo só isso.

— Harriet — repete ele. — Abre a porta.

Bato com um dedo ensaboado na tela do celular.

— Me dá um bom motivo para eu deixar você entrar — digo pelo alto-falante.

— Bem, eu es...

— Se você disser que está preso a mim durante as festas de fim de ano, eu vou... eu vou... — Vou explodir em pedacinhos de confete raivosos na cozinha. Vou jogar um dos figos pela minha janela de arquitetura histórica. — Vou fazer algo cruel — concluo.

Observo pela câmera enquanto um sorriso irritante se forma no canto esquerdo da boca dele. Nolan deveria estar tremendo na base, não sorrindo.

— E o que isso quer dizer, Harriet?

— Não vou dividir com você a geleia que estou fazendo.

Ele arqueia a sobrancelha, interessado.

— Está fazendo geleia?

— Estou. E você não vai ganhar nada, a menos que eu receba um pedido sincero de desculpas.

Parte do meu ânimo se esvai, e eu murcho. Não sou muito boa em exigir coisas das pessoas, e sou pior ainda em me manter firme. Em geral, sou a primeira a pedir desculpas, mesmo que não precise. A única coisa que odeio mais do que ser subestimada e desvalorizada o tempo todo é causar problemas. Isso mexe comigo e não para de me incomodar até eu fazer de tudo para garantir que todos estejam bem.

— Entendo que posso ter tocado sem querer em um assunto sensível para você, mas você não precisava ser grosso — continuo, ainda apertando o botão do alto-falante no celular.

Você não precisava me magoar, quase digo. *Não quando eu achava que podíamos ser amigos.*

— Posso entrar? Quero ver seu rosto quando falar com você. — Ele se endireita, segurando um copo de café na frente do rosto. — Trouxe uma bebida de hortelã-pimenta para você.

Deixo os figos na peneira e vou até a porta, limpando as mãos na calça do pijama. Esta manhã, assim que cheguei do mercado, vesti um conjuntinho de flanela vermelho-cereja e grande demais para mim.

Os olhos de Nolan se iluminam quando me vê, seu olhar descendo rapidamente para meus pés descalços e voltando para cima.

Não consigo decifrar sua expressão. Nem quero tanto assim.

— Você não pode comprar meu perdão com bebidas natalinas caras.

É mentira. Meu perdão pode, sim, ser comprado com bebidas natalinas caras, ainda mais se ele tiver se lembrado de colocar chantilly por cima. Mas quero tentar algo novo e não ceder de imediato para o conforto de outra pessoa.

Nolan estende o copo.

— Eu sei.

Eu pego.

— E não quero ouvir uma única palavra sobre minha escolha de roupa — aviso.

Tenho medo de que, se ele disser qualquer outra coisa depreciativa, eu desmorone.

— Acho que está encantadora. — Nolan pousa o olhar em algum lugar perto da minha cintura e faz uma longa pausa, seu pescoço se movendo ao engolir em seco com dificuldade. — Esse pijama é... hm. Uma graça.

Reviro os olhos e tomo um gole do café. Ainda está quente. Será que ele usou a magia que parece odiar tanto para mantê-lo aquecido ou só veio correndo de onde quer que chame de casa?

Não tenho como saber, porque Nolan não fala comigo. Sou apenas trabalho. Um item a ser riscado da lista de tarefas dele.

— Quer elogiar meu cabelo agora? — Aponto para a bagunça no topo da minha cabeça. — Talvez minhas habilidades impressionantes de organização? — Gesticulo em direção à sala, com as estantes desorganizadas e abarrotadas e a cornija da lareira tão cheia de molduras vazias e cacarecos que é um milagre que ainda não tenha despencado. — O que mais?

Nolan franze a testa.

— Você não acha que estou sendo sincero?

— Acho que está dizendo coisas legais porque foi um babaca no outro dia. — Tomo outro longo gole, ganhando tempo e coragem. — Mas não quero que me elogie porque se sente mal.

— Não é isso que estou fazendo.

— Ah, não?

Sei muito bem quando alguém está sendo sincero e quando precisa de mim para alguma coisa. Nolan quer seguir em frente. Ele não me deixou esquecer disso. Sou apenas um meio para atingir um fim. Nossa conversa no almoxarifado confirmou isso.

— Escuta... — começo, mas é muito difícil continuar olhando para o rosto dele, então foco meus pés descalços. Pintei as unhas de vermelho vivo na noite anterior porque fez com que me sentisse bem. Porque sempre fui capaz de criar minha própria felicidade quando as pessoas ao meu redor decidem que não valho a pena. — Podemos só continuar o que estávamos fazendo. Não precisamos mais disto.

— Disto o quê?

— De você fingindo ser meu amigo.

Nolan se aproxima, com as botas posicionadas de cada lado dos meus pés descalços. Seus dedos roçam de leve meu queixo até que eu esteja olhando para o rosto dele. Seus olhos são como nuvens de tempestade, a testa franzida entre as sobrancelhas. A expressão parece ter sido esculpida em pedra, de tão nítidos que são todos os seus traços.

Acho que, pela primeira vez, realmente acredito que ele é algo... diferente. Nolan parece imponente. Como se tivesse absorvido um pouco do mar quando morreu e agora isso se agitasse dentro dele.

— Não estou fingindo. Quando digo que você está encantadora, é porque é verdade. — Ele traça a curva do meu queixo. Por um breve momento, acho que consigo senti-lo tremer. Então Nolan afasta a mão, e eu digo a mim mesma para parar de imaginar coisas que não existem. — Às vezes, acho que sou sincero demais com você — admite.

Eu rio.

— Você não foi sincero em nada.

— Tenho sido mais sincero com você do que com qualquer outra pessoa, Harriet. — Nolan esfrega a mão no queixo, ainda perto demais de mim. — Eu devo um pedido de desculpas a você.

— Pois é — concordo. — Deve mesmo.

Ele busca meus olhos com os dele, a boca firme.

— Harriet, eu...

Meu celular toca na cozinha, interrompendo-o. Sinto um frio na barriga. Esse toque só soa quando uma pessoa muito específica está ligando. É meu próprio alerta de tornado.

Desgraça pouca é bobagem, pelo jeito.

Começo a caminhar lentamente, derrotada, em direção à cozinha. Nolan segue logo atrás.

— Que som é esse? — pergunta. — Uma emergência?

Não sei por que ele acha que eu colocaria "Misery Business" como toque numa chamada de emergência, mas suponho que haja uma lacuna em seu conhecimento de tecnologia. Aposto que de cultura pop também.

— Já ouviu falar em Paramore? — indago.

Nolan tropeça atrás de mim, batendo o joelho na minha casinha de gengibre. Algo chacoalha, mas ele mal percebe.

— Para amor? Você tem namorado? — questiona.

Pego meu celular na bancada.

— Quê? Não. Eu…

Já deixei o telefone tocar por muito tempo. Deus me livre de deixar cair na caixa postal. Donna York não deixa *recados*.

— Preciso atender a ligação da minha mãe, aí depois podemos terminar nossa conversa.

Nolan se apoia na bancada ao meu lado, ficando confortável.

— Tudo bem.

— Você pode esperar na sala.

Ele dá de ombros, com um brilho de interesse nos olhos.

— Aqui está bom também.

Reviro os olhos, apertando o botão de atender antes que a chamada caia na caixa postal e lance um fogo infernal sobre minha existência.

— Oi, mãe. — Tento forçar minha voz para que soe alegre e entusiasmada, escondendo o medo profundo que me invade sempre que vejo o nome dela piscar na tela, mas estou sem prática. — Tudo bem?

Há um breve silêncio e ouço o tilintar de uma xícara de porcelana ao fundo. Ela deve estar tomando seu chá das onze. Earl Grey. Uma colher de açúcar. Servido na mesma xícara de porcelana Hermès que ela tem desde que eu era criança.

— Harriet — diz em saudação. — Por que demorou tanto para atender?

Espio o homem responsável pelo atraso, encostado na pia e me observando com um olhar calmo e atento. Eu me sinto como um vombate em uma jaula no zoológico. Talvez uma exposição de arte particularmente angustiante no Museu de Arte de Baltimore. Uma escola de ensino médio da região fez uma apresentação de *Sweeney Todd* há alguns anos, e todos na plateia tinham a mesma expressão de Nolan agora.

Inquietação. Receio. Um leve indício de diversão.

Afasto uma mecha de cabelo do rosto.

— Não estava encontrando meu celular — minto com naturalidade. — Mas estou aqui agora. O que posso fazer por você?

— Você e essa sua cabana. É tão apertada. Esse é o problema de se cercar de bagunça, Harriet. Você nunca consegue encontrar o que procura.

Minha casa não é uma cabana. É uma propriedade histórica restaurada. E não é uma *bagunça*. É aconchegante e confortável, com todas as coisas que me fazem feliz. Mas minha mãe é muito previsível, e aperfeiçoou a arte dos insultos indiretos.

Não importa quantas vezes ela prove que não está interessada na vida que construí para mim, eu sempre me agarro a uma réstia de esperança de que a próxima visita, a próxima ligação, a próxima conversa possam ser diferentes.

Mas não são. Nunca são. E se meu coração esperançoso conseguisse aprender isso de uma vez, seria muito melhor.

— É uma boa observação — digo a ela, e Nolan se mexe no meu campo de visão.

Ele está com as pernas cruzadas na altura dos tornozelos e exibe uma carranca. Não faço ideia se a audição apurada faz parte dos seus superpoderes sobrenaturais ou se está apenas sendo intrometido. Dou as costas para ele e vou até a geladeira.

— Imagino que esteja ligando para falar do baile de gala.

— Então ela lembra que tem compromissos familiares...

— Eu ia te ligar esta tarde — minto de novo. — O tempo passou voando. — *Meu tempo* voou até a época em que eu tinha 6 anos e ela ainda usava ombreiras. Aperto os lábios. — Você precisa mesmo que eu confirme presença no baile de gala em que vou todos os anos?

— É uma questão de educação — responde, com a voz calma.

— Certo. Pode considerar minha presença confirmada, então. Desculpa a demora.

Faz-se um silêncio.

— Você vai responder por escrito também, claro.

Cravo os olhos no envelope preso à geladeira com um ímã de morango dançante. Nunca me dei ao trabalho de abri-lo.

— Sim, claro — confirmo.

— Excelente — diz minha mãe, a palavra soando estranha em sua voz. Não me lembro da última vez que ela realmente achou algo excelente. — Obrigada. Se puder me poupar de outra ligação respondendo dentro do prazo, seria muito útil. Minha agenda está supercheia.

De repente, sinto como se fosse criança de novo, com um vestido vermelho desconfortável e sapatos brilhantes que apertam os dedos.

"Por que você precisa sempre dificultar tanto as coisas para mim?" Então adolescente, parada na frente de um salão de festas, tentando não chorar. "Não faça escândalo, Harriet." E, por fim, sou de novo adulta, sentada a uma mesa chique, olhando para o meu prato. "Como pôde fazer isso com a gente? Como pôde ser tão egoísta?"

Engulo em seco, sentindo um nó na garganta. Sempre carreguei minha culpa como um suéter que pinica.

— Entendido — consigo dizer.

— Ótimo. Vejo você no dia dezoito.

Ela desliga sem dizer mais nada, mas mantenho o celular no ouvido, escutando o tom de discagem. Estou ciente da presença de Nolan atrás de mim, ainda encostado na pia.

— Tchau, mãe — falo para o silêncio, esperando soar convincente. — Até mais.

Tiro o aparelho do ouvido e, devagar, guardo todos os meus sentimentos turbulentos e espinhosos até estar calma de novo.

Quer dizer, mais ou menos calma.

— Então — diz Nolan. — Sua mãe parece adorável.

Olho para ele por cima do ombro.

— Quanto você ouviu?

Não consigo ler a expressão em seu rosto.

— O suficiente.

Eu viro a cabeça outra vez, distraindo-me com os ímãs na geladeira. Eu os ajeito em um rosto sorridente, torcendo para que, se tentar muito, eu talvez também sinta vontade de sorrir.

— Você não deveria ter ouvido — repreendo.

— Eu visitei o seu passado, Harriet. O fato de eu ter ouvido uma ligação deveria ser a menor das suas preocupações com privacidade. — Eu me viro, e Nolan me lança um olhar. — Por que está chateada com isso?

— Porque é constrangedor — sussurro, com a voz trêmula.

— Por quê?

Porque minha mãe me trata como se eu fosse um incômodo. Porque o universo, o destino ou seja lá a quem Nolan responde não é o único que acha que sou uma pessoa ruim.

Porque nem as pessoas que *deveriam* me amar conseguem encontrar uma maneira de fazer isso.

Porque estou tão cansada de tentar e falhar. Sempre.

— Não sei — respondo, sem vontade de compartilhar esses sentimentos com ele depois do que aconteceu no almoxarifado. — Só é.

Nolan fica me encarando por um bom tempo, os olhos se movendo de um lado para o outro.

— Não é você que deveria estar constrangida — diz, por fim, desviando o olhar para a peneira cheia de figos na pia. Ele pega um e dá uma mordida, como se aquela frase simples não fosse um bálsamo para mais de duas décadas de mágoa no coração. — Ela queria confirmar sua presença em uma festa?

Eu assinto.

— Minha família organiza um baile de gala todo ano, na temporada de festas. Costumo já ter confirmado minha presença a esta altura, mas acabei esquecendo por causa de... tudo o mais que está acontecendo.

Nolan dá outra mordida no figo. Um pouco do suco da fruta escorre pelos seus dedos.

— Parece formal.

— E é.

É a oportunidade anual da minha mãe de se exibir para as amigas em nome do altruísmo. De gastar muito dinheiro em uma grande demonstração do seu sucesso. Minha presença não é exigida por um desejo de me ver. É o meu papel. A filha de enfeite que completa o retrato de família.

Estou surpresa que ainda me queiram lá, depois de tudo.

— Você não parece feliz com isso — comenta Nolan, terminando o lanche e pegando uma toalha.

— Estou bem — respondo de modo automático. Ou vou ficar. O baile ainda está longe o suficiente para eu ter tempo de costurar minha armadura. Vou conseguir me recompor a tempo. Sempre consigo. — Deixa só eu trocar de roupa, aí você pode me levar.

— E para onde vou te levar hoje?

— Logo vamos descobrir. Não quero atrasar seu cronograma de assombrações.

Ainda estou com raiva, e ele sabe. Nolan me observa com atenção, encostado na pia da cozinha. Seus olhos tempestuosos se enrugam nos cantos.

— Você não me deixou terminar antes. Mudei de ideia.

— Sobre o quê?

Ele coloca meu pano de prato na bancada, dobrado do jeito que eu gosto.

— Não vamos visitar seu passado hoje.

— Não?

— Ainda te devo um pedido de desculpas. — Seu rosto se transforma em algo solene. Sincero. *Tímido*. Uma proposta, se eu for corajosa o suficiente para aceitar. — Pensei que hoje podíamos dar uma olhada no seu presente.

Capítulo Doze

Nolan

Quando disse a Harriet que podíamos fazer o que ela quisesse, não esperava que fosse escolher patinar no gelo.

Pensei que fôssemos assistir a um dos filmes dela. Talvez fazer a geleia em que parecia tão empenhada quando cheguei à casa dela. Pensei que, na pior das hipóteses, ela poderia me levar a uma daquelas fazendas de árvores de Natal de que tanto gosta.

Não esperava deslizar sobre uma placa de água congelada com lâminas afiadas amarradas aos pés enquanto alto-falantes gritam sobre os doze dias de Natal.

Harriet passa zunindo por mim pela sexta vez em poucos minutos, o cabelo loiro esvoaçante. Dá um giro gracioso na minha frente e depois se aproxima, circulando meu lento arrastar de pés pelo gelo.

— Se sua intenção era me matar — digo enquanto seguro com força a lateral da pista —, gostaria de lembrar que já estou morto.

Ela sorri para mim, a melancolia de antes se dissipando.

— Para um espírito natalino, você é muitíssimo mal-humorado em relação a coisas natalinas.

A música gritando nos alto-falantes muda para aquela que diz que a mamãe beijou o Papai Noel. Solto um grunhido.

Harriet revira os olhos com outro sorriso afetuoso e sai patinando. Apesar da música e da minha incapacidade de patinar, estou feliz por estarmos aqui em vez de em algum lugar do passado dela. Não tenho vontade de vê-la se encolher ainda mais, destruída por decepção após decepção. Ainda mais depois da ligação da mãe dela.

Odeio ter contribuído para esse sentimento. Odeio ter sido mais uma pessoa que a diminuiu.

— Vem — grita ela do outro lado da pista vazia. Harriet faz algo complicado com os pés e executa outro salto giratório que me deixa com uma estranha combinação de excitação e terror. — Achei que você fosse mais corajoso, sr. Marinheiro.

— Isto não é o mar — berro de volta. — É uma armadilha mortal congelada.

A risada de Harriet ecoa pelas placas de proteção e sinto um sorriso relutante se formar em meus lábios. Estamos a sós na grande pista, com luzes douradas penduradas ao redor do perímetro e um grande dossel branco acima de nossas cabeças. Segundo Harriet, este espaço é usado para patinação em família durante as noites da temporada de festas, mas a proprietária a deixa vir sempre que quer depois de elas terem feito um acordo: descontos em bijuterias na Toca do Corvo em troca de patinação gratuita.

A mulher que nos deixou entrar tinha um sorriso torto e brincos enormes com pedras azuis. Ela deu um pacotinho para Harriet, reclamou de um homem chamado Darryl que entrega as coisas erradas nos lugares errados, então passou a falar sobre leilões online por sete minutos.

Enquanto eu completo uma volta, Harriet consegue dar mais cinco, diminuindo o ritmo para acompanhar o meu passo na última volta. Estou melhorando, ficando mais firme nos patins, mas não sou páreo para ela.

Harriet, com o cabelo preso em um rabo de cavalo alto, os cachos roçando as escápulas, as mãos balançando à toa ao lado do corpo.

Eu mal consigo olhar para ela.

Não durmo desde que sonhei com ela. Não me permiti dormir. Tenho medo do que meu subconsciente pode inventar se tiver uma oportunidade, e meu corpo não precisa de descanso mesmo. Estou envergonhado de ter me masturbado pensando nela. Frustrado por ter cedido àquele momento de desejo. Não sou um homem que se deixa levar facilmente pelos impulsos, mas, com Harriet, perdi por completo o controle da situação.

— Obrigada por me trazer aqui — agradece ela, que está usando seu casaco rosa e as luvas que eu dei. — Faz muito tempo que não patino.

— Então fico feliz que tenhamos vindo — digo. — Eu falei sério quando disse que sinto muito, tá? Você não merecia aquilo.

Harriet faz um som suave aquiescendo ao que falei, mas não diz mais nada enquanto se vira para patinar ao meu lado. Damos mais uma volta juntos em silêncio, nada além do barulho dos nossos patins sobre o gelo. Nossas mãos se tocam, se chocam e se afastam novamente.

Quero tanto segurar a mão dela que meus ossos chegam a doer. Será que ela me deixaria fazer isso?

Minha magia percorre a espinha, acomodando-se no meio das costas. *Espera*, está dizendo. *Ainda não.*

A raiva de Harriet se transformou em algo mais suave, mais maleável. Embora fosse o que eu queria, não tenho certeza se isso faz com que me sinta melhor. Acho que ela dilui seus sentimentos para que os outros lidem com eles com mais facilidade.

Se está brava, quero que fique brava. Se está triste, quero que fique triste.

— Quando me tornei um espírito... — Hesito, tropeçando nos patins. Harriet corrige a minha postura com uma mão delicada no meu cotovelo, e eu tento de novo: — Quando morri, aconteceu tudo tão rápido. Eu estava no meu barco e aí...

Céu escuro e pesado. O convés balançando sob meus pés. Água salgada no nariz e algo dourado, fora de alcance. Depois de todos esses anos, tudo se reduziu a sensações. Uma dormência crescente e uma mão segurando com força a parte de trás do meu casaco, puxando-me para longe.

— Em um momento, eu estava no meu barco e, no outro, não estava mais — concluo. — Morri, e não havia tempo para me conformar com isso. Eu tinha um trabalho a fazer, expectativas, e tudo parecia um... pesadelo. Teve uma orientação, claro...

Harriet solta uma risada surpresa.

— Sim, claro.

— ... mas me senti preso. Não pude nem escolher este lugar. Não pude escolher *nada*. Eu estava aqui, e estava sozinho, e era... — *Desagradável. Horrível. Aterrorizante. Solitário.* — Nas primeiras décadas, fiquei esperando o próximo passo. Tentei fazer meu trabalho da melhor forma e esperava... Bem, acho que eu esperava que, se cumprisse os requisitos, poderia seguir em frente.

Harriet reflete sobre minhas palavras.

— Você achava que haveria uma vida após a morte. Descanso, em vez de trabalho.

— *Aye.* — Damos mais uma volta na pista, Harriet em silêncio ao meu lado. — Mas nunca houve outra coisa. Nada mudou. Tive que abrir mão das expectativas. É mais fácil para mim do que a alternativa.

— Que alternativa?

— Aceitar que talvez, para mim, não exista outra coisa.

Harriet franze a testa.

— Você realmente acredita nisso?

— Não quero mais ter esperança. Se eu não nutrir expectativas, posso deixar de me importar com a impossibilidade da mudança. Tudo fica mais tolerável desse jeito. Não desgosto de ser um espírito. Não quando esqueço o que existiu antes e ignoro o que pode vir depois. — Abro um sorriso forçado. — A negação me cai bem.

Harriet corresponde ao meu sorriso.

— Estou familiarizada com o conceito — diz ela, calma.

— Sua mãe?

— Sim. Mas para mim é diferente. Com ela, não consigo evitar ter esperança.

— Por que ela é tão...

— Fria? — sugere Harriet.

— Horrível — corrijo.

Harriet abaixa a cabeça, escondendo-se. Quero tocar seu queixo e guiar seu rosto de volta para o meu. Eu falei sério na cozinha quando disse que ela não tinha nada com o que se constranger.

— Meu avô era um homem difícil — conta Harriet devagar. — Minha mãe era a mais velha e é provável que carregava o peso das expectativas dele. Ele reservava toda a sua ternura para tia Matilda, e acho que minha mãe se ressentia disso. — Ela inclina a cabeça para trás, olhando para o dossel acima de nós, as luzes douradas se contorcendo e balançando no ar frio. — Ele morreu jovem, e isso criou um abismo entre elas. As duas brigaram por causa do testamento dele e não se falaram por anos. Aí, quando minha mãe ficou grávida de Samantha e de mim, elas tentaram se reconciliar. Mas o estrago já estava feito. Era como uma cicatriz, sabe? Sempre pareciam presas em uma discussão da qual o restante de nós não sabia nada. E nenhuma das duas queria falar sobre o assunto. Mas eu me aproximei da minha tia. — Harriet dá um sorriso. Leve. Desfocado. *Triste.* — Ela me deu o carinho que eu tanto desejava e acho que isso magoou minha mãe... O fato de eu ter escolhido tia Matilda. Eu cutuquei uma ferida que nem sabia que existia repetidas vezes. Então, não é exatamente culpa da minha mãe.

— Ela puniu uma criança por querer ser amada. Quem mais poderia ser a culpada? — pergunto, e Harriet me lança um olhar exasperado. — É verdade — digo, me defendendo. — Cá entre nós, acho que eu sou o especialista em mau comportamento.

— Não é tão simples assim — explica Harriet. — Ela só quer que eu atinja todo o meu potencial.

Mal consigo resistir à vontade de revirar os olhos. Harriet é muito boa em inventar desculpas para as falhas dos outros.

Até mesmo para as minhas.

— Eu te devo um pedido de desculpas — repito, voltando ao motivo pelo qual estamos aqui. — Parece que você não é a única que sabe cutucar feridas.

A expressão de Harriet muda.

— Eu não te dei muita escolha — diz, baixinho. — Você estava certo. Eu não pensei direito.

Balanço a cabeça, frustrado.

— E eu exagerei. Não devia ter reagido daquele jeito. Foi grosseiro, Harriet. Não vai acontecer de novo.

Ela suspira fundo. Damos uma volta na pista em silêncio, depois outra. Dou a ela espaço para refletir sobre meu pedido de desculpas, sem insistir.

— Você promete? — pergunta, por fim.

— Prometo.

— Ótimo. — Ela assente uma única vez. — Então está perdoado.

Sinto minhas sobrancelhas se levantarem de maneira involuntária.

— Assim, sem mais nem menos?

Um sorriso se forma no canto da boca dela.

— Não tenho o hábito de guardar rancor, ainda mais de seres que existiam antes de eu chegar ao planeta.

Eu rio.

— Justo.

Ela me lança um olhar malicioso, com o rabo de cavalo balançando sobre o ombro.

— Você prefere que eu te faça merecer o meu perdão?

Um sorriso repuxa o canto da minha boca.

— Eu não me importaria de fazer por merecer — digo, despreocupado.

Harriet mantém o contato visual. Estamos entrando em um território diferente agora. O lugar onde eu estava naquele sonho, com as mãos dela no meu cabelo e meu rosto em seu pescoço. Sua blusinha de bengalas doces em volta da cintura, os seios nus roçando meu peito.

— É, hum, bom saber — gagueja ela, ficando corada.

Harriet demonstra tudo o que sente, sem medo de que os outros vejam. Não sei se isso é bom ou ruim, mas tenho certeza de que nunca conheci alguém como ela antes.

Damos mais uma volta em silêncio e a corda que aperta meu peito afrouxa a cada impulso rítmico dos nossos patins. É o mais perto que cheguei de me sentir em paz em algum tempo.

— Vamos — diz Harriet, parando aos poucos no lugar, enquanto a música muda para algo leve e excêntrico. — Estou com fome.

Saio obedientemente do gelo atrás dela e voltamos ao saguão próximo da pista, uma área aberta com longos bancos de madeira. Há uma lareira de pedra de um lado, com o fogo crepitando e uma guirlanda de flores frescas pendurada na cornija. Harriet deixou nossas botas diante da lareira antes de calçarmos os patins, e eu me abaixo para pegá-las enquanto atravessamos a sala sem pressa.

A ponta dos meus dedos roça o couro e na mesma hora solto as botas.

Estão quentes.

Eu *senti.*

Harriet se vira para mim.

— Tudo bem?

Assinto, ainda franzindo a testa para as botas.

— *Aye* — respondo devagar, esfregando os dedos. Estão vermelhos. Irritados. — Tudo bem.

Tive um sonho, e agora estou sentindo também, mas está *tudo bem.*

A negação, como sempre. Minha fiel amiga.

Sento-me no banco ao lado de Harriet, com o quadril pressionado ao dela, ainda olhando para os dedos. Ela resmunga, quase cortando minha panturrilha com o patim.

— E você? Tudo bem aí? — pergunto.

As luvas estão abandonadas no banco, o rabo de cavalo sobre um ombro. Harriet puxa o patim com um grunhido frustrado.

— O nó está apertado, mas eu consigo.

— Me dá seu pé.

— Quê? Não. Por que você precisa do meu pé?

— Para te ajudar. — Eu me inclino e seguro seu tornozelo, colocando sua perna sobre a minha coxa, então puxo os cadarços desgastados. — Você é sempre tão teimosa quando as pessoas oferecem ajuda?

Desembaraço o nó, soltando os cordões da frente do patim. Seguro a lâmina pela parte de trás e a removo, depois pego a bota. Ainda está quente do fogo, e Harriet observa enquanto eu a calço por cima de suas meias de rena. Dou um tapinha em seu tornozelo e ponho seu pé no chão, alcançando o outro.

Ela o levanta, obedientemente, e coloca no meu colo.

— As pessoas não costumam me oferecer ajuda — responde em voz baixa enquanto eu trabalho.

Olho para seu rosto, mas ela está observando minhas mãos desamarrarem os cadarços. Estes estão bem menos emaranhados, mas ainda assim vou devagar. Seguro o tornozelo dela com a mão que não está soltando os nós, os dedos espalmados.

— Eu estou oferecendo.

Eu não devia. Sei que não devia. Tenho uma missão. O tempo está passando. Fui enviado aqui para revelar os piores segredos dela.

Mas não consigo evitar.

A ponta de seus dedos roça o dorso da minha mão.

— Talvez a gente pudesse se ajudar? — pergunta ela, com uma fina camada de apreensão na voz.

A magia pinica minha nuca, me advertindo. Fui eu quem a deixou apreensiva. Fiz com que ficasse receosa de me pedir coisas.

Quero consertar isso.

Termino de desamarrar o patim e o coloco junto ao outro. Pego a bota dela.

— Eu gostaria muito disso.

— É mesmo?

— Sim — respondo, com meu coração inútil martelando no peito.

Não acredito na teoria dela. Não há nada que Harriet possa fazer para me ajudar a seguir em frente. Mas, se tentar a faz feliz, se afasta um pouco da tristeza do seu rosto bonito, se eu posso ser a pessoa que não a decepciona nem desilude...

Então posso suportar tudo.

Vou terminar a missão. Harriet vai seguir com sua vida, e eu... vou ficar aqui. Ela jamais saberá que suas tentativas foram em vão. Esquecerá que eu existi e seu coração esperançoso encontrará outra causa perdida a que se dedicar.

Podemos ajudar um ao outro. Mas não da maneira que Harriet pensa.

— Pronta? — pergunto.

Ela assente e estende a mão.

— Sim.

Eu a encaro.

— Eu quis dizer pronta para voltar para a sua loja, ou para sua casa, ou... para qualquer lugar onde tenha planejado passar o resto do dia.

— Você tem um prazo. Vamos ver o que meu passado revela hoje. — Harriet encosta a mão na minha. — Prometo não trazer nenhuma geleia na volta.

— Não precisamos fazer isso hoje — falo. — Podemos esperar mais um dia.

Não devíamos. Os outros espíritos devem estar ficando impacientes. Estou encurtando o prazo deles, dificultando suas chances de serem bem-sucedidos. Mas não estou preocupado. Se tiverem problemas com a minha forma de trabalhar, podem registrar uma reclamação formal com Isabella.

— Vamos agora — insiste Harriet. — Tenho um bom pressentimento sobre esta lembrança.

— Seus segredos vão enfim ser revelados, Harriet?

Ela sorri.

— Acho que vamos descobrir.

Ela mexe os dedos, saltitando na ponta dos pés.

Seguro as duas mãos dela, apertando-as uma vez. Sua pele é muito mais macia que a minha. Pálida. Sem cicatrizes nos nós dos dedos nem calos nas palmas.

Minha magia faísca e se agita em resposta, um vento quente envolvendo meus tornozelos, girando para o alto e espalhando-se até atingir o rabo de cavalo de Harriet e roçar suas bochechas. Ela alarga o sorriso até se tornar uma risada, com as mãos firmemente seguras nas minhas, cores e sons rodopiando ao seu redor enquanto somos puxados para outro local. A pista de gelo desaparece e é substituída por lampejos de outros lugares enquanto a magia decide onde nos deixar.

Um jantar à luz de velas. Um beco ladeado de tijolos. Um corredor lotado de gente e uma ala de hospital. É impossível acompanhar a mudança rápida demais dos nossos arredores enquanto Harriet e eu nos encaramos em meio à tempestade.

Desse jeito, ela parece estar no centro de tudo.

Talvez esteja mesmo.

Quando enfim aterrissamos em um lugar, não há ninguém à vista. Somos apenas nós dois e uma praia, com ondas quebrando na costa. Uma faixa de areia cinzenta sob nossas botas, estendendo-se até se transformar em colinas verdejantes e exuberantes, que se erguem acima de nós em um declive suave. Há casas ao longe. Um único farol pintado com grossas listras pretas e brancas.

— Não reconheço este lugar — diz Harriet ao meu lado, protegendo os olhos da claridade enquanto observa a água. O cabelo voando em volta do rosto quando ela se vira para mim. — Não sei ao certo se reconheço esta lembrança.

Meu estômago está embrulhado. Um tremor começa nas minhas mãos e sobe pela espinha até eu sentir como se estivesse vibrando.

— É porque não é o seu passado. — Ouço a mim mesmo dizer. É um milagre eu conseguir falar qualquer coisa. — É o meu.

Capítulo Treze

Harriet

Nolan parece que vai vomitar.

A brisa do oceano bagunça seu cabelo, suas bochechas estão assustadoramente pálidas enquanto ele permanece imóvel na praia.

Nolan nunca pareceu tanto um fantasma.

— Nolan. — Tento chamá-lo.

Ele está olhando para a fileira de construções depois da praia, com os olhos arregalados e sem foco. Ele abre e fecha as mãos em punho, mas é a única parte do seu corpo que se move.

— Como assim? Como viemos ao seu passado?

— Não sei — sussurra, então leva a mão à boca. — Não sei. Eu não…

Uma gargalhada sonora irrompe do outro lado da praia e um menininho aparece no topo da colina. Nolan se vira para observar o garoto descer a ladeira, as perninhas curtas mal conseguindo acompanhar o resto do corpo. Sua calça é larga demais, puxada para cima e presa com um cinto que mal a segura. Um homem mais velho corre atrás dele, com um largo sorriso no rosto barbudo.

— Nolan! — berra. — Volta aqui, seu malandro!

O menino grita de alegria, descendo morro abaixo até a praia. Ele tenta rolar na areia para fugir do homem que vem atrás, mas não é rápido o bastante. O mais velho o pega no colo e o joga sobre os ombros, balançando-o de um lado para o outro. O garotinho ri, com uma alegria tão pura que quero colocá-lo em um frasco e guardá-lo para sempre.

— Aquele é meu pai. — Nolan engole em seco. — Esse sou eu e... aquele é o meu pai.

Ele dá dois passos para trás, com os pés na água, mas acho que nem se dá conta, ocupado demais observando as duas figuras do outro lado da praia com olhos incrédulos. Não entendo o que está acontecendo, mas entendo a expressão no rosto de Nolan.

Saudade. *Tristeza.*

— Eu não... — Nolan respira fundo uma vez, depois outra, seu corpo lutando para controlar o pânico. — Eu não me lembro deste dia. — Ele observa ao redor com olhos arregalados, frenéticos. — Mal me lembro deste lugar. Desta praia. E eu não... consigo me lembrar deste dia.

— Está tudo bem. — Eu o seguro logo acima dos cotovelos e mantenho as mãos ali. Ele continua recuando e eu o acompanho, a água batendo em nossos joelhos. — Nolan. Olha para mim.

Ele conecta os olhos desenfreados aos meus. Seu peito sobe e desce com cada inspiração e expiração entrecortadas. Aliso seus braços, subindo até a altura dos ombros e depois descendo de novo, torcendo para que meu toque possa acalmá-lo.

— Está tudo bem — digo. — Estou aqui. Você não está sozinho.

Penso no que falar. Algo que faça o desespero estampado em seu rosto desaparecer. Quero dizer o que Nolan precisa ouvir, mas não sei por onde começar. Ele parece querer afundar na água e desaparecer. Eu o seguro com mais força.

— É só uma lembrança.

Nolan assente, as mãos buscando meu casaco. Ele entrelaça os dedos no tecido grosso e macio, segurando firme. Atrás de nós, o garotinho na praia está catando gravetos, o pai observando tudo com um sorriso afetuoso.

Nolan não olha na direção deles. Continua olhando para mim.

— Preciso sair daqui — diz ele.

— Tem certeza?

Olho por cima do ombro para o menino jogando gravetos nas ondas. Ele e o pai estão mais perto agora, o homem bagunçando o cabelo do garotinho. E se esta for a única chance de Nolan ver tudo isso? De se lembrar? De recuperar parte de si mesmo?

E se isto fizer parte do processo de seguir em frente?

Nolan balança a cabeça, o maxilar tenso. Suas pupilas estão tão dilatadas que os olhos parecem quase pretos.

— Não posso ficar aqui. Não posso… Não me lembro e não consigo… — Seu lábio inferior treme, e ele aperta a boca. — Preciso ir embora. Por favor. É demais para mim.

— Tudo bem — respondo.

Estou um pouco preocupada com Nolan usando magia enquanto está tão nervoso, mas confio que vai me manter em segurança. Com um último olhar para o farol na colina, ele pega minha mão, entrelaçando nossos dedos. Palma roçando palma, o chão começa a desaparecer. As últimas coisas que ouço são o barulho das ondas, o canto de um pássaro e a risada do menino. Nolan me segura com mais força e, um segundo depois, estamos diante da lareira na pista de patinação no gelo.

Ele solta minha mão de imediato e se vira, com os braços levantados e os dedos emaranhados no cabelo. Fico olhando para suas costas enquanto Nolan caminha em direção à lareira, apoiando-se pesadamente na cornija. Cada respiração é mais difícil que a anterior. Minha mão paira sobre a coluna dele.

— Está tudo bem — sussurro, desejando saber o que dizer.

A parte do meu coração que anseia por fazer as pessoas se sentirem bem dói ao vê-lo assim. Ele mal consegue se controlar. Traço um caminho para cima e para baixo nas costas dele e sinto seus pulmões se expandirem sob a palma da minha mão.

— Não estamos mais lá. Voltamos à pista de patinação no gelo e tem… Mariah Carey tocando nos alto-falantes. A pista está fechada e somos só nós dois agora. Nós e Denise, que decerto deve estar no escritório pesquisando leilões de joias online. Já falei um milhão de vezes para ela parar de comprar coisas no *marketplace* do Facebook, mas acho que gosta da adrenalina de comprar e vender. No ano passado, perto da Páscoa, Denise foi à casa de um desconhecido para comprar uns brincos que pareciam laranjas. Ela tem sorte de não ser um espírito agora. Um espírito das compras online ruins.

Estou tagarelando, falando bobagens, mas, a cada palavra que sai da minha boca, Nolan parece se recompor. Pressiono a mão com mais força nas costas dele, diminuindo o ritmo das carícias para pressões firmes. Espalmo bem os dedos, vendo quanto da pele dele consigo cobrir.

Nolan se inclina até que sua cabeça esteja repousando em meu ombro, em vez de encostada na curva do próprio bíceps, e meu coração quase se parte ao meio.

— Não sei se você percebeu, mas estou usando meias de rena hoje. Elas estão molhadas agora, acho que do mar, mas… — Ele estremece, e eu abandono essa linha de pensamento. — Você pareceu gostar do meu pijama de rena — completo.

É um convite para que reaja. Sei o quanto Nolan odeia meu pijama de rena. Lembro de ele tê-lo olhado como se nunca tivesse visto nada tão ofensivo em toda a vida. Mas ele deixa o comentário passar, com a cabeça ainda encostada no meu ombro, as mãos trêmulas pendendo sem forças ao lado do corpo.

— Tudo bem, sem comentários sobre as renas.

Dou uma olhada rápida ao redor. Há uma lanchonete nos fundos, escondida ao lado da tenda de aluguel de patins. Está abandonada agora, mas sei que eles têm chocolate quente na despensa.

— Vem comigo. Tenho uma ideia.

Pego sua mão enquanto ele endireita a postura, relutante, mas não cede aos meus puxões persistentes. É um objeto imóvel em frente à lareira, com a mão apertando a minha.

— Por aqui. — Aponto com a cabeça em direção à lanchonete. — Chocolate quente vai ajudar.

— Um segundo — pede Nolan, mal movendo os lábios. Não está tão pálido quanto na praia, mas ainda parece distante. Um pouco perdido. — Preciso de um segundo — repete.

— Posso… — Eu o observo com atenção. — Nolan, você precisa de um abraço?

Não tenho certeza de até que ponto é apropriado Nolan e eu nos tocarmos sem ultrapassar alguns limite, mas sei que abraços sempre fazem com que eu me sinta melhor. Ele não diz nada e estou prestes a recuar, inventar uma desculpa, dar-lhe algum espaço, quando seus braços envolvem meu torso.

Nolan se enrosca em mim como uma videira, puxando meu corpo para o dele até que seu rosto esteja em meu pescoço e meus braços, em seus ombros. As mãos dele são tão grandes, repousando uma de cada lado da minha cintura, enquanto os braços se cruzam em minhas costas.

Meus pés balançam no ar quando ele me levanta, numa tentativa de me aproximar do peito dele, as pontas das minhas botas roçando as dele.

Pisco para a parede, perplexa, depois o envolvo em meus braços e aperto.

Nolan emite um som profundo.

— Tudo bem? — pergunto.

Ele primeiro assente, depois balança a cabeça. Passo uma mão pelo cabelo despenteado dele, que me abraça com mais força em resposta. Deslizo as unhas por sua nuca, e Nolan estremece.

Fico abraçada a ele no saguão da pista de patinação no gelo, com o corpo colado ao dele, os pés balançando perto de suas canelas e minha cintura envolvida por seus braços. Permaneço em seu abraço até minhas mãos ficarem dormentes.

— Só mais um pouquinho — implora Nolan, depois de eu ter tirado todo o cabelo do rosto dele e traçado a curva de suas orelhas vezes o bastante para perceber que ele tem uma cicatriz em forma de lua crescente em uma delas, a pele delicada um pouco arrepiada sob meu toque. Nolan pressiona o rosto ainda mais em meu pescoço, me cutucando com o nariz. — Só preciso de mais um tempinho e vou ficar bem.

— Leve o tempo que precisar — digo baixinho, começando outro caminho sinuoso com os dedos pelo couro cabeludo dele.

Seu cabelo é tão macio. Passo a mão pelas orelhas de Nolan outra vez, descendo até a pele quente do pescoço. Traço seus ombros, depois subo para acariciar a lateral do rosto dele.

— É bom — murmura ele.

Refaço meu caminho ao longo de seu queixo.

— O que é bom?

Ele me aperta com mais força.

— Ter você nos braços — responde Nolan, e consigo sentir sua boca roçando minha pele. — Faz muito tempo que não recebo um abraço — acrescenta, mais baixinho.

Pisco para afastar a ardência repentina que sinto nos olhos e na ponte do nariz. Quão sozinho ele deve ter se sentido ao longo de todos esses anos. Esperando por algo que nunca chegou. Desejando que algo mudasse. Não é de se admirar que tenha reagido com raiva quando ofereci a esperança de algo diferente.

Nolan respira fundo e afrouxa os braços.

Não, quero protestar. *Ainda não*.

Mas ele me coloca de volta no chão com uma careta envergonhada e marcas do meu casaco na lateral de sua bochecha. Estico a mão e as esfrego.

— Está se sentindo melhor? — pergunto.

Nolan assente, distraído, com um sorriso triste nos lábios.

— *Aye*. Obrigado. — Ele pega minha mão, afastando-a do rosto. — Preciso ir embora.

Sinto um frio na barriga.

— Agora? — Olho por cima do ombro para a lanchonete abandonada. — Mas e o chocolate quente? Vai ajudar. Prometo. — Hesito. — Não precisamos conversar sobre nada, se não quiser. Mas acho que não devia ficar sozinho.

Você podia ficar, quase digo a ele. *Eu poderia tentar fazer você se sentir melhor.*

Ele aperta minha mão, os olhos fixos na porta.

— Se nós visitamos meu passado, tem algo de errado. Isso não deveria acontecer. — Nolan engole em seco, afastando-se. Parece tão *cansado*. Abalado. — Preciso falar com Isabella.

— Isabella?

Meu coração dá um salto desconfortável, bem no centro do peito.

Nolan suaviza a expressão e ergue a mão para acariciar meu cotovelo em um gesto reconfortante.

— Minha supervisora — explica. — Preciso resolver isso. Volto amanhã. No máximo, depois de amanhã.

Aonde você vai?, quero perguntar. *Como entro em contato com você? Você está bem? Precisa de outro abraço?*

Nolan ainda parece estar se agarrando à razão por pura força de vontade. Seus olhos estão vermelhos e suas mãos tremem. Quero estender o braço e puxá-lo para perto. Afundar minhas mãos em seu cabelo e segurá-lo. Envolvê-lo em um cobertor e colocá-lo no meu sofá. Abraçá-lo até que nunca se esqueça de como é a sensação.

Não sei por que, mas sinto que, quando Nolan desaparecer desta vez, nunca mais o verei.

— Promete? — pergunto.

Ele hesita, depois assente.

— Amanhã — diz, retirando a mão do meu cotovelo. — Eu volto para te encontrar.

Olho para os pés em vez de para o rosto dele, assentindo distraidamente.

— Tudo bem — concordo. — Se cuida... — mas, quando levanto a cabeça, Nolan já se foi — ... e vejo você em breve.

Suspiro. Pelo menos não precisei vê-lo partir.

Fico olhando para a entrada da pista de patinação no gelo por mais um minuto, depois vou em direção à lanchonete no canto. Ignoro o nó no estômago e tento decidir se quero marshmallows ou não.

Estou acostumada. Sei como me portar diante da decepção. Fui deixada para trás por todas as pessoas que já foram importantes para mim.

Uma coisa esquecida, assim como os tesouros que guardo nas prateleiras da loja de antiguidades.

Capítulo Catorze

Nolan

— Ela não está aqui?

Betty ajeita o telefone na mesa, depois pega um *cupcake* gigantesco. Ela arranca o floco de neve de fondant do topo e dá uma mordida delicada.

— Infelizmente, Isabella está fora do escritório resolvendo uma emergência do departamento. — Ela me dá um sorriso radiante. — Você pode esperar aqui ou deixar um recado.

Solto um suspiro entrecortado. Não quero esperar. Não quero deixar recado. O que *quero* é falar com Isabella e descobrir por que estou de repente visitando meu passado em vez do de Harriet.

— É urgente — insisto.

— Você já mencionou — diz Betty, paciente como sempre.

Atrás de mim, o enorme teixo estende os galhos, que farfalham com uma brisa inexistente. Um aviso para eu me comportar.

Estou tremendo desde que fui levado àquela praia com Harriet, a mão dela na minha e meu… pai na areia diante de nós.

Não me lembro daquele dia. Mal me lembro daquela praia. As únicas lembranças que tenho do meu pai são, na melhor das hipóteses, desbotadas, desgastadas como uma pedra de rio.

Meus pais me amavam com todas as forças, e eu não consegui nem honrá-los *lembrando* deles.

Que outras coisas eu esqueci? O que mais o tempo tirou de mim?

E por que diabo estou revisitando essas lembranças agora?

— Por favor, Betty. Se ela tiver qualquer horário vago hoje, preciso que me encaixe na agenda.

Ela coloca o *cupcake* na mesa.

— Como eu disse, Isabella não está aqui hoje — fala, com a mesma expressão de alguém que pede desculpas. Acho que demonstrei desespero suficiente para despertar a preocupação da recepcionista do pós-morte. — Ela não vai estar disponível pelo resto da semana. Houve um incidente com uma ceifadora. Todo mundo está ocupado.

Franzo a testa. Ceifadores são espíritos notoriamente solitários, com magia poderosa. São implacáveis e imprevisíveis. Frios e calculistas. Por coincidência, também destroem as equipes rivais no torneio anual de bocha do departamento.

— O que aconteceu?

A magia da morte é uma magia ancestral, mais antiga que a própria Terra. Estava aqui antes de chegarmos e permanecerá muito depois que partirmos.

É eterna. Imutável.

Implacável.

No dia em que morri, um homem de túnica preta com uma foice nas costas me segurou pelo colarinho do suéter e me puxou da água falando "Ah, puta merda" baixinho. Então girou o pulso e sua magia espiralou em torno de nós. Parecia piche na minha pele, algo pesado e espesso, subindo pelos meus braços antes de eu me encontrar no escritório de Isabella, pingando no tapete dela. O ceifador me colocou em uma cadeira, reclamou da água nos sapatos italianos e desapareceu de imediato.

Não falo com um ceifador desde então.

Betty espia por cima do ombro na direção da porta atrás dela, depois se inclina para a frente, baixando a voz para um sussurro.

— Estão dizendo que uma das ceifadoras não apareceu para o seu turno. Ela está desaparecida.

— Desapareceu?

Betty assente.

— Ninguém consegue encontrá-la. E, como você deve saber, não podemos deixar esse tipo de magia à solta no mundo sem as devidas precauções. Isabella e os outros chefes do departamento estão tentando localizá-la.

Coço o queixo, agitado. Tudo bem, mas eu também tenho um problema. Um que precisa ser resolvido o mais rápido possível. Os ceifadores não têm que lidar com a contagem regressiva para o Natal.

— Acho que vou deixar um recado, então — digo, frustrado.

— Ótimo! — Uma caneta aparece do nada na mão de Betty, rosa-choque com um pompom brilhante no topo. — Quando quiser.

— Diz para ela que houve complicações adicionais na minha missão e que eu gostaria de discutir isso pessoalmente.

Pronto. É razoável. E melhor do que "Que merda está acontecendo?".

Betty rabisca em seu bloco de notas brilhante, com a cabeça curvada para a frente em concentração.

— Que tipo de complicações?

— As lembranças de Harriet não revelaram nada. — Engulo em seco. — São mundanas, no máximo. E nossa última viagem ao passado foi... complicada.

— Em que sentido?

— Bem. Não era o passado dela.

A caneta de Betty para de escrever.

— De quem era?

— Meu.

A caneta se parte ao meio. Tinta explode da ponta. Betty levanta a cabeça e me encara boquiaberta, tinta azul espalhada pela bochecha.

— O que você acabou de dizer?

— Nós fomos ao meu passado, em vez do dela. Foi... uma das minhas lembranças.

Betty me encara, pasma, e franze as sobrancelhas.

— Tem certeza?

Assinto. Meu pai. *Eu*. A praia em nossa pequena vila de pescadores. O farol na colina.

Tudo dói como um osso recém-colocado no lugar. A pessoa mais importante da minha vida, e eu tinha me esquecido dele.

— Nunca ouvi falar de uma coisa dessas — diz Betty.

Não sei se isso faz com que eu me sinta melhor ou pior.

Ela bate a caneta despedaçada na boca.

— Talvez fosse melhor conversarmos com alguém — continua ela. — Transferir você. Outro espírito pode cuidar de Harriet enquanto descobrimos o que aconteceu.

— Não.

Minha resposta é visceral, automática, vinda de algum lugar no fundo do meu peito. A árvore atrás de mim estremece, um grunhido baixo enquanto os galhos balançam para frente e para trás.

— Não — repito, mais baixo. — Isabella me disse que Harriet foi designada a mim por um motivo. Eu posso… descobrir por quê. Só queria um pouco de orientação.

— Mas se você está visitando seu passado, Nolan… — Betty coloca a caneta quebrada de lado. — Isso é um problema sério. Não é algo que acontece.

Ainda bem que não mencionei meu sonho nem como consegui saborear o gosto da geleia de figo que Harriet trouxe do passado. Nem que, desde minha última visita a este escritório, tenho sido capaz de *sentir* coisas. O calor da lareira na pista de patinação e a queimação do gelo na palma das mãos.

Mesmo de pé aqui, minhas meias ainda estão molhadas da água do mar de minha lembrança. Eu *nunca* trouxe o passado comigo antes.

É provável que Betty me prenderia lá atrás e jogaria fora a chave se soubesse. Harriet ficaria sozinha, e eu… também. Mais do que já estou.

— Pode ser que eu esteja exagerando. — Tento amenizar. Isto foi um erro. Eu não deveria ter vindo aqui. Entrei em pânico e agi precipitadamente. — Com certeza foi só um contratempo.

— Um contratempo — repete Betty, apertando os lábios. — Visitar o seu passado é mais do que um *contratempo*, Nolan.

— Eu não estava totalmente no controle da minha magia durante a última viagem ao passado. Estava distraído.

Apenas metade dessa afirmação é verdade. Eu estava distraído, mas não o suficiente para acabar em um lugar de todo diferente, em uma época à qual eu não deveria ter acesso.

Mas não quero ser tirado de Harriet.

Recuo em direção à saída. Os galhos acima da minha cabeça farfalham de novo, como se a árvore ancestral fosse capaz de sentir minha desonestidade. Algumas das folhas finas e delicadas se soltam, flutuando até o chão aos meus pés.

— Tenho certeza de que Isabella vai ter uma explicação quando voltar. Não tem pressa. Eu fico… com Harriet até lá. — Forço um sorriso.

— Aliás, aposto que a missão estará concluída quando ela voltar. Não precisa se preocupar.

Betty inclina a cabeça para o lado e pega seu *cupcake*. Tira um pouco do papel e joga as migalhas em uma pequena lixeira ao lado de sua mesa.

— Isso às vezes acontece com espíritos sob estresse. Anomalias. Acabar em lugares onde não deveriam estar. Eu já contei sobre a vez que um poltergeist foi parar nas mãos dos anjos da guarda? — Ela ri. — Dá para imaginar? Foi um pandemônio durante semanas. — Betty dá uma mordida enorme, pensando enquanto mastiga. — Quando foi a última vez que você descansou? Posso passar o contato do clube do livro dos espíritos malignos. Acho que você poderia se beneficiar muito de uma interação com…

Betty continua tagarelando sobre clubes do livro, confraternizações e socialização com meus colegas de trabalho, enquanto eu a ignoro.

Descansar. Eu não preciso descansar. Trabalho um mês por ano e, fora isso, fico sentado na minha casa condenada à beira d'água, tricotando luvas malfeitas e adotando gatos de rua que invadem minha cozinha e roubam meus pegadores de panela.

A única coisa que faço é descansar.

Eu descanso e espero.

Espero.

Espero que algo mude, e, desde o momento em que saí de trás da árvore de Natal e vi Harriet no sofá, as coisas começaram a mudar. É como se eu tivesse sido acordado com um solavanco, recuperando os sentidos aos poucos depois de ficar muito tempo na mesma posição.

Levo a mão à boca, uma descoberta me acendendo como um foguete. Talvez Harriet esteja certa. Talvez ela seja a chave para eu seguir em frente. É possível que ela tenha algo que pertenceu a mim, mas… talvez Harriet seja a antítese esperançosa e otimista da nuvem escura que me tornei, destinada a servir de espelho para a *minha vida* e as *minhas ações*.

— Inferno — sussurro, passando a mão pelo cabelo.

Ela pode ser a chave de tudo, e eu deixei minhas emoções tomarem conta de mim.

Eu entendi tudo errado.

Betty para abruptamente no meio de seu discurso apaixonado sobre a importância da exposição ao sol.

— Você já vai embora? Tão cedo? — pergunta ela, então olha para a mesa e para o *cupcake* que, de alguma forma, já conseguiu devorar. Com um estalar de dedos, outro aparece. — Quer um *cupcake*?

— Não, obrigado. — Pigarreio. — Preciso voltar para Harriet. Finalizar a missão. — Enfio as mãos no bolso do casaco. — O tempo está passando e… tudo mais.

— É verdade, você tem um prazo apertado. Já estamos no décimo dia de dezembro. Dá para acreditar como o tempo voa? — Enquanto tento não gritar, ela ri, limpando um pouco de glacê do canto da boca. — Acho que você nunca demorou tanto para entregar um designado ao próximo espírito.

No geral, termino as missões em uma semana, depois retorno à minha existência tediosa à beira-mar. Mas Harriet nos colocou em um caminho diferente e só me restam catorze dias antes do meu prazo final, na véspera de Natal. Catorze dias para descobrir o porquê.

E se ela for mesmo a chave para eu seguir em frente… se Harriet está destinada a me ajudar a descobrir meus assuntos pendentes…

Pretendo aproveitar esse tempo até o último segundo.

Capítulo Quinze

Harriet

Desço correndo as escadas com a escova de dentes na boca enquanto um louco bate à minha porta. Não esperava visitas, e com certeza não esperava Nolan. Não quando faz tão pouco tempo que foi embora.

Eu me atrapalho com a fechadura enquanto a sombra dele anda para lá e para cá do outro lado das cortinas, com as mãos na cintura e a cabeça inclinada para baixo.

— Você estava certa — diz ele, sem fôlego, assim que abro a porta.

Durante os quatro minutos que levei para abrir a porta, Nolan alternou entre tocar a campainha e resmungar, batendo com o punho na madeira quando nenhuma das duas coisas pareceu funcionar. Seu cabelo está todo bagunçado; o casaco, do avesso; e os olhos, brilhantes.

É como se ele tivesse acabado de beber um barril inteiro de café expresso. Ou isso, ou teve uma brecha para encontrar um novo hobby entre viajar no tempo, explorar o passado e me assombrar. Como cheirar bala em pó. Ou fazer *base jumping*.

Olho para ele, preocupada, com a escova de dentes ainda na boca. Quando Nolan me deixou na pista de patinação, mal conseguia se manter de pé. Agora, está praticamente transbordando de energia.

— *Tuo bm*? — pergunto.

Ele me encara.

— Que língua é essa?

Tiro a escova de dentes da boca.

— Tudo bem? — repito, devagar, tentando articular as palavras com a boca cheia de pasta de dente.

Ele apoia uma mão no batente da porta, encarando-me com os olhos semicerrados.

— Se eu vim do além?

Reviro os olhos e dou as costas para ele, indo em direção ao pequeno lavabo perto da entrada. Deixo a porta da casa aberta atrás de mim em um convite silencioso, confusa com a mudança repentina na atitude dele.

Certa vez, houve um aluno em uma das disciplinas da faculdade de Direito que surtou no meio da aula. Começou a rir, descontrolado, enquanto arrancava páginas de um livro. Colocou as meias nas orelhas e disse que era um elefante. Ele teve que ser escoltado para fora pela polícia do campus.

Será que Nolan vai estar com as meias nas orelhas quando eu me juntar a ele na sala de estar?

Cuspo a pasta de dente e pego a toalha de mão, enterrando o rosto no tecido macio. Quando volto a levantar a cabeça, Nolan está bem atrás de mim.

— Jesus — digo, ofegante. — Você precisa de um sino.

— Um sino?

Eu me viro, com a lombar pressionada na pia. Não tem espaço suficiente neste cubículo para dois adultos. Mal tem espaço suficiente para um adulto. O peito dele roça o meu toda vez que respiro.

— Por que você está no meu lavabo?

Nolan franze a testa e examina o vaso sanitário. Ele parece confuso e surpreso, como se não esperasse que eu tivesse saneamento básico.

— É um banheiro? Pensei que fosse um armário.

— Você achou que eu estava cuspindo pasta de dente no armário?

— Os costumes mortais me escapam. — Nolan gesticula para si mesmo com a mão. — Preciso falar com você.

— No meu lavabo?

— O local não importa.

— Tudo bem.

Isto é… bom. Não explica por que ele está tão perto, olhando para mim com uma intensidade que beira a loucura. Olhos escuros. O maxilar tensionando e estalando enquanto sou estudada. Eu me viro de lado, pouso a escova de dentes em um copo, depois escondo um bocejo com as costas da mão.

— Sua supervisora te deu alguma explicação? — pergunto, lutando contra o cansaço. Acho que deveria me conformar com o fato de nunca ter ideia do que está acontecendo. Pisco para afastar as lágrimas de exaustão que se acumulam nos cantos dos olhos. — Ela te deu algum conselho?

— Não — responde Nolan, ainda me encarando. Depois estica o braço e coloca uma mecha do meu cabelo atrás da orelha, roçando minha bochecha com os dedos. — Seu cabelo. — Ele suspira. — Você tem tanto cabelo.

— Eu sei. — Eu pego meu cabelo e o jogo para trás. — O que deu em você? Está agindo estranho.

— Não estou, não.

— Você está cem por cento agindo de maneira estranha.

— É uma questão de perspectiva. Prefiro dizer que estou *energizado*.

— Tá — concedo, devagar. — Por que está tão *energizado*?

Nolan encosta o ombro na parede.

— Não consegui falar com minha supervisora.

— Não?

Ele balança a cabeça.

— Teve uma emergência com uma ceifadora.

— Uma ceifadora?

— Uma ceifadora — repete, como se mencionar a personificação da morte fosse explicação suficiente e não gerasse de imediato cerca de setenta mil perguntas.

— Eles existem mesmo? — sussurro.

— Esse não é o ponto.

— Eu adoraria saber qual é o ponto.

Não quero estar aqui com ele. Quero estar na minha cama, quase inconsciente, tentando desesperadamente não pensar em como me sinto quando Nolan me dedica toda a sua atenção.

Sonhei com ele todas as noites esta semana, a maioria das vezes reinterpretando momentos que aconteceram na vida real, fazendo uma curva à esquerda em vez de à direita. Outras, inventando algo inteiramente novo. Fantasias. Nolan na mesa da cozinha fazendo um cordão de *cranberries*.

Nolan reclinado no sofá, vestindo apenas uma calça de pijama vermelha com renas. Eu com a blusinha de pijama combinando, montada no seu colo. Minha boca no pescoço dele, e as mãos dele no meu cabelo.

Nolan na loja de antiguidades, lendo no canto dos fundos com o tornozelo sobre o joelho, o rosto se iluminando quando me vê.

Está virando um problema. Acho que estou me apaixonando.

Estou me apaixonando por um espírito que vai desaparecer no final do mês.

Mas não consigo evitar. Nolan não parece algo passageiro quando estamos juntos. Parece um homem. Um com um sorriso relutante, uma mente afiada e um coração avassaladoramente delicado por baixo de toda aquela roupa de flanela. Alguém tão solitário quanto eu.

— Eu não podia esperar — diz ele, apoiando a mão na pia, ao lado da minha cintura. — Este é o ponto da conversa. — Ele estica o dedo mindinho, traçando o tecido macio do meu pijama. Escolhi um verde com quebra-nozes dançantes para a hibernação desta noite. — Eu não queria esperar — acrescenta baixinho, arrastando o olhar da calça de pijama para o meu rosto.

Meu estômago dá uma cambalhota digna das Olimpíadas.

— Nossa discussão do outro dia — continua ele, ainda me estudando. — Quando falamos sobre meus assuntos pendentes. Acho que você estava certa.

Recuo, franzindo a testa. *Discussão* é um termo educado para o que foi aquilo.

— Não sei se a gente devia falar sobre isso de novo — digo.

Não sei se meu coração aguenta outra surra. Não depois da pista de patinação no gelo, quando pareceu que estávamos nos aproximando de algo similar a uma amizade. Não depois de ele me abraçar diante da lareira, com o rosto enterrado no meu pescoço e o corpo tremendo. Não depois de eu admitir que estou começando a gostar muito, muito mesmo, de Nolan. Demais.

— Por que não? — sussurra ele.

— Porque você parece um pouco agitado.

Passo por ele em direção à sala de estar e vou direto para o pote de biscoitos em forma de boneco de neve na cornija. Guardo um estoque de bengalas doces lá para emergências emocionais. Este parece ser o momento apropriado.

Infelizmente para mim, há uma ausência evidente de bengalas doces no pote. Acho que precisei de bastante apoio emocional no último mês e meio.

Abandono o pote de biscoitos vazio e vou até a casinha de gengibre debaixo da árvore, levantando a tampa e espiando dentro.

Nolan me segue, obediente, da casinha de gengibre até o sofá, depois até o pacote de pão na cozinha.

Todos os esconderijos estão vazios.

— Eu realmente como tanto açúcar assim?

Nolan se recosta no batente da porta, com os braços cruzados.

— Sim — afirma ele. — Come.

Expiro pelo nariz e olho para o teto. Estou frustrada, porém, mais do que isso, estou irritada.

Pelo canto do olho, vejo Nolan se aproximar.

— Por que você está me seguindo? — pergunto, bruscamente.

— Eu vou aonde você vai, Harriet — responde.

Mal consigo resistir à vontade de revirar os olhos. Eu nunca pedi nada disso. Decerto nunca quis um espírito com pena de mim, que fica por perto porque é obrigado. Esse lembrete constante é como sal na ferida que ainda não cicatrizou por completo.

Ninguém nunca ficou por perto. Ninguém nunca me escolheu. Não preciso que ele fique me lembrando o tempo todo que está aqui só porque precisa.

— Porque você está me assombrando — digo para o teto, com mais mágoa do que pretendo.

Nolan toca minha bochecha de leve com a ponta dos dedos, segurando uma bengala doce na frente do meu nariz.

Hesito, depois a pego.

— Por que você está chateada? — pergunta ele, enquanto eu mastigo agressivamente a ponta da bengala sabor hortelã-pimenta. É da minha marca favorita, com listras vermelhas finas em vez de grossas. — Achei que ficaria animada.

— Você mudou de ideia rápido demais. Desculpa se não estou lá muito entusiasmada.

— Não tão rápido quanto você pensa, e não foi só o passado que mudou minha opinião.

— Como assim?

— Tem outras coisas também. Coisas que me convenceram de que talvez você… possa me ajudar. Exatamente como você disse.

Mudo a bengala para o outro lado da boca.

— E que coisas são essas?

Um rubor colore suas bochechas logo acima da barba por fazer. Minha curiosidade fica atiçada com a descoberta desse calcanhar de Aquiles.

— Preciso falar?

Assinto. Não há como eu deixá-lo sair desta sala sem uma explicação. Depois de tudo, é o mínimo que ele pode fazer.

Nolan suspira e vira o rosto para o teto, o pescoço e o maxilar em relevo. Ele de fato parece ser de outro mundo, de outra época. Como uma fotografia desbotada no fundo de um baú, com os cantos dobrados e as bordas descascadas. Escura em alguns pontos, clara em outros.

Algo deixado para trás. Algo esquecido.

— As coisas estão mudando. Eu consigo *sentir* elas mudando. É como… o céu, sabe? Logo antes de nevar. Quando a noite prende a respiração e tudo parece carregado. Quando não está escuro de verdade, e sim… algo mais. Um lampião escondido entre as nuvens. É assim que me sinto. Como se um lampião tivesse sido aceso. Não sei como descrever de outra forma. — Seus olhos buscam os meus, mergulhando brevemente para traçar os contornos do meu rosto. Eu me pergunto o que ele está procurando ali e se será capaz de encontrar. Nolan curva um canto da boca para cima, a sombra de suas covinhas aparecendo em ambas as bochechas. — Você é a primeira coisa em cem anos que me faz sentir algo, Harriet York, e não acho que seja por acaso.

Expiro devagar. É difícil para mim ouvir essas palavras e não me apegar à ideia. Nunca fui especial para ninguém. Nunca fui útil para *ninguém*. Os únicos sentimentos que consegui despertar nos outros são uma vaga frustração e uma decepção opaca.

Ou pior, nada.

É tentador ser algo diferente para Nolan.

Ainda assim, preciso de mais.

— O que mudou? — pergunto.

Seu meio-sorriso se intensifica. Ele alcança um dos meus cachos, enrolando-o em seu indicador e puxando-o uma vez.

— Além do fato de termos ido parar em uma das minhas lembranças de infância?

Assinto.

Nolan respira fundo, passando a mão por baixo do meu cabelo para chegar à nuca, a palma encostada no topo da minha coluna. Talvez para se estabilizar ou, ainda, para me estabilizar.

— Estou com medo — confessa ele.

Amoleço.

— De quê?

Seus olhos se movem rapidamente entre os meus.

— Tenho medo de que, se eu disser em voz alta, isso deixe de ser verdade.

— Pode me contar.

Nolan flexiona os dedos na minha nuca.

— Meu café estava queimado hoje de manhã. — Ele engole em seco. — O gosto era uma merda.

— Hum… tá?

— Eu senti o gosto, Harriet. Senti o gosto do meu café hoje e da bala de limão que você me deu no campo de árvores. Queimei a mão em frente à lareira da pista de patinação no gelo e senti frio de manhã quando saí de casa. Estou sentindo de novo. — Ele crava o olhar no meu. — Estou sentindo bastante coisa.

Uma dor aperta o meu peito.

— Mais alguma coisa?

— Isso não é suficiente?

— Tem algo que você ainda não me contou. Eu sei.

Ele contorce a boca em um sorriso sombrio, o maxilar se tensionando e relaxando.

— Eu sonhei. — Nolan hesita. — Com você.

— Comigo?

— *Aye* — confirma. — Com você.

— Achei que você tivesse dito que não sonha.

— E não sonho — concorda ele, baixando um pouco a voz.

— Ah.

Penso nos sonhos que tive com ele. Na sensação quente e vibrante sob minha pele. No jeito como às vezes acordo com a mão na barriga.

Um calor invade minhas bochechas.

— Foi... um sonho bom, pelo menos?

Ele percorre meu rosto com o olhar. Depois desce para baixo, até o decote do meu pijama, que não esconde que não estou usando sutiã. Sua língua aparece no canto da boca e sua mão aperta minha nuca. Um suspiro me escapa.

— Foi um sonho muito bom — responde Nolan, com a voz rouca.

Sinto um frio na barriga. Umedeço os lábios e a atenção de Nolan se volta para lá. Ele traça outro circuito lento pela minha nuca e eu estremeço no meu conjuntinho de pijama.

Aposto que meu coração está parecendo uma britadeira agora. Como algum tipo de maquinaria, ganhando velocidade quanto mais eu fico ali, com Nolan.

Mas não estou envergonhada. Estou ciente do meu corpo e do dele. Do momento que se estende entre nós até que tudo pareça lânguido e lento. Luzes na árvore e uma buzina no porto. O vento nas janelas e uma bengala de hortelã-pimenta grudenta ainda na minha boca.

— Acho que você está me trazendo de volta à vida, Harriet.

— Essa é uma afirmação ridícula.

Ele dá de ombros. Só meio centímetro.

— Não se for verdade.

Solto um suspiro lento, analisando-o. Nolan me deixa olhar, portando-se como um livro aberto, o rosto honesto.

— Acho que é um bom motivo para sua opinião ter mudado, então — sussurro, preenchendo o espaço entre nós, tentando quebrar a tensão que nos envolve. Quero abordar isso de maneira racional, encaixar outra pista no lugar certo, mas também quero me inclinar para a frente e enterrar o rosto no peito dele. — É... hum. Faz sentido. Se você está, bem, sentindo coisas. Agora eu entendo. Entendo por que mudou de ideia.

Parte da tensão desaparece das linhas ao redor dos olhos dele, a expressão tão sincera que eu poderia chorar.

— Você vai me ajudar, então? — Ele tenta esboçar um sorriso. — Vai acabar com décadas de desespero e me enviar para a vida após a morte dos meus sonhos?

Tento enxergar além da bravata.

— É isso que você quer, Nolan? De verdade?

O sorriso provocante desaparece de seu rosto.

— Eu preciso disso, Harriet — argumenta. — Preciso seguir em frente. Preciso de algo diferente.

Tento não deixar essas palavras me atingirem, mas é como um balde de água fria no calor que fervilha entre nós. Eu me solto de seu aperto.

É claro que ele quer algo diferente. Nolan está aqui há décadas, sem nenhuma esperança à qual se agarrar. Ele odeia essa existência.

Não posso ser egoísta. Afinal, que futuro eu poderia ter com um espírito? Eu me perdi em uma fantasia, e isso precisa acabar.

Preciso me recompor e deixar para lá.

— Mas é claro — respondo, forçando um sorriso e ignorando a decepção que aos poucos aperta meu peito.

Eu consigo. Posso ajudá-lo sem me envolver mais. Vou ajudá-lo a seguir em frente, ele vai desaparecer e eu vou retornar à minha vida sem espíritos. Guardarei boas lembranças desta… série de acontecimentos absolutamente ridículos. Assim como os enfeites de latão pendurados na minha árvore na janela, vou encaixotá-las com cuidado no final da temporada de festas e deixá-las no sótão. Vou pegá-las de vez em quando para admirar como são bonitas, especiais e únicas, e depois guardá-las de volta no lugar.

Vai ficar tudo bem.

Eu vou ficar bem.

Sempre fico.

Forço um sorriso.

— Vou fazer tudo o que puder para ajudar.

Sempre fui boa em ser exatamente o que as pessoas precisam.

Capítulo Dezesseis

Nolan

Olho fixamente para a porta à minha frente.

Embora eu não tenha a melhor percepção da passagem do tempo, sei que estou sentado nesta cadeira hedionda com estampa dourada há tempo suficiente para minha perna ficar dormente, um formigamento desconfortável subindo pela parte de trás da panturrilha toda vez que penso em mudar de posição. É mais uma novidade da minha existência em constante mudança.

Levanto a perna e a deixo cair, com um choque de desconforto e coceira explodindo sob a pele. Uma das vendedoras passa por mim com uma expressão entretida, carregando um embrulho de seda e lã. Harriet está trancada no provador há uns vinte e cinco minutos, experimentando vestidos para o baile de gala dos pais, enquanto permaneço preso neste dispositivo de tortura disfarçado de cadeira.

Ela concordou em me ajudar na noite passada, mas tem estado distante desde então. Não quis falar dos planos para o dia quando a encontrei na calçada em frente à sua casa, e só cedeu quando a subornei com um folhado de mirtilo que comprei por impulso. Ficou olhando para a guloseima por um tempo desconfortavelmente longo. Achei que tivesse cometido um erro, mas então Harriet me deu um sorriso forçado e devorou o doce em três mordidas, me convidando com relutância para acompanhá-la em suas tarefas matinais.

Mas ela não está fazendo contato visual. Seus sorrisos estão mais difíceis de conquistar. Dei um passo em falso e não sei como consertar. Não sei nem mesmo por onde começar.

Achei que ela ficaria feliz. Presunção não combina com Harriet, mas achei que ficaria pelo menos contente de estar certa.

Há uma comoção atrás da porta fechada, e outro vestido azul-marinho voa por cima dela, sendo jogado ao acaso junto com os outros. Uma carnificina de tecido pesado e engomado. Passo a mão na nuca e suspiro.

— Isso foi ideia sua. — A voz de Harriet ecoa por baixo da porta. — Ninguém disse que você tinha que vir comprar roupa comigo.

Eu *achei* que assistiria de camarote a Harriet em um vestido de gala, mas tudo o que vi foi a pintura branca manchada da porta do provador, com Harriet lutando com vários tecidos do outro lado.

Sonhei com ela de novo na noite passada. Ela usava um de seus conjuntinhos de pijama, só que um que eu nunca vi. Uma camisa de flanela larga que chegava até o meio da coxa, suas pernas nuas se estendendo macias por baixo. Eu estava vestindo a calça combinando quando Harriet engatinhou até o meu colo, apoiando os cotovelos nos meus ombros e os joelhos na minha cintura. Deslizei as mãos pelas costas de sua blusa e tracei sua pele quente, apenas olhando para ela.

Quando acordei, podia jurar que senti cheiro de hortelã-pimenta.

— Pode me trazer este em outro tamanho?

O braço de Harriet emerge por trás da porta, segurando um vestido. Ela o balança para a frente e para trás enquanto eu tento afastar os resquícios da minha fantasia.

Levanto-me com um grunhido e pego a peça, enfiando minha bota pela porta quando ela tenta fechá-la de novo. Um olho castanho arregalado me encara de volta, uma coleção desordenada de cachos cobrindo metade de seu rosto.

— Você não me deixou ver um único vestido — digo.

— Ninguém disse que você veria os vestidos.

— Ficou implícito.

— Para quem?

Para mim, penso, *e para essa dor no meu peito. Esse... desejo do qual não consigo me livrar.*

Não quis nada durante décadas, mas acho que quero você.

Olho para um dos vestidos descartados e franzo a testa.

— Por que você quer usar essa cor?

— Porque é o código de vestimenta do evento. — Uma ruga aparece entre suas sobrancelhas, e eu a cutuco gentilmente. Harriet afasta minha mão com um tapa. — E eu não ignoro as instruções.

Eu sei que não. Talvez seja a coisa mais cativante e frustrante nela. Harriet sempre faz exatamente o que prometeu, sem se importar com o que isso vai custar para si mesma. Sem se importar com a forma como será tratada em troca.

— Acho que você devia usar vermelho — sugiro.

Ela combina mais com algo vibrante. Algo que a faça brilhar.

— E eu acho que você devia ir pegar um tamanho diferente para mim — responde Harriet, cantarolando e me empurrando para longe da porta.

Reviro os olhos e reúno o tecido macio do vestido dela, levando-o de volta para o lugar de onde ela o pegou.

Penduro a peça num cabide à direita, passando pelas outras opções. Não consigo entender as etiquetas minúsculas, então desisto e vou para uma seção completamente diferente. Uma peça chama a minha atenção e eu sorrio ao pegá-la, voltando para a fortaleza solitária de Harriet e batendo duas vezes na porta.

A porta se abre. Ela estende a mão. Eu lhe entrego o vestido.

— Nolan — diz ela no mesmo segundo. — Não foi isso que eu pedi.

— Eu sei. É melhor. — Retorno à cadeira e estico as pernas. A dormência diminuiu e foi substituída por uma expectativa vertiginosa. — Vai lá. Experimenta.

Ela põe a cabeça para fora do provador. Seus ombros estão nus; o cabelo, puxado para um lado. Eu seguro o encosto da cadeira horrível até a madeira ranger em protesto.

— Não posso usar isso.

Paro de tentar contar as sardas na curva de seu ombro.

— Quem disse?

Ela enruga o nariz.

— Minha mãe. E o código de vestimenta já mencionado.

— Você sempre faz o que ela manda?

— Sim — responde Harriet com casualidade. — Eu faço o que todo mundo manda. É um traço de caráter que me define.

— Você não faz o que eu mando. — Gesticulo para o vestido ao lado dela. — Agora, por exemplo.

— Bem, você é você.

Sorrio. Gosto de ser a exceção às regras de Harriet, mesmo que isso resulte na minha frustração.

— Acho que me lembro de uma garotinha que adorou a ideia de roubar um barco.

Um sorriso de resposta flerta com os cantos de sua boca.

— Faz muito tempo. Aprendi uma ou duas lições desde então. — O sorriso se desvanece, substituído por uma carranca pensativa. — É mais fácil assim.

— Para você ou para os outros?

Ela não responde, mas seu olhar abatido diz o suficiente.

Mordo a língua para segurar um suspiro. Harriet esconde muito da pessoa que quer ser por trás de quem acha que precisa ser. É evidente que a mãe teve um papel importante em fazê-la pensar que não pode ser nada além de perfeita e sensata, mas também fica claro que Harriet sente uma necessidade de compensar alguma coisa. Eu gostaria de saber o quê.

— Talvez você precise de um empurrãozinho na direção certa. — Aponto com a cabeça para a seda cor de ameixa em sua mão. — Só para eu ver.

Harriet me lança um olhar demorado e depois desaparece no provador sem dizer mais nada. Eu fico sentado ali, olhando para a porta e me permitindo imaginar.

O deslizar suave do vestido sobre seu corpo. As alças finas apoiadas em seus ombros. Seu cabelo roçando os seios. Os mamilos pressionando o tecido delicado. O zíper minúsculo nas costas e a sensação do metal entre meus dedos. Minha boca em seu pescoço e meu nariz em seu cabelo. Eu me pergunto até onde iria seu rubor. Se eu poderia segurar o tecido sedoso e macio de sua saia e pressioná-la contra o espelho. Se ela me observaria ajoelhar atrás dela pelo reflexo ou se viraria. Se afundaria os dedos em meu cabelo enquanto eu coloco o rosto entre suas coxas e…

— Depois que eu terminar aqui, podemos pegar a estrada — grita Harriet, de trás da porta.

Sou arrancado com tanta força do meu devaneio que bato com o joelho na mesinha de mármore inútil ao lado da cadeira. A vendedora passa por mim com uma risada presunçosa e um olhar de cumplicidade em minha direção.

Estico as pernas com uma careta.

— Pegar a estrada?

— Viajar — responde ela devagar, com toda a sutileza de uma buzina de neblina. — Sabe? Para lugares que já visitamos no *passado*.

O bom humor se instala no meu peito.

— Sim, estou entendendo. — Hesito, ainda ocupado tentando afastar da mente os lampejos de pele nua e seda macia. Estalo a língua. — Podemos pegar a estrada ou almoçar primeiro. O que você preferir.

— Almoçar?

— Me disseram que é uma coisa que as pessoas fazem.

Harriet fica quieta por três batidas do meu coração.

— É uma coisa que as *pessoas* fazem — diz, por fim.

Cubro minha risada com as mãos.

— Eu gostaria de ser uma pessoa com você, Harriet.

Ela cantarola do outro lado da porta, mas o zumbido logo se transforma em um grunhido. Escuto um suspiro e depois um baque. Parece que Harriet está lutando com um texugo lá dentro.

— Tudo bem aí? — pergunto.

— Acho que estou presa.

— No vestido?

— Sim, no vestido. — Ela murmura algo em voz baixa que não consigo captar. — O zíper está torto ou... sei lá. Acho que você não pegou o tamanho certo para mim.

Tenho quase certeza de que não peguei mesmo. Só dei uma olhada rápida na etiqueta, optando por observar a elasticidade do tecido e imaginá-lo sobre a curva da bunda de Harriet. Não foi uma decisão lógica.

Estou na porta em dois passos apressados, com os braços apoiados no batente.

— Abre a porta.

O som que ela emite é ofendido.

— De jeito nenhum.

— Harriet. — Encosto a testa na porta e bato duas vezes. Essa mulher. — Deixa de ser orgulhosa.

— Não é uma questão de orgulho. — Ela hesita por um bom tempo. — É uma questão de decência.

Algo apertado e dolorido me pega pela garganta. Pigarreio uma vez, depois mais uma. Estou imaginando a seda cor de ameixa e a pele de alabastro. O rosa de seu rubor e o loiro mel de seu cabelo.

— Vou fechar os olhos — digo, a voz parecendo cascalho.

— Não, obrigada. Vou dar um jeito. — Espero, paciente, ouvindo os sons de sua luta. — Tá. Acho que preciso que cortem este vestido para eu sair dele. Você chama a vendedora?

Dou uma olhada por cima do ombro. A vendedora não está em lugar nenhum.

— Mas é claro — minto.

Não me mexo nem um centímetro.

— Estou vendo seus pés por baixo da porta, Nolan.

Droga.

— Não sei para onde ela foi. Se você me deixar entrar, dou um jeito rápido nisso. — Estremeço. Eu não conseguiria soar *mais* como um garoto ansioso e virgem mesmo se tentasse. — Eu só quis dizer…

A porta é aberta. Harriet parece… a mesma de quando visitamos seu passado pela primeira vez. As bochechas rosadas e um pouco confusa. Nervosa, mas corajosa.

Encantadora.

— Eu entendi o que você quis dizer — diz ela, derrotada.

Harriet enfia a mão pela fresta do provador e segura minha camisa. Ela me puxa para dentro do cômodo minúsculo e, em seguida, fecha depressa a porta atrás de mim. Então se vira, me mostrando as costas, os ombros tensos quase encostando nas orelhas.

Uma das alças está torcida. Presa no zíper que está na metade de suas costas.

Suas costas nuas, sem nenhuma lingerie à vista.

Olho para a coleção de sardas na base de seu pescoço e solto um suspiro que vem das profundezas da minha alma.

Ela chacoalha os ombros.

— Me ajuda, por favor.

Acho que sou eu quem precisa de ajuda. Fico sem palavras ao ver a extensão de suas costas nuas. A curva suave e as duas covinhas na base da coluna me provocam entre as dobras do tecido suntuoso.

Quero pegar o vestido dos dois lados e puxar. Quero me ajoelhar e descobrir o gosto dessas reentrâncias.

— Nolan — diz Harriet. — Arruma o zíper.

O zíper. O zíper. Não estou vendo nenhum zíper.

— Eu… O que você… Quer dizer… — Meu maxilar estala e fecho a boca. Preciso me recompor, mas não sei por onde começar. — Não estou conseguindo localizar o zíper — falo, entre dentes.

Ela me olha por cima do ombro. Eu me afoguei no oceano uma vez e acho que poderia facilmente me afogar em Harriet. Afundar nela e me perder por dias.

Talvez entrar neste quarto minúsculo com uma Harriet seminua depois de uma série de sonhos ilícitos com ela não tenha sido a melhor das ideias.

Eu subestimei o vestido.

Subestimei *Harriet.*

— Você disse que ajudaria — sussurra ela, entre dentes, com os ombros cada vez mais erguidos.

Uma das alças desliza na curva de seu braço e, sem pensar, eu a guio de volta para cima.

— Estou tentando.

— Fazendo… o quê, exatamente? Ficando aí de pé? Grunhindo de vez em quando?

Respondo com outro som profundo vindo de algum lugar no meu peito.

— Estou traçando uma estratégia.

— Traçando uma estratégia — repete Harriet, com a voz áspera.

— Sim. Estou tentando descobrir por onde começar.

— *Comece* pelo zíper — retruca ela. — E continue a partir daí.

Eu hesito.

— Tem certeza?

— Nolan, eu juro…

— Tudo bem, tudo bem.

Encontro o zíper na lombar dela, enrolado no tecido. Harriet estremece quando o seguro, os nós dos meus dedos roçando sua pele enquanto puxo com cuidado o metal preso. Pressiono o dedo entre o vestido e a coluna dela para segurar melhor e cerro os dentes quando toco a curva de sua bunda.

— Só um segundo — insisto, com a mão em sua cintura, os dedos espalmados para mantê-la firme. Toda essa pele quente. A maneira como seu corpo se inclina para encontrar o meu. Parece que estou tendo um ataque cardíaco. — Quase lá.

Solto o zíper com outro puxão de leve e ele desliza suavemente para cima, juntando as laterais do vestido.

Uma vez que o tecido não está mais torcido, o caimento fica perfeito.

— Pronto — falo, deixando as mãos penderem ao lado do corpo. Olho para o nosso reflexo no espelho por cima do ombro dela. — Resolvido.

— Obrigada.

Ela suspira, aliviada.

— De nada — digo, distraído, deixando meu olhar focar o vestido e a forma como o tecido roxo-escuro se agarra às suas curvas.

O corpete é justo, empurrando para cima os seios macios. A saia se derrama sobre sua cintura como se fosse água, com uma junção em um dos lados. Harriet se mexe e uma coxa pálida aparece pela fenda alta na lateral.

Deus. Ela parece ter sido esculpida em mármore. Uma escultura que merece ser adorada.

— Você está me encarando — sussurra.

— Não consigo evitar — sussurro de volta.

Harriet agita as mãos diante de si antes de fechá-las na saia.

— Está... está feio?

— Feio? — Fixo meus olhos nos dela. — Harriet. Você está encantadora.

Ela alisa a saia com as mãos de novo.

— É um vestido e tanto — diz.

— Não estou falando do vestido.

Ela pende a cabeça para o lado, e preciso de cada gota de minha força de vontade para não pegar seu cabelo e expor aquele osso delicado no topo da coluna. O lugar que meus dedos sempre têm vontade de tocar. A tensão deixa seu corpo com um leve suspiro, um sorriso satisfeito substituindo a distância que ela manteve durante toda a manhã.

— Você nem viu os outros vestidos.

— Não preciso ver.

Harriet abaixa a cabeça para esconder o sorriso, mas eu ainda vejo.

— Vou ter que perguntar se eles têm em azul.

— Você devia parar de tentar agradar a sua mãe.

Harriet gira para um lado e para o outro enquanto estuda seu reflexo, observando a saia balançar em volta dos tornozelos.

— Eu já tentei. Não deu certo para mim.

— O que aconteceu?

Ela para de se mexer, seus olhos ficam turvos.

— Isso partiu o coração dela — diz, a voz falhando. — O mínimo que posso fazer agora é usar a cor que ela escolher para mim.

— Roubar barquinhos de madeira se transformou em um vandalismo moderado? Talvez um flerte com a piromania?

— Não. Nada tão dramático assim.

Cedo à tentação e deixo meus dedos dançarem pelas pontas de seu cabelo.

— É difícil acreditar que você já partiu o coração de alguém de propósito. Como fez isso?

Ela dá de ombros, apática. Seus olhos encontram os meus no reflexo.

— Eu segui o meu.

Retorno à horrível cadeira dourada enquanto Harriet volta a vestir a minúscula saia de tweed e as botas até o joelho que usava antes de entrar na loja. Ela emerge do provador com o cabelo preso em uma trança feita às pressas e evita o meu olhar enquanto devolve os vestidos que experimentou, com o de seda cor de ameixa por cima.

— Estes não deram certo — diz para a vendedora, que enfim se dignou a aparecer, os dedos percorrendo o tecido como se estivesse relutante em deixá-lo ir. — Mas obrigada.

Saímos pelas portas duplas de vidro na frente da loja, sob a luz do sol brilhante de uma tarde de inverno, com Harriet protegendo os olhos com a mão ao mesmo tempo que se atrapalha com a bolsa. Ela só conseguiu colocar um braço do casaco e se debate numa tentativa de vestir o outro. Eu a observo passar perrengue por um momento, me divertindo. Meio que parece um cachorro correndo atrás do rabo.

— Precisa de ajuda?

— Não. — Harriet gira de novo, tentando pegar a manga do casaco. — Eu me viro, obrigada.

Com delicadeza, seguro sua gola na próxima rotação, guiando o tecido por seus ombros. Enfio a mão pela manga e enlaço o pulso dela com os dedos, puxando até que sua mão saia pela abertura. Em seguida, eu me abaixo, pego a bolsa que ela havia deixado cair e a coloco debaixo do braço.

Harriet faz uma careta para mim.

— Eu posso carregar.

— Eu sei. E eu também posso. — Eu a encaro. — Por que você está brigando tanto comigo hoje?

— Não estou brigando com você.

— Diz ela, enquanto briga comigo.

— Não estou. Eu... — Harriet agita a mão livre diante de si em uma explicação vaga, vasculhando os bolsos com a outra. — Acho que só estou cansada. Tenho tido uns sonhos estranhos e não consigo...

Ela se interrompe, brigando com os bolsos agora, em vez de mim.

— O que você está procurando? — pergunto.

Harriet está remexendo no casaco como se fosse encontrar sua salvação ali. Ainda bem que não está usando luvas hoje.

— Uma bengala doce — reclama. — Achei que tinha colocado uma aqui antes, mas não está... Ah. De onde veio isso?

Desembrulho uma bengala doce e a coloco entre os lábios dela.

— Imaginei que você precisaria de uma.

Ela empurra a guloseima para um lado da boca com a língua.

— Você andou com isso no bolso a manhã inteira?

Na verdade, estou carregando seis delas, o que é ridículo, já que posso fazer com que apareçam à vontade com magia.

— Ganhei de um homem vestido de Papai Noel na esquina — minto. — Fiquei guardando.

Harriet sorri para mim, com a ponta da trança balançando sobre o ombro.

— Obrigada.

— De nada — respondo, estudando o poste de luz para não ter que observar como suas bochechas se contraem enquanto ela saboreia o doce.

Estou me transformando lentamente na pior versão de mim mesmo. Talvez este seja o inferno, e meu castigo seja desejar uma mulher que não posso ter.

— Devíamos procurar pistas hoje — digo, relutante —, quando estivermos *viajando*. Qualquer coisa que grude na mente ou pareça incomum.

— Quer dizer, exceto geleias pegajosas. — Ela sorri para mim, seu mau humor temporariamente acalmado pelo açúcar, depois me analisa. — Você acha que tem pistas nas lembranças?

Dou de ombros.

— Não sei por que mais estaríamos assistindo a você cortar uma árvore, a menos que fosse uma metáfora ou uma dica.

Estendo meu braço para que Harriet o pegue, o que ela faz sem hesitar, com os dedos se enroscando no tecido do meu casaco. Andamos pela rua tortuosa, com laços vermelhos e guirlandas gigantes pendurados nos postes de luz.

— Teve o lobby chique da empresa dos meus pais, a geleia...

Ela levanta um dedo para cada uma das lembranças que visitamos.

— O massacre da árvore — acrescento.

Harriet ri.

— Sim, o massacre da árvore. Depois, não sei como, fomos para o seu passado. — Ela me olha de relance. — O dia na praia — diz com cautela, como se tivesse medo da minha reação.

Inspiro fundo e solto o ar lentamente. Agora que o choque passou, é mais fácil pensar no assunto. Mais fácil suportar. Se eu tratar como uma pista em vez de um pedaço crucial que esqueci do meu coração, consigo lidar bem com isso.

— De primeira, não vejo conexão alguma entre elas. Fora o óbvio.

— O óbvio? — pergunta Harriet.

Cutuco seu ombro com o meu, virando na rua que leva à Toca do Corvo. A loja fica no final de um caminho de paralelepípedos, como um farol. Além de ser semelhante às casinhas de biscoito de gengibre de que Harriet tanto gosta, com as janelas brilhando em dourado sob o sol que se põe no céu.

— Você roubou um barquinho quando estávamos naquele lobby chique — argumento. — Eu já fui pescador.

Harriet solta uma gargalhada.

— *Essa* foi a conexão que você encontrou?

— Não estou vendo você ligar nenhum ponto.

Ela muda a bengala doce de lado na boca, pensativa.

— Acho que não tem nada a ver com minhas lembranças. Talvez tenha a ver comigo, com a Toca do Corvo e com a coleção de cacarecos lá. As lembranças são só sua magia fazendo o que faz.

Harriet já mencionou isso antes.

— Você acha que tem algo na loja que está me prendendo aqui.

— Mais ou menos. Acho que é possível encontrarmos pistas no passado, mas... — Ela aperta os lábios, pensando. — Eu coleciono coisas muito antigas. E você é...

— Uma coisa muito antiga. — Rio, terminando seu pensamento. — Que esperto da sua parte.

Harriet aperta meu braço.

— Não foi isso que eu quis dizer.

Dou um tapinha na mão dela e continuo a guiá-la pela rua.

— E, mesmo assim, é verdade.

— É só que... vai saber o que tem na minha loja? Fazemos um inventário, claro, mas sempre encontro cantinhos onde tia Matilda enfiou coisas. Pode haver algo escondido lá que esteja ligado a você. É tipo uma caça ao tesouro interdimensional.

Pondero o comentário.

— *Interdimensional* é a palavra correta?

— Transtemporal?

— Possivelmente.

Parece uma solução óbvia demais, mas acho que vale a pena investigar. É uma esperança à qual me agarrar quando tive tão pouco disso.

— Acho que eu não tinha nada pelo que fosse apaixonado. Certamente nada que me mantivesse flutuando em um estado de purgatório, esperando por seu retorno um dia.

— Seu barco? — pergunta.

Arqueio uma sobrancelha.

— Você tem um barco na loja?

Harriet sorri.

— Não. Mas é uma ideia válida.

Continuamos caminhando pela rua ao som dos sinos do Papai Noel na esquina, com a barba branca falsa torta, a ponta manchada pelo que deve ter sido uma rosquinha com geleia.

— Talvez você não lembre o que é. Você já esqueceu coisas antes — argumenta Harriet enquanto eu jogo uma moeda no balde vermelho brilhante do Papai Noel.

— *Aye*, já esqueci.

Ela se aproxima mais.

— Talvez alguma coisa possa refrescar sua memória, então. Pode ser que essas viagens ao passado sejam exatamente para isso. Só precisamos manter nossos olhos e ouvidos abertos.

É mais fácil falar do que fazer, já que meus olhos e ouvidos parecem estar concentrados apenas em Harriet.

— Vai ser como uma aventura.

Ela sorri para mim.

— Gostei.

Paramos na entrada da Toca do Corvo, a luz das árvores de Natal na janela banhando tudo em um brilho quente. O sol se funde com a água sobre o porto, o céu está rosa como algodão-doce.

Esse era o tipo de noite de que eu mais gostava quando navegava. Aquelas em que o mundo inteiro parece silenciar, esperando por aquele último raio de sol.

Harriet alcança a maçaneta da porta. Dourada e ornamentada, com o formato da pata de um leão.

— E só para deixar registrado — diz ela, seu sorriso se transformando em algo malicioso —, eu até que gosto bastante de coisas muito antigas.

Capítulo Dezessete

Harriet

— Está procurando algo em particular? — pergunto de trás do balcão, girando de um lado para o outro em meu banquinho.

Nolan me ignora, vasculhando uma bandeja de botões no meio da loja como se estivesse desarmando uma bomba, quase se dobrando ao meio para examinar um por um.

— Você escolheu botões. — Apoio o queixo na mão, observando-o. — Acha mesmo que a chave para a sua salvação está em um botão?

Ele poderia ter começado pelos livros espalhados ao longo da parede dos fundos. Talvez alguma das obras de arte variadas penduradas nas janelas, mas não. Insistiu em estudar uma coleção quase inútil de botões antigos.

Nolan franze a testa para a bandeja, examinando o conteúdo.

— Usei muitos casacos quando estava vivo.

— Muitos casacos — repito.

— Talvez eu tenha perdido um botão.

Fico esperando um sorriso, mas ele continua mexendo nos botões. Pega um da cor âmbar, observa o objeto contra a luz, depois o coloca de volta com os outros.

— Nolan. — Eu me endireito com as mãos apoiadas no balcão. — Está com medo de visitar o passado?

O som dos botões arranhando o fundo da bandeja para de repente.

— Como é?

Empurro o cabelo para trás, brincando com o topo da caixinha de música em formato de gaiola que ainda não tirei do balcão. Passo o dedo sobre uma das trepadeiras intrincadas, sentindo o desgaste do metal. Segurar objetos que foram tão adorados no passado me dá conforto. Saber que outra pessoa também os teve em mãos sempre me faz sentir menos sozinha. Mais conectada.

Escolho as palavras com cuidado.

— Nossa última viagem ao passado terminou... mal para você. Você está com medo de visitar o passado de novo porque acha que podemos acabar no seu?

Passei o dia todo esperando que Nolan usasse sua magia. Mas toda vez que digo que estou pronta ele inventa uma desculpa. Primeiro, insistiu em me acompanhar na compra do vestido. Depois, sugeriu que almoçássemos na padaria da Paula. Agora, está examinando botões.

Ele bufa, desdenhoso.

— Não estou com medo.

— Certo.

— Não estou mesmo — assegura ele, levantando o olhar de seu bauzinho de tesouros.

Seus olhos brilham, azuis como a meia-noite, sob a luz fraca das luminárias de vitral. A noite se aproxima do outro lado das janelas. Perdemos um dia inteiro.

— Tudo bem — digo, tranquila. — Não está mais aqui quem falou.

Ele tensiona o maxilar.

— Você está me chamando de covarde, Harriet York?

Por alguma razão, a maneira como diz meu nome completo faz meu corpo inteiro ficar quente. Belisco meu pulso.

— Não. Não estou, Nolan...

Hesito. Não sei o sobrenome dele.

— Callahan — completa com a voz áspera, o sotaque acentuando os contornos do nome.

— Não estou te chamando de covarde, Nolan Callahan.

Um brilho passa por seus olhos e ele abandona a bandeja, aproximando-se sorrateiramente do balcão. Sinto-me como um rato preso sob a pata de um gato. Um pássaro tropical bem tolo observando a aproximação de um predador. Aliso meu suéter enquanto ele chega mais perto, as mãos apoiadas sobre a borda da bancada.

— Gostei disso — diz ele, entre dentes.

— Do quê? — pergunto. — Da bandeja de botões? Se você quiser mesmo pirar, posso mostrar as maçanetas.

— Não, não da bandeja de botões. — Nolan crava os olhos em algum lugar ao redor da minha boca. — Gostei de como você disse meu nome. Não ouço meu nome completo há… — ele suspira — … muito tempo.

Sinto os pelos dos braços arrepiarem.

— Eu gosto de dizer seu nome — consigo responder, com a voz hesitante.

O banco em que estou sentada range.

— Que bom. — Uma covinha aparece em sua bochecha. — Agora, vamos voltar à questão original. Quando você me chamou de covarde.

Reviro os olhos.

— Eu nunca te chamei de covarde.

— Tem certeza? — pergunta ele. — Porque foi o que eu ouvi.

— Então você precisa examinar seus ouvidos, velhote.

Nolan se apoia em um dos cotovelos no balcão, e o ar volta aos meus pulmões. Sinto o cheiro do sal em sua pele, por causa da nossa caminhada ao longo do porto. Do café que ele passou quase a tarde toda tomando. Flanela e cravo. Pele quente, pensamentos sussurrados e mãos na minha cintura em um provador escuro. O cheiro dele é *delicioso*.

— Achei que tínhamos um plano, e você está aí olhando botões. Parece que está adiando o inevitável de propósito.

Há um brilho em seus olhos.

— Os botões são importantes.

Aperto os lábios para evitar um sorriso.

— Ah, claro.

— Até as coisas pequenas podem ser importantes.

Eu nem sei mais do que estamos falando.

— Ok.

O balcão é a única coisa entre nós. Nolan tem os braços plantados ao lado dos meus, o corpo desinibido e preguiçoso. O ar ao nosso redor parece vibrar. Sua magia, quem sabe. Ou talvez apenas ele.

Esta manhã, quando acordei, resolvi guardar todos esses sentimentos bem lá no fundo. Mas agora, diante dele, depois de passarmos uma tarde inteira juntos…

É impossível. Gosto de como Nolan me faz sentir. Gosto da mistura nebulosa de afeto e expectativa. Gosto de como me olha e de como me toca.

Não consigo deixar nada guardado. Não quero. Ele examina meu rosto, calculista.

— Me dá sua mão — diz, por fim.

— Quê?

— Sua mão — repete, a sobrancelha com a cicatriz saltando na testa. — Me dá ela.

Para todas as outras pessoas no planeta, sempre faço exatamente o que me pedem. Tenho grande prazer em atender às expectativas. Em superá-las.

Mas algo em Nolan me faz querer forçar a barra.

— Peça por favor — falo, com a voz rouca.

Um sorriso encantador se desenha nos cantos de sua boca. O cabelo dele cobre a testa e a língua se arrasta pela parte interna da bochecha. Nolan traça as linhas do meu rosto sem pressa, seu olhar se tornando faminto, demorando-se em minha boca.

Faz alguma coisa, penso. *Me toca. Me beija. Que se danem as consequências.*

Para de se segurar. Se entrega.

— Por favor, Harriet — diz ele, com a voz baixa e áspera que me causa a mesma sensação de quando seus dedos roçaram minha lombar naquele provador.

De quando ele afundou o nariz em meu pescoço na pista de patinação no gelo. Sinto arrepios ao vê-lo estender a mão entre nós, com a palma virada para cima.

— Pega minha mão e me deixa te provar uma coisa.

Coloco minha mão na dele, e o mundo gira.

Capítulo Dezoito

Harriet

O puxão é instantâneo, a magia de Nolan se acendendo ao nosso redor. A caixa de música sobre o balcão tomba quando somos levados para longe, girando e caindo no tempo. A mão que não segura a minha repousa na minha cintura enquanto eu fecho os olhos por causa da força com que somos arrancados do presente. Nolan espalma os dedos, subindo a mão por baixo da bainha do meu suéter até encontrar pele nua. Emito um som trêmulo que é engolido por um rugido abafado enquanto ele traça um caminho lento pelo osso do meu quadril. Magia, e movimento, e sua pele direto na minha. Isso tudo ilumina meu corpo por dentro, uma chuva de faíscas douradas caindo em cascata sobre meus ombros como vaga-lumes.

Aterrissamos devagar no passado. Mantenho os olhos bem fechados. Nolan se desloca à minha frente, com o braço em volta dos meus ombros, puxando-me para mais perto. Ele me segura ali, aconchegada no abrigo de seu corpo.

— Harriet — chama.

Ainda estou tentando me orientar, com o nariz enterrado em sua camisa.

— Harriet — repete, com urgência na voz.

Abro os olhos. Estamos atrás do balcão da Toca do Corvo.

Olho em volta, franzindo a testa.

— Será que viajamos… dez minutos para o meu passado?

Nolan olha para o lugar onde deixou a bandeja de botões.

— Não tenho certeza.

— Acho que você só pulou o balcão — comento, e ele me lança um olhar. — Que foi? — pergunto. — É a única coisa que está diferente.

— Minha magia não teria reagido desse jeito se eu tivesse só pulado o balcão, Harriet.

É um bom argumento. Abro a boca para dar outra explicação inútil quando duas vozes nos fundos da loja chamam a minha atenção. Uma com um arranhão áspero, como se estivesse chorando. A outra, suave e reconfortante. É uma voz que me faz lembrar de pãezinhos quentes, recém-saídos do forno. As janelas estão abertas, exibindo o mar e deixando o ar úmido e salgado entrar. É como mãos frias em minhas bochechas.

Eu me afasto do balcão, e minha cintura bate em um mostruário de enfeites de Natal. Nenhum deles se move, apesar da força do impacto, permanecendo assustadoramente silenciosos na prateleira. Mudamos esse mostruário de lugar há um ano — mais para o fundo da loja —, mas tia Matilda sempre o manteve na frente e no centro. Ela dizia que gostava da forma como a luz brincava com os metais.

Nolan se mexe comigo.

— O que foi?

A luz que entra pelas janelas. Os laços de veludo vermelho amarrados nas luminárias. A guirlanda que troquei no inverno passado porque estava puída no meio, espalhando folhinhas pelo chão toda vez que eu *pensava* em mudá-la de lugar.

— Nós viajamos, sim — explico, tentando espiar por cima das prateleiras em direção aos fundos da loja. — Voltamos ao meu passado. Quando minha... — Engulo em seco, sentindo algo ainda arranhar minha garganta. — Quando tia Matilda estava viva.

Nolan segura meu cotovelo.

— Você está bem?

Assinto, bruscamente.

— Sim — sussurro. — É que ela era muito importante para mim. Eu não estava pronta para me despedir dela.

— Podemos ir embora — sugere Nolan.

As vozes nos fundos da loja se aproximam. Tia Matilda ri, e as lágrimas começam de imediato a queimar meus olhos e a ponte do meu nariz.

Faz *tanto tempo* que não ouço esse som que minha lembrança dele está diluída, na melhor das hipóteses. É como olhar por uma janela embaçada ou tentar enxergar o fundo de um lago. Tenho uma vaga impressão de como deveria ser, mas a realidade, o som dela, *aqui*, neste lugar, é...

É um presente. Um que pensei ter perdido.

— Podemos ir embora agora mesmo — oferece Nolan mais uma vez.

Balanço a cabeça, aproximando-me das vozes sussurrantes, atordoada.

— Não — respondo, baixinho. É sagrado estar neste lugar, neste momento. É mágico. — Eu quero ver.

Contorno o guarda-roupa de estilo clássico, que não combina com as ferramentas guardadas nele, e desço pelo corredor que tem as toalhas de crochê para chaleira e os cachecóis tricotados à mão. Viro à esquerda na seção de obras de arte, aproximando-me. Sinto Nolan perto de mim, sua presença como uma sombra calorosa e reconfortante. Mas tudo desaparece — a pintura enorme de um veleiro em mar aberto, o som da respiração profunda e tranquila de Nolan, a luz do sol atravessando os vidros coloridos e os grãos de poeira espiralando em direção ao teto —, tudo desaparece quando vejo *elas* no final do corredor.

Nós.

Tia Matilda com um caixote nos braços e eu — dez anos antes, com meu uniforme escolar e marcas de lágrimas nas bochechas.

— Seus pais vão morrer de preocupação. — Ouço tia Matilda advertir, estendendo a mão para enxugar meu rosto.

Observo minha versão do passado se inclinar para o seu toque, passando uma mão trêmula sob o nariz.

— Você só pode estar de brincadeira — diz ela, com a voz embargada e um riso aguado. — Eles nem vão notar.

Tia Matilda aperta os lábios em uma linha firme. Ela está com os cachos presos em um rabo de cavalo na base do pescoço. Era raro que fizesse qualquer coisa com o cabelo, desgrenhado igual ao meu. Mas, quando chegava uma nova remessa para averiguar, sempre o prendia.

Eu adorava o fato de termos o mesmo tipo de cabelo. Como se fosse algo especial, só para nós duas. Ainda mais porque minha mãe parecia odiar demais o meu. Era sempre "difícil demais, bagunçado demais".

Devoro avidamente com os olhos cada detalhe da minha tia, parada no final do corredor. O suéter vermelho festivo com mangas largas.

Os tamancos verde-limão e as meias grossas e cinzas. O buraco no joelho da calça jeans e o esmalte colorido, lascado no dedo anelar, provavelmente de tanto ficar vasculhando caixas.

Dói, mas é uma dor boa. Há tanta coisa que eu esqueci.

Nolan se mexe ao meu lado, preocupado.

— Harriet…

Passo a mão pelas bochechas às pressas.

— Estou bem. Juro. — Estendo a mão atrás de mim e encontro a dele, apertando-a. — Confia em mim.

Ele resmunga alguma coisa, mas acredita no que eu disse, ajustando a mão para que nossos dedos se encaixem. Observo as duas pessoas no final do corredor, quase com medo de piscar. Nesta lembrança, tia Matilda está na casa dos 40 anos, com os fios brancos começando a aparecer. Minha mãe pintou impiedosamente os dela, mas tia Matilda nunca se incomodou.

Queria que ela tivesse vivido o suficiente para ter mais deles.

— Eu não podia ficar lá. — Ouço minha versão do passado dizer, com a voz rouca, limpando o nariz no punho da manga do suéter. — Foi horrível.

Tia Matilda flexiona as mãos, que ainda seguram um caixote com os dizeres ENLATADOS DE ANNAPOLIS LTDA. impressos em tinta vermelha brilhante na lateral. Aposto que ela encontrou na beira da estrada em algum lugar e decidiu trazê-lo para cá. Ela estava sempre colecionando coisas quebradas e abandonadas.

— Todos os homens são idiotas, meu amor, mas os adolescentes são os piores. — Ela reposiciona a caixa nos braços. — Me conta o que aconteceu.

Eu me lembro desse dia. Peguei um ônibus no meio da tarde da escola para a Toca do Corvo, chorando em silêncio no banco de trás. Eu me lembro da dor em meu peito. De como minhas bochechas queimavam de vergonha.

Minha versão jovem funga mais um pouco, arrastando os pés. Ao meu lado, Nolan aperta minha mão.

— Colocaram visco no refeitório. Eu não percebi na hora, mas me fizeram parar embaixo, e aí eu vi e… — a Harriet do passado leva as mãos cobertas pelas mangas do suéter aos olhos — … achei que Tommy

Hildenbrand quisesse me beijar, mas não. Ele riu da minha cara e disse... que ninguém nunca ia me escolher — termina, com um soluço rouco.

Tia Matilda coloca o caixote no chão e envolve a menina em um abraço. Meu peito dói por aquela jovem, desajeitada e desengonçada com seu suéter estranho, que só queria muito ser amada. Que queria ser beijada embaixo do visco pelo garoto mais popular da escola, mas que, em vez disso, foi humilhada.

Minha tia dá um beijo na cabeça da minha versão do passado, e eu juro que quase o sinto.

— Sei que não parece agora, mas essa dor vai passar — sussurra, depois acaricia as costas da sobrinha, acalmando-a, um circuito suave que às vezes imagino ao não conseguir dormir. Quando sinto tanta saudade de tia Matilda que mal consigo respirar. — Você não quer que seu primeiro beijo seja com um babaca, quer?

— Não — responde a garota, agarrando-se às costas do suéter da tia. — Acho que não.

— Não, não quer — continua tia Matilda, balançando a Harriet do passado para a frente e para trás. — Ainda mais com um garoto chamado Tommy Hildenbrand. — Ela se mexe ao ritmo de uma velha canção de Natal que toca na vitrola lá atrás. — Aposto que ele sequer beija bem. Aposto que tem os lábios rachados.

— Ele deve ter os lábios rachados — concorda minha versão mais jovem, rindo.

— Viu? Você não perdeu nada. — Ela me afasta e enxuga minhas bochechas. — Agora, vamos fazer o seguinte.

A Harriet do passado assente, as mãos nos cotovelos da tia, olhando para ela como se fosse o centro do seu universo. Em muitos aspectos, ela era mesmo. Tia Matilda foi a única adulta em minha vida que me demonstrou afeto. Que nunca tentou me moldar em nada além de mim mesma. Ela me enxergava. Me *amava*. Parecia que éramos nós duas contra o mundo e, quando a perdi, fiquei apenas eu, sozinha.

Uma lágrima escorre pela minha bochecha, e eu a enxugo com as costas da mão. Nolan se aproxima mais.

— Vou encerrar o expediente mais cedo e vamos para a minha casa — continua tia Matilda. — Vou fazer a torta que você quiser e usamos os legumes que sobrarem para jogar na casa de Tommy Hildenbrand.

Nolan e eu soltamos uma risada pelo nariz em uníssono. Olho para ele, captando o meio-sorriso em seu rosto, sua expressão sendo suavizada.

— Tudo bem? — pergunta ele.

Assinto e volto a atenção para minha tia. Ela ainda está listando possíveis ideias de vandalismo.

— Quando terminarmos de embrulhar a caixa de correio dele com papel higiênico, vamos tomar um sorvete. Depois, eu levo você para casa, para os seus pais.

Observo enquanto a Harriet mais jovem franze a testa com desânimo. Tia Matilda acaricia seus braços.

— Eu sei — diz, baixinho. — Sei que o amor deles por você é diferente do tipo de amor que você deseja, mas isso não significa que não exista.

— Não tenho certeza de que existe. Pelo menos, não para mim.

— Existe, querida. Eu prometo. — Ela hesita, mordendo os lábios. — Sei que sua mãe e eu temos nossas diferenças, mas, por favor, não pegue isso para você. Nós fizemos nossas escolhas. Essa briga é nossa, não sua.

A menina balança a cabeça, insistente.

— Eu não me encaixo.

Tia Matilda franze a testa.

— Como assim?

A versão mais jovem de mim mesma dá de ombros. É tão fácil, observando assim, fingir que ela é outra pessoa. Mas aquela garota ainda é parte de mim. As mágoas dela são as minhas, enterradas profundamente sob as bandagens que fiz para mim mesma.

Ainda sinto que não me encaixo, mas parei de tentar me forçar a entrar em espaços que não foram feitos para mim. Eu finjo, o máximo que posso, que isso não me incomoda. Faço o possível para atender às expectativas dos meus pais com um sorriso no rosto. Mas saber que ainda fico lamentavelmente aquém é... difícil para mim.

— Eles querem algo diferente. — Ouço minha voz sussurrar. — Tentei descobrir o quê, ser mais parecida com Samantha, mas não é... Eles não querem...

Minha versão do passado se desfaz em mais lágrimas, e tia Matilda aconchega o rosto dela em seu ombro. Sussurra algo no ouvido da menina que não consigo ouvir, mas eu me lembro da sensação. De como ela tentava consertar meus pedaços quebrados com seu afeto. Sempre sabia exatamente o que dizer para me fazer sentir forte.

Sinto *tanta* saudade dela.

Nolan puxa minha mão até que eu olhe para ele de novo, franzindo a testa para o que, com certeza, é uma exibição impressionante de rímel nem um pouco à prova d'água nas minhas bochechas. Ele levanta a mão e limpa meu rosto com delicadeza, exatamente como tia Matilda fazia.

Dou um sorriso vacilante. A carranca de Nolan se aprofunda.

— Está na hora de irmos embora — diz. — Não precisamos de mais nada desta lembrança.

Mas também não conseguimos o que viemos buscar. Se há pistas escondidas aqui, eu não vi. Nem me dei ao trabalho de olhar. Estava distraída demais.

Afasto a mão dele.

— Só mais um pouquinho — quase imploro. — Por favor. Eu só quero...

Ele assente, compreensivo, semicerrando os olhos.

— *Aye*, podemos ficar mais alguns minutos. Mas vem cá — pede, incitando-me a me aproximar. — Você está muito longe.

Deixo que Nolan me puxe para perto, com o braço sobre meu ombro e a mão espalmada em minha clavícula. Possessivo. Estou ávida por isso — pelo carinho, pela segurança, pela batida constante de seu coração em minhas costas. Ele apoia o queixo no topo da minha cabeça, e eu solto um suspiro de gratidão, sentindo-me mais segura assim, em seus braços. Protegida, como se o mundo não fosse desabar assim que deixarmos este lugar. Como se eu pudesse me agarrar a essa lembrança, assim como estou enlaçada a Nolan.

Observamos minha tia e minha versão adolescente se abraçarem com força, sob a luz do dia quase acabando, e eu me permito sentir cada centímetro do luto que tão raramente exponho. Mas, pela primeira vez em muito tempo, há uma luz brilhando. Um lembrete de que posso me lembrar sem que doa tanto. Que carrego pedaços da tia Matilda comigo para onde quer que eu vá. Que estou no mesmo lugar que ela esteve, todos os dias, e que ainda consigo vê-la nas marcas que deixou em mim.

Ela não precisa ter ido embora. Não se eu não quiser deixá-la ir.

As duas se afastam, deixando Nolan e eu sozinhos no meio da loja. Seguro o antebraço dele e respiro fundo. Uma, depois outra vez.

— Tá. Acho que estou pronta.

Ele me aperta com mais força e começamos a rodopiar, a espiralar, a nos afastar; sua magia se enroscando em minhas pernas e se ancorando em minha cintura. Fecho os olhos com força, não querendo ver o modo como somos arrancados desta lembrança.

Mantenho os olhos fechados quando aterrissamos. Sinto a quietude e os dedos de Nolan em meu ombro. Escuto nossa respiração e a maneira sussurrante como ele diz meu nome, com a barba por fazer roçando meu cabelo.

— Obrigada — sussurro de volta, e minha voz é um arranhão áspero.

Ele me segura com mais força.

— Por te fazer chorar?

— Você não me fez chorar. São lágrimas de felicidade — tento explicar. — Isso foi… Você me devolveu um pedaço dela. Fez com que fosse mais fácil me lembrar. — Eu me inclino para trás para encarar Nolan, ainda com o braço ancorado em meu peito. — Obrigada — sussurro.

Ele procura meus olhos com os dele, intensos. Então fica em silêncio por tanto tempo que temo ter dito algo errado. Mas então eu sinto. Brilhante e explosiva, como bolhas de sabão estourando em minha pele. A magia de Nolan me toca, depois dança para longe, brincando comigo.

— Nolan, o que…

Ele leva a mão até minha nuca, guiando-me com delicadeza até ficarmos de frente um para o outro. Depois encosta a testa na minha, e eu pego seus pulsos, segurando firme. Meu coração está disparado, batendo em um ritmo que não consigo acompanhar. A magia dele rodopia ao nosso redor, cada vez mais veloz. Subindo numa espiral. Uma maré crescente.

Pelo canto do olho, vejo um lampejo verde. Quando me viro para olhar, engasgo.

Escondido entre as luminárias de vitral, o visco começa a florescer no teto de zinco da minha loja. Como uma floresta viva, centenas de ramos de folhas verdes ganham vida pouco a pouco, crescendo a cada segundo. Cachos pesados com frutinhas vermelhas brilhantes abrem caminho entre os painéis. Os menores, com folhas cintilantes, dançam pelas luminárias. O teto inteiro vibra com viscos de todos os formatos e tamanhos, enquanto um fiozinho de faíscas douradas baila entre eles, saltando de folha em folha.

É a magia de Nolan, percebo.

Desvio os olhos do teto e os cravo nele, sua boca a centímetros da minha.

— Você usou sua magia — sussurro, encantada.

Ele assente, roçando o nariz no meu.

— Usei.

— Por quê?

— Porque eu queria uma desculpa.

Mal me atrevo a respirar.

— Para quê?

— Para isto — responde.

Então abaixa a cabeça e me beija.

Capítulo Dezenove

Nolan

Harriet tem gosto de hortelã-pimenta.

De hortelã-pimenta e da primeira mordida em uma laranja fresca, com o suco escorrendo pelo meu queixo. Mexo minha boca na dela, faminto demais pelo seu sabor para ir devagar.

Harriet não para de me pegar de surpresa. Mesmo quando a vida não foi nada além de cruel com ela, mantém o queixo erguido. Sorri mesmo nos piores momentos, e eu não consigo… não consigo mais me manter afastado.

Chupo seu lábio inferior, mordo o canto de sua boca e a beijo como se estivesse tentando sugá-la. Estou sem prática e descontrolado, minhas mãos tremendo enquanto tento não ir longe demais, rápido demais. Mas tenho mentido para mim mesmo toda vez que vejo Harriet, pensando que esse sentimento desapareceria se eu dedicasse tempo suficiente a superá-lo. Se ao menos eu fosse forte o suficiente.

Mas não sou nada forte, e ela tem gosto de hortelã-pimenta.

Eu a beijo outra vez, enterrando o nariz em sua bochecha, deslizando a mão até sua lombar, puxando-a para mais perto. Harriet emite o menor dos sons — um breve suspiro de surpresa — e então segura a frente da minha camisa e me beija de volta. Fica na ponta dos pés, perseguindo minha boca com a dela.

Não consigo me aproximar o suficiente. Não consigo *me segurar* o suficiente.

— Nolan — sussurra ela, entre beijos molhados e frenéticos. — Nolan, *por favor*.

Todas as partes abaixo da minha cintura se contorcem, uma pedra pesada de desejo afundando em minhas entranhas. Cutuco a bochecha dela com o nariz e levanto seu queixo para conseguir beijá-la de um ângulo melhor. Mais rápido. Mais fundo. Mais forte. Harriet geme e minha magia flameja, roçando minha nuca. Passando por meus braços e por algum lugar em meu peito.

Porra.

Não vou devagar. Não sou delicado. Sou desajeitado e ansioso demais. Minha fome é uma coisa física, um rufar de desejo me dizendo para *tomar, tomar, tomar*. Harriet é macia, quente e tão impaciente quanto eu, que já queria isto há tempo demais.

Ela põe a mão livre em minha bochecha, prendendo-me a ela, e eu solto um gemido selvagem, deslizando a mão para baixo e apalpando a curva de sua bunda pelo tecido da minissaia. Harriet está sempre usando as coisas mais ridículas e nada práticas. Suéteres coloridos e saias minúsculas. Botas que fazem suas pernas parecerem ter quilômetros de comprimento e blusas largas e semitransparentes que mais provocam do que escondem. Pressiono o corpo no dela, desesperado por mais, e cambaleamos pelo espaço estreito atrás do balcão.

Harriet bate com as costas na parede e algo cai, fazendo barulho no chão. Mas ela não para e eu também não, nossas bocas ainda se mexendo freneticamente uma na outra como se esta fosse a única chance que teremos.

— Mais — exijo, grudado em sua boca, puxando sua cintura, a curva de sua coxa, tentando guiá-la para o balcão para poder tê-la mais perto.

Ela obedece sem hesitar, então chupo sua boca enquanto abro bem suas pernas, encaixando o quadril entre as coxas. Somos um encaixe perfeito, suas curvas suaves pressionadas em todos os meus cantos afiados. Há mais de cem anos que não sinto nada tão gostoso. Nem nesta vida, nem na anterior.

— Eu preciso... — começa Harriet, toda ofegante e doce, e algo estilhaça nos fundos da loja.

Minha magia está cantando no sangue, zunindo de uma forma que nunca senti antes. Afundo a mão em seu cabelo espesso e maravilhoso, e *puxo*.

Sei exatamente do que ela precisa. Eu também preciso.

Ofego em seu pescoço, puxando de novo, enroscando os dedos em seus cachos pesados. Quantas vezes já imaginei exatamente isso? Suas mechas se derramando em minhas mãos, meu rosto no colo de seu peito. Raspo os dentes no ponto de pulsação, e ela fica arrepiada em meus braços. Pressiono a língua no mesmo ponto e sinto a vibração de seus batimentos cardíacos.

— Por favor — sussurra ela.

Consigo me controlar o suficiente para encará-la. Harriet joga a cabeça para trás, com os olhos fechados enquanto murmura: *por favor, por favor, por favor.*

Não sei pelo que está implorando, mas vou dar a ela. Vou dar tudo o que ela quiser.

— Harriet — murmuro em sua pele, apenas pelo prazer de sentir seu nome ecoar entre meus dentes enquanto ela se enrosca em mim.

Harriet enfia as mãos por baixo da minha blusa, com as palmas firmes em cada lado da minha coluna. Depois, desliza as unhas para cima, fazendo-me empurrar o quadril para a frente, e as crava em minhas costas. Quase caio de joelhos.

— A gente devia... — Ela se interrompe com um suspiro agudo quando afasto com o nariz a gola de seu suéter, deixando beijos molhados ao longo da linha de seu ombro. Pego sua coxa e a puxo mais para o meu quadril. — A gente devia conversar sobre isso. Eu não quero...

De repente, recobro o controle. Paro e encosto a testa em sua clavícula, levando as mãos de sua bunda para o balcão, uma de cada lado de sua cintura. Seguro a bancada com força, a madeira desgastada rangendo sob meu toque.

— O que você não quer? — pergunto, sem fôlego.

— Não quero que você me beije por pena — termina, ofegante, com a voz abafada pelo tecido da minha camisa.

Eu me inclino para trás.

— Não quer que eu te beije por pena?

Harriet assente, mantendo o rosto colado em meu peito. Escondido.

— É, sabe? Por causa de toda essa besteira da minha adolescência.

Quase dou risada. *Por pena.* Não dou a mínima para aquele garoto e para o que ele fez ou deixou de fazer — exceto por ter feito Harriet chorar.

Eu a beijei porque quis. Porque não podia ficar diante dela e *não* a beijar.

Quero olhar em seus olhos para ter essa conversa e, por motivos egoístas, quero saber como fica sua boca marcada pelos meus beijos. Afundo as mãos no cabelo dela outra vez e inclino seu rosto em direção ao meu, passando o polegar sobre aqueles lábios agora vermelhos e inchados.

Harriet abre a boca e toca brevemente minha pele com a língua. Exalo um som agudo.

— Qual parte do beijo pareceu pena para você?

Um sorrisinho distorce a boca dela, então seus olhos saltam para o visco no teto. Sigo seu olhar até as folhas trêmulas e reluzentes. Centenas delas, cobrindo todos os azulejos.

— Uau — sussurra. — Que lindo.

Faço outro som vago. Minha magia nunca fez algo parecido antes. Não tenho ideia de como aconteceu. Só sei que estava pensando em beijar Harriet e… o visco apareceu.

Harriet encosta o rosto em minha mão, ainda olhando para o teto.

— Você me beijou só porque, tipo assim, dez milhões de viscos explodiram de você? — Um sorriso autodepreciativo se espalha por sua boca. — Os espíritos natalinos são penalizados se não seguirem as tradições?

Levo a mão do queixo até a linha graciosa do pescoço dela, traçando a pequena marca roxa que deixei em sua pele, com a satisfação ardendo em meu peito. As folhas no teto farfalham com outra chama quente de magia.

— Beijei você porque eu quis, Harriet — digo, e ela encontra meu olhar com o dela. — E vou te beijar de novo, se você quiser. Mas saiba que não vai ter nada de pena nem obrigação. Eu existo há décadas. Não faço nada que não quero.

Ela assente. Um movimento sutil do queixo na direção do peito.

— Tá bom.

— Tá bom.

Passo os dedos pelo cabelo dela mais uma vez. Por semanas, tentei encontrar motivos para tocá-lo. Quero senti-lo em toda parte. Roçando em meu peito. Sobre minhas coxas. Emaranhado em meu ombro enquanto me aconchego com ela na cama.

Pigarreio.

— Se bem que eu concordo que Tommy Hildenbrand é um idiota de proporções monumentais.

Harriet solta uma risadinha e envolve minha cintura em um enlaço frouxo. Encosta as bochechas sobre o meu coração.

— Ele é. Ou era, pelo menos. Vai saber o que está fazendo hoje em dia.

Apoio a cabeça na dela e fecho os olhos enquanto ela traça um caminho suave em minhas costas com a mão; quanto mais faz isso, mais meu peso se inclina em sua direção. Harriet arranha a base da minha espinha, e eu pressiono meu rosto nela, aconchegando-me em seu pescoço. Ela ri e arranha outra vez, agora com mais força.

— É gostoso — murmuro, com a boca em sua pele quente.

— Que bom — diz ela.

— Ninguém me toca assim há… muito tempo.

O silêncio se prolonga em uma quietude sossegada e confortável. Harriet desliza as mãos pela minha pele, e eu relaxo sob o padrão que ela traça com os dedos, entregando-me a um raro momento de tranquilidade. Faz décadas que não me sinto tão ancorado em um lugar.

— Acho que quero te beijar de novo. — Pressiono as palavras em sua pele. — Você vai me deixar?

Ela perde o ritmo com as mãos, depois retoma em toques leves e provocantes.

— Vou.

Harriet solta um suspiro profundo, a decisão comunicada pela forma como seu corpo inteiro relaxa no meu. Ela enfim abandonou toda a armadura que estava usando para se proteger, e nunca senti tanto alívio e pressão ao mesmo tempo. Quero ser digno de sua confiança. Quero merecê-la.

Somos apenas nós e o visco em sua lojinha, o tempo passando devagar ao nosso redor. Se algum dia eu pudesse escolher voltar a uma lembrança, gostaria que fosse esta.

— Nolan — chama ela, com a voz preguiçosa e lenta. — Isto é uma boa ideia?

— Isto aqui? — pergunto.

Harriet traça a linha da minha coluna vertebral.

— É — responde, com a voz rouca.

Eu a seguro com mais força.

— Não sei — confesso. As coisas que quero de Harriet não se alinham com aquelas que são inevitáveis. — Não posso... — Engulo com a garganta subitamente seca, odiando a verdade, mas sabendo que ela a merece. Não posso mentir sobre isso. — Eu não posso ficar — termino, rouco. — Não posso te dar um futuro. Mesmo que eu não siga em frente, você não vai se lembrar de mim. Não depois da véspera de Natal.

— Não — sussurra ela, então inclina o queixo para trás para me encarar, os olhos buscando os meus, e morde o lábio inferior. — Eu vou me lembrar de você.

Com delicadeza, solto seu lábio com o polegar.

— Não vai, não — corrijo, gentilmente.

Harriet balança a cabeça.

— Eu não vou esquecer você. Não tem como. — Ela tensiona o maxilar. — Não vou, Nolan.

— Não depende de você. Faz parte da nossa magia. Suas lembranças vão ficar embaçadas até desaparecerem por completo.

— Você vai se lembrar de mim? — pergunta, baixinho.

— Vou — confesso. — Vou me lembrar de tudo.

Harriet faz uma careta.

— Nolan.

— *Shiu.* — Passo a mão em sua nuca, esfregando o polegar para cima e para baixo. — É assim que tem que ser.

— Eu não acredito nisso. Não posso acreditar.

— Mas é — digo, com delicadeza. — Não é algo que podemos mudar. Há forças maiores do que nós em ação. A areia está escorrendo em nossa ampulheta, e não importa quantos punhados eu tente segurar na tentativa de estender nosso tempo. A véspera de Natal é o meu prazo final.

Harriet fecha as mãos em punho nas minhas costas.

— E se...

— O quê? — pergunto.

Um sorriso triste se insinua em sua boca.

— Eu sei que não posso ficar com você, mas... — Ela volta a morder o lábio inferior, piscando com seus olhos arregalados cor de café. Harriet não esconde o que sente, mas meus sentimentos estão entalados na garganta. — E se for só por um tempinho? Só até você precisar partir. E se a gente... fingir?

Algo em meu peito se rompe.

— Harriet — sussurro.

— Posso só… ter você assim? Pelo tempo que eu puder?

Faço um som de sofrimento.

— Se não for algo que você quer, não tem problema. Juro que não vou te deixar desconfortável. Vou te ajudar a alcançar a vida após a morte, como prometi, aconteça o que acontecer. — Ela respira fundo, reunindo coragem. — Mas, se parte de você me quer do jeito que eu te quero, então…

— Quero — respondo, apressado. — Eu quero. Claro que sim.

Inclino a cabeça de imediato e pego sua boca com a minha. Eu pretendia dar um beijo casto — rápido e reconfortante —, mas me distraio com o gemidinho que fica preso no fundo da garganta de Harriet. Lambo sua boca quente e chupo seu lábio inferior, com as mãos ocupadas em seu cabelo.

Quando me afasto, estamos ambos respirando com dificuldade, os dedos dela segurando firme minha camisa.

— Eu te quero — digo, encostando a testa na dela.

Harriet relaxa.

— Então talvez isso seja tudo o que vamos ter. Só isso. Pelo tempo que pudermos. Sem expectativas, de nenhum lado. Não vamos nos preocupar com o futuro. Vamos ter nosso presente.

— Sim — concordo, com algo no peito afundando ainda mais e um zumbido na nuca e nas mãos. — Podemos ter pelo menos isso.

Quase não reconheço a sensação, que aos poucos se transforma em um rugido abafado, fazendo tudo sob meus pés vibrar. *Magia*. Estamos sendo puxados para longe, contra a minha vontade. Harriet ofega, e eu a alcanço ao mesmo tempo que minha magia. Começamos a rodopiar antes que eu consiga segurá-la com firmeza. Suas pernas envolvem minha cintura — o balcão desaparecendo de repente — e eu a ajusto em meus braços até que esteja enganchada em mim.

Meu estômago se contrai enquanto o tempo nos puxa. Eu não estava preparado, nem Harriet, que tenta firmar as pernas ao redor do meu corpo.

— Estou com você — grito por cima do uivo, segurando-a com mais força.

Lampejos de imagens e sons se misturam, o cabelo dela ricocheteando ao nosso redor.

Harriet gruda em mim.

— Não me solta!

— Não vou soltar.

É como gritar para o vazio. O rugido ao nosso redor encobre tudo. Nunca voltei ao passado tão em cima da última viagem, também nunca fiz isso sem invocar minha magia. É violento e desenfreado. Rude. Árduo.

Quando enfim paramos de girar, cambaleio para trás com Harriet em meus braços, aterrissando com um baque forte contra um armário mais alto do que eu.

Nada ao nosso redor se mexe. Nada ao nosso redor reage.

Harriet afasta o rosto do meu pescoço e pisca com os olhos turvos.

— Por favor, me diz que você não tentou evitar uma conversa séria levando a gente de volta para o meu passado.

Tiro as pernas dela da minha cintura, alisando a barra de sua saia enquanto observo o ambiente ao redor.

— Por que eu ia querer evitar uma conversa de que eu estava gostando? — Cutuco seu queixo com os nós dos dedos e dou um beijo rápido em seu nariz, tranquilizando-a, assim espero, para que saiba que não pretendo decepcioná-la dessa forma. Não se eu puder evitar. — Esta viagenzinha não foi intencional.

— Isso costuma acontecer?

— Nunca aconteceu comigo antes.

Harriet sorri.

— Outra anomalia.

O cômodo em que estamos cheira a pão integral quentinho e sal marinho; a única fonte de luz é a janela do lado oposto ao nosso. Há paredes de pedra calcária e um teto baixo de palha. Uma vela no meio de uma mesinha de madeira. Consigo ouvir as ondas do lado de fora. Uma voz baixa que ressoa os primeiros compassos de uma música de Natal e depois a abandona.

Harriet alcança minha mão.

— Eu conheço essa voz — diz ela.

Uma figura alta entra na sala, com a camisa para fora da calça e suspensórios na cintura. É como me olhar num espelho levemente deformado, com o cabelo mais comprido em volta das orelhas e do colarinho, bagunçado e desgrenhado pelo vento, como se eu tivesse acabado de sair da água.

A figura se aproxima e fico cara a cara comigo mesmo. Inverno de 1902, uns meses a mais ou a menos. Pouco antes da minha morte.

— *Aye* — digo, baixinho, observando minha versão do passado se acomodar à mesa e aproximar a vela. Em seguida, tira um livro de baixo do braço e o coloca sobre a mesa, folheando-o até encontrar a página certa. — Eu também conheço.

Capítulo Vinte

Harriet

Um Nolan em uma sala é uma distração. Dois parece um ataque pessoal.

Minha atenção está dividida entre o Nolan sentado à mesa da cozinha com uma tigela de sopa fumegante e o Nolan encostado em um armário com os braços cruzados, observando seu eu mais jovem com uma carranca feroz. Ele parece estar lidando melhor com esta viagem do que com a anterior, e eu me pergunto o quanto disso se deve ao fato de parecermos os únicos aqui.

Eu, Nolan e o Nolan do passado.

— Este é o dia mais estranho da minha vida — murmuro.

Nolan solta uma risadinha irônica do outro lado da sala.

— Entendo perfeitamente o que quer dizer.

— Você está bem? — pergunto, hesitante.

Ele assente, com um olhar ausente e distante, fixo na vela acesa na janela, a chama dançando próximo ao vidro grosso e deformado.

— *Aye*, estou ótimo. — Nolan olha de volta para o homem tomando sopa em silêncio na mesa, com um livro aberto ao lado, e coça a orelha. — Não estou… em pânico… que nem da última vez.

— Que bom.

Entrelaço os dedos e tento estudar a sala, mas meus olhos continuam voltando para o homem à mesa. O Nolan do presente se senta exatamente da mesma forma, como se seu corpo não pudesse evitar ocupar o espaço. Embora a versão dele do passado sem dúvida tenha escolhas de vestuário mais interessantes.

— Por que está me olhando desse jeito? — resmunga Nolan do outro lado da sala.

— Não estou olhando para você. Estou olhando para ele.

Nolan bufa.

— Dá na mesma, Harriet. — Ele se aproxima e traça um caminho preguiçoso e sinuoso pela minha coluna com a palma da mão. — Por que está olhando para *ele* desse jeito?

Porque sua camisa branca surrada está desabotoada até o meio do peito, com duas tiras grossas de suspensório penduradas na cintura. Parece um protagonista de drama de época que tomou esteroides. Meus pensamentos estão longe de qualquer decência, isso com certeza.

— Camisa — digo, baixinho. — Suspensórios — acrescento.

Um sorriso malicioso surge em sua boca, a descoberta fazendo seus olhos brilharem.

— Ah — responde.

Como Nolan consegue imbuir em uma única sílaba tanta malícia presunçosa, jamais entenderei. Passo a mão por baixo de seu braço e dou um beliscão na lateral da barriga.

— Cala a boca.

— Acho que não vou calar, não. — Ele ri, puxando-me para perto para que eu não possa beliscá-lo de novo. — Você caiu no charme dele, Harriet.

— Mas é óbvio. — Relaxo em seu corpo, com o braço rodeando sua cintura. O Nolan do passado folheia outra página do livro, partindo um pedaço de pão. — Ele é você.

Do lado de fora da janelinha, as ondas quebram nas rochas. Um pássaro canta a alguma distância. Um sino de igreja ecoa sobre a água.

E Nolan se senta sozinho a uma mesa de madeira com apenas uma cadeira e um livro como companhia.

Um senso de familiaridade se apodera do meu coração. Quantas manhãs me sentei à mesa da cozinha, olhando para a água pela janela, vendo os barcos passarem e esperando por algo diferente? Preenchendo o espaço vazio à minha frente com uma distração para não ter que sentir a dor da solidão?

— Minha mãe acendia uma vela na janela toda véspera de Natal — comenta Nolan ao meu lado, olhando para a janela outra vez. — Ela dizia que ajudava a guiar os marinheiros perdidos para casa durante a temporada de festas. Que dava sorte. — Ele aperta a boca em uma linha, suas carícias em minhas costas param e depois recomeçam suaves. — Às vezes, quando eu estava no meu barco, achava que conseguia ver a cintilação da vela do porto. Tinha me esquecido disso.

— É uma bela tradição.

— Tem tanta coisa que esqueci — constata, com a voz embargada. — Aquele dia na praia. Não percebi o quanto até… sentir isso de novo. A risada do meu pai. A vela. Este lugar. Meu *lar*.

Pressiono a bochecha em seu braço.

— Me conta sobre eles?

— Não tenho certeza se me lembro.

— Tenta.

Nolan solta um suspiro trêmulo e sinto seu queixo roçar o topo da minha cabeça. Uma pressão fraca, como se tivesse dado um beijo em algum lugar do meu cabelo.

— O nome da minha mãe… o nome dela era Caoimhe — diz ele, empertigado. — Ela gostava de cantar enquanto cozinhava e fazia… tricô. Tricotava suéteres todos tortos para o meu pai, que os vestia com orgulho no nosso barco… mesmo que os outros pescadores o ridicularizassem por isso. — Nolan faz uma pausa, pensando. *Lembrando*. — Meu pai sempre me dava um beijo na cabeça ao me ver sair de casa, mesmo quando eu já era adulto. Ele achava que eu passava tempo demais na água.

— E você passava?

Nolan dá de ombros.

— Provavelmente. Nunca me parecia certo voltar à terra firme. Meu trabalho era em alto-mar, sim, mas havia algo mais também. Eu sempre senti uma atração. Como se houvesse algo que eu precisava encontrar lá.

— O que era?

— Não sei — pondera, com a voz tranquila. — Eu morri antes de conseguir encontrar.

— É uma pena.

Ele solta uma risada.

— É, por uma série de razões.

Observo o homem à mesa, tão parecido com Nolan, mas também diferente. Mais jovem. Mais suave. Ainda não endurecido pelo tempo e pela decepção.

— É mais fácil — confessa ele devagar, com a voz baixa e áspera. — Com você aqui.

Algo suave, quente e brilhante se acende dentro de mim. Se eu tivesse magia, aposto que a sensação seria essa.

— O que é mais fácil? — pergunto.

— Lembrar — explica. — De tudo.

Nolan se vira para mim, com os olhos enrugados nos cantos. Uma de suas covinhas aparece por um instante, e eu a alcanço para passar o dedo nela. Ele suaviza as feições e vira a cabeça para beijar a palma da minha mão.

O homem à mesa continua cantarolando alguns compassos vacilantes de outra canção de Natal e meu coração dá cambalhotas no peito.

Você não está sozinho, quero dizer a ele. *Estou bem aqui com você.*

— Você tem uma voz linda — falo em vez disso. É rouca e usada, como o livro aberto sobre a mesa, com a lombada desgastada e as páginas desbotadas. É imperfeita, como as coisas reais sempre são. Eu adoro. — Tem algo que eu possa fazer para te convencer a cantar para mim?

— Não. — Nolan me encara, com uma ruguinha aparecendo entre as sobrancelhas ao ponderar minhas palavras. — Você está muito mais maleável agora.

— Estou?

— Hum-hum. — Ele volta a percorrer minhas costas com os dedos. — Talvez eu devesse te beijar com mais frequência.

— Gosto de pensar que sempre sou maleável. — Sinto as bochechas queimarem. — Mas talvez devesse mesmo.

Me beije o máximo que puder, imploro mentalmente. *Me beije até eu não conseguir te esquecer.*

Nolan diz que a véspera de Natal é seu prazo final, que eu o esquecerei assim que sua magia o levar embora. Mas não posso esconder meus sentimentos por ele. Não mais.

Então, vou tentar algo novo. Vou viver o momento sem medo do que vem depois, aproveitar o tempo que temos juntos e valorizar cada instante. Não vou me agarrar às expectativas.

Nolan inclina a cabeça, ansioso.

— Você não pode me beijar agora. — Dou risada. — Você devia estar se concentrando.

Ele passa o nariz pela minha bochecha.

— Eu estou concentrado.

— Na lembrança, Nolan.

Ele grunhe e depois se endireita.

— Está bem. O que eu deveria estar procurando?

— Não tenho certeza. Você disse que estava buscando algo na água, né? — Gesticulo para a cena diante de nós. — Tem algo aqui que pareça um assunto pendente?

— Não tenho a menor ideia.

Retorço a boca. Esta lembrança não é exatamente repleta de possibilidades. Nolan está tomando sopa sozinho em uma mesa enquanto lê um livro. A mobília é simples. Não há cacarecos no balcão, pelo menos não que eu possa ver. Apenas uma maçã comida pela metade e uma coleção de moedas de bronze. Um pedaço de papel amassado e um lápis. A menos que ele tenha assuntos pendentes com uma banca de hortifruti, eu não sei mesmo o que estamos fazendo aqui.

— Talvez seja o livro.

Eu me aproximo e inclino a cabeça para dar uma olhada melhor no título.

— Talvez seja a colher — resmunga Nolan atrás de mim.

Reviro os olhos ao passar por ele, plantando a mão na mesa ao lado de sua versão mais jovem. Sua presença está apagada aqui no passado. Não consigo sentir o cheiro de sal em sua pele. Não consigo sentir seu calor. Ele vira uma página e lê a primeira linha baixinho antes de dar outra colherada na sopa. Sorrio para o topo de sua cabeça.

— Para com isso — diz o Nolan do presente ao meu enlaço.

— Isso o quê?

— Me olhar desse jeito.

Dou risada.

— Não estou *olhando* de nenhum jeito.

Dou as costas para o homem à mesa e examino as paredes. São tão vazias quanto os móveis. Há uma prateleira desorganizada com uma pilha de livros e um peitoril de janela com uma única vela. Equipamento de pesca descartado em uma mesinha perto da porta de entrada. Um chapéu. Algum tipo de biscoito embrulhado em um lenço. As botas enfileiradas em um canto. O casaco em um cabide. Uma bússola amassada com uma corrente quebrada.

— Ali — digo, apontando para o objeto. — O que é aquilo?

Nolan bufa.

— A bússola?

Assinto.

— Essa coisa nunca funcionou direito. Não conseguia encontrar o caminho. A flecha sempre girava em torno de si mesma, sem parar em um único ponto, muito menos encontrar o norte. — Ele hesita. — Meu pai deve ter pagado uma pechincha por ela num bar. Provavelmente uma aposta que deu errado.

Droga.

Vou em direção à estante lotada. Talvez tenha algo lá, preso entre as obras empilhadas. Não parece haver nenhum tipo de organização, pelo que vejo, mas...

— Harriet — chama, a voz perdendo o tom brincalhão.

— Não estou olhando para ele de nenhum jeito diferente! — enfatizo. Para alguém que já viveu várias vidas, Nolan é muito inseguro. — E se estivesse — acrescento baixinho, passando os dedos pelas lombadas dos livros —, estou olhando porque é você.

Ele me ignora.

— Harriet — chama de novo, com a voz tensa. — Vem aqui.

Eu me viro para encará-lo. Está com os punhos cerrados ao lado do corpo, faíscas saindo dos nós dos dedos e dançando no dorso das mãos. Elas envolvem seus músculos tensionados, enrolando-se neles até que os braços de Nolan estejam envoltos em cordas finas e brilhantes. Seus olhos escurecem, as linhas do corpo ficam tensas. Ele está quase vibrando. Mal consegue se manter firme.

Nolan fecha os olhos por dois longos segundos, depois volta a abri-los. Algo dourado brilha dentro deles.

— Venha até mim — pede. — Agora mesmo, por favor.

Atravesso o cômodo pequeno até chegar ao seu lado, e ele me alcança de imediato, puxando-me em direção ao peito. Ele me segura ali, as faíscas nas mãos subindo pela minha espinha. Não queima, mas é desconfortável.

— Minha magia está sendo evocada. Nós vamos embora.

— Agora? Mas a gente mal...

— Não estou fazendo de propósito, Harriet. Se segura em mim.

Capítulo Vinte e Um

Harriet

Nolan mal consegue terminar seu aviso antes de sermos sugados por um vento forte e furioso. É mais forte do que da última vez, batendo em minhas pernas até eu tropeçar. Nolan passa o outro braço ao redor das minhas costas e aninha seu corpo no meu até que meu rosto esteja enterrado no pescoço dele e minhas mãos, apertando a camisa de flanela. Fecho os olhos e seguro firme, meu cérebro chacoalhando no crânio.

É como se estivéssemos sendo esmagados dentro de um tubo impossivelmente pequeno. Pressão, pressão, pressão que não cede. Só fica mais espessa, mais pesada, até eu estar ofegante.

E então para. Termina tão rápido quanto começou, deixando-nos no meio de uma rua movimentada. Pisco diante da luz forte ao nosso redor, registrando vagamente um mercado de Natal em Baltimore. Há pequenos estandes de madeira ao longo da calçada. Luzinhas cruzadas no alto. Um barco atracado no porto, envolto em enfeites de Natal. Perto dali, um coral canta uma versão animada de "Noite feliz".

Pressiono a palma da mão na testa com uma careta.

— Tudo bem? — pergunta Nolan, afastando-se para dar uma olhada no meu rosto e apertando minha nuca. As cordas douradas já sumiram, seus olhos voltaram ao normal. Ele se abaixa. — Harriet, você está bem?

Deixo a mão cair da testa.

— Por que parecia que estávamos em um moedor de carne?

Nolan faz uma careta diante da metáfora.

— Nós saltamos no tempo de novo. — Ele percorre os olhos ao redor, depois os fixa em mim. — Eu nunca... — Estremece bruscamente. — Tem alguma coisa errada — conclui, balançando a cabeça uma vez.

— É. Não é novidade nenhuma para nós. — Eu o seguro pelos cotovelos. — *Você* está bem?

— Um pouco confuso, para ser sincero.

Nolan me analisa por mais um minuto, seu corpo parecendo se mexer mais devagar que o restante dele. Ele se inclina para o lado, depois se recompõe com uma sacudida brusca de cabeça. Eu o vejo voltar a si como se estivesse emergindo da água, piscando para tirar o sal dos olhos.

Nolan se vira e olha para a multidão ao nosso redor.

— Você reconhece este lugar?

— É o centro de Baltimore. — Eu o observo por mais um segundo antes de apontar em direção a uma barraca de vinho quente construída para se parecer com uma daquelas torres de relógio alemãs. — Estamos na feira alemã de Natal que eles montam ao longo do porto todo ano. Faz tempo que não venho.

Vislumbro um lampejo vermelho-cereja atrás dele. Uma cabeleira loira familiar, alisada em vez de cacheada. A Harriet do passado está andando por um caminho lotado com uma caneca de cerâmica em forma de bota entre as mãos cobertas por luvas de couro, estudando cada estande de artesanato com interesse. Minha mãe caminha um pouco atrás, com o braço entrelaçado ao de um jovem com o celular na orelha. A expressão dela é... vitoriosa.

— Ah — digo.

Nolan segue minha linha de visão, procurando.

— O que você viu?

Aponto para o lugar onde a minha versão do passado está examinando uma fileira de pequenos enfeites de vidro em uma barraca.

— Ali.

— Onde?

Aponto de novo.

— Ali. Bem ali. Na barraca que tem as vidrarias.

Ele aperta os olhos para enxergar melhor.

— Aquela é *você*?

— É.

— Não.

— É, sim — digo, rindo.

— Seu cabelo — comenta Nolan, baixinho. — O que fizeram com ele?

Eu bufo. Ele parece devastado. *Arrasado*.

— Eu alisei.

— *Por quê?*

Porque era assim que o homem falando ao telefone dois passos atrás de mim preferia. Brent. Eu o conheci no primeiro ano na faculdade de Direito e já estávamos namorando nas férias de outono. Charmoso e eletrizante. Carismático. Bonito. Todo mundo queria ser amigo dele, e ele *me* queria. A tímida Harriet York e seus suéteres de caimento ruim, sentada no fundo da sala com suas anotações rabiscadas enquanto todos os outros digitavam no computador. Ter a atenção dele era como ser iluminada pelo sol.

Quando começamos a namorar, minha mãe ficou em êxtase. Finalmente, eu estava correspondendo às suas expectativas, e isso tudo por causa do interesse de outra pessoa em mim. Mesmo assim, eu adorava ter a aprovação dela. Pela primeira vez na vida, eu me senti vista. Verdadeiramente vista e adorada.

Mas as preferências de Brent eram sugestões que aos poucos se transformaram em exigências. Ele queria que eu mudasse meu cabelo, minhas roupas... os móveis descombinados no meu apartamento minúsculo. Queria que eu fosse mais elegante, refinada e profissional. Dizia que era para o meu próprio bem. Do contrário, como eu seria levada a sério?

E eu? Eu só queria ser amada. Todas essas coisas pareciam uma compensação fácil em troca do afeto dele e da aprovação da minha mãe. Donna York adorava Brent e eu adorava *enfim* ser digna da atenção dela. Como a metade de um todo, de repente me vi recebendo todo o carinho que ela havia negado por décadas. Convites para almoçar. Drinques na casa de barcos. Passeios espontâneos para comprar roupas de que *Brent* iria gostar. Era como se a única coisa que eu precisasse fazer para conquistar minha mãe fosse mudar tudo em mim.

Então foi o que fiz. E ignorei os pequenos cortes que isso causou no meu coração.

— É mais fácil de cuidar quando está liso — respondo, desconversando.

Observo a versão do passado de mim mesma tentando chamar Brent com um aceno. Ele e minha mãe reviram os olhos, entretidos. E meu antigo namorado não se junta a mim na barraca.

Olha só a pequena Harriet, parecem dizer numa troca de olhares, *entretendo-se com suas tolices excêntricas.*

Por quanto tempo ignorei esses olhares condescendentes? Quantas vezes inventei desculpas, me moldando do jeito que eles queriam? Quanto de mim mesma eu perdi?

— Na verdade — corrijo, sendo acometida por uma onda de instinto protetor feroz em relação a essa versão passada de mim mesma, que não tinha ninguém para cuidar dela, nem ela mesma —, odeio quando meu cabelo está liso. Demora um século para alisar e deixa minha cabeça achatada.

Nolan arfa, ofendido.

— Sua cabeça não parece achatada.

— Parece, sim. Parece uma panqueca.

Ele está quieto ao meu lado, observando. Olha quando meu outro eu pega um enfeite e o segura na direção das luzinhas de Natal, deliciando-se com o arco-íris que é pintado sobre a manga do casaco elegante. A versão passada de mim ri, e Nolan balança a cabeça.

— Não gostei.

— Eu já imaginava.

Ele está com a atenção cravada na outra versão de mim, piscando um pouco devagar e pesado demais. Franzo a testa para ele.

— Nolan, você está…

— Não parece você — admite ele. — É muito… reprimida.

— Por causa do cabelo?

— Sim, seu cabelo também. E… todo o restante.

— E daí? Eu não posso ser reprimida?

Nolan balança a cabeça, com os olhos semicerrados. A Harriet do passado já andou pela metade da rua, afastando-se cada vez mais de Brent e da minha mãe. Eles nem percebem.

— Não — diz Nolan, com naturalidade. — Você é ilimitada.

— Ilimitada — repito, desconfiada.

— *Aye*, ilimitada — repete ele. — Eu poderia passar uma eternidade estudando você e ainda assim não saberia o que esperar. Você dá tanto de si, tão livremente. Você é... desenfreada com a atenção que dedica aos outros. Milagrosa. Já vi tantas vidas, Harriet, mas nunca vi alguém viver como você.

Minha boca fica seca.

— Eu?

Ele abaixa a cabeça para me olhar.

— Você — diz Nolan.

Pisco. Ninguém nunca falou de mim dessa maneira antes. Como se eu fosse algo a ser valorizado em vez de jogado fora. *Milagrosa.* Experimento a palavra em minha língua. É deliciosa. *Especial.* Sinto as bochechas queimarem. As mãos formigarem. Parece que estou em queda livre pela camada de ozônio, ganhando velocidade, meus contornos pegando fogo.

A princípio, acho que foram suas palavras a me fazer cair em uma espiral pelos ares, mas aí Nolan estende o braço e me envolve. Percebo que é a magia dele. De novo. Ela rodopia depressa ao nosso redor com um rugido, depois me puxa pela parte de trás do casaco e me faz recuar de modo brusco. Sinto-me como se estivesse amarrada na ponta de uma corda muito longa — tentando correr, correr e correr para longe —, só para depois ser puxada de volta até parar bruscamente.

Voltamos no tempo, mas desta vez não nos acomodamos em um só ponto. Nossos pés mal tocam o chão de uma nova lembrança — um cais de pedra que se estende sobre a água, onde um jovem Nolan enrola uma corda no convés de um barquinho — antes de nos afastarmos de novo, aterrissando em outro lugar. Uma taberna mal iluminada, com um homem tocando violino no canto. O pai de Nolan, torcendo a boca de preocupação. "Você tem passado muito tempo no mar, Nolan. O que está procurando?"

Saltamos de novo. Uma garotinha de cabelo rebelde, abaixada, vasculhando as prateleiras inferiores da loja de antiguidades. Tia Matilda rindo. "O que está procurando?"

Um farol sobre a água, uma figura solitária com os cotovelos apoiados na grade. Uma mesa longa e formal. Velas tremeluzentes. Uma lápide com um caderno desbotado e desgastado pelo tempo. Outra com um buquê de flores silvestres.

Um homem sentado sozinho em uma mesa para uma pessoa, jantando.

Uma mulher sentada sozinha com os braços cruzados sobre o encosto do sofá, observando os barcos no porto.

O que está procurando?

As lembranças se contorcem e se entrelaçam. Minhas, dele, minhas de novo, e assim por diante, até eu ter que fechar os olhos, pressionando-me em Nolan, que me puxa para mais perto, com os braços apertados ao meu redor. Não consigo ouvir o que está dizendo, mas sinto as vibrações de sua voz ecoando pelo corpo dele e pelo meu. Capto fragmentos: "Harriet", e "segure firme", e "estou aqui", e "não vou soltar você".

Ele passa a mão pelo meu cabelo e segura minha nuca com força.

Não vai soltar, digo a mim mesma, tentando reprimir o medo. *Ele não vai me soltar.*

Quase no mesmo instante em que penso isso, aterrissamos em solo firme. O som se precipita no vácuo até minhas pernas tremerem e meus ouvidos zumbirem.

Luzes de vitral coloridas. Uma vitrola nos fundos. Prateleiras abarrotadas e uma caixinha de música tombada de lado.

O tempo nos joga, sem cerimônia, no meio da Toca do Corvo, de volta ao ponto de partida. Tropeço e bato as costas no balcão, com o estômago dando uma cambalhota.

— Que porra acabou de acontecer? — sussurro, olhando para Nolan.

Mas ele não está olhando para mim. Está olhando para o visco no teto como se nunca o tivesse visto antes, cambaleando. O rosto está pálido, as mãos, cerradas em punhos.

— Eu acho... — diz lentamente, com a voz rouca. — Acho que tem alguma coisa errada.

Então desmaia e cai no chão.

Capítulo Vinte e Dois

Nolan

Quando eu era mais jovem, achava que podia voar.

Minha mãe tentou me dissuadir, claro, dando um tapão na minha nuca e mandando eu separar a roupa para lavar. Dizendo que eu podia *ir voando* fazer isso, se estava tão ansioso.

Mas não desisti da ideia e, mais ou menos uma semana depois, tentei pular de um dos pequenos penhascos da nossa vila de pescadores. Não voei, mas torci o joelho. Não consegui andar direito por quase um mês.

Não me lembro disso faz séculos, mas estou pensando nessa lembrança agora, meu corpo inteiro pulsando como se eu tivesse batido em todas as pedras afiadas daquele afloramento mais uma vez.

Acordo com um sobressalto, a garganta e os olhos secos. Minha cabeça lateja como se alguém tivesse batido na minha têmpora com uma pá, mas há um corpo pequeno e quente aninhado ao meu.

A consciência volta em ondas preguiçosas, se aproximando e depois se afastando de novo. Esquiva.

Harriet, penso, com a visão turva, o corpo sobre o meu se mexendo. Pelo que me lembro, estávamos girando no tempo. Cores, luzes e… muito som. Outra onda de dor atravessa meu crânio.

Puxo Harriet para mais perto, flexionando as mãos. Enganchando-me nela.

Ela está aqui, tento me assegurar. *Ela está segura.*

Você não a soltou.

— *Hummm* — murmuro, com a boca parecendo cheia de algodão. Passo a língua pelos lábios e tento de novo: — O que aconteceu?

Harriet se mexe, o peso dela pressionando meu quadril. Ela estica as pernas, depois as emaranha junto às minhas.

Um som áspero sai do meu peito. Alguns dos meus sonhos começaram exatamente assim.

Minha cabeça lateja de leve mais uma vez, e eu gemo. Até perguntaria se estou morto, mas já sei a resposta.

Esfrego a palma da mão em uma cintura coberta de seda.

— Harriet?

— Estou aqui — sussurra ela, com a voz sonolenta e arrastada. Mais rouca do que o normal. Sinto-a ecoar pelos meus ombros e se acomodar em algum lugar perto da minha barriga, exatamente onde o corpo de Harriet se aninha. — Está de volta?

Abro os olhos e os semicerro. A luz suave da manhã se infiltra no quarto por uma fresta das cortinas. Estamos enrolados em um casulo de lençóis de flanela macios, com um edredom grosso verde-menta por cima. Os lençóis são de um tom creme com ursinhos em trenós por toda parte. Fico olhando para eles, confuso.

Estou no quarto de Harriet. Para ser mais específico, estou abraçado a Harriet em sua cama, segurando-a como um dos ursos estampados em seus lençóis.

— Como assim?

— Você ficou acordando e apagando a noite toda.

Franzo a testa. Acordando e apagando em… que sentido? Perdendo a consciência? Isso decerto explicaria a dor de cabeça que ameaça rachar meu crânio.

— Estou de volta, acho. — Tento me mexer, mas é como se tivesse sido atingido por um navio de carga. Sinto-me pesado de chumbo, com bolinhas de gude rolando em meu cérebro. — O que aconteceu? — Eu me afundo ainda mais no ninho de cobertores e percebo que estou sem camisa. Mexo as pernas. Sem calça também. — Cadê minhas roupas?

— Suponho que estejam no mesmo lugar para onde as minhas desapareceram.

Harriet se afasta de mim, sentando-se com os ombros encostados na cabeceira verde e almofadada. É quase uma combinação perfeita com o conjunto de pijama que está usando. Sedoso e justo, meros pedaços de tecido em sua pele cremosa. Ela joga o cabelo para trás, me observando com atenção.

— Do que você se lembra?

Minha atenção está na alça delicada de sua blusinha.

— O quê?

— Do que você se lembra? — pergunta de novo, a boca formando lentamente as palavras. — Da noite passada.

Tudo é denso e nebuloso, como tentar olhar através do fundo de um copo embaçado. Eu me viro de costas na cama dela com um grunhido, os lençóis ridículos emaranhados em volta do meu tronco, e enfio os punhos nos olhos.

— Minha magia estava fora de controle. Tentei pará-la, mas não consegui.

Lembro-me do pânico profundo que senti quando tentei segurar aquele fio dourado de magia e não consegui. Em vez disso, foi ele que se agarrou a mim, enrolando-se em meus braços em faixas grossas e brilhantes.

Lembro-me de vislumbres rodopiantes e intermitentes. Lembranças do passado de Harriet e do meu se entrelaçavam tão depressa que se tornavam indiscerníveis. Imagens que se espelhavam de forma tão íntima que era quase como se estivessem se fundindo, ocupando o mesmo espaço.

Lembro-me de ter aterrissado na Toca do Corvo. Uma dor aguda na base do crânio. Um formigamento na palma das mãos e depois... nada.

Não me lembro de nada.

— Eu desmaiei? — indago a Harriet, que assente, com o lábio inferior preso entre os dentes.

— Desmaiou.

Ela se aproxima e passa os dedos em minha testa. Há um ponto sensível ali, logo acima da sobrancelha esquerda. Inclino a cabeça na direção do seu toque, e Harriet desloca a mão para cima, arrastando-se pelo meu cabelo.

Depois sorri.

— Você bateu a cabeça com força no balcão. Achei que teria que invocar algum tipo de curandeiro espiritual.

— Não existem curandeiros espirituais — explico, de olhos fechados.

Não há médicos ou enfermeiros que cuidem de espíritos, porque somos seres que não se machucam. Não somos deste mundo. Não sangramos. Eu não deveria ter ficado com um hematoma.

— Como você me trouxe para cá?

— Consegui mantê-lo acordado o suficiente para se levantar do chão, mas você estava basicamente inconsciente.

Sua atenção se volta para a colcha, da qual ela puxa um fio solto. Aperto os olhos, desconfiado. Não é do feitio de Harriet censurar os pensamentos. Não comigo, pelo menos.

Tento encontrar minha paciência, por mais limitada que seja.

— O que significa *basicamente inconsciente*?

— Você estava... dizendo coisas.

— Que tipo de coisas?

— Você falou muito do meu cabelo — conta ela, os fios em questão esparramados por seu ombro. — Disse que eu tinha universos nele, seja lá o que isso signifique. Que queria poder se enrolar nele como se fosse um cobertor.

Ah, bem. Pelo menos agora entendo sua hesitação.

— Isso é, hum... — *Trágico. Constrangedor. Extremamente verdade.* Coço atrás da orelha. — Eu disse mais alguma coisa?

— Falou algumas coisas sobre seu pai. Sobre pessoas que eu não conheço e lugares que não entendi onde ficam. Alguma coisa sobre voar? Penhascos? Teve todo um discurso sobre hortelã-pimenta que, sei lá como, se transformou em como você está cansado. — Ela retorce a boca em uma careta e encontra meu antebraço sobre o cobertor, traçando um desenho distraído ali. — Você perguntou se eu tinha mais balinhas de limão e agiu de forma... muito afetuosa.

— Afetuosa — repito.

Harriet leva os olhos âmbar de encontro aos meus, depois volta a desviá-los. Suas bochechas ficam rosadas.

— Sim.

— Eu não fiz... — Digo a mim mesmo para me acalmar. — Eu não fiz nada inapropriado, fiz? Não deixei você... desconfortável?

Estou quase dolorosamente ciente de minha pele nua sob os cobertores. Será que eu tirei a roupa? Será que entrei na cama dela à força?

Penso em como estava me agarrando a ela quando acordei. Será que tentei dormir com ela à *força*?

Harriet deve perceber meu pânico, porque a tensão em seu rosto diminui e seu toque em meu antebraço se torna mais intencional.

— Não, Nolan. Não importa o que esteja pensando, não. — Ela se encolhe na cama, o joelho batendo contra o meu sob os cobertores. — Você não fez nada. — Um sorriso ilumina seu rosto. — Foi bom, na verdade. Você parecia um urso grande e carinhoso. Ficou dizendo o quanto gostava dos meus abraços. E quando eu te trouxe de volta para cá e te coloquei na cama, fiquei com muito medo de deixar você dormindo sozinho. Você parecia... embriagado, quase? Embriagado de magia. Tentei te ajudar a vestir uma roupa mais confortável, mas você simplesmente *tirou* tudo. — Solto um grunhido enquanto ela ri. — Menos a cueca, que ainda está usando.

— Pequenos milagres — digo, fixando o olhar em seu pijama verde brilhante. — E você?

— Eu?

Aponto com a cabeça para a blusa dela.

— Você disse que suas roupas tiveram o mesmo destino, mas está vestida agora.

— Ah. — Harriet olha para o que está usando e ri. — Mais ou menos. Você, ah, *sumiu* com minhas roupas também, e me deu isto no lugar. — Ela puxa o tecido de sua blusa. — Você disse que sonhou com isto.

Céus. Pressiono os lábios e olho para o teto.

— Ah.

Harriet solta uma risada.

— Tentei dormir no chão, mas você insistiu em dividir a cama e, bem, aqui estamos. — Ela cutuca meu ombro nu. — Você é muito grudento quando dorme, sabia?

Não sabia, não. Não divido a cama há um bom tempo com ninguém além de Builín, e ela não conta os detalhes.

Harriet esconde um bocejo com o dorso da mão e alonga o braço acima da cabeça. Sua minúscula blusa verde levanta e vejo um vislumbre de pele cremosa e pálida. Meu pequeno episódio da noite passada acertou em alguma coisa, pelo menos. Ela parece deliciosamente amarrotada de sono.

Uma marca de travesseiro na bochecha e o corpo relaxado. Sorrisos preguiçosos e pele quente.

Observo seu rosto com cautela.

— Se por acaso te deixei desconfortável, eu…

— Nolan, para — interrompe. — Eu já disse que você não fez nada. Está tudo bem. — Ela leva os joelhos ao peito e rola para o lado. — Está se sentindo melhor?

Espelho a posição dela e enfio um braço por baixo do travesseiro, empurrando a perna para a frente de modo a me aconchegar contra ela debaixo das cobertas. Vou culpar meu episódio caótico, se for preciso. Ainda me sinto um pouco confuso, mas minha dor de cabeça está diminuindo para algo controlável.

— Estou.

— Que bom. Eu fiquei preocupada. — Harriet afasta o cabelo do rosto e coloca a mão sob a bochecha. Ela parece incrivelmente macia aqui em sua cama. Com seus lençóis ridículos e seus pijamas ridículos. — Por que você acha que sua magia… — Ela faz um gesto vago e infla as bochechas, como uma explosão.

Solto uma risada.

Harriet sorri.

— Por que você acha que sua magia saiu do controle? — pergunta.

— Não sei. Nunca levei tanto tempo com uma missão.

A palavra parece desajeitada na minha língua. Já faz um tempo que não penso em Harriet como uma missão. É um rótulo inapropriado, embora eu não saberia qual seria a palavra correta nem se ela me desse um tapa na cara. Harriet está em uma categoria só dela, e não tenho certeza do que fazer sobre isso.

— Talvez minha magia esteja se rebelando — suponho. — Me forçando. Empurrando tudo de uma vez para nós por causa do atraso.

— Quantas lembranças você costuma visitar?

— Duas ou três, em geral, dão conta do recado. Não é um processo lá muito complicado.

Ela procura meus olhos com os dela.

— Comigo é diferente.

— *Aye*.

De muitas maneiras, é diferente com Harriet.

Eu poderia voltar ao departamento e pedir para falar com Isabella de novo, mas receio que isso suscite mais questões. Quero ir até o fim, seja lá o que acontecer.

Gostaria de passar o máximo de tempo possível com Harriet.

Ela sobe os dedos pelo meu braço nu, depois desce novamente. Ansioso por seu toque, puxo os cobertores, facilitando seu alcance.

— Você viu algo útil? — questiona ela. — Na noite passada?

Tento me lembrar do que testemunhamos no turbilhão, mas só consigo me recordar do cabelo de Harriet em meu rosto, minhas mãos pressionadas com força em sua caixa torácica. Eu tive tanto medo de que ela escapasse do meu alcance. Que eu a perdesse no giro do tempo. Tudo aconteceu tão rápido.

— Não. Eu estava ocupado demais entrando em pânico para ajudar na investigação. E você?

Ela balança a cabeça.

— Não vi nada que pudesse ser a chave para você seguir em frente.

Algo me aperta o peito. Seguir em frente para outro lugar tem sido a força motriz da minha existência há várias décadas, mas é difícil pensar nisso quando estou enrolado em lençóis com ursinhos. Com um travesseiro que cheira ao xampu de Harriet.

Não quero estar em nenhum outro lugar. Quero estar bem aqui.

Ela confunde minha hesitação com outra coisa.

— Não se preocupe — diz depressa, deslizando as unhas para cima e para baixo no meu antebraço. — Vamos continuar procurando. Eu era muito boa no jogo dos sete erros quando criança.

— Que jogo dos sete erros?

— Aquele que fica na parte de trás das revistas? — Lanço a ela um olhar vazio. — Não importa. A questão é que tenho certeza de que posso descobrir seu assunto pendente, com um pouco mais de tempo.

— *Aye* — concordo, e minha voz é um arranhão áspero. — Mais tempo.

Mais tempo.

Mais tempo.

Mais tempo.

Durante toda a minha existência, quis que o tempo passasse rápido. Agora, quero desesperadamente que ele demore.

— Vamos voltar logo. — Harriet me tranquiliza, suas carícias em meu braço ficando mais longas e profundas.

Eu estremeço, inclinando-me para mais perto. Arrepios roçam minha pele.

Eu nem sabia que podia ficar arrepiado.

— Harriet.

— O quê?

Seu toque sobe mais, passa pelos meus bíceps, descendo pela curva do meu ombro até o peito. Ela desliza a mão pelo meu pescoço, e eu pressiono minha cabeça no travesseiro.

— O que está fazendo? — pergunto, baixinho.

— Ah — diz, afastando-se. — Eu estava só... Quer que eu pare?

Seguro seu pulso e puxo a mão dela de volta para o meu peito nu.

— Não.

Harriet ri, retomando seu movimento lento e fácil.

— Você disse uma coisa na noite passada...

Deixo só um olho aberto, observando-a.

Ela espalma bem os dedos. Meu coração bate forte sob a palma de sua mão.

— Eu estava acariciando suas costas e você me disse como era gostoso. Você disse... que ninguém tocava em você há cem anos.

Tento disfarçar o constrangimento que queima em mim. Não é vergonhoso que eu deseje ser tocado depois de ter tido tão pouco disso. Que, depois de todo esse tempo, eu goste da atenção de Harriet.

— Já faz um bom tempo — confirmo, então hesito, engolindo em seco. — Eu gosto da sensação.

Eu me viro de barriga para cima e os lençóis escorregam para baixo da minha cintura. Parece descarado fazer isso sob a luz suave da manhã, mas meu desejo de sentir as mãos de Harriet em minha pele supera qualquer vergonha. Ela desce a mão pela minha barriga, mapeando um novo território.

— Tudo bem? — pergunta.

Assinto. Meu corpo parece estar ganhando vida sob seu toque, meus músculos queimando de impaciência, minha pele zumbindo por onde quer que ele passe. Harriet não está seguindo nenhum caminho definido. Toda vez que acho que sei para onde está indo, ela desvia.

Harriet traça a extensão de pele na lateral do meu corpo. Passa a mão sobre meu peito. Suas unhas arranham uma mancha de sardas e as pontas de seu cabelo passam pelo meu pescoço. Emito um som contido.

Ela ri baixinho e passa os dedos em uma cicatriz branca e fina, logo abaixo da minha clavícula.

— Como conseguiu essa cicatriz?

— Não lembro — digo, com os olhos fechados.

Meu pau está pesando entre as pernas, todo chumbo e denso. Fico grato pelos cobertores empilhados sobre meu colo, envergonhado pelo fato de seu toque inocente ter me excitado tanto.

— E esta aqui?

Harriet passa os dedos em um ponto próximo ao meu quadril e minhas costas se arqueiam. Eu não conseguiria evocar a lembrança ligada a essa cicatriz em particular nem que ela colocasse uma faca no meu pescoço e exigisse.

— Não sei — murmuro, minhas palavras preguiçosas e lentas. — Não me lembro de muita coisa de quando eu estava vivo.

Seu cabelo roça minha barriga. Algo quente e úmido passa sobre a cicatriz.

Cerro os punhos no edredom dela.

— Deve ser difícil para você. Não lembrar.

Isto é que é difícil para mim. Ficar quieto com seu toque errante. Tentar não reagir. Tentar não me envergonhar.

Abro os olhos e fico encarando-a deitada junto a mim. Meu sangue fica quente com a bela imagem que Harriet forma. Está com uma mão apoiada em minha cintura e a outra na minha barriga, o corpo pairando sobre o meu. Uma das alças do pijama escorregou pelo seu ombro de novo, ficando presa na dobra do cotovelo. Dá para ver o contorno de seus seios. A ponta dura dos mamilos através do tecido fino. Ela está me olhando com o lábio inferior entre os dentes, com todo aquele cabelo loiro caindo sobre os ombros.

Harriet não desvia o olhar do meu enquanto desce a mão, arranhando a trilha escura de pelos abaixo do meu umbigo.

— Posso…

— Por favor. — Suspiro, sem deixar que ela termine a pergunta. Ergo o quadril sob os cobertores, perseguindo seu toque. — Por favor, Harriet, eu vou…

Eu faria qualquer coisa para sentir suas mãos em mim.

Harriet me silencia com um sorriso, ajeitando-se na cama. Passa a ponta do dedo de um osso do quadril para o outro, e eu solto um gemido deprimente, deixando a cabeça cair de volta nos travesseiros. Ela continua sorrindo para mim.

— Quero que tenha certeza de que quer isto — diz ela.

— Eu tenho certeza — murmuro, embriagado de luxúria e perdido. A sensação é como estar viajando no tempo. Como se tivesse uma corda amarrada em meu peito, puxando com força. — Não para.

— Não vou parar — promete ela, indo ao encontro dos cobertores presos em volta da minha cintura e puxando-os. — Levanta para mim — sussurra.

Faço o que ela pede, subindo o quadril e a deixando recolher os cobertores. Meu constrangimento se dissipou, sendo substituído pela expectativa. Não estou nem aí de estar dolorosamente excitado apenas com alguns toques inocentes. Não estou nem aí de Harriet ver.

Quero que ela veja. Ela merece saber o quanto a desejo.

Harriet arranca os lençóis e os joga na ponta da cama sem olhar, com as mãos apoiadas em minha cintura. Enfio os braços sob o travesseiro debaixo da cabeça, segurando com força. Flexiono os braços. A primeira vez que usei minha magia, me senti assim. Fora de controle.

Ela volta os olhos para baixo e os arregala quando me vê apertando a cueca.

— Ah — diz, umedecendo o lábio inferior com a língua.

— Sim — falo. Agora não dá para esconder. Provavelmente eu conseguiria gozar só de olhar para ela. — Peço desculpas — acrescento depois de mais um momento prolongado de silêncio, sem nenhum pingo de sinceridade.

Harriet leva os olhos até os meus.

— Desculpas?

Ela passa o dedo por baixo do cós e traça a pele delicada na parte interna do meu quadril. Um ponto, pelo jeito, com ligação direta ao meu pau.

— Sim.

Harriet desliza a mão por baixo do elástico, e o tecido estica em torno do seu pulso. Ela mantém o toque deliberadamente longe de onde eu mais quero, roçando os dedos pela parte interna da minha coxa.

— Por que está se desculpando?

— Não sei. — Eu gemo. — Pareceu apropriado.

Ela sorri.

— Minha mão por baixo da sua cueca não parece um momento para se preocupar com o que é apropriado.

Meu Deus. Espero que não. Ela se desloca e passa a mão em volta do meu pênis, com um toque leve demais.

Não é o suficiente. Preciso de mais.

— Harriet. *Por favor* — imploro.

— Estou machucando você?

— Não. — *Sim*. — Mais. Por favor. Fecha a mão e… *Isso*. Assim. Eu preciso…

— *Shiu*. — Ela me silencia de novo, e seu peso se transfere. Aperta o punho e a gentil diversão some de seu rosto enquanto mexe a mão para cima e para baixo. Emito um som distorcido e ofegante. — Eu vou cuidar de você.

— Eu sei — digo, sem fazer sentido, concentrado demais na sensação de sua mão pequena subindo e descendo pelo meu pau em movimentos longos e lânguidos. — Você sempre cuida.

Harriet nem sabe como cuida bem de mim. Com seus sorrisos fáceis e toques cuidadosos. Seu coração mole demais e suas palavras espertinhas. Em poucas semanas, ela fez com que eu me sentisse mais vivo do que há décadas. Iluminou todos os meus cantos mais escuros.

— Mais forte. Faz mais forte para mim.

Ela solta um som de satisfação e aperta o punho. Alguns movimentos e já estou quase lá, meu quadril perseguindo seu toque, empurrando sua mão. Seguro a cabeceira da cama atrás de mim, os dedos agarrando-se à borda. A madeira range.

Fecho os olhos, tentando me manter firme. Não quero que acabe. É bom demais.

— Harriet — sussurro, e ela emite outro grunhido baixo em resposta.

Sinto o som vibrar em meus ossos, uma pressão pesada de expectativa que começa onde ela está me tocando e se espalha. É como o puxão da minha magia, porém mais quente. Mais insistente. Espalha-se até meu peito e pulsa em sintonia com o sangue que corre pelo meu corpo e o movimento da mão de Harriet.

— Estou perto — digo. — Estou quase.

De imediato, o aperto dela fica mais leve.

— Ainda não — sussurra.

— Não. Por favor.

O prazer diminui, uma dor aguda que rouba o fôlego de meus pulmões. Estou frenético, reduzido a uma versão desesperada de mim mesmo, implorando sem pensar. Abro os olhos e me apoio nos cotovelos, observando enquanto ela puxa minha cueca mais para baixo, mantendo-a presa em minhas coxas.

— Vou cuidar de você — repete Harriet, e, antes que eu possa compreender suas intenções, suas mãos estão apoiadas em minha cintura e sua cabeça, afundada em meu colo.

Ela me toma em sua boca quente e úmida.

— Porra. — Eu gemo, levantando a mão, trêmula, para afundar em seu cabelo. — Eu vou... Não consigo... Você está *tão... Caralho.*

Harriet ergue os olhos para os meus e eu recolho todo o seu cabelo, usando-o para guiar seu ritmo. Ela segue lindamente, mexendo-se para baixo, para cima e depois para baixo outra vez. Não desgruda o olhar do meu.

— Me diz — falo, num grunhido. — Me diz que eu posso.

Harriet me dá permissão com uma piscadela lenta, enquanto esvazia as bochechas e me chupa com força. Sua língua se enrola em torno de mim e... é isso. Estou acabado. Desabo sobre os travesseiros e seguro seu cabelo com as duas mãos, cedendo e fodendo com força na boca dela, o prazer rugindo como um ciclone. Harriet me deixa fazer o que quero, gemendo em mim enquanto o orgasmo me agarra pela garganta.

Não sou nada além de sensações. Calor, luxúria e delírio. A energia bruta flutua ao meu redor, lançando faíscas, mas caindo como flocos de neve.

Sinto vagamente que ela se afasta, com as mãos ainda apoiadas em meu tronco.

— Nolan. — A voz de Harriet soa muito distante. — Nolan, abre os olhos.

— Não consigo — ofego, o peito subindo e descendo.

Harriet solta uma gargalhada. Ela se encosta em meu peito de novo.

— *Olha.*

Abro os olhos com dificuldade. A sala está repleta de flocos de neve rodopiantes, que se desprendem preguiçosamente do teto e pousam em nossa pele nua. Devo ter perdido o controle da minha magia quando perdi o controle de mim mesmo. Faíscas douradas dançam entre os flocos de neve, minha magia zumbindo sob a pele. Harriet estende a mão com uma risada, tentando pegar alguns flocos à medida que eles dançam. Sinto-os derretendo em meu peito nu enquanto pisco atordoado para o teto. Beijos quentes em vez de ferroadas frias.

Minha magia pulsa de novo, e mais flocos de neve explodem do teto.

— Você fez um globo de neve — diz Harriet, maravilhada.

Vou até ela. Preciso dela mais perto. Harriet aterrissa em meu peito com um *puf* abafado e flocos de neve no cabelo.

Ela é a coisa mais encantadora que já vi.

— Não — falo, minha magia quase tão acelerada quanto meu coração. Os flocos de neve ganham velocidade na mesma proporção, com manchas de ouro entremeadas. — Foi você.

Capítulo Vinte e Três

Harriet

Estou bastante satisfeita comigo mesma.

Nunca incuti um homem a criar novos padrões climáticos antes, mas acho que nunca estive com ninguém igual a Nolan. Sua pele. Seu gosto. Os *sons* que ele fez. A maneira como reagiu, desesperado e necessitado. De *mim*. Do meu toque.

Eu me senti poderosa. Inebriada. Desejada.

Nolan vira a cabeça nos travesseiros, me encarando com olhos preguiçosos e semicerrados. Os flocos de neve ainda estão caindo do teto, prendendo-se em seu cabelo antes de derreterem. Ele levanta a mão e passa o polegar no canto da minha boca.

— Gosto de você assim — murmura, com uma voz incrivelmente profunda.

Apoio a cabeça em seu ombro.

— E eu gosto de *você* assim — respondo, encostando o queixo em seu braço e olhando para seu rosto. — Você parece…

Nolan ainda expõe resquícios da excitação — bochechas rosadas, cabelo bagunçado, uma preguiça satisfeita em sua expressão concentrada. Nunca o vi tão relaxado, e isso me faz pensar que eu devia estar usando uma medalha pendurada no pescoço.

— Exaltado? — Ele pisca, sonolento, passando a mão por todo o meu cabelo para tocar minha nuca. Seu lugar favorito. — Incandescente?

Solto uma gargalhada. Os flocos de neve fazem uma pausa no ar e tremulam, depois ganham velocidade mais uma vez, girando em um novo padrão.

— Algo parecido com isso.

Ele me dá um sorriso largo e radiante, tão desenfreado que me faz prender a respiração. Nolan é tão controlado com suas reações — tão reservado com seus afetos — que esse tipo de sorriso me faz sentir que estou recebendo algo precioso. Um dos tesouros que guardo em minha loja.

Estendo a mão e toco delicadamente uma das covinhas em sua bochecha.

Nolan vira a cabeça para beijar meus dedos, e algo quente e líquido se agita no fundo da minha barriga.

— Se essa for sempre a sua reação, você devia ter orgasmos com mais frequência.

Ele ri, um som estrondoso que desliza sobre minha pele como os flocos de neve que continuam caindo do teto.

— Você é incrível.

O calor sobe pelas minhas bochechas. Eu estava agora mesmo com a boca em volta dele, nos meus lençóis estampados com ursinhos de pelúcia, e é o elogio que me faz corar. Inacreditável.

— Mais uma vez, acho que pode ser o orgasmo falando.

Seu sorriso se alarga.

— Por que não consegue aceitar um elogio?

— Porque... — começo, mantendo os olhos em seu pescoço em vez de em seu rosto — ... eu acabei de encerrar o século de seca que te amaldiçoava. Com certeza as endorfinas estão fazendo a festa.

— Sabe o que eu acho?

Lanço um olhar irônico para Nolan.

— Você nunca hesitou em me dizer.

Ele belisca de leve meu queixo, mantendo minha atenção voltada para si.

— Acho que você não sabe receber um elogio.

— Isso é... — Penso em negar. — Bem, provavelmente é verdade — respondo, com um suspiro.

Nolan franze a testa. Acho que não esperava que eu concordasse tão fácil. Ele me observa por um momento, depois aproxima o rosto do meu, com o olhar focado em minha boca.

— Precisamos melhorar isso, Harriet.

— Tá bom — respondo, prendendo a respiração enquanto a mão dele continua a descer lentamente.

Ele abre os dedos sobre o meu peito e empurra, insistindo até que eu caia de volta nos travesseiros ao seu lado. Aterrisso com um *uuf* e Nolan se apoia nos cotovelos em cima de mim, com a mão ainda levemente colada na base do meu pescoço, mantendo-me imóvel.

— Vamos começar agora mesmo — diz ele. — Com os elogios.

— O quê? — Dou risada. — A gente não…

— Esses pijamas… — ele fala por cima de mim — … me deixam louco.

— Isso não parece um elogio.

Nolan brinca com uma das alças finas penduradas em meu ombro.

— Eles estão me distraindo desde a primeira noite em que os vi.

— Bem, foi você quem colocou em mim ontem à noite. Então, reclama com você mesmo, meu querido.

— Acho que não vou reclamar, não — resmunga ele, torcendo a alça em que está mexendo, descendo-a pela inclinação do meu ombro até a dobra do cotovelo.

A parte de cima da regata é puxada de leve para baixo, prendendo-se na curva dos meus seios. Nolan lambe o lábio inferior e repete o processo do outro lado, até que a blusa toda mal esteja grudada em mim.

— Sua pele parece brilhar quando você usa essa cor. — Seus olhos percorrem minha pele recém-exposta, as alcinhas nos meus cotovelos, meu cabelo no travesseiro. — Você sempre parece estar brilhando — acrescenta.

Com ele me olhando assim, acho que talvez esteja mesmo. Eu me mexo nos lençóis embaixo dele, com a respiração superficial.

Ele fixa os olhos nos meus, sem desviar.

— Você devia agradecer.

— Como assim?

Mudo de posição, resistindo à vontade de me cobrir. Nunca me senti muito confortável com meu corpo. Os homens com quem estive não elogiavam efusivamente meus seios pequenos nem a largura do meu quadril, o comprimento estranho dos meus braços e pernas longas, ou a natureza indisciplinada do meu cabelo. O ato de me revelar sempre foi prático. O primeiro passo em um processo que, no final, terminava em uma satisfação morna.

Mas Nolan está me desembrulhando como se eu fosse uma das guloseimas coloridas que guardo em um pote na mesa da cozinha, com os olhos ardendo de calor a cada novo centímetro exposto.

— Quando alguém te elogia — diz devagar —, você precisa agradecer.

— Ah. — Umedeço os lábios e pisco. — Obrigada.

Nolan estala a língua.

— Você não soa agradecida.

— Eu estou. De verdade.

— Você precisa ser mais convincente. — Ele se abaixa e deposita um beijo molhado, chupando meu pescoço. Seus dedos se prendem em meu cabelo contra o travesseiro. — Vamos tentar outra vez.

Fecho os olhos enquanto Nolan usa a boca em minha pele, raspando impacientemente os dentes e emitindo sons curtos e roucos. É inebriante *sentir* como ele está se segurando para não me tocar. Quero acabar com esse controle meticuloso dele. Quero que esqueça o jogo que está jogando e leve a boca aos meus seios. Mas Nolan é um homem decidido, totalmente concentrado em minha pulsação latejante e no ponto abaixo da minha orelha que faz minhas pernas se contorcerem mais nos lençóis.

Estou vazia, quente e absolutamente louca, mas Nolan permanece com a boca em meu pescoço como se não estivesse com pressa.

Que bom para ele.

— Sua pele é tão macia — diz um tempo depois, quando já estou com os nervos à flor da pele.

Meu pescoço nunca esteve tão sensível em toda a minha vida.

— Ah — sussurro. — Eu, hum, passo hidratante.

Ele dá outro beijo lento na pele delicada logo abaixo do meu pulso.

— Não é o hidratante que te deixa macia, Harriet. — Seus dentes capturam minha pele e mordem. — E lembre-se de agradecer.

— O-obrigada — gaguejo, o coração dando uma batida forte.

Eu o alcanço, minhas mãos deslizam sobre a pele quente, e suas escápulas se flexionam enquanto se move sobre mim. Nolan emite um som de satisfação, então cravo as unhas em sua lombar, e um pouco de sua paciência infinita se rompe.

Ele leva a mão à parte da frente da minha regata, mas desta vez não se preocupa com os toques leves e provocantes. Puxa até que o tecido sedoso se envolva em minha cintura, e meus mamilos se endurecem quando flocos de neve pousam em minha pele nua. Nolan se levanta acima de mim para poder estudar seu trabalho.

— Olha só você — sussurra. — Tão bonita.

Nolan aperta meus seios com as mãos grandes, e os polegares encontram meus mamilos. Minhas costas se arqueiam e ele puxa meu corpo totalmente para baixo do seu.

— Diz "obrigada", Harriet.

Contraio os lábios.

— Obrigada, Harriet.

Ele arregala os olhos, revirando-os sem convicção logo em seguida, depois se inclina para beijar entre meus seios, exatamente onde meu coração está tentando sair do peito. Nolan deixa a testa descansar ali por um momento, se aconchegando, e uma sensação quente e nebulosa corta o ardor agudo da excitação.

— Seu coração — diz ele contra minha pele. — Essa coisa tola e linda. Está machucado, não está?

Meus dedos sobem a escada de suas costelas, sentindo a forma como seu peito se expande e se contrai a cada respiração. A pressão aumenta atrás dos meus olhos. Assinto.

— Mas você ainda faz o que ele pede, né? — Nolan se acomoda sobre mim, com uma das pernas entre as minhas. — Que dádiva é isso. Ainda desejar, sonhar e querer. Encontrar o bem. Deixar o coração aberto.

— Não parece uma dádiva. — Uma única lágrima escorre pelo canto do meu olho, misturando-se à neve que se espalha ao nosso redor. Nolan estende a mão e a enxuga. — Parece uma maldição. Como se eu não tivesse aprendido nada. Como se eu estivesse sempre causando minha própria decepção.

Como se eu estivesse sendo tonta e ingênua, esperando que as coisas sejam diferentes. Que, se eu for o mais alegre e positiva possível, um pouco disso possa contagiar as pessoas ao meu redor. Que eu consiga consertar o que quer que seja dentro de mim que faz com que seja tão fácil ser jogada de lado. Desconsiderada.

Nolan balança a cabeça.

— Acho que você não está me entendendo, Harriet. Não é uma discussão. — Sua voz é suave, com uma risada em algum lugar. — Elogios, lembra? Não quero ouvir argumentos. Quero ouvir um agradecimento.

Ouvindo essa ordem melodiosa em sua voz, engulo em seco, e algo em mim amolece e se quebra. É um alívio abrir mão do controle. Ter meu papel definido com tanta facilidade. Saber exatamente o que fazer.

O nó em meu peito se desfaz, e o calor líquido se espalha.

— Tudo bem — sussurro. — Obrigada.

— Isso mesmo. — Seus olhos ficam um pouco mais escuros, tão azuis que estão quase pretos. Águas paradas que são profundas. — Eu vivi mais do que qualquer homem tem direito. Não me deixo levar por falsa sinceridade. Com certeza você já sabe disso.

Ele toca meu mamilo, torcendo-o de leve. Em um momento de clareza chocante, me ocorre que, se Nolan não foi tocado em quase um século, então ele também não tocou ninguém. Que honra é estar deitada embaixo dele assim, com a pele nua e o cabelo bagunçado.

Relaxo contra os travesseiros, oferecendo mais de mim.

— Vamos tentar outra vez?

— Sim — sussurro de imediato.

Ele me dá um sorriso brilhante e travesso, tão deliciosamente jovem que me pego sorrindo de volta. Coloca os dois joelhos entre minhas coxas e os empurra para mais longe, abaixando-se para encaixar seu quadril no meu. Os músculos de seus braços se contraem e se flexionam, sua barba raspando em minha pele pouco antes de seus dentes o fazerem.

— Você é... — Nolan inspira fundo, tentando se acalmar. — Você é tão gostosa. Melhor do que qualquer sonho que já tive. — Ele apalpa minha cintura, inclinando-o para cima, nossos corpos se conectando e se afastando. — Tão quente.

Coloco o pé atrás de seu joelho, tentando puxá-lo para mais perto.

— Obrigada — murmuro.

— Posso mesmo ter você assim? — Ele se acomoda mais perto de mim. — Não é outro sonho?

— Não é um sonho. Eu estou aqui, e você também está, e eu preciso... que você faça isso.

Nolan me silencia, cravando seu quadril no meu, me afundando mais na cama.

— Não terei pressa, Harriet — informa, e eu gemo. — Eu pensei em fazer isso quando você vestiu aquele pijama vermelho — confessa. — Pensei em puxar aquele short até os seus tornozelos, ficar de joelhos e colocar a boca em você.

Minha barriga dá uma cambalhota.

— Pensei que você odiasse aquele pijama.

— Eu odeio esses pijamas — diz ele. — Esses pijamas me deixam estúpido. Me fazem imaginar que outros tipos de coisas você tem nesse guarda-roupa. E aquele vestido. — Ele faz um som profundo e estrondoso. Algo torturante, com os dentes cerrados contra mim. — *Caralho*, aquele vestido.

— Qual vestido?

— Você sabe qual. — Nolan puxa minha blusa mais para baixo, uma faixa inútil de tecido sedoso em volta do meu tronco. — O vestido que eu escolhi para você. Você estava tão encantadora.

Fecho os olhos com um suspiro. *Encantadora*. Ele já tinha me chamado assim antes. Em um provador minúsculo, com o hálito quente na minha nuca. É tão emocionante agora quanto foi naquela hora.

Será que já olharam para mim e viram algo que não uma pessoa que está muito aquém das expectativas? *Encantadora* é um adjetivo destinado a outras pessoas. Aquelas que são suaves e reluzentes, seguradas com mãos cuidadosas.

— O que você diz agora? — pergunta ele, rouco, contra a minha pele.

A tensão na minha barriga se aperta, uma pulsação que ecoa o ritmo dos meus batimentos cardíacos, instalando-se bem no meio das minhas coxas abertas.

— Obrigada — falo, baixinho, e a palavra sai de mim sem hesitação.

— Muito bem, Harriet — diz Nolan, e a sensação elétrica que essas palavras provocam é quase melhor do que sua boca em mim. — Viu? Não é tão difícil, né?

Balanço a cabeça e ele ri deliberadamente, pressionando uma das mãos entre minhas coxas. Nolan aperta com força, seguindo o movimento desesperado do meu quadril. O som que sai da minha boca seria constrangedor se eu não estivesse tão aliviada com a fricção.

— Encantadora — repete, e mordo o lábio para segurar um gemido. — É disso que você precisa?

Assinto e tento abrir mais as pernas, apesar do emaranhado de cobertores que me mantém presa. Meus dedos soltam o corpo dele e se enroscam no meu cabelo, tirando-o do meu pescoço pegajoso. Preciso de algo em que me segurar. Algo que me impeça de flutuar até o teto com os flocos de neve.

Mais e mais deles pousam em minha pele, ganhando velocidade à medida que a mão de Nolan mantém o ritmo pesado, pequenos cristais brancos que fazem cócegas em meus seios nus e na cavidade da minha barriga. O movimento do meu quadril, minha boca aberta e ofegante. Cada um deles parece um beijo. Como se as mãos e os lábios de Nolan estivessem em toda parte.

Ele inclina a cabeça para baixo, observando a forma como sua mão trabalha entre nós.

— Mais? — pergunta.

— Por favor.

Ele arrasta a mão pela minha coxa, deslizando-a por baixo da bainha solta do short.

— Você precisava mesmo disso. — Ele geme. — *Caralho*. Como você está molhada.

Eu devia estar envergonhada, mas não estou. Não com Nolan. Ele me acha *encantadora*.

— Sim — falo.

— Eu deixei você assim, não foi? Com esses toquezinhos. — Nolan me encara com um olhar pesado e quente. — Com o meu pau na sua boca.

— Sim.

Solto um gemido soluçado quando ele insere um dedo, depois dois, dentro de mim. É como se estivesse impaciente demais para esperar, toda a sua contenção se rompendo como uma corda sendo puxada pelas duas pontas.

— Me fala. — Nolan circula meu clitóris com a ponta do polegar, inclina-se e pressiona a boca contra a minha em um beijo quente e lambuzado. — Me fala o quanto você precisava disso — diz, cada palavra acompanhada de outra investida áspera de seus dedos.

— Eu precisava. Muito — balbucio imediatamente. Ele merece saber. Tem toda a razão. Ele me deixou assim. — Pensei tanto nisso, em você. Eu precisava que você me tocasse. Eu precisava que você me desejasse.

As palavras saem da minha boca, descuidadas, distorcidas pelo desejo. Eu me arrepio quando elas ecoam pela sala, dançando entre os flocos de neve. É demais. É uma parte grande demais do segredo que tenho guardado em meu coração, descortinando só para examiná-lo na quietude entre o sono e a vigília, quando as consequências parecem distantes e os sonhos estão ao alcance. Meu afeto por Nolan tem crescido sem parar e se tornado incontrolável. Um balão no meio do meu peito que temo que vá estourar e me deixar em pedaços no chão.

Fecho os olhos e prendo a respiração, meu corpo se enrijece sob o dele. Nolan diminui o ritmo do toque e eu coloco meu braço em cima do meu peito nu, me sentindo exposta.

Eu sempre faço isso. Falo demais. Transformo tudo em algo que não deveria ser. Confundi o carinho de Nolan com algo mais, sendo que ele deixou perfeitamente claro desde o início que sou uma missão. Um meio para um fim. Um fim pelo qual ele está esperando há muito, muito tempo.

Não é justo da minha parte colocar o peso dos meus sentimentos cada vez maiores em seus ombros.

— Harriet — sussurra Nolan, e viro o rosto para o lado, me escondendo no travesseiro.

Tento fechar as pernas, mas a outra mão dele se fixa no meu joelho, pressionando-o contra a cama, mantendo-me aberta para ele. Ele se mexe sobre mim, com o nariz pressionado em minha têmpora.

— Harriet — repete ele, mais afiado desta vez.

— Me desculpa — digo depressa, com a voz mais aguda do que o normal enquanto tento desesperadamente não chorar. Eu estraguei tudo. A gente estava se divertindo, e eu estraguei tudo. — Eu não quis dizer... Eu só...

Acho que estou arrebatada. Nunca foi assim para mim. Magia, calor e desejo tão acentuados que sinto as bordas afiadas me cortando.

— Você não estava falando sério? — pergunta ele.

Sacudo a cabeça, sem confiança em mim mesma para falar. Talvez, se voltarmos ao prazer, eu esqueça como a confissão está queimando dentro do meu peito. Tento balançar o quadril contra o dele, mas Nolan não se mexe e sibila encostado em meu ouvido:

— Olha para mim.

Eu o ignoro, mordendo o lábio. As pontas de seus dedos tocam meu queixo, guiando meu rosto até o dele.

— Olha para mim — insiste, com mais suavidade desta vez. — Você precisa que eu te deseje?

Procuro seu rosto, esperando que o chão se abra embaixo de mim. Mas não há onde me esconder quando estou presa sob ele desse jeito, então assinto antes que possa me convencer a não fazer isso. Nolan pode não ter visto o pior de mim ainda, mas já viu mais do que a maioria. As partes quebradas que eu fiz o melhor que pude para consertar sozinha.

— Você precisa que eu te *deseje* — repete ele, sem ser uma pergunta desta vez, com a voz trêmula em torno da palavra.

Eu me encolho embaixo dele, encostando o queixo no peito. As lágrimas ardem em meus olhos. Estou com tanta vergonha.

— Está tudo bem. — Pressiono as mãos em seus ombros. — Não precisamos...

— Harriet. — Ele morde a borda do meu nome, a voz nítida. — Você não está me entendendo direito.

— Eu não...

— A gente já passou de *desejar* há muito tempo. — Nolan balança a cabeça. — Seus pijamas e suas bengalas doces. Sua língua afiada e seu coração enorme. Todo esse *cabelo*. — Ele enfia os dedos da mão livre nos meus cachos, as unhas curtas arranhando meu couro cabeludo. — Como você poderia pensar, mesmo que por um segundo, que eu não te *desejo*?

— Não sei — respondo, sem fôlego, ainda tentando não chorar. — Você grita muito comigo.

Ele arqueia uma sobrancelha.

— Você tentou me agredir na primeira vez que me viu.

— Você invadiu minha casa.

— Eu não invadi... — Os cantos de sua boca se contorcem, demonstrando diversão. — É isso mesmo que você quer discutir agora?

Nolan traça um caminho lento em minha pele, logo abaixo da barriga. Seus dedos ainda estão molhados de mim, meu desejo guardado, mas não esquecido.

— Eu nem sei direito do que estamos falando — sussurro.

Ele aproxima a cabeça da minha e desliza a mão de volta para a minha coxa.

— Eu preciso convencer você?

Fecho os olhos com força.

— Não.

Dois dedos encontram o calor suave entre minhas pernas em uma pressão áspera antes de o toque me aliviar de novo, provocando. Faço um som sufocado no fundo da garganta.

— Tá bom, talvez.

Sinto seu sorriso contra meu queixo.

— Que bom, Harriet, porque pretendo fazer isso mesmo. — Nolan me abraça por inteiro e gira o pulso, roçando bem onde eu preciso dele, numa pressão deliciosa. Abro mais as pernas e me desloco para baixo na cama, perseguindo seu toque. — Vamos começar assim.

Ele segue o mesmo ritmo sem hesitar, me levando de volta à beira do abismo em que eu estava me equilibrando. Só que, desta vez, não para, dois dedos voltam a me penetrar com uma insistência áspera e pesada. Agarro o braço apoiado ao lado da minha cabeça e cravo as unhas nos músculos de seus bíceps quando tudo fica intenso demais.

— Nolan — grito, e um som selvagem sai de seu peito.

Ele segura meu queixo com a mão livre e arrasta meus lábios até os seus, lambendo minha boca.

— Da próxima vez, vou ser paciente — diz ele contra a minha boca quando se afasta, nossos peitos arfando, seus dedos ainda apertando meu queixo, certificando-se de que eu não possa olhar para nenhum outro lugar que não os seus olhos enquanto me leva ao frenesi. Nolan mexe os dedos mais rápido entre minhas pernas, como se precisasse tanto quanto eu. — Vou levar o tempo que for preciso, vou provar meu ponto de vista e ouvir você dizer meu nome assim repetidas vezes. Da próxima vez, vou tirar essa porcaria desse short e ver como você me recebe.

Seus dentes reluzem, brancos, quando ele os cerra, mal conseguindo manter a compostura. Seu quadril se choca contra o dorso de sua mão enquanto ele se lança contra mim. Como se estivesse me fodendo com mais do que só os dedos.

— Vou me afundar em você centímetro por centímetro e você vai ser tão boazinha para mim. Vai dizer obrigada. Não vai, Harriet?

— Meu *Deus* — grito, tudo dentro de mim se apertando enquanto me jogo pelo abismo, e o resto da fantasia que ele está tecendo se perde no ruído branco da minha cabeça.

Na maneira caótica e pouco prática como ele me toca.

Não é a promessa de *mais*, mas a promessa de *outra vez* que me faz tremer embaixo dele, agarrando-me a tudo o que consigo alcançar.

Eu não estraguei tudo. Não mesmo.

Eu *melhorei* tudo.

Nolan me ajuda a atravessar o orgasmo com um ruído baixo de encorajamento, a testa encostada na minha têmpora enquanto eu me arrepio e tremo embaixo dele, seu peito roçando no meu a cada exalação ofegante. Mantenho os olhos fechados e me permito sentir. A maneira que ele murmura coisas como *boa* e *encantadora* e outras palavras que nunca associei a mim.

Mas Nolan me faz pensar que talvez isso seja possível.

Aliso a palma das mãos em seus ombros, desço até os pulsos e volto a subir enquanto o prazer se esvai como uma onda que se retrai na costa. De repente, me sinto exausta, meu corpo relaxado e quente.

Nolan solta uma risada, caindo ao meu lado, com a mão na minha cintura, que aperta uma vez. Deixo minhas mãos percorrerem sua pele quente enquanto espero a próxima parte. A parte em que me diz que vai ficar aqui por pouco tempo. Que não pode fazer promessas. Que o que acabamos de fazer foi um erro e que não podemos repetir.

Mas Nolan só passa a boca pela concha da minha orelha, os flocos de neve diminuindo até que não reste nenhum.

— Você acredita em mim agora? — pergunta contra minha pele, sem se mexer um centímetro.

Meu coração esperançoso salta no peito, mesmo eu tentando pisar nele com força.

Ainda tem uma ampulheta pairando sobre nossas cabeças. Ainda há coisas que Nolan não sabe. Não podemos ter nada além disso: momentos fugazes que roubamos para nós mesmos.

Mas é difícil se preocupar quando Nolan se vira e sai da minha cama, com marcas das minhas unhas decorando a pele da base de suas costas e o cabelo todo bagunçado. Ele me olha por cima do ombro e sorri ao ver minha expressão, estendendo a mão para fechá-la em meu tornozelo e apertar.

— Sim — digo. — Eu acredito em você.

Capítulo Vinte e Quatro

Nolan

Nos fundos da loja de antiguidades de Harriet, seguro uma bandeja de prata diante do rosto e estudo meu reflexo. Traço a borda do hematoma roxo na testa de quando bati a cabeça no balcão, depois inclino a bandeja para baixo, levantando o queixo para dar uma olhada na marca em meu pescoço. Um tipo diferente de hematoma.

Sorrio.

Não achei que teria uma manhã assim com Harriet. Eu tive esperança — em alguma parte distante de mim que ainda é capaz disso — de que aconteceria. Mas acordar ao lado dela... sentir o calor de seu corpo... sua boca em mim... o calor quente e úmido entre suas coxas...

Deixo cair a bandeja com um barulho alto de metal contra o piso de madeira.

— O que foi isso? — grita Harriet de algum canto na frente da loja.

— Nada — grito de volta com uma careta, pegando a bandeja e colocando-a no lugar na prateleira de onde tirei.

Estou sentado em uma poltrona aconchegante perto das janelas há uma hora e meia, folheando livros que encontrei em vários cantinhos escondidos, ouvindo Harriet ir para lá e para cá, cantarolando para si mesma. De vez em quando, ouço o tilintar dos sinos do homem vestido de Papai Noel na esquina. O riso das crianças que passam correndo pelas janelas.

É gostoso. Reconfortante. Eu devia estar procurando no estoque qualquer coisa relacionada ao meu passado, mas a verdade é que ainda não procurei nada. Não tenho desejo algum de fazer isso.

Harriet aparece na porta. Hoje, veste uma calça jeans justa e um suéter branco aveludado com um grande laço vermelho. Ela parece um presente que quero desembrulhar.

— Encontrou alguma coisa?

— Não.

Harriet levanta uma sobrancelha.

— E você por acaso estava procurando?

— Estava — digo, apontando para a pilha de livros ao meu lado. — Durante nossa última viagem ao passado, eu estava concentrado no meu livro. Pensei em começar por aí.

— Mas pelo jeito ainda não começou — brinca Harriet, me lançando um olhar divertido enquanto se apoia numa prateleira cheia de bules com o formato de vários produtos agrícolas.

Ela pega um minúsculo em forma de repolho e sorri para o objeto, limpando um pouco da poeira da parte superior com a barra do suéter. Vejo de relance a pele clara de sua barriga e minha boca fica seca.

Agora eu conheço seu gosto. Sei o som exato que ela faz quando arrasto minha barba ali.

Estou sob o efeito de endorfinas desde que saí da cama dela. Tomamos café em sua pequena cozinha, mas me distraí com a extensão de sua coxa nua sob o short verde. Então, a coloquei no meu colo e comecei a beijá-la até que ela começasse a emitir sonzinhos contidos junto à minha boca, enfiei as mãos em seu cabelo, suas pernas bem abertas sobre as minhas.

— Achou alguma coisa útil? — pergunta Harriet, colocando o bule de repolho de volta na prateleira. Diante do meu olhar indiferente, ela ri. — Nos livros, Nolan.

— Ah — respondo, distraído. — Não. Ainda não.

Harriet inclina a cabeça para o lado.

— Tem certeza de que está bem?

— Tenho — digo, inclinando-me para a frente para enganchar meu dedo em um dos passadores do cinto. Ela raramente usa calça jeans, e a de hoje parece ter sido pintada na pele dela. Adorei. Eu a puxo até que ela esteja entre minhas pernas. — E você, encontrou alguma coisa?

Harriet segura meu maxilar com as mãos, os polegares passando sobre as bochechas. Faço um barulho constrangedor. Algo entre um chocalho e um rosnado. Seu sorriso se alarga.

Minha magia se alonga e se dobra em meu peito.

— Eu não estava procurando — murmura.

Encosto a testa em sua barriga com um suspiro de alívio, fazendo com que ela passe as unhas pelo meu couro cabeludo. Meus dedos se fecham em sua cintura.

— Então somos dois.

— Você quer…

— Sim — respondo de imediato, interrompendo-a.

Seu sorriso se alarga, seus olhos se enrugam nos cantos.

— Eu não terminei a frase.

— Não me importo.

— Eu podia dizer que quero patinar no gelo de novo. — Seus olhos brilham, bem-humorados. — Eu podia dizer que quero ir cortar uma árvore de Natal.

— O que você quiser.

Quero fazer tudo o que Harriet quiser fazer. Ficar em silêncio ou organizar as ferragens por tamanho. Ir à pequena padaria no fim da rua, que ela parece adorar, ou colocar mais enfeites na árvore de Natal. Quero lhe fazer companhia, estar com ela durante o tempo que nos resta.

Engulo em seco.

— Talvez a gente pudesse…

Um grito assustado ecoa da frente da loja, seguido de perto por um estrondo muito mais alto do que minha bandeja de prata desgovernada. Ouço alguns gritos vagos, um suspiro que soa muito como *puta merda*. E aí, *que caralho de bizarrice é essa?*

Harriet estremece, virando-se na metade do caminho em direção ao caixa.

— Acho que Sasha chegou.

Solto um grunhido, apertando as mãos para segurá-la.

Harriet ri.

— Eu deveria ir ver qual é o problema. — Não a solto. — Já que eu sou a dona e tal. — Ainda não a solto. — E ela é minha funcionária.

Pressiono o rosto com mais força em sua barriga.

— Nolan. — Ela ri.

— Ou — digo, tentando convencê-la — você poderia ficar aqui comigo. — Eu me aconchego em sua barriga, satisfeito quando sua respiração falha. Minhas mãos descem pela curva de sua bunda e a apertam. — A gente pode ver se você consegue não gritar.

Harriet solta um gemido. Deixo minhas mãos brincarem sobre as curvas dela. Sinto sua resistência se deteriorando, da mesma forma que senti o gosto de café em sua língua hoje de manhã, enquanto estava sentada em meu colo. Ela chega mais perto.

Então, outra coisa se choca na frente da loja, acompanhada de um grito.

— Harriet! Acho que o visco está se mexendo! — Uma pausa. — E uma pergunta relacionada: de onde veio tanto visco?

— Já estou indo aí! — clama Harriet por cima do ombro, soltando-se do meu aperto. — Já volto. Só vou lá — ela aponta por cima do ombro, com uma careta — tentar explicar por que de repente tem uns dezessete mil ramos de visco no teto.

Eu me recosto ainda mais na poltrona, satisfeito com a lembrança do nosso beijo e das coisas que ele levou minha magia a fazer.

— Não me arrependo.

— Eu também não.

— Que bom.

O rosto dela relaxa e uma suavidade floresce em resposta em meu peito, dançando alegremente com minha magia. Harriet é tão *boa*, e isso não tem nada a ver com as coisas que fizemos um com o outro na cama esta manhã.

Ela me faz sentir todo tipo de coisa que eu não deveria sentir.

— Harriet — chamo, com uma confissão na ponta da língua. — Eu...

Outro barulho alto ecoa da frente da loja.

— Harriet! — grita Sasha.

— Já estou indo! — responde, abrindo caminho até a frente da loja com um revirar de olhos.

Observo o balançar de sua bunda na calça apertada enquanto ela avança, todo aquele cabelo loiro solto nas costas. Encosto a cabeça na poltrona, irritado com a interrupção, mas grato também. Se não tenho o direito de sentir as coisas que estou sentindo, então é claro que não tenho o direito de compartilhá-las com Harriet. Parece egoísmo. Ela merece mais do que isso.

Eu me inclino, pego um dos livros da minha pilha e leio a quarta capa. Algo sobre um duque e uma princesa da ilha. Estou intrigado. Folheio as primeiras páginas com interesse.

— Não achei que você fosse do tipo que gosta de romances de época — comenta uma voz suave do canto da janela.

Dou um pulo na poltrona e quase atiro o livro para o outro lado do cômodo.

Isabella se empurra para desencostar da prateleira às suas costas, com um sorriso afiado curvando a boca. Sua tiara de rena foi trocada por uma única presilha dourada, logo acima da orelha esquerda. Ela puxa um fiapo na borda do suéter.

— Você anda me evitando.

— Não estou te evitando.

A magia brilha em meus braços em advertência. Isabella me deixa nervoso em um dia bom. Uma aparição repentina no mundo mortal não é do feitio dela, então estou em alerta máximo.

— Achei que você estivesse cuidando do problema da ceifadora.

Ela cruza os braços e olha para o teto. Seus olhos escuros avaliam, catalogando o visco espalhado pelos azulejos. De alguma forma, a planta conseguiu se deslocar até aqui, o canto mais distante da loja. Talvez não seja um bom momento para me orgulhar disso.

— Eu tinha a questão da ceifadora para resolver, mesmo — concorda, devagar, deslizando os olhos de volta aos meus. — Mas Gideon decidiu se envolver, e ele é mais do que capaz de lidar com a situação. Todos os chefes de seção devem retomar suas atividades normalmente.

Minhas costas se endireitam.

— Gideon?

Embora os ceifadores em geral sejam temíveis, Gideon é… descomunal. Como o ceifador mais antigo que existe, alguns dizem que ele é a própria Morte. Frio. Malicioso. Calculista. Se estiver no mundo mortal, a situação é mais preocupante do que Isabella está deixando transparecer.

— Ele *é* o chefe dos ceifadores — diz Isabella. Ela pega o mesmo bule de chá que Harriet estava estudando, com os lábios franzidos. — E, embora seu aparecimento repentino depois de trezentos anos não tenha precedentes, isso não é mais problema meu. — Ela coloca o bule de volta na prateleira e cruza as mãos. — Estou aqui para falar sobre você.

— Falar o que sobre mim?

Isabella volta os olhos para o teto. O visco mágico treme sob seu olhar.

— Está tendo problemas para controlar sua magia, Nolan?

— Não que eu saiba.

— Humm. — Ela passa um dedo pela borda de uma mesa de cabeceira de carvalho com um pavão pintado, depois limpa a poeira da calça preta de alfaiataria com um leve olhar de desgosto. — Vou contar minhas observações e depois você me conta as suas.

— Tudo bem — concordo, relutante.

Eu preferiria me jogar da janela e atravessar a enseada, mas acho que não foi uma sugestão, e sim uma ordem.

— Minha recepcionista me disse que você apareceu atordoado, divagando sobre viagens ao seu passado e sonhos estranhos. Aí, quando ela apropriadamente sugeriu um caminho diferente, você mudou a história de repente. — Isabella se aproxima mais um passo. Eu me recosto na poltrona, as costas tensas contra o tecido aveludado. — Pensei em dar uma passada para ver como você estava pessoalmente, já que está demorando tanto para encerrar esta missão, e o que eu encontro? Evidências claras de abuso de magia. — Ela franze a testa para o visco outra vez. — Isso é contra as regras, Nolan.

Deslizo a palma da mão contra a parte de trás do meu pescoço, apertando.

— Foi involuntário.

— Involuntário — repete. — Sua magia está se rebelando, Nolan?

— Estou com tudo sob controle. — Diante de seu olhar questionador, explico melhor: — Agora. Estou com tudo sob controle *agora*.

— Você está com um hematoma na testa — aponta Isabella.

— Eu sei. Estou cuidando disso.

— Não está, não — esbraveja. — Você está brincando com forças que não compreende, Nolan. Preciso lembrá-lo do seu prazo? A véspera de Natal está se aproximando rápido. Você *precisa* passar Harriet para o próximo espírito antes disso.

Fico quieto.

— Vou lembrá-lo do que acontece se você não cumprir o prazo, já que estou vendo que não está preocupado. O hematoma é só o começo. As coisas vão continuar mudando. E não é só você que vai arcar com as consequências.

O medo se instala como gelo em minhas entranhas. Minha magia repuxa bruscamente a parte de trás do meu pescoço.

— O que isso quer dizer?

Isabella solta um suspiro breve, frustrada.

— Eu já disse. Harriet foi designada a você por um motivo. As decisões que você tomar terão impacto sobre vocês dois.

— E o que *isso* significa?

— Significa o que eu disse.

— Você não disse nada! — consigo falar entre dentes, tomando cuidado para manter a voz baixa e não chamar a atenção de Harriet. Se Isabella está tentando me coagir a fazer meu trabalho, encontrou uma maneira muito eficaz. — Você está ameaçando Harriet?

— Estou explicando o que acontece se você falhar — responde ela, com calma. — É muito simples. Este é o seu trabalho. Se não completar seu *trabalho*, você não segue em frente. — Ela inclina a cabeça para o lado, e seu cabelo é uma cortina escura ao redor do rosto. — Embora eu ache muito interessante que a percepção de uma ameaça a Harriet tenha sido o que finalmente o fez reagir. Você está mais apegado do que deveria, Nolan. Você nega isso?

Passo as mãos pelo cabelo.

— Eu...

As palavras ficam presas, imóveis. Eu quero negar. Sinto que deveria, dado o rumo que a conversa está tomando. Mas não posso. Estou orbitando ao redor de Harriet desde aquela primeira noite. Desde que ela jogou um controle remoto na minha cabeça e me acusou de toda uma série de delitos. O divertimento e a intriga se transformaram aos poucos em afeto e, depois desta manhã, temo que isso seja apenas a ponta do iceberg.

— Não — digo, enfim. — Não nego.

Isabella fica pensativa, os lábios franzidos em uma careta.

— Agradeço por você não ter mentido sobre isso.

— Talvez eu devesse ter feito isso — resmungo, estudando o chão em vez de suportar todo o peso de seu julgamento. Ouço vozes baixas na frente da loja, Harriet e Sasha mexendo nas coisas. Fico com o coração na mão. — Se você vai me transferir, pelo menos deixa eu me despedir primeiro.

Não quero ser outra das pessoas que decepcionou Harriet. Que a deixou para trás. Se vou ser forçado a ir embora, gostaria de ter a oportunidade de explicar as coisas. De lhe dizer…

Bem. Não tenho certeza do que eu diria.

— Ela não vai se lembrar de você quando for embora — diz Isabella.

Olho fixamente para minhas mãos.

— Por mim, então.

Eu quero ter a oportunidade de me despedir.

Isabella revira os olhos.

— Pode parar com essa história de mártir triste, Nolan. Não vou substituir você. — Levanto a cabeça. — Você tem suas ordens. Recebeu o aviso. Espero que ajuste sua atitude de acordo com isso. Canalize o capitão que existe dentro de você, ou seja lá o que você era antes de morrer.

— É só isso?

— Você estava esperando algo mais dramático? — Ela inspeciona as unhas. — Quer que eu conjure um pouco de fogo do inferno, só de zoeira?

— *De zoeira* — repito devagar. — Eu não sabia que você conhecia essa expressão.

Isabella sorri para mim. Um arrepio percorre minha espinha. Ela é assustadora mesmo.

— Eu gosto muito dessas pequenas frases que os mortais usam — diz, gesticulando em minha direção com um movimento desdenhoso de pulso. — Agora, vamos. Me mostre a garota.

Meu alívio é substituído por trepidação. Vou ter uma úlcera até o final desta conversa.

— Perdão?

— Decerto você não achou que eu viria fazer uma visita e não ia querer vê-la, né? — Isabella coloca o cabelo bem-arrumado atrás da orelha e começa a se dirigir para a frente da loja sem mim. — Eu gostaria de conhecer a mulher pela qual você está tão empenhado em quebrar todas as nossas regras.

Capítulo Vinte e Cinco

Harriet

— Você está me dizendo que conseguiu tudo isso — Sasha gesticula para os viscos no teto — com desconto numa fazenda de árvores no meio do nada no litoral.

— Não é uma fazenda de árvores no meio do nada. Aliás, é um estabelecimento bastante requisitado — explico. — Tem uma pista de patinação no gelo. E uma padaria.

Sasha me olha por cima dos óculos.

— Tá. Você está me dizendo que conseguiu três mil quilos de visco de um *estabelecimento bastante requisitado*. E você mesma instalou tudo. No único dia em que eu não trabalhei esta semana.

Pego mais um punhado de botões perdidos e os coloco em um vaso com formato de ouriço. O recipiente de vidro original encontrou seu fim no piso de madeira da loja, cortesia da bolsa de mão enorme de Sasha. Ela estava ocupada demais olhando boquiaberta para o teto para perceber que destruía metade do nosso estoque sazonal.

— Sim — confirmo. — É isso que estou dizendo. Três vezes agora.

— Não use esse tom. — Ela estreita os olhos. — O que você usou?

— Para o quê?

— Para o visco. — Sasha aponta agressivamente para o teto. — O que você usou para instalar o visco?

— Ah. Hum. — Analiso a decoração, semicerrando os olhos. — Cordas? E um pouco de fita dupla face?

Sasha faz um som de descrença.

— Deve ter bastante magia natalina lá em cima, se a fita dupla-face está dando conta do serviço.

Sim, quero contar. *Tem muita magia natalina lá em cima. Eu beijei um Espírito do Natal Passado e isso fez com que a magia dele saísse do controle. Eu devia estar ajudando-o a seguir em frente, mas, em vez disso, estou me apegando. Essas escolhas vão me prejudicar quando ele acabar desaparecendo, mas não sei como parar. Não quero parar.*

Recolho outro punhado de botões, deixando-os cair nas costas de um pequeno ouriço espinhoso. Eu me permiti me apaixonar pelo homem mais indisponível do mundo.

Estou flutuando desde que saímos de casa esta manhã, mas agora meus pés estão voltando lentamente para o chão. Nolan é um *espírito*. Ele vai *desaparecer*. E estou me entregando a esses sentimentos como se não tivesse nada a perder.

Mas não posso desligar a parte esperançosa do meu coração. É tão parte de mim quanto respirar.

A série de mensagens não respondidas em meu celular é prova suficiente disso.

Mandei uma mensagem para minha irmã hoje de manhã, enquanto Nolan estava no chuveiro, querendo conversar com *alguém* sobre tudo o que estava acontecendo no meu coração. Mas tudo o que recebi como resposta foi um rápido: *Em reunião, escrevo mais tarde.*

Ela não me escreveu mais tarde.

Não sei por que continuo me dando ao trabalho.

Porque você odeia sentir que fez algo errado, sussurra a vozinha no fundo da minha mente. *Porque você sente saudade da sua irmã.*

Eu achava que o único lugar onde eu me encaixava era ao lado de Samantha. Que, se nós conseguíssemos passar por nossa infância turbulenta, se conseguíssemos suportar o fato de minha mãe nos colocar o tempo todo uma contra a outra, sempre teríamos um porto seguro. Mas acho que isso se foi, destruído por um punhado de palavras cáusticas lançadas no calor do momento.

Talvez eu não me encaixe em lugar nenhum. Talvez eu não deva me encaixar.

Talvez minha melhor aposta seja um espírito com complexo de culpa.

Dou uma risada um pouco histérica e pego alguns dos botões que se espalharam por baixo da mesa de centro. Sasha me lança um olhar preocupado.

— Você está bem?

— Estou — respondo.

Completamente perdida e quase sem tempo, mas estou bem.

Ela me dá outro olhar crítico, mas não insiste. Essa é uma das coisas de que mais gosto em Sasha. Ela consegue me responsabilizar quando necessário, mas me dá espaço para viver em minha própria bolha de ilusão quando preciso disso também.

Sua atenção se volta para o teto.

— Precisamos, tipo, regar? — Ela se levanta para poder tocar em um feixe, hipnotizada. — São tão lindos.

São mesmo. Lindos e dolorosamente românticos. Cada centímetro da minha loja está coberto. Até o almoxarifado tem visco em torno da lâmpada quebrada que não me dei ao trabalho de substituir.

— Puta *merda* — sussurra Sasha, recuando um passo e quase fazendo com que outro objeto de vidro caia no chão. Eu a puxo pelo suéter e a afasto do cristal, mas ela está na ponta dos pés, olhando por cima do meu ombro. — Eles também são lindos. — Ela começa a dar tapinhas no topo da minha cabeça, tentando me fazer virar. — Eles estavam aqui o tempo todo?

Afasto a mão dela e fico de pé, tocando a parte de trás da calça, segurando de maneira protetora meu vaso de ouriço cheio de botões com o outro braço.

— Do que você está falando? Para de me bater.

— Eles — explica em um sussurro, me sacudindo para a frente e para trás. — Olha para *eles*.

Por fim, olho. Nolan está vindo por um dos corredores, com uma carranca fechada no rosto lindo. É uma mudança brusca em relação ao homem carinhoso e fofo que deixei no fundo da loja, mas não menos impressionante. Ele está arregaçando a manga da blusa nos antebraços com movimentos ríspidos e práticos, mas sua frustração só faz com que pareça mais desolado, uma espécie de pirata sexy.

A fonte de seu descontentamento aparece atrás dele na forma da mulher mais bonita que já vi.

— Uau — sussurro, e Sasha faz um som de concordância.

Nolan parece estar tentando comunicar algo com sua expressão, mas estou concentrada demais na morena deslumbrante um pouco atrás dele para decifrar.

— Harriet — diz Nolan. — Gostaria de te apresentar a Isabella.

Isabella. Isabella. *Isabella.* Um sininho de reconhecimento toca em algum lugar bem no fundo da minha mente. Ela estende a mão para mim, graciosa, enquanto meu cérebro tenta resolver o quebra-cabeça, seus olhos afiados passando pelo meu corpo e subindo de novo. Eu tento não mexer na barra do meu suéter. A mulher tem cabelo escuro e brilhante. Sobrancelhas elegantes. Maçãs do rosto belíssimas. Parece capaz de matar um homem com a sola do sapato e depois sorver sua alma com um canudinho engraçado.

Já eu estou usando, sem ironia, um laço vermelho gigante e tenho certeza de que tem uma bola de poeira grudada na minha bunda.

Aceito a mão que ela estendeu, sentindo-me idiota, pequena e mais do que um pouco intimidada.

— Muito prazer — respondo, o fim da frase sem querer se transformando em uma pergunta.

— Não mesmo — murmura Nolan em voz baixa.

Um sorriso felino flerta com os cantos dos lábios de Isabella.

— Eu gostaria de dizer que Nolan me contou tudo sobre você, mas ele tem andado... quieto. — Sua voz, como a de Nolan, tem um leve sotaque. Ela volta o olhar para ele. — Agora vejo que tem seus motivos.

Solto a mão dela e me agarro ao meu vaso. Olho para Nolan em busca de tranquilidade, mas ele está apertando o nariz entre o polegar e o indicador. Pisco e me volto para Isabella.

— Como assim?

Ela solta uma gargalhada rouca.

— Tem um hematoma no seu pescoço.

Eu me lembro do rosnado rouco de Nolan esta manhã, sua boca em minha pele e seus dedos no meio das minhas pernas. Vi a marca roxa abaixo da minha orelha no espelho do corredor quando estávamos saindo e fiz o possível para escondê-la às pressas com um corretivo de farmácia.

Pelo visto, não deu certo.

Coloco a mão sobre a marca, meu rosto fica quente.

— Babyliss — explico.

Sasha, Isabella e Nolan me olham com diferentes expressões de incredulidade. A de Isabella tem um tom de bom humor, a de Nolan, uma leve satisfação.

Sasha parece prestes a tirar um saco de pipoca da bolsa e usar uma das mesas do aparador como banco.

— Você não enrola o cabelo — sussurra Sasha pelo canto da boca.

Meu rubor se aprofunda.

— Muito obrigada, Sasha.

— É um chupão? — continua ela.

— Sasha.

— Ele também está com um. Você ficou com esse gostoso? — Ela hesita, aproximando-se cada vez mais. — Ele tem bigode — diz, escandalizada ou, talvez, um pouco enamorada.

Eu sei como é.

Contraio os lábios.

— Sasha. Por favor.

— Quem é essa gente? De onde eles vieram? Estavam aqui o tempo todo? São clientes? Trouxeram o visco? Eles não parecem trabalhar em uma fazenda.

O sorriso de Isabella se transforma em algo predatório.

— Eu não vi eles entrarem — acrescenta Sasha. — Como eles entraram?

Ela não devia tê-los visto, ponto. Ou, se viu, não deveria ter *notado*. Tem mais coisas mudando, então. Isabella e Nolan trocam um olhar de cumplicidade.

— Entendo o que você quis dizer — diz Isabella a Nolan. Seu olhar passa entre mim e Sasha. — Esta é uma situação incomum.

Nolan solta um longo suspiro de sofrimento.

— Eu disse — fala ele, baixinho. Nolan olha para mim e seus lábios se contraem em sinal de segurança. — Está tudo bem. Isabella veio só dar uma olhada no nosso projeto…

As peças lentamente se encaixam. Isabella, a supervisora de Nolan na vida após a morte. A pessoa com quem ele precisava conversar quando tudo começou a sair dos trilhos.

Ela fixa a atenção em mim com um sorriso malicioso. Eu me arrepio.

Sasha me cutuca com o cotovelo.

— Esta é Sasha. Ela me ajuda a administrar a loja. — Nós quatro ficamos ali parados, sem jeito e em silêncio. — Talvez ela possa mostrar um pouco do lugar para vocês? Você está interessada em alguma coisa?

— Eu já vi o que vim buscar — diz Isabella, com o olhar inabalável, e volta sua atenção para o balcão atrás de mim, cheio de itens. — Mas gostaria, sim, de dar uma olhada por aqui. Estou intrigada com sua coleção.

— Isso é necessário? — pergunta Nolan, parecendo estar no limite de sua paciência.

Ele me lança um olhar cansado. Dou de ombros.

— Eu não me importo — garanto. É impossível que ela seja pior do que o cara da mesa de cabeceira. Dou um sorriso tímido para Isabella. — Me avisa se você quiser mais informação sobre algum item.

Ela se dirige a uma prateleira cheia de globos de neve que preparei para a temporada de festas. Quando atravessa a sala, sou tomada por um súbito e irracional desejo de defender Nolan. Não sei por que essa mulher está aqui, mas tenho minhas suposições. Nolan não merece sofrer por minha própria indecisão.

— Nolan tem sido ótimo — desabafo, meu pulso tremulando como asas de borboleta. — Ele tem sido muito... útil durante esse processo. Então, se ele estiver... encrencado ou algo assim, ele... hum, não deveria estar.

Sasha franze a testa para mim.

— Do que você está falando? Quem é Nolan?

Nolan levanta a mão.

— Sou eu.

— Que processo? — sibila Sasha, ignorando-o. Ela olha para o teto outra vez, desconfiada. — Isso é por causa do visco? Você está contrabandeando vegetação natalina agora?

Eu a calo, mantendo contato visual com Isabella, embora isso faça com que eu sinta que tem um diapasão vibrando ao longo da minha coluna.

— Então, se ele violou algum tipo de regra com a... *vegetação*, eu só quero garantir que ele está, bem, fazendo tudo o que pode para entregar o produto final a tempo.

O produto final é o meu acerto de contas, acho.

O rosto de Isabella se suaviza, seus olhos perdem um pouco do fogo e do brilho.

— Está tudo bem, srta. York. — Ela me tranquiliza. — Tenho certeza de que Nolan entregará o projeto no prazo. — Seus olhos se estreitam quando lança a ele um olhar. Um aviso. — Ele sempre entrega.

Nolan enfia as mãos nos bolsos, balançando para trás nos calcanhares.

— É sempre um prazer ver você, Isabella.

— E você sempre foi um péssimo mentiroso. — Ela ri e olha para mim. — Harriet. Isso foi muito esclarecedor. Obrigada.

— De nada — respondo. — Acho.

Isabella volta para a prateleira de globos de neve enquanto troco outro olhar carregado de significado com Nolan. Não sei exatamente o que aconteceu nessa conversa. Ele se aproxima um pouco mais, com a mão alcançando meu cotovelo.

— Harriet — diz ele. — Podemos…

— Onde você encontrou isso? — pergunta Isabella.

Ela está agachada em frente à prateleira mais baixa, segurando a delicada caixinha de música com gaiola de pássaro que nunca me dei ao trabalho de devolver ao seu devido lugar. Em vez disso, eu a coloquei junto com os globos de neve, na esperança de que alguém passasse pelos produtos natalinos e a levasse.

— A caixinha de música?

Isabella assente sem dizer nada, levantando-se devagar. Acha a manivela na base sem procurar, girando-a facilmente três vezes para a direita. Uma melodia leve e tilintante percorre a sala, e ela fecha os olhos, balançando-se suavemente.

— Acho que minha tia comprou em um mercado de pulgas em Baltimore — falo, embora Isabella não pareça estar ouvindo. — Em geral, a maioria das coisas nesses lugares é bobagem e lixo, mas às vezes dá para encontrar itens bons se passar um tempo adequado procurando.

— Num mercado de pulgas — repete baixinho, suas arestas duras se desfazendo e revelando algo suave por baixo. Ela passa o dedo pelo pássaro. — Meu pai me deu uma igualzinha quando eu era criança. *Volière de la Cour* — sussurra, levantando a cabeça e pressionando a caixinha junto ao peito. — Quanto você quer por ela?

— Pode ficar — ofereço, esperando que isso possa me render um pouco de boa vontade da pequena e aterrorizante chefe dos espíritos.

Talvez um pouco para Nolan também.

Seus olhos escuros se voltam para mim.

— Tem certeza?

— Claro. Não tem problema. — Nolan faz um som baixo de protesto. Eu o ignoro. — Temos um papel dourado que eu adoro. Posso embrulhar para você, se quiser.

— Harriet — interrompe Nolan. — Não precisa fazer isso.

— Por que não? É óbvio que ela gostou.

— E você também.

— Não desse jeito — digo.

Isabella está no caixa segurando o objeto, alheia à conversa ao seu redor. Só tem olhos para o pequeno pássaro de metal e a preciosa caixa embaixo dele. Era assim que tia Matilda olhava para as caixas que chegavam na porta da Toca do Corvo. Aquela primeira olhada, quando abria o papelão, os grãos de poeira se espalhavam e as coisas velhas e desbotadas se acomodavam. Ela sabia que o valor dos cacarecos que estavam lá dentro excedia qualquer coisa que alguém pudesse pagar com dinheiro. Sabia que havia lembranças anexadas.

Minha tia honrava isso.

A melodia para e Isabella logo a toca de novo, a primeira nota ligeiramente desafinada.

Nolan passa a mão pelo cabelo, com o maxilar tensionado.

— Você não precisa fazer coisas para deixar os outros felizes. — Ele se aproxima mais, abaixando a cabeça. — Não seja um rolo compressor, Harriet.

Eu rio.

— Um rolo compressor?

— Você teima em se sacrificar pelos outros. — Ele bufa. Meu sorriso se desvanece. — Queria que você se impusesse mais.

O golpe atinge meu ponto mais sensível.

Queria que você se impusesse. Se acalma, Harriet, não é nada de mais. Por que está chorando? Sério, Harriet. Você está agindo como uma criança.

É a mesma coisa que tenho ouvido mais ou menos nas últimas duas décadas, e o calor sobe pelas minhas bochechas. Nolan empalidece, e seu rosto logo assume uma expressão de desculpas.

— Eu só quis dizer que você não precisa abrir mão das coisas de que gosta para agradar aos outros.

— Eu entendi o que você quis dizer — sussurro. É a melhor resposta que consigo dar. — Não sei se você não percebeu, mas isto aqui é uma loja de antiguidades. Nós vendemos antiguidades.

E a primeira vez que vendi essa caixinha de música específica foi para uma mulher ingrata, que usava roupas esportivas combinando e achava que a pomba era um pardal. Na minha opinião, o objeto está indo para uma pessoa que vai valorizá-lo infinitamente mais.

Os lábios dele se achatam em uma linha. Olho para Isabella, que está observando nossa conversa com interesse.

— Sasha pode embrulhar isso para você — ofereço. — Vou pegar uma vassoura nos fundos para o restante... — faço um gesto para tudo que está espalhado pelo chão por causa do contratempo de Sasha, identificando-me profundamente com a tigela de cristal quebrada, virada de lado — ... dessas coisas.

Nolan tenta pegar meu pulso quando passo por ele, mas evito seu toque, querendo o santuário do almoxarifado escuro. Não é preciso muita introspecção para perceber por que suas palavras parecem um balão murchando devagar, preso sob minha caixa torácica.

Esta manhã, Nolan me fez sentir que minha suavidade era a coisa mais bonita em mim. Agora, está usando isso como uma arma para me atacar. Entendo que possa estar tenso com a aparição repentina da supervisora, mas não mereço ser alvo de sua frustração.

Nolan me dá exatamente trinta e dois segundos de descanso no escuro antes de entrar. Eu me encosto em uma prateleira.

— A gente tem que parar de se encontrar assim.

— Me desculpa — diz de imediato. — Não queria que saísse daquele jeito.

— Eu sei que não — respondo, olhando sem desviar para uma das minhas prateleiras de armazenamento no escuro. Reorganizo uma lata de polidor de prata que se perdeu e tento superar a pedra em meu peito. — Mas isso não quer dizer que não seja verdade.

Não quer dizer que não tenha doído ouvi-lo dizer.

— Harriet — continua, e sinto o toque de sua mão no meio das minhas costas. Ele brinca com um de meus cachos. — Deixei meu temperamento me dominar. A aparição da Isabella foi... inesperada. — Ele hesita. — E eu não gosto que ela mexa nas suas coisas — acrescenta, com um resmungo.

— Nenhuma dessas coisas é minha — explico, calmamente. — São coisas que encontrei. Coisas das quais eu cuidei. Mas não pertencem a mim. — Consigo vê-lo apenas em linhas e sombras, as feições obscurecidas pela falta de luz. Isso me lembra tanto nosso primeiro encontro que meu coração se revira no peito. — Você está preocupado? — pergunto. — Com Isabella.

— Não tenho certeza — diz ele. — Foi um aviso, eu acho. Ou o mais próximo de um aviso que ela consegue dar. — Nolan emite outro som baixo e frustrado. — Não consigo ver você aqui atrás.

Faço um gesto para o teto.

— Eu ainda não troquei a lâmpada.

Sem olhar, ele estica o braço acima de nós e gira a lâmpada quebrada. Uma luz suave e dourada preenche de imediato o espaço.

Uma gargalhada me escapa sem querer. Não consigo deixar de me encantar toda vez que Nolan usa magia.

— Exibido.

Uma covinha brilha em sua bochecha quando ele abaixa a mão, pegando meu maxilar. Nolan segura meu rosto da mesma forma que Isabella segurava a caixa de música.

— Assim é melhor — fala. — Prefiro quando você sorri.

— Então não me deixa chateada. — Coloco os dedos em volta de seu pulso e seguro firme ali, toda a minha frustração se dissipando com a expressão em seu rosto. — Fala comigo — sussurro. — Me conta o que está acontecendo.

— Isabella disse... — Ele engole em seco, sua garganta se contrai com o movimento. — Ela disse que as consequências das minhas ações vão afetar nós dois.

Franzo a testa.

— Tá...?

Nolan tira a mão do meu rosto e a coloca na minha cintura. Seus dedos procuram por baixo do tecido grosso do meu suéter até tocarem a pele, e ele solta um suspiro aliviado.

— Não sei o que acontece se eu perder o prazo. Achei que suportaria o peso dessa decisão sozinho, mas agora…

Ah, estou entendendo.

— Você está preocupado que me afete também. — Nolan assente, hesitante. — Quais são as consequências?

— Não tenho certeza.

Imagino correntes enferrujadas. Uma cela de prisão solitária. Atiçadores de fogo. *Keeping Up with the Kardashians* em looping.

— Será que eu deveria… perguntar para ela? — questiono.

— Não adianta. Ela já foi embora — responde, puxando minha cintura até poder apoiar o queixo no topo da minha cabeça. Sua expiração bagunça meu cabelo. — Eu não gostei de ter ela aqui.

— Seus mundos estão se chocando.

Eu me rendo à vontade de tocá-lo do jeito que quero. Deslizo a palma das mãos pela parte de trás de sua camisa, arranhando de leve entre seus ombros. Nolan se encosta em mim.

A nossa manhã parece tão distante agora, um toque da realidade que temos evitado lançando nuvens de tempestade sobre o que quer que estejamos fazendo.

Quantas vezes mais poderei tocá-lo assim? Quantos segundos posso transformar em horas antes que ele se vá?

Encosto a testa em sua clavícula e fecho os olhos. Sei quais são minhas consequências. Vou me esquecer de tudo *isto*. O teto de visco e os olhos azuis insondáveis que se enrugam nos cantos. Suas mãos em meu cabelo e esta sensação suave e carinhosa em meu peito. Vou esquecer que, por uma temporada perfeita de festas, fui importante para alguém. Que alguém me achou *encantadora*.

Nolan pressiona as mãos na parte inferior das minhas costas. Algo como determinação se instala em suas feições duras.

— Vou manter você segura — promete.

Assinto. Minha boca se curva nos cantos e eu arranho de leve sua nuca. Exatamente onde seu cabelo começa a se enrolar.

Sorrio.

— Eu sei.

Seus olhos brilham à medida que sua magia se derrama, mares de espuma branca e céus manchados pela noite em vez de ouro cintilante.

A magia se enrola em minhas pernas e desliza sobre meus ombros, me abraçando pelo meio. Meu cabelo se ergue ao nosso redor como uma cortina e a magia salta brincalhona entre os fios, torcendo-se da mesma forma que os dedos dele. A sensação de cócegas, de pés descalços na grama, me faz rir, e a expressão de Nolan se transforma de algo sério para esperançoso. Anseio.

É a última coisa que vejo antes que não haja nada além de cor e som, o puxão do tempo nos levando de volta mais uma vez.

Capítulo Vinte e Seis

Nolan

Aterrissamos sem alarde no caminho de tijolos na frente de uma lindíssima mansão colonial. Luzinhas de Natal brancas brilham nos jardins bem cuidados posicionados de forma perfeitamente simétrica em ambos os lados da entrada. Uma aldrava de bronze na porta com a forma de uma máscara veneziana nos observa impassível.

Harriet ri.

— Estou percebendo a ironia deste momento.

— Ironia?

Ela faz um gesto para a aldrava.

— Você sabe. O filme? O livro? Aquela coisa com o rosto na porta.

Harriet distorce as feições em algo solene e eu esfrego os nós dos dedos pelo meu sorriso, tentando esconder o quanto acho graça. Seu rosto não foi feito para uma carranca.

— Não faço ideia do que você está falando — digo.

Ela pisca, surpresa.

— Você nunca leu Dickens?

— *Um conto de Natal*? Li, sim.

— E?

— E achei chato quando estava vivo. Minha opinião não mudou com a morte.

Harriet zomba.

— Mesmo sabendo que tudo o que ele escreveu é verdade? Isso não impressionou você? Nem um pouco?

Reviro os olhos.

— As coisas que ele escreveu naquele livro não são verdadeiras, Harriet. Eu pareço uma vela bruxuleante para você?

Ela contrai os lábios enquanto me encara. Seus olhos parecem estar brilhando no reflexo do lampião pendurado acima de nós, um marrom-chocolate mesclado a um dourado vivo e reluzente.

Talvez Harriet seja a vela, e eu, o idiota atraído por sua chama.

Ela é tão encantadora.

— Não — diz. — Você parece um marinheiro mal-humorado.

— Acredito que o termo que você usou antes foi *rústico*.

— Um marinheiro rústico e mal-humorado, então.

— Melhor.

Harriet se volta para a porta, estudando a aldrava.

— Eu teria pensado que alguém abrir todo o seu universo secreto seria mais impressionante — pondera ela.

— Universo secreto?

— Toda essa coisa de viajar pelo passado. Espíritos. Fantasmas. E tudo o mais. Dickens sabia de *alguma coisa*.

— Ah. Sim. Bom. — Junto as mãos. — Sempre preferi a versão do *Conto de Natal dos Muppets*. Há algo estranhamente cativante na Miss Piggy.

Ela solta uma gargalhada.

— Que homem surpreendente você é, Nolan Callahan.

— Sou um homem de muitas camadas.

— Ao que parece.

Sua diversão se esvai aos poucos à medida que nos demoramos na varanda da frente. Percebi que o passado lhe dá mais tempo para se reconciliar com suas lembranças do que à maioria das pessoas. Nunca caímos bem no meio de uma delas. Sempre nos é dado tempo suficiente para Harriet poder se familiarizar aos poucos.

— Acho melhorar a gente entrar, então — diz ela.

Dou de ombros.

— Ou podemos esperar. Não estou com pressa.

Seus ombros murcham.

— Não, vamos. É melhor acabar logo com isso, e tudo o mais.

Esta lembrança é diferente. Harriet não está curiosa nem encantada. Está se preparando para algo.

Ela sabe onde estamos.

Ela sabe *quando* estamos.

Passos soam atrás de nós e nos viramos para olhar. A Harriet do passado está no final do caminho de tijolos, com o cabelo enrolado em uma espécie de coque elegante. Não parece muito mais nova do que é agora, talvez um punhado de anos. Mas parece mais tensa, quase no limite. Há linhas de expressão em ambos os lados de sua boca e um embotamento incomum em seus olhos cor de âmbar. O idiota com o celular segue um metro atrás dela, ainda preocupado, ainda sem lhe dar a mínima atenção. Harriet se vira para olhá-lo, franze a testa e levanta a mão até a aldrava de bronze. Está usando luvas de couro ajustadas. Um casaco feito sob medida. Nada de casaco rosa. Nada de bengalas doces. Nenhuma cor.

Ela bate duas vezes e espera, firmando os ombros. Parece que está se preparando para uma batalha.

— Vamos ficar de olho nas pistas? — sugiro, observando com interesse enquanto a versão passada de Harriet morde as pontas das luvas, tirando-as e enfiando-as nos bolsos.

Suas unhas estão nuas, sem o esmalte que ela usa agora, e isso é quase tão chocante quanto o que quer que ela tenha feito no cabelo.

— Esta não é uma viagem para obter pistas — diz Harriet. — Eu sei por que estamos aqui.

A porta é aberta e a mãe dela aparece na entrada. Está mais velha do que na lembrança do trem. Mais velha, porém não menos imponente. Ela cumprimenta a filha com dois beijos nas bochechas, mas guarda seu verdadeiro entusiasmo para o homem atrás dela. Um sorriso largo abre-se em seu rosto ao cumprimentá-lo.

Ao meu lado, Harriet suspira.

— Esta foi a noite em que parti o coração da minha mãe.

Harriet vai ficando mais rígida à medida que acompanhamos sua lembrança pela casa. No momento em que sua versão do passado está sentada para jantar a uma mesa repleta de bandejas de prata brilhantes, ela parece estar a um sopro de se espatifar no chão.

Seja o que for que tenha acontecido nesta lembrança, não é bom. Eu a seguro e fico aliviado quando ela não se solta.

— Estou aqui — digo. — Estou bem aqui ao seu lado.

Harriet entrelaça nossos dedos, apertando-os com força.

— Eu sei — responde, exalando um suspiro trêmulo. — Eu sei disso — repete, mais rápido, e penso que, talvez, esse seja o problema.

O fato de eu estar aqui. De que vou vivenciar o que quer que seja esta lembrança com ela.

Minha magia dá outra volta inquieta dentro do meu peito. Essa versão silenciosa e fria de Harriet me deixa nervoso, e minha magia está reagindo a isso. Ela se instala como alfinetes e agulhas na palma das minhas mãos. Uma inquietação que coça na base da coluna.

Na sala de jantar formal, as cinco pessoas que estão olhando obedientes para seus pratos não trocaram mais do que cumprimentos desde que se sentaram. Recortes de papelão de pessoas representando amor e família. Sua mãe e seu pai se sentam cada um em uma ponta da mesa. Harriet e a irmã ocupam os outros dois lados. O babacão com o celular aparentemente preso cirurgicamente à sua mão senta-se à esquerda de Harriet.

Enrugo a testa.

— Puxa, quanta animação.

Harriet se mexe desconfortável, mas não diz nada. Eu me ocupo estudando a sala. Apesar da insistência dela de que esta não é uma missão de reconhecimento, trato como se fosse.

Louça fina. Flores dispostas de maneira artística. Obras de arte muito deprimentes e muito provável que bem caras. Este lugar parece um mausoléu fingindo ser uma sala de jantar.

— Acho que menti para você — sussurra Harriet enquanto analiso algumas das esculturas no lustre enorme pendurado no centro da mesa.

Não consigo descobrir se é uma raposa em sofrimento ou um homem particularmente feio.

As excentricidades dos ricos. Eu nunca vou entender.

— Como assim? — pergunto, distraído.

— Acho que talvez eu seja uma pessoa ruim — murmura ela.

Olho para o topo de sua cabeça com o cenho franzido. Harriet está encolhida em si mesma, segurando minha mão com as duas na frente do corpo.

— Ah, sim. Uma mulher pequena que gosta de suéteres coloridos e acha que doces são um dos principais grupos alimentares. Você é uma verdadeira vilã.

— Estou falando sério, Nolan.

— Eu também.

Ela fica em silêncio. À nossa frente, a conversa se dá enquanto Harriet cutuca as batatas. É como se fosse outro vaso na mesa. Ninguém pergunta como ela está. Ninguém pede sua opinião.

Como deve ter sido triste estar tão solitária em uma sala cheia de familiares.

— E se sua opinião sobre mim estiver errada? — pergunta Harriet enquanto sua mãe tagarela sobre algo envolvendo monogramas. — E se a *minha* opinião sobre mim estiver errada?

— Acho que não.

— Mas e se…

— Não — interrompo sem hesitar.

Não sei como nem por que Harriet passou de confiante a alguém que se desacredita o tempo todo, mas não gosto disso. Não gosto de como arrumou o cabelo nem do idiota ao seu lado, nem da maneira como ninguém parece notar que ela está sentada à mesa. Não gosto desta lembrança.

— Você está prestes a pular da mesa e espetar seu pai com o garfo de servir?

— Não, mas…

— Talvez colocar fogo nas cortinas?

— Não, mas o que…

— Elas sem dúvida mereceriam. Essa estampa é horrenda.

Um sorrisinho se abre em sua expressão turbulenta. Então ela solta minha mão.

— Tem coisas que você não sabe sobre mim.

— E tem coisas que você não sabe sobre mim. — Cutuco seu ombro com o meu. — Um jantar excessivamente formal não vai mudar minha opinião.

Taças tilintam na mesa. O silêncio se instala. Eu não tinha percebido o quanto a conversa limitada estava preenchendo a sala até desaparecer por completo. Minha atenção se volta da Harriet ao meu lado para a que está na mesa, segurando o garfo.

Ela o coloca ao lado de seu prato e, em seguida, cruza as mãos no colo.

— É a escolha certa para mim — diz, com a voz trêmula nas bordas. Observo como reúne coragem fisicamente, com os olhos voltados para a mãe e depois para longe dela. Ela solta um suspiro. — Sei que pode ser uma decepção, mas…

Na cabeceira da mesa, a mãe dela ri, cáustica e afiada.

— Não é uma decepção, Harriet. É uma traição.

As duas Harriets se encolhem. Claramente, perdi uma parte da conversa.

— O que está acontecendo agora? — pergunto.

— Acabei de dizer à minha mãe que não quero mais ser advogada.

O choque me agarra pela nuca. Eu ficaria menos surpreso se ela me dissesse que treinava leões para o circo. Ou que participou de uma daquelas competições de comida que a cidade de Annapolis parece adorar durante os meses de piquenique de verão. Se me dissesse que foi coroada Rainha das Tortas de Mirtilo, faria mais sentido do que isso.

— Você era advogada?

— Não gosto de falar sobre esse assunto. — Ela me encara por um breve momento. — Sei que é difícil de acreditar. Parece ridículo quando eu digo.

— *Ridículo* não é a palavra que eu usaria — respondo.

Incompatível, talvez. Fora do personagem. Harriet se encaixa na Toca do Corvo de uma forma intrínseca. Não consigo imaginá-la em um tribunal.

É pequeno demais para ela. É muito… cinza.

— Só trabalhei na área jurídica por alguns anos. — Harriet envolve os braços em torno de si, com as mãos nos cotovelos. — Esta foi a noite em que eu disse para a minha mãe que pretendia deixar o cargo que ela conseguiu para mim em uma firma de prestígio. Ela levou para o lado pessoal.

Pessoal parece ser um eufemismo, já que Donna York está visivelmente fervendo na cabeceira da mesa.

— Mãe. — A interrupção vem da irmã de Harriet. — Talvez devêssemos deixar Harriet terminar.

O rosto da mãe se contrai, sua postura é rígida.

— Sim, Harriet. Por favor, continue explicando como pretende destruir a reputação da nossa família.

O acompanhante de Harriet solta uma gargalhada contra o punho fechado.

— Eu avisei — diz para ela, alto o suficiente para que o resto da mesa ouça.

As bochechas de Harriet ficam escarlates e tenho vontade de meter a cara dele no prato de jantar. Talvez enfiar o aparelho que parece gostar tanto de usar goela abaixo.

— Talvez você devesse tirar uns dias para pensar melhor — opina o pai de Harriet, com um olhar apático. Ele não levanta os olhos das vagens, continuando o jantar como se fosse uma típica conversa de domingo à noite. — É uma decisão importante. Você não pensou direito.

Quantas vezes Harriet teve coragem de falar, mas foi rejeitada como se nunca tivesse aberto a boca?

— Bom, eu... — Harriet hesita e engole em seco, remexendo-se na cadeira. — Como vocês sabem, eu tenho estado...

— Pelo amor de Deus! — A mãe dela explode na cabeceira da mesa. — Quanta enrolação. Fala logo.

— Eu não gosto de ser advogada — diz ela, pressionando a palma da mão contra a boca como se o que mais quisesse fosse enfiar as palavras de volta. — Eu não gosto... Isso não me faz feliz. Eu quero ser feliz.

— *Feliz.* — A mãe faz uma careta. — Sua carreira não é para deixar você *feliz.* É para construir seu *legado.* O legado da sua família. Ou você se esqueceu?

— Eu discordo — argumenta Harriet, tentando ao máximo manter o contato visual com a mãe. — Tem outras maneiras de honrar o legado da nossa família. A advocacia não tem sido uma boa opção para mim. Você sabe que não. Tia Matilda disse...

Donna York fica quieta. Harriet acabou de derramar querosene em uma chama aberta.

— Você conversou com Matilda sobre isso?

— Conversei. — Harriet hesita. — Mas não é o que você está pensando.

— E o que eu estou pensando?

A mesa fica em silêncio. Até o pai dela parece envolvido agora, com os olhos passando entre mãe e filha.

— Ela teve que arrancar de mim. Eu não fui procurá-la com a intenção de reclamar. Mas ela percebe, mãe. Percebe quando estou infeliz.

Sua mãe arqueia uma elegante sobrancelha.

— E eu não?

Harriet não responde, mas seu silêncio é alto o suficiente.

Você não. Você não percebeu.

— Entendo. — A mãe dela coloca o garfo de lado e entrelaça as mãos sob o queixo. — E o que minha irmã tem a dizer sobre esse assunto de família?

— Eu não acho que...

— Não, não. Eu adoraria ouvir o que Matilda tem a dizer sobre isso. *Matilda* — entoa Donna York, com a voz distorcida pelo sarcasmo —, que é especialista em ignorar as responsabilidades familiares. Ela tem algumas dicas e truques para você? Práticas melhores?

Harriet olha para a irmã em busca de apoio, mas Samantha encara o prato, empurrando os legumes para a frente e para trás. O namorado de Harriet é igualmente inútil, reclinado em seu assento, com os braços cruzados e as duas sobrancelhas levantadas, observando a conversa como se fosse uma partida de tênis.

— Fui tomar café com ela depois do caso Jacobs na semana passada — começa Harriet.

— Ah, que maravilha — interrompe a mãe. — Você está ponderando essa decisão há uma *semana.*

— Faz mais de uma semana — corrige Harriet, com a voz trêmula.

Eu me lembro de uma discussão em um armário em que eu a acusei de ser igualmente precipitada. *Há quanto tempo você está pensando nisso?* Aperto sua mão na minha.

— O caso Jacobs foi um caos. — O pai dela ri enquanto corta um pedaço de bife. O rosto de Harriet fica vermelho. — Os funcionários ficaram a semana toda comentando.

— O que aconteceu? — sussurro para Harriet.

Ela balança a cabeça, passando a mão trêmula pela testa enquanto observa o desenrolar de sua lembrança.

— Eu estava nervosa de me apresentar perante o juiz. Eu… vomitei em uma lata de lixo no meio das alegações iniciais. Depois, chutei a lixeira.

— Ah, querida. — Eu sei o quanto Harriet se importa com o que os outros pensam. Ela deve ter ficado arrasada. — Que horrível.

— Foi — concorda.

Na mesa, Donna continua olhando para a filha.

— E aí? O que minha irmã tinha a dizer?

Harriet parece querer afundar no chão.

— Ela me disse que eu devia pensar no que eu quero de verdade. Que estou seguindo cegamente esse caminho há anos. Que talvez… um pouco de tempo não faria mal.

Donna ri, sem bom humor.

— Claro. Matilda passou a vida inteira flutuando na brisa, perseguindo seus pequenos caprichos. Ela é a dona de loja favorita de todo mundo, enquanto eu tive que manter *tudo*. Ela vive em um conto de fadas, Harriet. Isto aqui é a vida real. — Donna contrai a boca e volta a comer o jantar. — Isso vai passar. Um tropeço não vai fazer você ficar para trás. É só se esforçar mais. Se dedicar.

Os cílios de Harriet se agitam contra as bochechas.

— Eu tenho me dedicado — rebate ela baixinho, e percebo que está tentando não chorar.

— Ouvi dizer que ela *se dedicou* em todo o chão do tribunal — troça o pai dela.

Brent se junta a ele com uma risada alta.

— Eu falei a mesma coisa, Donna — aponta ele assim que termina de rir às custas de Harriet.

Brent limpa o canto da boca com o guardanapo, lançando o que tenho certeza que pensa ser um sorriso encantador para todos à mesa. Não tenho ideia do que Harriet está fazendo com um homem que nem esse.

— Brent — sussurra ela, dando-lhe um olhar traído que ele nem nota. — Você me disse que entendia. Você falou que me ajudaria a resolver isso.

— Eu não disse que ajudaria você a se demitir. — Ele cutuca a bochecha dela com o nó do dedo e ela se retrai. É desdenhoso e juvenil, e meu sangue zumbe de raiva em resposta. — Eu entendo. Você ficou envergonhada. Aposto que vai se sentir diferente daqui a uma ou duas semanas. Vou falar com Jim. Ver se ele pode colocar você em um novo caso.

Brent dá um tapinha no ombro dela e minhas mãos se fecham em punhos ao meu lado.

— Finalmente, uma solução produtiva. — A mãe de Harriet sorri para ele. — É uma excelente ideia, Brent, obrigada. — Por ela, caso encerrado. Donna faz um gesto com a faca. — Samantha. Conte sobre a arbitragem em que você está trabalhando. Você é a líder, certo?

— Hank está feliz com seu trabalho — comenta o pai delas, enquanto come a vagem. Ele aponta o garfo para a filha mais velha, piscando. — Bom trabalho, garota esperta.

Samantha dá uma olhada rápida para Harriet, que está olhando para o prato com o lábio inferior preso entre os dentes, os olhos brilhantes demais para a iluminação fraca. Harriet, que mais uma vez foi tratada como um objeto inconveniente, e não como alguém com pensamentos, sentimentos e sonhos.

Ela realmente acha que *essa* é sua grande atrocidade? Escolher a si mesma?

— Obrigada — agradece Samantha devagar, desviando o olhar da irmã. Ela força um sorriso. — Estou feliz com essa oportunidade.

Assim como os outros.

Minha magia pulsa, e faíscas douradas dançam entre os nós de meus dedos.

— Está na hora de ir — digo a Harriet.

— Ainda não — nega ela. — Tem mais.

— Não preciso ver mais.

— Eu preciso — afirma, completamente derrotada, com um olhar em minha direção. — E acho que é bom para você também. Aí você vai entender.

— Eu já disse. Conheço a verdade sobre seu caráter.

— Vamos ver.

Mantenho os olhos em seu passado, observando a maneira como ela murcha à mesa. Muito dela não me é familiar neste momento. Seu cabelo, seu silêncio. Suas roupas excessivamente formais e o colar de pérolas em seu pescoço. Mas reconheço o olhar. A mágoa que ela está tentando desesperadamente esconder.

Mas aí algo muda. A mesa explode em gargalhadas, e os olhos de Harriet se arregalam. Ela considera cada um, detendo-se mais tempo na irmã. Parece encontrar um poço de ousadia.

Uma garotinha com um barco na mão.

— Eu ainda não tinha terminado de falar — diz Harriet. A mesa silencia. — Tomei minha decisão, e ela não tem nada a ver com a tia Matilda. — Ela engole. Se prepara. — Não vou continuar no meu cargo na empresa. Eu já dei meu aviso prévio.

A mãe empalidece.

— Você fez o quê?

— Eu entreguei meu aviso prévio — repete Harriet. — Pretendo concluir meu trabalho na última semana de janeiro. Não era para ser uma discussão. Foi um comunicado. Está feito.

Donna pousa os talheres com tanta força que os copos de cristal chacoalham.

— E o que você vai fazer em vez disso? Um retiro na natureza, talvez? Uma sessão espírita para descobrir sua verdadeira vocação?

Harriet tensiona o maxilar.

— Ainda não decidi.

Donna ri.

— Ah, que maravilha. Você não tem um plano.

— Vou tirar um tempo para descobrir o que eu quero de verdade. — Ela faz uma pausa. — Enquanto isso, vou passar um tempo na Toca do Corvo, ajudando tia Matilda.

Donna balança a cabeça.

— É claro que vai.

— Tenho algumas ligações marcadas para falar de várias oportunidades, mas acho que o que mais preciso é de tempo — continua Harriet, com a voz firme. Confiante. — Eu sou feliz lá. É um bom lugar para mim enquanto resolvo as coisas.

Donna segura o olhar da filha ao longo de toda a mesa, sem expressão.

— Que bela punição você inventou para mim, Harriet. Parabéns.

— Punição?

— Não é isso que está acontecendo? Você escolheu o golpe mais cruel possível para seguir seus supostos sonhos.

Harriet ruboriza.

— Não era a minha intenção ser cruel. Esta decisão é minha. Não tem nada a ver com você.

— Tem tudo a ver comigo — esbraveja ela. — Você procurou a *minha irmã*. A única pessoa que sempre deixou clara a sua decepção comigo. Ela não se digna a falar comigo há anos, mas não tem problemas em falar com você. Você engole todas as bobagens que ela fala para se acalmar, se contentando em ser perfeitamente comum, sendo que eu sempre a pressionei para ser mais. Então, sim. Tem a ver comigo. A *decisão* diz respeito a mim. É, *sim*, cruel. E egoísta. Eu não achava que você fosse capaz de nenhuma dessas coisas, mas, por fim, você descobriu como superar minhas expectativas. Parabéns.

— Eu não…

— Gostaria que você fosse embora.

O rosto de Harriet se desmancha.

— Quê?

Donna pega o garfo e volta a comer seu jantar.

— Você escolheu seu lado. Eu gostaria que saísse da minha casa.

— Eu não escolhi um lado. Estou fazendo isso por mim, porque eu…

— Não me importa por quem nem por que você está fazendo isso. Você já tomou sua decisão e agora eu tomei a minha. Saia da minha casa. Este é um jantar em família.

Ninguém na mesa diz uma palavra. Harriet está imóvel, mas depois não está mais.

Ela se afasta da mesa, dobra o guardanapo com cuidado e o deixa ao lado do prato.

— Se é isso que você quer.

Harriet hesita, esperando, tenho certeza, que alguém venha em sua defesa. Mas ninguém o faz, e sou obrigado a observar enquanto ela se move com cuidado em torno das cadeiras ocupadas pela família, indo embora da sala sozinha. Ela mantém o rosto voltado para baixo, mas aquele coque bem-arrumado facilita a visualização. A maneira como seus olhos brilham à luz das velas. A maneira como aperta os lábios.

Harriet e seu coração esperançoso.

— Se você se importasse com o que eu quero, teria falado comigo em vez de falar com a *minha irmã* — diz a mãe dela de forma ríspida, no momento em que Harriet está prestes a sair da sala, depois aponta o corredor com a cabeça. — Pegue seu casaco quando sair.

Não consigo suportar ver Harriet ir embora sozinha. Pego sua mão e a puxo para mim enquanto minha magia explode em um ímpeto, aliviada pelo escape, girando em torno de nós dois e nos fazendo avançar no tempo. Harriet está imóvel, encostada em mim, com uma das mãos em minha camisa e a testa pressionada em minha clavícula. Passo uma das mãos por seu cabelo, acariciando a base de seu pescoço, enquanto a outra segura firme sua cintura.

Mas ainda parece que não consigo segurá-la perto o suficiente. Queria poder silenciar o barulho ao nosso redor e encontrar um momento e um lugar onde ninguém nos conheça. Onde não haja expectativas ou consequências. Onde não haja um relógio em contagem regressiva sobre nossa cabeça nem lembranças de uma época mais sombria e solitária.

Um vislumbre provocante do futuro sombrio e solitário que nos aguarda.

Eu quero parar. Quero respirar. Quero abraçá-la.

Aterrissamos de volta no almoxarifado da Toca do Corvo com um baque. Parece que levei uma coronhada na cabeça. Que tropecei num degrau e rolei pela escada toda. O tempo me lembra, de forma inequívoca, que eu não posso *querer* nada. Sou um escravo do papel que me foi atribuído. Não há nada além disso.

Harriet se afasta, com o cabelo cobrindo o rosto. Ela não olha para mim, o que é um tipo de decepção completamente diferente.

— Harriet.

— Preciso voltar para a frente da loja — diz, com a voz baixa. — Já saímos há algum tempo. Sasha deve estar se perguntando onde estou.

Não importa que nós dois saibamos que, para Sasha, foram apenas alguns segundos. Harriet limpa rapidamente embaixo do olho esquerdo com as costas da mão. Algo em mim se estilhaça.

— Harriet — tento de novo, querendo alcançá-la.

— Estou bem — murmura ela, com um suspiro.

— Por favor, não chora. — Seguro seu cotovelo com cuidado, tentando puxá-la de volta para mim. — Não suporto quando você chora — confesso, apoiando o queixo em sua cabeça.

— Eu só... não posso falar sobre isso agora, está bem? Preciso voltar ao trabalho. — Ela se levanta na ponta dos pés e dá um beijo rápido em minha bochecha, evitando meus olhos o tempo todo. — Vejo você lá em casa.

Harriet se vai antes que eu consiga convencê-la a ficar. Eu hesito antes de segui-la, preso entre ir e vir. Algo está me segurando aqui neste cômodo minúsculo e a lâmpada acima de mim pisca, uma manifestação da minha indecisão. Apaga, acende e apaga novamente.

Eu me aproximo para consertá-la, mas a luz reflete em um metal amassado, empurrado para trás na prateleira superior. Vou inspecioná-lo. Uma corrente enrolada. Uma face rachada. Tinta verde manchada e uma seta que nunca aponta para onde deveria.

O gelo se instala em minhas entranhas.

Ali, na prateleira superior do minúsculo almoxarifado nos fundos da loja de antiguidades de Harriet, está uma bússola com uma corrente quebrada.

Uma bússola que segurei na palma da mão. Uma bússola que *deveria* estar no fundo do Atlântico.

Harriet estava certa. Ela tem algo que pertence a mim.

Porque essa bússola é minha.

Meu estômago se revira como quando meu barco estava atravessando ondas cujo topo eu não conseguia ver. Para cima e então para baixo, para baixo, para baixo — caindo por cima de si mesmo. Não consigo... respirar fundo o suficiente. Eu deveria estar eufórico. Aliviado. A chave para seguir em frente está bem na minha cara, acumulando poeira na prateleira de trás de um almoxarifado.

Mas tudo o que sinto é pânico. Não é assim que deveria ser.

Esconda, sussurra minha mente. *Esconda a bússola. Harriet não precisa saber.*

Hesito por apenas um momento antes de encontrar um caixote velho e jogá-la embaixo dele. Empurro-a para o fundo da prateleira e depois me afasto.

Vou lidar com isso mais tarde. Quando Harriet não estiver tão triste e quando eu não me sentir tão fora de controle.

Isso pode esperar.

Amanhã, talvez. Ou depois.

Mas não posso ficar aqui por mais tempo, com meu controle pendurado por um fio dourado que se enrola em meu tronco. Fecho os olhos, puxo esse fio de magia que se esgarça depressa e desapareço.

Capítulo Vinte e Sete

Harriet

Aliso outra mecha de cabelo para colocá-la no lugar e a prendo com um grampo, encolhendo-me quando a chapinha puxa o couro cabeludo. Odeio meu cabelo assim. Odeio os grampos e odeio o spray fixador, mas preciso manter meus cachos sob controle.

Deixo as mãos penderem ao lado do corpo, olhando para o meu reflexo no espelho. Minha maquiagem está perfeita. Meu cabelo foi alisado até ficar submisso. Estou usando as pérolas que tirei da gaveta da mesinha de cabeceira e meu xale espera por mim, pendurado na beira da cama. Estou exatamente como deveria, pronta para me acomodar no papel de filha complacente.

Aquela que desafiou todas as expectativas e se tornou uma decepção ainda maior do que qualquer um poderia ter previsto.

Depois daquele confronto no jantar, minha mãe ficou meses sem falar comigo. Então veio a época das festas de fim de ano e meu convite formal para o Baile de Gala Natalino da Família York chegou em minha caixa de correio. Ainda me lembro do frio na barriga quando abri o envelope. Eu sabia que não era uma bandeira branca. Era uma cortina de fumaça.

Minha mãe sempre valorizou sua reputação acima de tudo. É claro que Donna York ia querer que eu continuasse a desempenhar meu papel.

E eu queria preservar minha conexão com eles, mesmo que fosse só pelas aparências. Também sou culpada por aplaudir o espetáculo. Aceitei as migalhas e agradeci por elas.

O rubor quente do constrangimento é familiar, mas desta vez vem acompanhado de um sentimento novo e estranho. Raiva. Já revirei essa lembrança milhares de vezes. Ela foi reservada para reflexões na calada da noite. Para análises matinais. A cada mensagem ignorada pela minha irmã ou conquista menosprezada pelos meus pais, eu olhava para a tela em branco do meu celular e pensava naquela noite.

Saia da minha casa. Este é um jantar em família.

Eu causei isso. Fiz minha mãe reagir dessa forma. Meti a mão no frágil emaranhado de rachaduras espalhadas pela base que sustenta nosso relacionamento. Sabia como ela reagiria à minha decisão de não querer mais trabalhar com advocacia e sabia como se sentiria em relação ao papel de tia Matilda na decisão. Eu sabia que minha mãe veria tudo como uma traição, mas fiz isso mesmo assim.

Aguentei as consequências sem reclamar porque senti que as merecia.

Mas agora minha perspectiva está mudando.

O que eu fiz de tão horrível? Mudei minha carreira, não… coloquei fogo em uma azaleia. Não joguei um garfo do outro lado da sala e sem querer arranquei o olho de alguém.

Tomei uma decisão sobre meu próprio futuro. Defendi meus interesses.

Eu sei quem você é, Harriet.

Passo as mãos sobre o tecido sedoso da minha saia cor de ameixa e me viro de lado em frente ao espelho, olhando para a extensão das minhas costas nuas. É a única coisa em mim hoje que não corresponde às expectativas da minha mãe. Na noite passada, quando eu estava voltando da Toca do Corvo, dar de cara com o vestido na vitrine foi como um sinal.

Agora já não tenho certeza se estou pronta para desafiar o código de vestimenta com tanta ousadia.

Ainda posso me trocar. Dá tempo. Posso guardar este vestido no fundo do armário para outro dia e colocar o azul-marinho que espera por mim pendurado na porta do banheiro. Posso usar este em outra ocasião. Talvez quando estiver me sentindo um pouco mais corajosa.

Alcanço o cabide. Toco o tecido azul no momento em que uma batida soa à porta. Paro tudo o que estou fazendo.

— Harriet. — A voz de Nolan atravessa minha janela e sobe a escada. — Eu sei que está aí. Não pode continuar me evitando.

Deixo o vestido azul de lado e seguro minha saia de seda, virando-me e descendo cuidadosamente os degraus de madeira.

— *Você* está me evitando — murmuro para mim mesma, a madeira rangendo sob meus pés descalços. — Senhor Desaparece do Almoxarifado Sem Falar Nada.

Apesar da minha saída apressada, achei que Nolan acabaria se juntando a mim na frente da loja. Pensei que, talvez, ele fosse voltar para sua poltrona aconchegante no canto de modo que eu pudesse espiar como está sempre que precisasse. Como uma dose de dopamina ou um dos meus folhados de mirtilo. Poderíamos ter dado uma olhada no inventário juntos ou simplesmente ficado sentados em silêncio. Eu queria ter buscado mais daquela sensação de leveza e agitação que Nolan me proporciona até o passado ser apenas isso: meu passado.

Mas ele foi embora. Nolan foi embora sem se despedir e eu não devia estar chateada com isso. Eu pedi espaço, e foi o que recebi.

Não sei por que estou me agarrando à decepção.

Porque você o queria, e ele foi embora. Porque você aguardou atrás daquele balcão, cheia de esperança, e ele nunca apareceu.

Talvez, como eu temia, sua opinião sobre mim tenha mudado depois de ver aquela lembrança. Talvez, agora que viu as partes despedaçadas que fiz o possível para esconder, não queira continuar com… seja lá o que estivermos fazendo.

Sinto-me uma estranha combinação de sobrecarregada, inconsolável e… cansada, eu acho. Estou exausta de tentar de tudo para deixar todos ao meu redor felizes, só para falhar. Repetidas vezes.

Nolan bate com o punho na porta de novo, impaciente como sempre.

— Já estou indo! — grito, mais alto do que pretendia.

Abro a porta, interrompendo sua tentativa de bater nela outra vez, e Nolan fica imóvel, com o punho ainda levantado e os olhos arregalados. Ele me olha dos pés à cabeça, analisando o vestido.

Cruzo os braços.

Queria ter me trocado. Eu me sinto idiota. Como se estivesse fingindo ser alguém que não sou. Como se eu fosse uma criança com uma fantasia que não serve.

— *Puta merda.* — Nolan balança a cabeça de leve, com os olhos cravados perto da minha cintura, e esfrega com força a nuca. — Você voltou para pegar o vestido.

Eu me mexo, nervosa.

— Sim. Ontem à noite.

— Você está… — Ele hesita. — Você está ótima — termina, enfim, com um leve toque de sotaque.

— Ótima — repito.

A decepção enrola seus dedos no meu peito e aperta. É pior do que a sensação que tive quando estava esperando por ele no dia anterior.

Nolan antes pensava que eu era *ilimitada* e agora acha que estou *ótima.*

— *Aye*. Bem ótima.

Ele enfia as mãos nos bolsos. Olho para os meus pés.

— Obrigada — sussurro. Tem uma rachadura no canto inferior da minha porta, bem na dobradiça. Será que ela ficou deformada de tanta força usada para batê-la? Ou entortou com o peso de quem se apoia nela? — Se você veio aqui para viajar — digo lentamente —, vou precisar remarcar.

— Como assim?

Arrumo a saia, alisando amassados que não existem.

— Tenho que ir a um lugar esta noite. Não estou disponível. — Lanço apenas um breve olhar para Nolan, que tensiona o maxilar. — Talvez você possa voltar amanhã. Ou podemos marcar um horário…

Ele crava o olhar no meu. Uma ruguinha teimosa aparece entre suas sobrancelhas.

— Marcar um horário — repete.

Assinto.

— Sim. Se você quiser.

Ele alcança o batente da porta com a mão, segurando a madeira com força. Deixo minha atenção se concentrar ali.

— Você acha que estou aqui por obrigação?

— Por que mais estaria?

— Por que mais? — Nolan solta uma risada curta. — De novo isso?

— Isso?

— *Isso* — diz ele, encurtando a distância entre nós tão rápido que tropeço para trás. Ele não recua, encobrindo-me com seu corpo bem maior que o meu. A porta se fecha com um baque atrás dele e seu peito sobe e desce com a respiração frustrada. — Isso, Harriet. Esta dança na qual você e eu fingimos que não somos o que somos.

— E o que nós somos? — consigo perguntar, com uma voz que parece tensa demais.

— Existe uma palavra que possa definir o que é isto? — quer saber ele, com os olhos fixos nos meus. — Porque, se existe, eu não conheço. Eu penso em você o dia inteiro. Caio em um sono de que não preciso e sonho com você. Com seu sorriso, sua risada e o gosto da sua boca. Com os sons que você faz. Acordo me perguntando onde você está, como está se sentindo e espero… — Seus olhos procuram os meus quando desvio o olhar. — Espero que você esteja pensando em mim. Você me faz ter esperança, Harriet. Você me faz desejar. Eu sou assombrado por você. — Nolan passa a mão pelo meu pescoço, a palma apertando minha nuca. — Não me confunda com um homem bom. Não estou aqui por causa de um senso equivocado de honra ou dever. Eu exijo sua atenção e desejo seu afeto.

Solto um suspiro involuntário.

— Na noite passada, você foi embora sem dizer nada.

— Sim. — Ele me encara, inabalável. — Eu estava com raiva demais para ficar.

Meu estômago se revira.

— De mim?

— Não, não de você — diz, casualmente. — Do universo, talvez, e do timing péssimo dele.

— O que isso significa?

— Não importa. — Uma sombra cintila em seus olhos, mas desaparece tão rápido quanto apareceu. — Me desculpa por ter ido embora daquele jeito.

Ergo o queixo.

— Não faça mais isso.

Ele percorre a lateral do meu pescoço com o polegar, traçando o ponto de pulsação.

— Não vai se repetir.

Passo as mãos sobre seus ombros. É uma bela promessa, mas nós dois sabemos que é vazia. Ele poderia muito bem ir embora amanhã, sem um adeus ou uma explicação. Nosso tempo juntos não nos pertence.

— Estou sempre me desculpando com você — diz Nolan baixinho.

— Não ligo de receber vários pedidos de desculpa.

— Não?

Balanço a cabeça.

— Quando alguém pede desculpa, significa que quer tentar de novo. — Relaxo em seu aperto, observando-o. — Mas tenho uma sugestão. Um jeito de você mostrar o quanto está arrependido, se estiver interessado.

Ele desce o olhar até minha boca e o prende ali.

— Estou interessado.

— Você poderia me beijar — sugiro, tentando me manter séria, mas falhando miseravelmente.

Nolan se aproxima mais, com uma sobrancelha escura arqueada.

— Sem dúvida, poderia.

Inclino a cabeça para trás, ignorando todas as complicações que nos emaranham. Em vez disso, busco o lado bom da coisa. Meu fio de esperança favorito.

— Me beije com vontade — sussurro. — E você estará perdoado.

Ele ri.

— Vou dar o meu melhor.

Nolan decerto me beija como se estivesse se desculpando por algo. É lento, firme e deliciosamente minucioso, a boca se mexendo sobre a minha enquanto a mão aperta minha nuca. Mas aí faço um som curto e entrecortado, depois sussurro seu nome, e ele perde o controle.

Nolan para de me beijar como em um pedido de desculpas e passa a me beijar como uma exigência. Como o ponto de exclamação no final de uma frase. Ele me guia pelo corredor até que minhas costas batam na parede ao pé da escada, me fazendo soltar um suspiro agudo que de imediato lambe da minha boca. A mão em meu pescoço me mantém imóvel enquanto a outra encontra a fenda do meu vestido, levanta a saia e desliza a palma na pele nua da minha coxa.

Sinto arrepios e afasto meus joelhos para ele.

— Você voltou para pegar o vestido — diz contra minha boca.

— Sim.

— Ótimo.

Nolan grunhe e encontra minha clavícula com a boca enquanto roça os dedos na barra da minha calcinha fina e delicada.

Deixo a cabeça cair para trás, expondo mais do meu pescoço para ele, e fico olhando para as estrelas de papel dourado espalhadas pelo teto.

O papel de parede arranha minhas costas nuas e a barba de Nolan roça minha pele. Sou só sensação, pressionada entre ele e a parede, meu joelho em sua cintura, os dedos dele brincando entre minhas pernas. Ele desliza os nós dos dedos pela parte da frente da minha calcinha e eu passo as mãos pelo seu cabelo.

— Você parece um sonho — murmura.

— Você não sonha. — Solto uma risada.

— Sonho, sim. Eu sonho com você — diz, a voz soando rouca. — Toda vez que fecho os olhos, é você quem eu vejo. Você quem eu quero.

Quero parar o tempo aqui mesmo. Sem passado, futuro ou consequências agourentas pairando sobre a gente. Apenas agora. Apenas isto. Apenas nós.

— Eu também quero você — sussurro.

Nolan emite um som trêmulo e satisfeito, então pressiona o polegar no meu queixo, guiando minha boca de volta para a dele.

— Eu quero bagunçar você toda. — Ele morde e puxa meu lábio inferior. — Quero subir esse vestido até sua cintura e me ajoelhar.

Dou uma risada, sem fôlego, e contraio os músculos na barriga.

— E desfazer todo o meu trabalho?

Nolan assente. Pressiona de leve uma última vez entre as minhas pernas e depois leva a mão para um território mais seguro na cintura. O calor e o frenesi do momento nos atravessam, meu nariz enterrado em seu pescoço, sentindo o cheiro de sal que, de alguma forma, está sempre em sua pele. Fecho os olhos e tento memorizar tudo neste instante. A maneira como me encaixo nele. Como seus dedos dão batidinhas na curva do meu quadril, com a palma apertando minha cintura. Como Nolan me segura como se não quisesse me soltar.

Quero me lembrar disso. De tudo isso.

Espero que eu me lembre.

— Você me faz querer coisas impossíveis, Harriet.

Sei como é.

— Sim. — Suspiro. — Você também.

Arranho seu pescoço e ele fica arrepiado. Em algum lugar do outro lado da sala, os enfeites da minha árvore chacoalham. Espio por cima de seu ombro e observo as luzes entrelaçadas na cornija da lareira. Elas brilham intermitentemente, ganhando força antes de se apagarem de novo.

Levo a mão ao pescoço de Nolan para sentir a pulsação acelerada. Percebo, com uma pequena explosão de orgulho, que as luzes se apagam e diminuem de acordo com os batimentos cardíacos dele.

Sorrio.

Eu também gostaria de ter magia. Aposto que a sala inteira estaria dançando com o brilho das minhas luzinhas C9 de reposição.

Nolan se inclina para trás, dando um beijo rápido na ponte do meu nariz.

— Você tem o baile de gala esta noite.

Eu me balanço no lugar.

— Tenho. Devia ter te avisado ontem, mas eu estava... — *Frustrada. Irritada. Confusa sobre minha irritação e sobre o fato de parte da culpa que carreguei durante quase uma década estar se transformando em raiva.* — Eu estava distraída.

— É a festa da sua mãe, né?

— Da minha família, tecnicamente, mas sempre foi a cereja do bolo no calendário social dela. Donna York gosta de fazer desse baile um espetáculo.

— Eu imagino — responde ele, estudando meu rosto. Eu o deixo me observar, dizendo a mim mesma para não me esconder. Seus olhos se enrugam nos cantos, mas um sorriso nunca aparece nos lábios. — Vamos conversar sobre ontem à noite.

— Sobre o quê?

Nolan tira a mão de baixo da minha saia e, em vez disso, a pressiona na parede ao meu lado, inclinando-se e invadindo meu espaço. É como se eu tivesse um cobertor em forma de Nolan, com aroma de flanela e cravo.

— Seu passado — diz ele. — A lembrança daquele jantar e sua crença subsequente de que você, de alguma forma, orquestrou uma grande traição digna do péssimo tratamento que vem recebendo.

— Não sei o que quer que eu diga.

A expressão severa de Nolan se transforma em algo afetuoso. Ele pega uma mecha de cabelo que deve ter se soltado durante nossa pegação furiosa e coloca atrás da minha orelha. Fecho os olhos e encosto a testa em seu queixo, deixando-me levar por este momento, desejando poder esticá-lo como se fosse um chiclete.

— Não quero que diga nada — constata Nolan, com a voz rouca como seixos numa praia. — Só se você quiser. Mas tem algumas coisas que eu gostaria de dizer.

Eu bufo.

— Claro que tem.

Ele bate de leve na curva da minha bunda em sinal de reprimenda, e minha respiração sai de mim em um sopro suave.

— Quando a gente se conheceu — diz Nolan devagar, com a boca encostada na minha testa —, eu te achei insuportável.

Solto uma risada, surpresa.

— Isto é uma conversa para me motivar ou…

— *Shiu.* Eu ainda não terminei.

— Ah, que bom. Mal posso esperar para ouvir o resto.

— Eu achava que você era ingênua, petulante e alegrinha demais.

Encosto o rosto em seu ombro e balanço a cabeça de um lado para o outro, rindo. Só Nolan mesmo para dizer essa frase com uma exasperação tão carinhosa que acende um rojão no meu peito. Ele pousa a mão enorme na minha lombar.

— Então comecei a passar mais tempo com você…

— Você passou a me assombrar — corrijo.

— … e percebi que você escolheu ser assim.

Eu me afasto dele para poder ver seu rosto. Sorrio.

— Esse talvez seja o pior discurso motivacional que já me deram.

Ele suaviza o olhar, luzes cintilantes refletindo no azul profundo. Estrelas no oceano. Nunca o vi mais etéreo.

— Você escolhe ser assim, Harriet. Toda manhã. Você acorda, veste um dos seus suéteres coloridos e caminha por uma rua tortuosa, sorrindo para todos que vê. Você escolhe estar em um lugar onde pode honrar a memória da sua tia. Onde está fazendo um trabalho que parece importante e bom. Você escolheu isso. E, apesar das decepções que a vida te proporcionou… — Ele roça as costas da mão na alça fina em meu ombro, depois traça a curva das minhas clavículas, passando pelo pequeno vale entre meus seios. Por fim, dá uma batidinha de leve no lugar onde fica meu coração. — Apesar da decepção, da mágoa e de um coração partido, você escolhe ser essas coisas encantadoras e coloridas.

Solto um suspiro lento e trêmulo. Quero muito acreditar nele, mas uma vida inteira me moldando para caber nas caixas que as pessoas criam para mim me deixa à beira da indecisão. É mais fácil pensar que fiz algo para merecer a hostilidade da minha mãe, porque a alternativa é devastadora.

Ser uma decepção tão grande sem motivo algum? Só porque minha mãe está empenhada em se apegar a uma briga antiga que começou antes de eu nascer?

É mais fácil aceitar o veneno dela se eu tiver feito algo para merecer isso.

Nolan sabe disso. Eu sei que sabe. Os cantos de sua boca se contraem em um sorriso triste e compreensivo.

— Você não é a vilã da sua história. — Ele se afasta da parede e mexe no punho da camisa. — E você também não vai a esse baile de gala sozinha.

— Não?

— Francamente, fiquei ofendido de não ter recebido um convite.

— Você não parece ser do tipo que gosta de usar black tie.

— Agora me sinto mais ofendido ainda. Eu fico muito bem de terno, para sua informação.

— O código de vestimenta diz que precisa ser um smoking.

— Deus Pai e todos os santos — murmura ele. — Tudo bem.

— Vai ter canções de Natal. Socialização. Eu queria poupar você.

Ele revira os olhos.

— Eu já estou morto, Harriet. Uma noite socializando não é lá um incômodo.

— Você adora fazer piada sobre estar morto.

— Não é piada. — Um sorriso levanta o canto de sua boca. — Juro até a morte.

Solto um grunhido e encosto a cabeça em seu peito enquanto Nolan ri, um ronco áspero que escuto com atenção. Ele me envolve com os braços e aperta, sua risada se transformando em um som feliz à medida que passo as mãos pelos músculos fortes de suas costas.

— Me pede para ir com você.

Enfio o nariz em sua camisa. Pedir as coisas que quero ainda é muito difícil para mim. Como mexer um músculo distendido ou se apoiar em um joelho ruim.

— Quer ir ao baile de gala da minha mãe comigo? Vai ter champanhe chique, aperitivos pequenos demais e danças constrangedoras. Vai ser terrível.

— Sim, Harriet — diz Nolan com um toque de malícia, a boca se mexendo contra minha têmpora. Ele retesa e relaxa o corpo, o brilho quente de sua magia levantando a barra da minha saia. De repente, a camisa dele fica rígida e engomada, a gravata-borboleta cutucando meu nariz. Eu me inclino para trás para poder vê-lo por completo, trajado em roupa formal. — É claro que eu vou. — Os olhos de Nolan enrugam, bem-humorados, enquanto ajusta os botões do punho. Duas pecinhas redondas de vidro marinho que combinam com seus olhos. Minha boca fica seca. — Fico feliz que tenha me convidado.

Capítulo Vinte e Oito

Nolan

Não contei à Harriet sobre a bússola.

Eu pretendia contar esta noite, mas aí ela abriu a porta com aquele vestido roxo-escuro, suas feições uma combinação arrasadora de esperança e mágoa, e eu não consegui.

Não é só você que vai arcar com as consequências.

Consequências. Linhas do tempo. Lembranças, mistérios e uma magia que se rebelou. As coisas estão mudando. Eu deveria estar agarrando esta oportunidade com as mãos, decidido a ir para algum lugar — *qualquer lugar* — que não fosse aqui.

Mas, em vez disso, estou percorrendo um caminho de tijolos sinuoso em direção a uma mansão colonial que reluz levemente, com música natalina saindo da porta aberta. Decidi ser egoísta hoje. Estou me dando esta noite com Harriet. Não vou me preocupar com as implicações que pairam sobre minha cabeça. Esta noite, quero fingir. Quero estar *com* ela.

Pneus de carro rangem na entrada de cascalho e os saltos de Harriet batem no calçamento.

— Você podia andar ao meu lado, sabe — diz ela por cima do ombro, lançando-me um olhar malicioso.

É uma mudança e tanto em relação à carranca que fez durante todo o trajeto até aqui, com os ombros cada vez mais tensos até parecerem algo esculpido em pedra.

Deixo meu olhar percorrer a curva de sua bunda.

— Gosto da vista daqui de trás.

Ela ri e, em seguida, estende a mão para trás, enlaçando os dedos em meu pulso e puxando. Estamos perto o suficiente da água para que uma brisa suave levante a barra de seu casaco, que a envolve como uma armadura cor de algodão-doce. Harriet insistiu em estacionar na igrejinha no fim da rua, brincando que seria mais fácil escapar por ali, em vez de esperar por um manobrista. Mas aí ela tensionou o maxilar e ficou com aquele olhar vítreo e distante, e não acho que tenha sido uma piada. O restante do caminho foi percorrido em silêncio.

Eu me aproximo dela, colocando a mão em sua lombar.

— Tudo bem? — pergunto.

Harriet assente em silêncio, olhando os pés enquanto sobe os degraus largos da varanda. Dá um sorriso tenso para um dos empregados que estão na porta e depois se afasta. Cruza os braços e olha para o terreno escuro da casa.

Um píer se estende sobre a água, com luzes cintilantes ao redor dos postes de ancoragem que sobem e descem com a maré. Salgueiros-chorões flutuam preguiçosamente ao redor de uma tenda branquíssima, de onde a equipe do bufê entra e sai com bandejas equilibradas na palma das mãos. Um homem vestido como um Papai Noel de luxo fuma atrás de uma cerca baixa, e duas renas vestidas ao estilo Rockettes ajustam suas meias.

Ridículo. Tudo isso.

— Só preciso de um minuto — diz Harriet, mudando o peso do corpo em seus sapatos que parecem mortais. Sua respiração explode em uma nuvem branca. — Mais um segundo e vou estar pronta.

Quero pegá-la nos braços e desaparecer por uma trilha no jardim apenas com as estrelas e uma garrafa de champanhe como companhia. Se ela quiser fugir rápido dali, tenho mais do que algumas ideias.

— Não tenho pressa — aviso a ela tranquilamente, enfiando as mãos nos bolsos. Não estou acostumado a usar roupas formais. Acho que não visto nada mais complicado do que uma capa de chuva há quase três décadas. — Pode levar o tempo que você precisar.

Uma mulher mais velha, vestindo um casaco de pele branco, nos dá um olhar curioso ao passar. Invoco toda a minha energia assombrosa e a encaro até que ela empalideça e corra para dentro da mansão.

Harriet sacode as mãos, murmurando algo baixinho. Capto algumas palavras: "vai dar tudo certo" e "é só esta noite" e "você não está sozinha desta vez".

Meu estômago se contrai. Ela não está sozinha desta vez, mas é provável que esteja na próxima. E na próxima, e na próxima, até que... haja outro homem em meu lugar. Outra pessoa que segurará sua mão e a beijará contra a parede de sua casa minúscula e bagunçada. Alguém que manterá seus bolsos cheios de bengala doce, por precaução.

Já fico em pânico só de imaginar outra pessoa em todos os lugares que Harriet me permitiu estar.

A única coisa que eu sempre quis foi seguir em frente, mas agora estou hesitando. Estou inseguro, vacilante. Odeio a ideia de deixar Harriet aqui sozinha quase tanto quanto odeio a ideia de passar mais tempo neste lugar. Talvez até mais.

Outro casal entra atrás de nós e Harriet fixa um sorriso plastificado no rosto. Odeio isso acima de tudo.

— Harriet. — Eu me aproximo para bloquear a maior parte de seu corpo com o meu, e seus grandes olhos castanhos piscam para mim como se eu fosse sua salvação. — Me escuta. — Entrelaço nossos dedos e dou um aperto reconfortante em sua mão. — Vamos entrar — digo a ela, mantendo a voz baixa, atento aos garçons atrás de nós e ao fluxo constante de convidados que entram e saem da mansão. — Vamos beber champanhe chique. Vamos comer os aperitivos pequenos. E depois vamos dançar.

Seus olhos brilham de interesse.

— Você vai dançar comigo?

Tenho a sensação de um balão inflando em meu peito e aperto seus dedos com mais força.

— *Aye.* Vou dançar com você. E vou cochichar coisas inapropriadas em seu ouvido e fazer julgamentos impetuosos sobre todo mundo ao nosso redor.

Ela sorri.

— E você não vai me deixar sozinha? Nem por um segundo?

Balanço a cabeça. Meu coração *dói.*

— Não vou. Prometo. Só se você quiser. Vamos fazer isso juntos, tá?

— Juntos — repete, com o menor sinal de um sorriso aparecendo. — Está bem. — Ela assente. — Tá, acho que estou pronta.

— Ainda não.

Tem algo me incomodando desde que apareci na casa dela há algumas horas, com fogo nas veias e desespero nas entranhas. Coloco a mão em sua nuca, enroscando os dedos em seu cabelo. Isso bagunça o coque liso e arrumado que ela fez.

— O que você está fazendo? — Ela puxa minha mão. — Vai bagunçar meu cabelo.

— Eu sei.

Minha magia ganha vida em minhas palmas e Harriet se imobiliza contra mim. Fagulhas douradas lentamente se entrelaçam em seu cabelo, desenrolando-o do coque duro em que o havia prendido. Ela solta um sonzinho de alívio quando o cabelo cai sobre os ombros, com os fios lisos voltando aos cachos pelos quais tenho uma fascinação doentia. Passo o polegar sobre a curva de sua orelha e aparece um azevinho aninhado em um pente de ouro.

— Pronto. — Aprecio meu trabalho, satisfeito. — Assim está melhor.

Harriet curva os lábios vermelho-cereja, achando graça.

— Isso era necessário?

— Muito. — Pego sua mão e começo a puxá-la em direção à entrada. Quanto mais cedo entrarmos, mais cedo poderemos ir embora. — Agora você parece você.

— E quem eu parecia antes?

Tiro meu sobretudo de lã assim que passamos pelas portas, entregando-o a um atendente à nossa esquerda. Eu o intercepto antes que ele possa ajudar Harriet com o dela, desenrolando a faixa pesada ao redor da cintura. Deslizo o casaco por seus ombros e ela se arrepia de leve quando arrasto o polegar pela extensão de sua coluna exposta. Dou um beijo rápido em sua nuca, depois me abaixo para sussurrar em seu ouvido.

— Uma mulher que deixa os outros a transformarem em algo menor. Lembre-se de quem você é, Harriet. E lembre-se de que não está sozinha. — Entrego o casaco ao atendente e a guio para a frente. — Vamos atrás de uma bebida.

Harriet exala um suspiro agudo.

— Vamos.

A mãe dela nos encontra antes do champanhe.

Ela cumprimenta Harriet com dois beijos no ar em cada lado das bochechas, a boca fixa em um sorriso aparentemente educado. Parece que quase não envelheceu desde aquela primeira lembrança. Não há um único fio grisalho em seu cabelo loiro-escuro, nem uma ruga na testa.

Seus olhos são a única coisa que a denunciam. Parecem cansados.

— Harriet — diz ela, com um sorriso educado e distante, depois a olha de baixo a cima. — Você está usando roxo.

Não *oi*. Nem *feliz Natal*. Uma crítica, entregue como uma das guirlandas de papel que minha mãe fazia com cadernos velhos de registro de pesca.

Um instinto protetor feroz me invade, enroscando-se em minha magia. Mas Harriet não se abate nem se curva. Ela sorri.

— Estou. — Seus olhos encontram os meus. — É encantador, né?

Estou orgulhoso pra cacete dela. Dou uma piscadela rápida.

— Acho que especifiquei azul-marinho — aponta Donna.

— Especificou, sim — responde Harriet, virando-se de volta, com a voz calma. A única concessão ao seu nervosismo é o leve tremor na mão. — Você está linda, mãe. Está tudo lindo. Você fez um trabalho maravilhoso.

A mãe dela ignora o elogio.

— E seu cabelo... — começa Donna.

O sorriso de Harriet vacila.

— Sim?

— Está... diferente.

— É assim que eu costumo usar — explica, tocando o ramo de azevinho aninhado atrás da orelha. — Bem, está um pouco mais chique do que o normal.

A mãe torce a boca.

— Um pouco mais chique — repete, seca.

Eu me aproximo e pressiono a palma na lombar de Harriet.

— Eu acho que ela está encantadora.

Digo isso como uma ameaça. No mesmo tom de voz que provavelmente usaria para dizer "Tomara que você se engasgue com seu martíni", ou "Você devia se envergonhar", ou "Os guardanapos que você escolheu para esta ostentação de riqueza não combinam com a prataria".

A força da atenção total de Donna York é estranhamente intimidadora. Ela se daria bem no escritório de poltergeists, caso precise de uma ocupação na vida após a morte.

— E quem é esse? — pergunta ela.

Harriet se inclina ao meu toque.

— Este é Nolan. Um amigo.

— Um amigo que não confirmou presença. — Donna contrai o rosto, azedando cada vez mais. — Você não o mencionou quando discutimos o evento ao telefone no outro dia.

— Foi uma decisão de última hora. Eu não tinha certeza se ele conseguiria vir.

— Pelo jeito, você andou tomando várias decisões assim.

A mãe de Harriet curva o lábio superior em uma leve careta antes que suas lições de etiqueta entrem em ação e ela suavize os traços. Já vi estátuas com expressões mais calorosas.

Essa mulher. As lembranças que Harriet tem dela são atenuadas demais, iluminadas com o brilho do otimismo arraigado de Harriet. A realidade de Donna York é como limpar uma camada de poeira de um espelho velho e enfim dar uma boa olhada. Vejo todas as suas imperfeições.

Toco nas costas de Harriet com os dedos enquanto nós três ficamos em um silêncio constrangedor. Sem pressa alguma de preenchê-lo, procuro um garçom distribuindo o champanhe. Harriet bate o pé ao som de "Little Drummer Boy" tocada pelo quarteto de cordas no canto. Donna me observa de soslaio, e mantenho minha feição impassível. Não tenho a menor intenção de tentar obter sua aprovação ou aceitação, e ela parece saber disso.

— O que você faz, Nolan?

— Trabalho com auditoria — respondo, com um sorriso arrogante.

Harriet solta uma risada pelo nariz.

— Ah? A loja está com algum tipo de problema?

Donna parece feliz demais com a ideia.

O bom humor de Harriet desaparece e minha mão sobe mais, o polegar passando sobre a pele nua logo acima do corte macio do vestido.

— Longe disso — digo tranquilamente. — O que Harriet fez com a loja é incrível. Você devia estar orgulhosa, considerando tudo o que ela conquistou.

Digo a última parte com um pouco de maldade demais.

Harriet prende a respiração ao meu lado, preparando-se para o veneno que a mãe está prestes a despejar outra vez. Mas ou Donna York não me ouviu, ou decidiu fazer um voto de silêncio nos últimos três minutos, porque se afasta sem dizer mais nada, com um sorriso educado grudado no rosto enquanto cumprimenta um casal de loiros descoloridos envoltos em seda e pérolas.

É a melhor reação que ela poderia ter tido, suponho.

— Não precisava fazer isso — diz Harriet, chamando um garçom para pegar uma taça de champanhe. — Eu poderia ganhar o Prêmio Nobel da Paz e a Daytona 500 no mesmo ano, e minha mãe ainda encontraria algo com que se decepcionar.

— O que é a Daytona 500?

— É uma corrida de carros — explica ela. — Você realmente nunca ouviu falar disso?

Dou de ombros. Não poderia me importar menos.

— Não posso dizer que eu tenha esse interesse.

— Bem… — Seu olhar percorre a sala, observando a elegância. As pinturas a óleo de grandes dimensões nas paredes e os pratos dourados e brilhantes. As pessoas bonitas com suas roupas bonitas, podres até o âmago. — E em dançar comigo, você tem interesse?

— Para isso, consigo reunir algum entusiasmo, sim. — Entrelaço meus dedos nos dela. — Vamos lá.

Capítulo Vinte e Nove

Harriet

Nolan, para minha completa e total surpresa, dança bem.

— Que foi? — pergunta ele em nossa terceira volta na pista de dança.

Seus passos são suaves, a coxa dele pressiona por um momento entre as minhas antes de ele me virar graciosamente de novo.

Sinto que estamos flutuando, pairando em uma nuvem acima do restante da festa. Sua palma desce meio centímetro na minha bunda e sua boca paira sobre a minha enquanto giramos sem parar. É provável que seja um pouco demais para uma dança no baile de gala dos meus pais, mas não me importo.

Era *assim* que eu achava que seria a sensação da magia de Nolan. A faísca no meu peito que se acende mais forte toda vez que seus olhos se enrugam nos cantos. O formigamento nas minhas mãos quando seu nariz passa pela minha bochecha. Fecho os olhos e exalo um suspiro, deixando-me ser conduzida.

A ausência de peso na cabeça e no coração. A confiança total e completa de que ele está comigo. Não importa o que aconteça.

Nolan dá dois passos ritmados para o lado e estende o braço, me afastando e me girando de volta como um pião em uma corda. Aterrisso contra seu peito com um *uuf* silencioso e ele nos gira de novo, meu cabelo voando pelos ombros.

— Você está me olhando como se eu tivesse acabado de tirar uma árvore toda decorada do cu — diz ele, com um sorriso malicioso.

— E você… consegue fazer isso?

— Você talvez ache chocante, mas eu nunca tentei esse truquezinho em particular.

Reflito.

— Não consigo parar de pensar nisso agora.

— De repente mais tarde. — Nolan ri e passa os dedos em minha bochecha. — O que te deixou com essa cara?

— Você dança bem — explico. — E estou me divertindo. As duas coisas são inesperadas.

Seu sorriso fica torto.

— Tem um insulto aí em algum lugar.

— Ah, pelo amor. — Eu olho séria para ele. — Você esqueceu que já te vi patinando no gelo.

— Justo. — Damos mais uma volta na pista de dança e eu me permito relaxar em seu abraço. Ele me observa com olhos suaves. — O que você faz, normalmente? — pergunta. — Nestes eventos?

— Em geral, fico perto da cozinha esperando os aperitivos saírem.

Franzo a testa por cima do ombro dele para minha mãe, que está no centro de um grupo de mesas. Ela não olhou para mim desde aquele desastre de boas-vindas, embora eu tenha certeza de que vai me procurar mais tarde em algum canto escuro para me contar sobre meus defeitos. Eu trouxe um acompanhante não autorizado, vesti roxo e usei meu cabelo natural? Era melhor ter ateado fogo nas cortinas *e* roubado um carrinho de golfe.

Talvez eu *devesse* atear fogo nas cortinas e roubar um carrinho de golfe. Talvez *ainda possamos* atear fogo nas cortinas e roubar um carrinho de golfe.

— Não sei — continuo. — Tento me esconder.

Nunca me senti muito bem-vinda, então costumo encontrar um lugar para me isolar. Não chamo a atenção. Passo minhas três horas anuais de tempo com a família, depois vou para casa e como uma pizza no sofá, com meu conjuntinho de pijama combinando.

Sinto aquela mesma explosão de raiva de hoje de manhã. *Por que* eu faço isso? O que eu fiz para merecer esse tipo de tratamento da minha *família*? As pessoas que deveriam me amar, independentemente de qualquer coisa.

Nolan tem razão. Eu não sou a vilã da minha história. Nem de longe.

— Não sei por que faço isso — sussurro, com algo quente pressionando meus olhos. — Acho que é mais fácil para mim quando faço o que é esperado. É a minha maneira de compensar todas as minhas outras decepções. Isso me dá esperança de que eles possam mudar de ideia, eu acho. Mas talvez eu deva abrir mão disso. Não estou feliz, e ninguém mais está também. Acho que estou cansada de ficar escondida no canto, comendo canapés.

Os olhos de Nolan brilham nas luzes cintilantes, depois se fixam em algo sombrio e intencional.

— Não vamos nos esconder hoje.

Os cantos dos meus lábios se erguem.

— Não — digo. — Não, não vamos.

— Ótimo — murmura ele.

A palavra se instala no fundo da minha barriga, puxando com força. Talvez eu esteja deixando de buscar a aprovação dos outros, mas ainda gosto de saber quando agrado Nolan.

Gosto muito.

Nolan me observa com seus olhos escuros, o polegar fazendo outra varredura deliberada na pele nua das minhas costas. Imagino esse polegar trabalhando em meu corpo com o mesmo toque intencional. Escorregando em minha boca e pressionando minha língua. Arrastando-se lento e bruto entre minhas coxas, meu lindo vestido roxo levantado na altura da cintura, minha calcinha delicada pendurada em um tornozelo.

— No que está pensando agora? — sussurra Nolan.

Você, de joelhos, em uma alcova escondida. Sua mão entrelaçada no tecido da minha saia, a minha no seu cabelo.

— Em nada. — Respiro, tentando afastar a imagem. — Por que a pergunta?

— Suas bochechas estão vermelhas.

— Você disse que minhas bochechas estão sempre vermelhas.

— Não assim — diz ele. — Assim é como você fica quando estou com a boca em você.

— Nolan — sibilo, sem ter certeza se quero que ele pare ou continue.

O quarteto de cordas termina as últimas notas persistentes e paramos lentamente na beira da pista de dança. Ele leva minha mão à boca e pousa um beijo nos nós dos dedos.

— Vamos tomar um drinque. Depois, talvez eu possa convencer você a me contar sobre esses seus pensamentos safados.

— Não estou tendo pensamentos safados — minto.

O sorriso dele está a dois passos de se tornar arrogante.

— Tá bom.

Estou prestes a negar mais uma vez quando uma cabeça familiar de cabelo loiro chama a minha atenção atrás dele. Meu sorriso congela no rosto antes de se partir bem ao meio.

Na outra extremidade da pista de dança, Samantha está de pé em uma mesa com uma escultura de gelo, conversando com um homem de smoking de veludo azul. Ela faz gestos graciosos com as mãos e ele ri. Fico impressionada com o quanto parece confortável. Como está relaxada. Durante todo esse tempo, eu fiquei me escondendo nos cantos, enquanto Samantha desfilava pelo meio da sala.

Onde foi que eu errei? Quando foi que virei alguém fácil de descartar?

— Estou vendo minha irmã — digo a Nolan baixinho, meu coração martelando de ansiedade. Eu falei que não íamos nos esconder hoje, e estava falando sério. — Vou conversar com ela.

— Precisa que eu te acompanhe? — pergunta ele em voz baixa, com seriedade, e meu coração tropeça.

Eu poderia dizer a Nolan que preciso de um prato cheio de brie chique para esta conversa, e ele desapareceria na direção da tábua de queijos sem dizer mais nada. Ninguém nunca cuidou de mim como Nolan. Não sei se alguém um dia voltará a cuidar.

Balanço a cabeça, depois fico na ponta dos pés e encosto a boca na dele. É um beijo breve e casto, mas ele busca meus lábios com os dele, uma mão segurando com carinho a parte de trás da minha cabeça para me manter perto. Une nossas testas, batendo meu nariz com o dele.

É incrivelmente doce, e meu coração dá mais uma cambalhota.

— Vou estar no bar. Faz um sinal se precisar de mim.

— Que tipo de sinal?

Ele reflete.

— Você sabe chamar pássaros?

Eu sorrio.

— Eu pediria para você demonstrar, mas tenho um pouco de medo do que pode acontecer.

O humor brilha em seus olhos.

— Então vai ser uma surpresa. — Nolan dá um tapinha na lateral do meu corpo, levando-me na direção da minha irmã. — Vou ficar de olho em você.

— Obrigada. — Dou dois passos à frente, me sentindo corajosa, depois volto atrás, querendo ser sincera. — E obrigada por vir. Estou muito feliz por você ter batido na minha porta esta noite.

O rosto de Nolan se suaviza.

— Estou feliz por estar aqui. — Ele me dá um empurrãozinho. — Vai lá. Não me deixe com os lobos por muito tempo.

Eu me afasto antes que possa me questionar, aproximando-me de Samantha no momento em que o homem com quem ela conversa se afasta. Minha irmã está usando um vestido longo de cintura justa — azul-marinho, claro —, e seu cabelo está preso em um rabo de cavalo elegante. Ela volta a atenção para mim e a mantém, levando um ou dois segundos para assimilar quem eu sou.

Ela arregala os olhos.

— Não faz tanto tempo assim que você não me vê — digo ao me aproximar, segurando a vontade de reajustar a saia.

Duas semanas antes, eu teria me sentido o *antes* da foto do *depois*, uma inadequação contra a qual passei a maior parte da minha vida lutando.

Mas hoje não.

Talvez seja o vestido, talvez seja a emoção de ser girada na pista de dança por um homem que gosta de mim, talvez seja a sensação marcante e protetora do olhar de Nolan em meus ombros nus... Mas a única coisa que sinto é um ribombo baixo de frustração. Estou tão cansada de implorar por pedacinhos de afeto. Ainda mais agora que sei que ele pode ser dado tão livremente.

— Já faz quase um ano — salienta Samantha, com a voz suave e profunda, estudando meu cabelo enquanto pensa, então as sobrancelhas modeladas à perfeição e cor de caramelo se chocam. — Foi na primavera, não?

— Acho que sim.

— Bem, você está ótima. — O sorriso de Samantha é tenso. — É um vestido e tanto.

— Sim, é bonito. — Dou uma risada. — Vamos mesmo fazer isso, Sam?

Ela pousa a taça de champanhe vazia.

— Isso o quê?

— Vamos mesmo ficar de conversa fiada? Nós? — Eu me aproximo, com o cuidado de manter a voz baixa. É difícil abandonar velhos hábitos, e o conflito já é desafio suficiente para mim. Não quero causar um escândalo também. — Você mal tem falado comigo há meses. Não está respondendo às minhas mensagens nem atendendo às minhas ligações. O que está acontecendo?

— Ando muito ocupada com o trabalho — responde ela, sem conseguir fazer contato visual. — Aumentaram meu número de casos e estou encarregada de um novo lobby com o grupo de direito societário. É uma tonelada de trabalho, Harriet. Não é nada pessoal.

O gelo se aloja na base da minha garganta. *Não é nada pessoal.* Deveria ser. Eu *quero* que seja pessoal.

— Parece ótimo, Sam, mas... — Mordo o lábio inferior, debatendo se quero ou não insistir. — É isso que está deixando você distante? O trabalho?

Sua expressão séria vacila, expondo algo suave e carinhoso por baixo. Mas Samantha se afasta, voltando a ficar fria e indiferente. Ela se parece tanto com nossa mãe que tenho vontade de chorar.

— Não estou distante, Harriet. Só ocupada.

— Não faz isso — peço. — Não faz parecer que estou inventando tudo. Você está me evitando.

— Acabei de dizer que...

— A firma de advocacia, eu sei. — Engulo com força e digo a mim mesma para ser corajosa. — Mas quero saber de você, Sam. Não do trabalho. Sei que tivemos aquela discussão, mas eu nunca quis que você se afastasse.

Mostrei a ela um pouco das partes que mantenho escondidas de todo mundo, e Sam me puniu por isso. Ainda está me punindo por isso.

— Esse é o problema, Harriet.

— Qual?

— Quando eu falo de trabalho, *estou* falando de mim. — Minha irmã desvia o olhar outra vez, e não preciso me virar para espiar por cima do ombro e seguir seus olhos. Nossos pais estão cumprimentando a todos no meio da sala, com os convidados se aglomerando em cima deles como mariposas na luz. — Estou indo superbem e as coisas estão boas. Não quero estragar tudo.

— Estragar tudo — repito, entorpecida.

Samantha pega uma nova taça de champanhe de um garçom que está passando.

— Estou em um bom lugar. Não preciso de drama familiar para me distrair dos meus objetivos.

Uma risada fica entalada na minha garganta.

— Ah, entendi. Você não quer que *eu* estrague tudo.

Ela balança a cabeça, frustrada.

— Não foi isso que eu quis dizer.

— Foi, sim — respondo, lutando muito para manter minha voz sob controle. — Foi exatamente isso que você quis dizer. A vida inteira, eu só tentei ser o que todo mundo precisa. Em vez disso, esta família me trata como se eu fosse um desastre. Não sei o que fiz.

As bochechas dela ficam coradas.

— Você acha mesmo que tentou, Harriet? *Um* obstáculo, e você jogou tudo fora. Não tem ideia do que eu passei tentando amenizar os danos que você causou.

Viro o rosto para o outro lado, sentindo que levei um tapa. Não era só um obstáculo. Era um desencaixe perpétuo. Escolhi minha própria felicidade, não a destruição de um falso legado. Se minha irmã me conhecesse como eu pensava, entenderia isso.

Engulo em seco e encontro o olhar de Samantha com dificuldade.

— E aí você *me* jogou fora quando eu não consegui mais fingir. Não queria que nada abalasse seu relacionamento com a mamãe e o papai, né?

Estou tentando atravessar o abismo entre nós há meses, mas sou a única que está fazendo essa tentativa. Às vezes, pontes devem ser reconstruídas. A ideia de que eu estava dificultando as coisas para *ela* enquanto tentava consertar nosso relacionamento é insuportável. Minha mãe acreditou que eu era egoísta e cruel durante anos. Pelo jeito, não foi a única.

É exatamente como eu disse à tia Matilda. Eu não me encaixo. Nunca me encaixei.

Talvez eu precise parar de tentar.

— Deixa pra lá — digo baixinho, já examinando a multidão em busca de Nolan. O quarteto acabou de começar a tocar o que parece ser "Santa Tell Me", da Ariana Grande, e tem uma quantidade alarmante de advogados em idade de aposentadoria se esfregando na pista de dança. — Não precisamos falar disso. Não precisamos... falar mais nada.

Eu o vejo no lado oposto do bar de onde ele disse que estaria, com uma expressão estrondosa.

Encontro os olhos de Samantha de novo, e minha raiva me abandona em um instante. Em vez disso, há apenas exaustão. Forço um sorriso.

— Estou feliz de verdade por você, Sam. E desejo o melhor para você.

Viro-me para sair, mas Samantha segura minha mão.

— Harriet, espera. — Meu coração dá uma guinada esperançosa no peito. — A foto de família é daqui a alguns minutos. A mamãe vai querer que você fique.

Pisco para ela, minha esperança se transformando em cinzas.

— Ah, sim — digo. Como eu poderia esquecer? A performance favorita da minha mãe durante a noite. Quando ela nos arruma artisticamente em frente à árvore de Natal e enlaça seu braço no meu, fingindo que nunca esteve tão feliz. — Encontro vocês lá.

A máscara de Samantha cai.

— Harriet — repete ela, e aí meu nome é repetido mais alto e com muito mais veneno dois metros atrás de mim.

— Harriet — sibila minha mãe, marchando pela pista de dança com seus sapatos de salto alto. Ela oferece um sorriso educado para cada um que passa, mas não guarda qualquer gentileza para mim. Fecha os dedos em meu braço e me puxa para perto. — Onde é que você encontrou esse homem, e por que ele está *aqui*?

Perplexa, volto minha atenção para Nolan. Fazemos contato visual e as sobrancelhas dele se abaixam em uma linha pesada. Ele toma um gole de sua bebida, depois a coloca de lado. Começa a se aproximar lentamente de mim.

— Eu falei para você. Ele é meu amigo.

Pensei que Nolan conseguiria se esquivar das perguntas com qualquer que seja a nuvem de fumaça sobrenatural que carrega consigo. Mas minha mãe está completamente focada em sua presença. Acho que isso é outra coisa que está mudando para ele.

O rosto de minha mãe se contrai.

— Ele é um grosso, isso sim. Sabe o que ele me disse?

Uma chama quente de irritação protetora cresce dentro de mim. O que quer que Nolan tenha dito, não tenho dúvidas de que ela mereceu ou instigou de alguma forma. Puxo meu braço com força de seu aperto.

— Não me importa o que ele te disse.

Minha mãe me encara. Eu nunca respondi a ela na vida. É estranhamente… libertador.

— Que atitude é essa?

— Minha atitude. Meu cabelo. Meu vestido. Meu acompanhante. Alguma outra transgressão que você gostaria de acrescentar à lista esta noite?

Ela recua, ofendida.

— O que deu em você?

Penso naquela garotinha apertando com força um barquinho de madeira. Pela primeira vez na vida, acho que o que deu em mim fui *eu*.

— Está tudo bem? — pergunta Nolan, vindo para o meu lado, a mão dele encontrando seu lugar habitual na parte inferior das minhas costas.

Tento me controlar. Não vim aqui para discutir. Não vim aqui para fazer escândalo.

Vim porque achei que estava mantendo uma porta aberta, mas as dobradiças quebraram há muito tempo. Não faz sentido forçar um relacionamento com pessoas que não o querem.

— Está tudo bem — digo, exausta até os ossos. — Você está bem?

Parte da tensão de seu rosto se dissipa.

— Tudo bem, amor. Pronta para ir para casa?

Amor. Casa. As palavras soam como um desejo que fiz a uma estrela. Quero enrolar meus dedos em torno delas e pressioná-las na minha pele para que, quando ele se for e eu estiver sozinha, possa me lembrar de como era ser adorada. Nem que seja só por um tempinho.

— Sim. — Dou um pequeno sorriso. — Vamos para casa.

— De jeito nenhum — interrompe minha mãe, segurando meu pulso outra vez. Não sei se ela pretende me prender aqui contra a minha vontade ou se só quer minha atenção. De qualquer forma, é totalmente fora do comum para ela, uma mulher sempre comportada. Suas unhas se cravam na minha pele. — Ainda não tiramos a foto de família.

O rosto de Nolan se fecha.

— Sugiro que tire as mãos de cima dela.

— E eu sugiro que guarde suas opiniões sobre *minha filha* para você. — Os olhos da minha mãe brilham em uma demonstração incomum de suas emoções. — Acho que você já disse o suficiente para uma noite.

Eu me solto outra vez do aperto dela, colocando a palma da mão de modo protetor sobre as marcas das unhas. Já tinha poucas expectativas, mas esta noite foi um desastre. Nada aconteceu como eu imaginava.

Mas é difícil me preocupar com o que minha família vai pensar de mim quando já sei que todos pensam o pior. Por que não tentar algo novo? Por que simplesmente… não tentar?

— O que você disse para ela? — pergunto a Nolan.

— Ele me chamou de tola — responde minha mãe às pressas. — Nunca na minha vida fui tratada…

— Eu disse que era *tolice* — corrige Nolan, com sua atenção inabalável em mim. — Eu disse que era uma tolice ter o incrível privilégio de ser amada por Harriet York e ignorar isso para ficar criticando. — Seus olhos se voltam para minha mãe e se fixam. — Foi isso que eu disse. Palavra por palavra.

Minha mãe diminui pela metade o espaço entre eles, encarando-o tanto quanto é educado na alta sociedade de Annapolis.

— E o que lhe dá o direito de dizer essas coisas? Você não sabe nada sobre nosso relacionamento.

— Eu sei o bastante — retruca ele.

Nolan já viu o que precisava ver.

Coloco a palma da mão em seu peito. Tenho medo de que, se examinar o que ele acabou de dizer com atenção demais, vou desabar aqui mesmo, próxima à pista de dança.

Ninguém nunca me defendeu antes.

— Quero ir para casa agora — digo a ele, com a voz embargada.

Nolan assente, dividindo sua atenção entre mim e minha mãe.

— Tem certeza?

— Tenho.

Sinto a garganta queimar ao engolir e toco minha bochecha com a mão trêmula. Meu rosto está dormente. Meus dedos estão frios. Tem um zumbido em meus ouvidos que fica mais alto à medida que a pressão em meu peito aumenta sem parar. Estou à beira de algo. Estou prestes a cortar minhas próprias asas e ver até onde vou cair.

— Pode pegar meu casaco, por favor? — peço. — Eu encontro você na porta.

Ele parece querer protestar. Aperto sua mão.

— Por favor — acrescento.

— *Aye*, tudo bem — diz, mas não sai do lugar, então se inclina para a frente e passa a boca bem acima da minha orelha. Sua magia percorre meu pescoço como uma garantia, mais leve que seu toque e duas vezes mais quente. — Vou ficar te esperando.

— Ainda não tiramos a foto — lembra minha mãe, mantendo o rosto com uma neutralidade cuidadosa enquanto Nolan caminha pela pista de dança.

A melodia da "Valsa das Flores", de *O quebra-nozes*, gira preguiçosamente ao nosso redor e quase rio. Estou me sentindo uma flor, mesmo. Algo delicado, curvando-se em direção à luz com meu caule trêmulo. Sempre tentando tanto ser vista. Para crescer. Para fazer parte de um buquê e florescer dentro do grupo.

Estou exausta.

— Acho que este ano vou passar — declaro, tentando me manter firme. Embora eu saiba que é a coisa certa, ainda é difícil, e meu coração e minha cabeça estão gritando para que eu maneire no tom. Conserte as coisas. Deixe todo mundo confortável. Afasto esse sentimento e fecho as mãos em punhos. — Eu sei que fiz algumas escolhas para minha vida das quais você discordou, mas gosto do que construí para mim. Tudo bem se você não quiser fazer parte disso, mas… não me faça parecer uma pessoa horrível só porque escolhi algo diferente do que você queria. Estou cansada de ser diminuída por causa de um pecado imaginário. Estou cansada de ter que implorar pela sua atenção. Eu tento tanto, e para quê? Você nem percebe. Queria que você fosse sincera comigo em vez de… — interrompo-me, gesticulando ao nosso redor para a sala de jantar ornamentada — … o que quer que isto seja.

Toda essa música e dança. Essa esperança sem sentido de que eu possa, de alguma forma, me transformar em alguém de quem minha família *goste*. De que, com pressão suficiente e pensamentos positivos, eu possa subjugar todas as minhas peculiaridades e idiossincrasias e ser alguém de quem se orgulhem. De que estou a uma conversa de me encaixar.

— E eu sou a culpada por tudo isso? — Uma expressão de tédio se instala no rosto de minha mãe. — Sou uma mãe horrível? Fiz isso com você? Sua tia Matilda jamais faria algo assim, não é mesmo?

Meu coração revira no peito, e a decepção se fecha como um punho em torno desse órgão vital. Estou sendo o mais sincera que já fui, e ela continua não ouvindo.

Dou uma olhada rápida para Samantha, mas minha irmã está encarando seu *stiletto* fino perfeitamente adequado. Estou sozinha nesta conversa, como sempre estive.

— Não estou colocando a culpa em ninguém — digo, com toda a paciência que me resta. — Estou compartilhando o que eu sinto.

— Você está sendo sensível demais — esbraveja minha mãe.

— Então acho que sou sensível, mesmo — respondo. — Sou sensível, tenho coração mole, sou emotiva e é provável que também seja delicada. Choro com comerciais tristes e peço desculpas o tempo todo, na maioria das vezes por motivos que não consigo articular. Nunca quis ser advogada. Odeio discutir. Esta conversa está me matando porque me sinto pressionada a te dar logo a resposta que você quer ouvir só para fazer essa dor no meu peito desaparecer. — Minhas mãos se fecham em punhos, e as palavras vêm mais rápido. — Então, sim. Eu me importo demais. Sempre me importei demais. Sou irresponsável. Como bolo no café da manhã. Alimento a gata da vizinha e meus curativos em geral têm algum tipo de princesa da Disney. Sou colorida e sentimental, e gosto disso em mim. Gosto da minha loja atulhada e da minha casinha cheia de coisas que me fazem feliz. Gosto do meu cabelo quando está cacheado. Gosto deste vestido. E gosto daquele homem que está me esperando pacientemente na porta, apesar do que tenho certeza de que foi uma tentativa sua de afugentá-lo. — Respiro fundo e endireito a postura. — É assim que eu sou. Tenho orgulho disso. Você pode escolher me conhecer ou não. Mas agora é a sua vez. Não vou mais tentar.

Minha mãe tensiona o maxilar.

— Se você sair por aquela porta agora, não vai ter outra chance.

Sorrio, tensa. Em outros tempos, essa declaração teria me arrasado. Mas agora?

Inclino-me para a frente e dou um beijo rápido na bochecha da minha mãe. Não preciso de outra chance para forçar alguém a me amar.

— Acho que por mim tudo bem.

Capítulo Trinta

Harriet

A viagem de carro para casa depois do baile foi tranquila, com Nolan e eu perdidos em nossos pensamentos. Ele coloca a mão no meu joelho quando saímos do estacionamento da igrejinha, mas, por outro lado, me dá espaço, olhando pela janela enquanto voltamos para a minha casa.

Achei que fosse me sentir imediatamente culpada. Que me questionaria. Mas, em vez disso, sinto uma estranha leveza. Como se eu pudesse flutuar até o céu noturno, se quisesse.

Nolan pigarreia no banco do passageiro.

— Você está sentada aqui com o queixo no volante há sete minutos — diz ele, calmo.

— Ah.

Eu me inclino para trás e desligo a ignição, soltando o volante que segurava com uma força mortal. Não percebi que estávamos estacionados no pequeno estacionamento atrás da minha casa. A memória muscular me guiou até aqui enquanto meu cérebro competia em uma Olimpíada de pensamentos exagerados.

O ronco baixo do motor cessa. O silêncio se instaura. Enfio as chaves no bolso do casaco e me recosto no banco.

— Desculpa por isso.

— Não peça desculpa para mim. — Nolan franze a testa. — Você está bem?

— Estou — respondo, analisando o sentimento, examinando-o em busca de rachaduras e percebendo que é verdade. Eu estou bem. Estou mais que bem. Estou *ótima*. Eufórica, quase. Embriagada pelo poder de enfim falar o que penso. — Aliás, acho que estou ótima.

Eu disse o que queria e o mundo não acabou. Ainda estou aqui.

Abri uma porta ou… chutei uma pedrinha montanha abaixo. Escolhi a mim mesma e não me preocupei com o quanto meus relacionamentos sofreriam com isso. Não me contorci de uma forma absurda para o conforto de outra pessoa. Fui forte, corajosa e um pouco durona.

É um alívio, sinceramente.

— Ótima? — pergunta Nolan, parecendo desconfiado.

Assinto.

— Sim, ótima.

Olho para ele, esmagado no lado do passageiro do meu carro, com os joelhos quase na altura do peito, e sinto coceira nas palmas. Quero perseguir esse sentimento. Quero me prender a Nolan com as duas mãos.

— Quer entrar? — indago.

Ele levanta as sobrancelhas em surpresa.

— Você quer que eu entre?

— Por que eu não ia querer?

— Você não disse uma palavra para mim desde que me mandou buscar seu casaco.

— Ah. Me descul…

Os longos dedos de Nolan apertam minha coxa. Ele não moveu a mão desde que entramos no carro.

— Se você pedir desculpas mais uma vez — diz devagar —, eu vou surtar.

Calo a boca. A palavra *desculpa* está bem na ponta da minha língua, mas engulo. Ele solta um suspiro pelo nariz, com um sorrisinho minúsculo sombreando as bochechas.

— Ótimo — murmura.

Essa palavra outra vez. Ela desliza sobre meus ombros e se instala no meio da minha barriga, quente e líquida. Me arrepio.

Nolan me observa, solene.

— Eu é que deveria estar pedindo desculpas — confessa, com a voz baixa. — Eu passei dos limites hoje. Sinto muito por isso.

— Em que sentido?

— Sua mãe veio até mim enquanto eu te esperava no bar. — Ele aperta e solta minha perna como se estivesse tentando se convencer a largá-la, mas não conseguisse. — Ela queria saber a natureza do nosso relacionamento. Ela foi... Bem, ela é meio insuportável, na verdade.

Dou uma risada.

— É mesmo, né?

Minha mãe nunca vai mudar. Por mais estranho que pareça, é um alívio saber disso. Tentei mudar tanta coisa para que ela gostasse de mim, mas nunca foi por minha causa. Agora eu sei disso. São mágoas antigas que ela não está disposta a perdoar ou esquecer.

Agora que já falei o que penso, posso deixar que essa ferida comece a cicatrizar.

Nolan recosta a cabeça no banco do carro.

— Eu perdi a paciência. Não cabia a mim corrigir o comportamento dela.

Emito um *humm* sem compromisso e me aproximo dele. Não quero ter essa conversa no carro com uma marcha entre nós. Quero estar em um lugar onde possa ver seu rosto. Onde possa passar as mãos em sua pele quente e em suas cicatrizes, me assegurar de que ainda está aqui, sentado no espaço ao meu lado.

Eu me contento em entrelaçar nossos dedos em minha coxa.

— O que mais você disse para ela?

Nolan engole em seco, ainda nervoso.

— Talvez eu tenha dito que a cabeça dela parecia uma batata.

Solto uma gargalhada.

— Você disse o quê?

— Você tem que admitir que ela parece vagamente um tubérculo. — Um lampejo de covinha aparece em sua bochecha. — Não gostei de como ela falou de você — diz Nolan com gentileza. Seu toque roça a parte interna do meu joelho. — Deixei minha frustração me dominar.

Dou outra risada, inclinando-me para a frente para encostar a boca na dele. Meu sentimento brilhante e borbulhante se expande. Nolan estava ao meu lado esta noite. Ele apareceu, ficou e defendeu minha honra. Fez com que eu me sentisse *bem*.

Pego seu lábio inferior entre os dentes e chupo, um beijo indulgente que o faz se mexer no banco. Nolan se derrete contra mim.

— Você não está brava — sussurra ele quando deixo minha boca descer pela linha do seu pescoço.

— É claro que não. — Eu me atrapalho com sua gravata-borboleta, frustrada com a quantidade de botões, fechos e fivelas entre mim e sua pele. Nolan grunhe quando coloco o dedo entre seu pescoço e o tecido, arranhando. — Por que eu ficaria brava?

— Porque comparei sua mãe a um inhame.

— Achei que você tinha dito que era uma batata.

— Tem um ditado sobre batatas, mas não quero ceder aos estereótipos irlandeses.

Solto uma risada contra seu pescoço, deixando minha testa encostar em seu maxilar. Esta noite poderia facilmente ter sido outra lembrança ruim de um Natal passado para acrescentar à minha já extensa coleção, mas não foi. Eu dancei, ri e disse as palavras que estavam martelando em meu coração há anos. Fui corajosa, e foi por causa de Nolan.

— Não quero mais falar disso — murmurei.

— Do que você quer falar?

— Eu não quero falar.

— Entendido — diz ele.

Seus dedos sobem pela minha coxa, desaparecendo sob a fenda alta do vestido. Quando não protesto, o resto da mão vai junto. Afasto mais os joelhos no espaço limitado do banco do motorista, incentivando-o a explorar. Nolan entende perfeitamente, sua mão áspera raspando meu quadril, envolvendo-o enquanto sua boca mergulha de volta na minha. Me afundo nele, sem pensar e com calor.

— Vamos entrar — sussurro, colocando meus braços sobre seus ombros.

— *Aye* — fala, com um leve gemido. — Se segura em mim.

— Estou me segurando…

Dou uma gargalhada quando a magia explode em um ímpeto. Ela se enrola em meus tornozelos antes de subir pela parte de trás das minhas pernas, pela curva da cintura e ao longo da coluna. Minha pulsação dispara, aquela sensação de felicidade girando no fundo da minha barriga.

Fecho os olhos e me seguro, rindo outra vez quando somos arremessados no meio da minha cama.

Olho para Nolan, empoleirado em cima de mim, apoiando-se nas mãos e nos joelhos. A gravata-borboleta está torta e o cabelo, uma bagunça, mas ele sorri de leve, um pouco confuso. Como se não conseguisse acreditar em sua sorte.

Entendo perfeitamente.

— Adoro quando você ri assim — diz ele.

Sorrio.

— Que nem uma hiena?

— Como se você estivesse feliz. — Nolan afasta um pouco de cabelo do meu rosto. — Como se não conseguisse evitar.

Aquele lugar macio e suave abaixo das minhas costelas brilha.

— Você me faz feliz — confesso baixinho.

Um segundo atrás, estávamos apertados no banco da frente do meu carro. Agora, estamos esparramados em minha cama. Nolan está em cima de mim apoiado nos cotovelos, e meus braços ainda estão em volta de seus ombros.

— Sua magia consegue ser bem útil — comento.

— Foi o melhor uso da minha magia em décadas.

Deixo cair a mão e traço um dedo na linha da alça do meu vestido.

— Tenho algumas outras ideias de como você pode usá-la.

Seu sorriso se torna mais aguçado e faminto.

— Ainda não. — Ele coloca a mão na base do meu pescoço, levantando meu queixo com o polegar, segurando-me com firmeza, olhando para mim. — Meu controle é tênue, na melhor das hipóteses, Harriet. Preciso ir com calma.

Não quero que Nolan tenha controle nenhum. Se eu só posso ficar com ele um pouco, quero provas de que o tive enquanto esteve aqui. Quero flocos de neve no meu teto. Quero marcas de mordidas na minha barriga. Quero magia pulsando de suas mãos e sacudindo minhas janelas nas molduras.

— Não precisa ser cuidadoso comigo — digo, com a voz rouca, puxando-o. Por fim, consigo segurar bem a gravata-borboleta e a solto de seu pescoço, jogando ao lado da cama, sem olhar. — Eu aguento.

Sua respiração sai cortada, em uma risada áspera.

— Eu sei que aguenta.

A risada se transforma em um som mais obsceno quando desabotoo os dois botões superiores, expondo a cavidade de seu pescoço. Arranho de leve.

— E vai aguentar — murmura ele. — Isso, eu prometo. Você vai aceitar tudo o que eu der a você, não vai?

Minha pele fica quente. Assinto.

— Mas talvez eu precise que você tenha cuidado comigo, humm? — Nolan se apoia nas palmas das mãos, olhando para mim. — Tem tanta coisa que quero fazer com você.

— Vou ser delicada com você — sussurro.

Seus olhos se suavizam.

— Eu sei disso também.

Nunca me preocupei muito com o que é justo e o que não é. Não importava. Peguei o que o universo me deu e tirei o melhor proveito disso. Mas não tenho certeza de como vou sorrir quando meu coração se partir em breve.

Nolan pertence a outra época. Outro lugar. Ele está destinado a uma merecida vida após a morte, e não tenho vontade alguma de tirar dele as coisas que deseja.

Então, guardo os hematomas que já sinto se formando e faço o possível para viver o momento.

— Seu rosto ficou triste — sussurra ele. — Para onde você foi?

— Para lugar nenhum — respondo. — Estou bem aqui.

Não vou passar a noite me preocupando com o que vai acontecer. Vou ficar aqui. Com Nolan.

Desço as pontinhas dos dedos pelo peitoral dele, abrindo mais botões. Dou um tapinha em seu peito.

— Levanta.

Ele se ajoelha sem hesitar, e eu riria se não me sentisse tão ansiosa. Nosso afeto fácil se transforma em desespero frenético, seus dedos trabalhando nos botões de baixo para cima enquanto os meus vão de cima para baixo. Nolan gira os ombros para trás e tira o tecido do corpo, expondo a pele macia e um punhado de pelos escuros no peito. Músculos magros e um corte pesado no quadril. Um corpo aperfeiçoado pelo trabalho, honrado pelo tempo.

Eu me apoio nos cotovelos e encosto a boca no meio do peito dele, bem no ponto em que seu coração está batendo em um ritmo furioso. Suas mãos se enroscam em meu cabelo, me segurando bem perto.

Assim, ele não parece nem um pouco um espírito. Parece um homem. Pele quente e sons ásperos. Cicatrizes espalhadas pelo peito e pelos braços.

Assim, Nolan parece *meu.*

— Harriet — fala entre dentes quando afundo as unhas em sua cintura.

Ele está ajoelhado em cima de mim, sobre a minha coxa esquerda, e não consigo me aproximar o suficiente.

— O quê? — sussurro, descendo a boca, lambendo uma cicatriz logo acima de seu quadril.

Solto a fivela de seu cinto e todo o seu corpo se sacode. Nolan solta um suspiro agudo quando os nós dos meus dedos passam por seu pau.

— Não posso… — diz ele. — Não vou conseguir…

Paro e encosto o queixo nele, olhando para cima. Meus braços envolvem seu tronco, segurando-o perto de mim.

— O que é isso?

Seus olhos ficam pesados e suas mãos afundam em meu cabelo. Ele está total e *deliciosamente* despenteado.

— Quero estar dentro de você quando eu gozar.

Tudo abaixo do meu umbigo se aperta. Eu pisco.

— Ah.

— E se você continuar fazendo isso, é provável que a gente não chegue tão longe.

Nolan ergue a mão e segura meu rosto, com o polegar passando pela minha boca.

— Ah — digo de novo.

Separo os lábios e deixo seu polegar deslizar para dentro. Seu rosto se fecha em linhas severas, com a atenção totalmente voltada para minha boca. Ele mergulha o polegar mais para dentro e enrolo a língua ao redor. Nolan solta um gemido.

— *Caralho* — sussurra, e tira a mão da minha boca, os olhos enlouquecidos. — Eu preciso de mais.

— Eu quero mais — falo, rápido. Quero tanto que parece que vou enlouquecer esperando por isso. Deito-me contra os travesseiros. — Vem cá.

Nolan se abaixa em cima de mim, com os braços esticados em cada lado da minha cabeça. Ele mergulha a boca na minha, beijando-me como se fosse *eu* a destinada a desaparecer. Minhas mãos se prendem em seu cabelo, nossas bocas trabalham calorosas, úmidas, devagar. Tento esticar cada momento até ficar quente e flexível embaixo dele. Quero que ele me preencha.

Arqueio as costas e me atrapalho com o zíper do vestido.

— Não. — Ele prende meu quadril com força. — Fica com o vestido.

— Por quê? — falo, num choramingo.

Nolan puxa a saia até estar dobrada sobre minha cintura, em uma poça de seda. Estou usando uma calcinha rosa-clara, com o cós baixo, e ele sussurra outro *caralho* bem baixinho. Nolan arrasta a língua pela parte interna da bochecha.

— Porque — diz ele — eu quero você exatamente assim.

Em seguida, levantando-se depressa, se ajoelha de novo na cama e me puxa pelas coxas até si. Grito para o teto quando Nolan me apoia na beirada, com as pernas balançando em vão para o lado. Ele me posiciona exatamente do jeito que quer, afastando meus joelhos com força antes de se encaixar entre eles. Só consigo ver a parte de cima de seu cabelo bagunçado, curvado sobre mim.

— Eu preciso disso — sussurra Nolan, e qualquer pensamento de hesitação tímida se dissipa com o desespero puro em sua voz. Ele dá um beijo suave logo abaixo do meu umbigo. — Posso, Harriet?

Abro mais as pernas.

— Sim — murmuro. — Por favor.

Ele não hesita. Enfia dois dedos na frente da minha linda calcinha rendada e puxa o tecido para o lado, prendendo-o em minha coxa com o polegar. Então, encosta a boca em mim e um raio sobe pela minha espinha.

É bagunçado e honesto, como Nolan sempre parece ser, e não consigo respirar de tanta intensidade. A maneira como abre bem a boca em mim, lambendo, chupando. É como se estivesse tentando provar o máximo possível de mim, o mais rápido possível.

Minhas mãos pairam sobre sua cabeça. Quero passar os dedos por seu cabelo, mas não quero… nunca…

Nolan pega minhas mãos pairando entre as coxas e minhas ruguinhas favoritas aparecem. Ele sorri e leva uma de minhas mãos para a parte de trás de sua cabeça.

— Vai — pede. — Mostra onde você me quer.

Passo os dedos por seu cabelo e Nolan fecha os olhos. Eu o puxo e ele geme, com o rosto se fechando em um prazer agonizante. Dominada e fora de controle, pressiono o quadril em sua boca e rebolo. Espero que ele me mantenha imóvel, que me faça aceitar o que está me dando, mas sou surpreendida outra vez. Nolan abre os olhos pesados e me encara preguiçosamente, deixando que eu me mexa contra sua boca. Deixando que eu faça o que preciso.

Ele sempre me deixa fazer o que eu preciso.

Apoio-me em uma das mãos para poder vê-lo, porque o ângulo é melhor assim, a outra ainda está em seu cabelo para que eu possa segurar sua boca com força entre minhas pernas. Giro o quadril mais uma vez. De novo e de novo e de novo.

É a coisa mais egoísta que já fiz.

É *maravilhoso.*

O calor se aperta em minha barriga e minha cabeça cai para trás, as pontas do cabelo fazendo cócegas na pele nua das minhas costas enquanto me esfrego nele.

— Nolan — digo, choramingando. — Isso.

Nolan se afasta com uma respiração ofegante e seus dedos tomam o lugar da boca, fazendo círculos largos e úmidos contra meu clitóris. Ele chupa uma marca na dobra do meu quadril e eu ouço o tilintar do metal, a fivela do cinto dele caindo na madeira dura.

— Que delícia — ofego, arranhando seu couro cabeludo, tentando guiar sua boca de volta para onde eu quero. Estou tão perto que estou vibrando com isso. — Por favor. Eu preciso de você.

Seu rosto fica sombrio e ele dá um beijo bem acima de onde seus dedos estão.

— Puxa a parte de cima do vestido para baixo — Nolan consegue dizer.

Solto os braços das alças e o vestido se acumula em volta da minha cintura, uma faixa grossa e emaranhada de seda. Nolan a agarra e a usa para me empurrar contra o colchão. Ele puxa de novo até eu estar do jeito que deseja.

Que é meio pendurada na cama, com as coxas apoiadas em seus ombros largos, abraçando suas orelhas. Se estava se segurando antes, agora não está mais, sua atenção voltada para me levar ao limite o mais rápido possível. Um de seus bíceps toca a parte interna da minha coxa em um ritmo rápido e firme, e reviro o quadril para acompanhar. É tão bom. Tão, tão, tão bom.

Fecho os olhos e me entrego, choramingando, gemendo e sussurrando seu nome, passando os dedos por seus cabelos, pelo topo de suas orelhas, pela nuca e descendo por sua mandíbula até onde sua boca está quente e molhada contra mim. Me engasgo com nada ao sentir sua língua deslizando úmida sobre meus dedos, meu orgasmo se apertando no ventre.

— Nolan — sussurro. — *Nolan.*

— Não seja educada, Harriet. — Seus olhos azul-escuros se encontram com os meus. — *Aceite.*

Então ele abaixa a cabeça e me obriga.

É lento e grosso. Indulgente. Dança pela minha espinha antes de se acomodar na minha barriga, serpenteando pelas minhas pernas e fazendo minhas coxas tremerem. Eu me desfaço enquanto Nolan observa, inclinando-se para trás para balançar a palma da mão firmemente onde sua boca estava, deixando que eu me esfregue até o fim. Ele sabe do que eu preciso sem que eu precise pedir, ampliando o prazer até parecer que meu orgasmo está acontecendo há horas. Estou suando, não consigo falar. Chio sem sentido enquanto meu quadril rebola e meu corpo se desenrola como um fio embaixo dele.

Nolan se arqueia em cima de mim quando enfim me aquieto, pressionando a mão ao lado da minha cintura e usando a outra para segurar seu pau. Seus dentes se prendem no lábio inferior enquanto ele acaricia para cima e para baixo, os tendões do pescoço se destacando, em relevo.

— Isso é suficiente — diz ele. Quando se inclina para a frente, os nós de seus dedos batem onde estou molhada e sensível, a ponta grossa de seu pau me pressionando. Ele se move ali, com a mão ainda trabalhando. — É mais do que suficiente.

Forço meus joelhos a se abrirem mais largos e balanço a cabeça.

— Não para mim — afirmo. — Quero você dentro de mim.

Nolan faz um som dolorido e cai em cima de mim, pegando minha boca na sua em um beijo bagunçado e furioso. Sinto meu próprio gosto em sua língua e isso me deixa mais fogosa, meu desejo reacendendo, meu corpo exigindo mais.

— Harriet. — Ele geme. — Acho que não consigo, não vou durar.

— Tudo bem. — Enfio as mãos em seu cabelo, tentando acalmá-lo. — É gostoso. É tão gostoso.

Nolan me toca de novo, murmurando baixinho. Percebo palavras como *encantadora* e *incrível*, seu sotaque um arranhão áspero em algum lugar sob minha orelha. Então, puxa meu quadril para cima e entra fazendo pressão, um deslizamento espesso de calor pesado.

Ele vai devagar. Tão devagar que já começo a me mexer e pedir por mais quando seu quadril se alinha com o meu. Nossos corpos estão pegajosos de suor, meu vestido ainda preso entre nós. Nolan se apoia em mim e enfia um dedo por baixo do tecido emaranhado, arruinado, com um sorriso malicioso curvando a borda de sua boca. Com um lampejo de calor, o vestido se transforma em fitas contra a minha pele, e a magia dele provoca um formigamento. Um único fio se enrola em meu torso, um lindo laço entre meus seios nus.

— Um presente — diz Nolan. — Só para mim.

Dou risada, e Nolan afasta o cabelo do meu rosto com as mãos trêmulas, sorrindo com um leve tremor dos lábios. Continua me observando enquanto movimenta o quadril, a mandíbula frouxa. Seu ritmo é um pouco desleixado, sem prática, mas tudo parece melhor por causa disso. A fricção. A pressão das minhas coxas na cintura dele. A maneira como seus dedos seguram e puxam meu cabelo. Estou reduzida a sentir tudo em partes, porque não tenho certeza de que consigo lidar com tudo isso. Como é espesso, quente e doce estar presa embaixo dele dessa maneira. Ficar aqui deitada e aceitar. Dar o que *ele* precisa.

A testa de Nolan se enruga, seu quadril se move mais rápido, e sei que ele está perto.

— Me mostra — sussurro, e ele balança a cabeça, cerrando os dentes. — Me deixa ver — imploro.

Nolan coloca a mão entre nós, com os dedos procurando.

— Ainda não — ordena. — Preciso sentir você de novo. Preciso sentir você no meu pau.

Ele já sabe como me tocar, penso meio delirante enquanto seu polegar me acaricia. *Ele sabe exatamente o que fazer.*

— Não precisa...

— Não é por você — diz ele. — Eu preciso disso.

Nolan vira a mão e arrasta dois nós dos dedos de cada lado de onde ainda está se mexendo dentro de mim, prendendo meu clitóris e forçando a fricção, e… é isso. O prazer me sufoca, me arrebata. Um orgasmo agudo e furioso me atravessa como uma tempestade, roubando meu fôlego.

Em algum lugar em meio à névoa, eu o ouço gemer, batendo o quadril contra o meu enquanto busca seu próprio alívio. Arrasto as unhas preguiçosamente para cima e para baixo em suas costas nuas ao passo que ele se retesa, com os músculos rígidos, e se esforça para alcançar o prazer.

Nolan está lindo. Sobrancelhas franzidas. Boca aberta. Cabelos úmidos nas têmporas e o lábio inferior inchado pelos meus beijos. Seguro seu rosto com as mãos, observando como desaba, relaxado.

Quando seus olhos voltam a se abrir, têm um tom de azul surpreendente. Um tom que eu nunca tinha visto antes. Sua magia se esconde nos cantos, em manchas douradas, e sorrio para ele. Nolan sorri de volta, com o peito ainda arfando, e então nós dois rimos como idiotas bêbados de amor, nossas bocas se chocando enquanto tentamos nos beijar.

Quando enfim cai ao meu lado, estou mordida de beijos e radiante. Nolan parece igualmente estupefato, com o cabelo bagunçado.

Lembre-se disso, digo a mim mesma, enquanto ele entrelaça nossos dedos, com os olhos fechados, e coloca minha mão contra sua boca. Arrasta um beijo pelos nós dos meus dedos e eu o guardo no lugar secreto ao lado do meu coração.

Por favor, por favor, por favor.

Lembre-se dele.

Capítulo Trinta e Um

Nolan

Tem uma gata sentada no meio da cozinha de Harriet.

Especificamente, a *minha* gata está sentada no meio da cozinha de Harriet, me lançando o equivalente felino de um olhar presunçoso e arrogante.

— Builín — cumprimento por cima da minha caneca de café, piscando com força na luz da manhã, tentando descobrir se estou tendo uma histeria induzida pelo orgasmo.

A janela sobre a pia está aberta, provavelmente foi por ali que Builín entrou, e sua pata laranja está levantada contra a boca. Não a vejo há alguns dias. Suponho que agora saiba para onde ela tem ido.

— Você… precisa de alguma coisa?

A gata pisca para mim. Eu pisco de volta. Dois braços se enroscam em minha cintura nua e sinto um beijo pressionado no meio das minhas costas.

— Por que você está falando com uma gata? — murmura Harriet, sonolenta e preguiçosa, os lábios pressionados em minha pele.

— Que bom que você também consegue ver a gata.

— Claro que consigo.

Harriet inclina o rosto em direção ao meu pescoço e dá um beijo rápido e molhado na lateral. Mal conseguimos nos desvencilhar de seus lençóis, mas estou ansioso para voltar. Considerando tudo o que fizemos um com o outro na noite anterior, eu deveria ser só uma casca vazia. Uma casca ansiando por ar fresco e sustento.

No entanto, sinto os lábios de Harriet em minha pele, e meu pau se contrai ansioso sob a calça de pijama xadrez vermelha que roubei da cômoda dela. É curta demais, batendo logo acima dos tornozelos, mas é macia. Não estou nem aí para a minha aparência ridícula. O conforto é... inigualável. Entendo por que Harriet gosta tanto delas.

— Oliver gosta de vir aqui para ganhar petiscos — diz Harriet, aproximando-se de um pequeno recipiente de lata.

Ela abre a tampa e pega um petisco, depois estende a palma da mão para Builín, que o devora e passa a cabeça na coxa de Harriet em sinal de gratidão.

— Ela é inofensiva, e eu gosto das visitas. — A atenção de Harriet se volta para mim. — Ah! Imagino que ela consiga te ver, né? Você disse que os gatos sempre percebem quando tem um espírito por perto.

— Ela consegue — confirmo lentamente. — Ela vê. Por uma infinidade de razões. Uma delas é que ela é, na verdade, minha gata.

Harriet franze a testa, confusa.

— Como assim?

Aponto a gata com minha caneca vazia.

— Builín é minha gata.

— Mas essa é a Oliver.

— Não. Essa é a Builín.

— Ah, na verdade...

— Builín — chamo, cantarolando. — Vem cá.

Ela cutuca Harriet mais uma vez e depois se aproxima, pulando da borda da mesa de jantar antes de se empoleirar em meu ombro. Seu ronronar ressoa em meu ouvido enquanto ela arrasta o focinho macio em meu maxilar em sinal de afeto.

Harriet me encara, com a mão na cintura.

— Puxa.

— *Aye* — concordo. — Parece que nós dois fomos enganados.

— Aparentemente.

Harriet traz a cafeteira para encher minha caneca e, quando termina, dá um beijo no meu queixo. Isso acorda uma parte carente e negligenciada de mim, e eu inclino a cabeça, pegando sua boca com a minha. Builín pula do meu ombro, patas macias pousando no chão da cozinha. Mas não me importo, porque Harriet tem gosto de hortelã, e de café, e da geleia de figo que está aberta no balcão. É o início de todo sonho bom que já tive, e é exatamente assim que me sinto também.

Um sonho do qual estou prestes a acordar. Um sonho que eu nunca deveria ter tido, para começo de conversa.

Harriet se afasta com uma risada, balançando a cabeça.

— Continue me beijando assim e nunca vamos conseguir fazer nada.

Enrolo o braço em sua cintura e, às cegas, coloco a caneca de café em um balcão superlotado, cheio de casinhas de gengibre de vários formatos e tamanhos. Pego a cafeteira de sua mão e a ponho de lado também. Passo o nariz por baixo de seu cabelo e beijo seu pescoço.

— O que precisamos fazer hoje?

— Ah, não sei — cochicha Harriet. Eu a empurro dois passos para trás para poder pressioná-la na geladeira. O conteúdo lá dentro chacoalha. Um ímã cai no chão. — Coisinhas. A feira, se você quiser. Resolver o mistério da sua vida após a morte, depois disso. — Ela passa os dedos em meu cabelo. — Talvez dissuadir sua supervisora de me mandar queimar no fogo eterno do inferno.

Eu me afasto de seu pescoço.

— Fogo eterno do inferno?

Harriet dá de ombros.

— Ainda não sabemos o que são essas consequências tão misteriosas. Talvez seus amigos espíritos me condenem a queimar por toda a eternidade.

Balanço a cabeça, achando graça.

— O inferno não é assim.

— Ah, não?

— Me disseram que lembra a sala de espera de uma empresa, com iluminação fluorescente.

O rosto de Harriet se contrai.

— Credo.

— Tem um bebedouro de água que nunca para de pingar e o ar-condicionado está sempre ajustado em vinte e cinco graus.

Ela suspira.

— Então para que ter ar-condicionado?

— Exatamente. — Eu me inclino para trás, apoiando-me na geladeira. — Qual é a probabilidade de você deixar isso para lá por uma tarde?

— O quê? Os mistérios do universo? Nem um pouco provável, meu querido. — Harriet pega meu café abandonado. — Temos que levar você para a vida após a morte.

Isso me atinge como um tapa. Minha vida após a morte. Não é algo em que eu queira pensar quando ainda posso ver as marcas que fiz em sua pele.

Ainda não contei a ela sobre a bússola. Deixei-a embaixo de um caixote na prateleira de cima do almoxarifado de Harriet porque não quero saber o que acontece se voltar a ter o objeto em minha posse. O que acontece se eu tocar nela? Queria que meus assuntos pendentes continuassem exatamente assim... pendentes.

Quero ficar onde estou. Aqui, na cozinha de Harriet, com uma calça de pijama emprestada e a luz do sol entrando pelas janelas. Estrelas de papel penduradas no teto e Harriet, de roupão rosa-claro, com os olhos brilhando.

Não quero seguir em frente. Não quero ser levado para longe dela. É a mais cruel reviravolta do destino: o fato de a coisa que eu mais queria estar enfim ao meu alcance e eu não... a *querer* mais.

Estou ganhando *vida* de novo, e para quê? Para deixar tudo para trás quando eu enfim recuperar minha bússola? Para ter uma última amostra de como era ser humano?

Isso não está certo.

— Podíamos ficar aqui hoje — proponho, olhando fixamente para o chão da cozinha. Para nossas pernas, enroscadas junto à geladeira. Os pés cobertos de pantufas de Harriet e minha calça ridícula. — Podíamos...

O resto da minha frase se perde enquanto tento descobrir o que fazer a partir daqui.

Ela coloca a mão em meu queixo e guia meu rosto para cima até que eu não tenha escolha a não ser encarar seus olhos.

— Fingir — diz Harriet. — Podíamos fingir. É isso que você quer dizer, não é?

Expiro e assinto. É exatamente isso que eu quero. Quero fingir que posso ter isto por mais tempo, não só alguns momentos roubados.

— E você quer ir para o passado — aponto, e minha voz não passa de um arranhão. — Você quer continuar procurando.

Ela junta os lábios e eu quero tanto beijá-la que chega a doer. Mas beijá-la durante esta conversa é como roubar de volta algo que nunca me pertenceu.

— O que eu quero — diz, devagar — é ficar com você. Mas nós dois sabemos que isso nunca foi possível. Sabíamos disso desde o início, Nolan.

— Poderíamos passar nossos dias assim. — Arrasto os nós dos meus dedos pela frente de seu roupão. — Poderíamos...

Harriet balança a cabeça, me interrompendo com os dedos em meus lábios. Eu me calo, e sua mão pousa ao longo da minha mandíbula.

— Se eu não puder ficar com você, quero pelo menos ter certeza de que você está feliz. Onde quer que esteja. E isso significa resolver seus assuntos pendentes para que você possa seguir seu caminho. — Ela passa a manga do roupão sob o nariz e depois sob os olhos. — Então, sim. Eu quero continuar procurando. Porque você merece ser feliz, Nolan. E é importante para mim fazer parte disso.

Estou feliz, quase digo. *Estou feliz com você. Estou feliz assim.*

Mas não digo. Porque Harriet está certa. Não posso ficar e não vou magoá-la dizendo algo diferente, só para poupar seus sentimentos. Existem regras, e eu já quebrei todas elas.

Não posso quebrar esta.

Nem sei como faria isso.

— Eu quero ficar com você também — murmuro, esperando que ela consiga ouvir as coisas que não estou dizendo. Afasto alguns fios de cabelo do rosto dela e coloco a mão na base de seu pescoço. Fecho os olhos e sinto a vibração de seu pulso, asas de borboleta na palma da minha mão. — Vamos mais tarde hoje — peço, relutante.

Ela assente.

— Vamos tomar café da manhã primeiro.

— E almoçar — acrescento. — Depois, um cochilo.

Harriet se inclina para trás e olha para mim.

— Um cochilo?

Seus olhos estão vermelhos, mas brilhantes, e a ponta de seu nariz está rosada.

Mas ela sorri mesmo assim, como sempre. Minhas mãos se apertam nas suas.

— Uma desculpa para levar você de volta para a cama — explico.

Ela ri e eu me inclino para a frente para lamber o som de sua língua. Harriet se derrete em mim. Enrosco os dedos na faixa de seu roupão.

Puxo e o tecido se solta.

Não vou poder ficar com Harriet, mas vou poder me lembrar.

Pretendo aproveitar isso ao máximo.

Capítulo Trinta e Dois

Harriet

— Você está enrolando.

— Não estou.

— Está sim.

— *Não* estou.

Eu rio.

— Nolan. Eu vi você refletir sobre colocar o braço nessa manga nos últimos quatro minutos. Você reorganizou todos os meus bonequinhos de gengibre duas vezes. Está olhando para a minha guirlanda como se quisesse refazê-la.

— Ela está pendurada um pouco torta.

— Não, não está mesmo.

Talvez um pouco. No meio. Mas não precisamos redecorar agora. Precisamos visitar meu passado. Ou o dele. Onde quer que sua magia nos leve.

Nolan deixa a cabeça cair para trás, com os olhos fechados e o casaco de lã azul-marinho pendurado em um braço. Ele resmunga algo sobre "teimosia", e "mais tempo", e "devia ter comprado outro folhado de mirtilo".

Amoleço.

— Eu sei que você não quer ir. — Envolvo sua cintura e apoio o queixo em seu peito. Ele me olha de cima. — Eu também não quero, mas é a coisa certa a fazer.

É a única coisa que podemos fazer. Da última vez que ignoramos a magia, ela saiu do controle. Prefiro que não se repita.

Também preciso ter um autocontrole firme sobre mim mesma. Não posso perder de vista como isto vai terminar. Já vai doer bastante quando eu tiver que me despedir. Não quero fingir que não vai acontecer.

Nolan contrai e relaxa o maxilar, com a manga do casaco ainda pendurada frouxa ao seu lado. Procura meus olhos com os dele e enfim levanta a mão para colocar alguns cachos rebeldes atrás da minha orelha. Ele suspira pesado. Do fundo da alma.

— Você tem razão. Precisamos fazer isso. — Nolan engole em seco, com os olhos procurando algo, um lampejo de culpa os apertando. Tenta sorrir e não consegue. — Tem certeza de que não posso convencer você a passar a tarde na loja comigo?

— Podemos ir à loja depois. — Faço uma pausa, dançando os dedos em seu pescoço, logo abaixo da linha do cabelo. Ele fecha os olhos e seus ombros murcham. — Não quero passar o resto do nosso tempo juntos esperando o fim. Está bem?

Seus olhos permanecem fechados e sua boca se achata em uma linha, mas ele assente.

— Tá bom.

— Ótimo. Agora me beija e vamos embora.

Um olho se abre.

— Olhe só você. Coisinha *exigente*.

— Aprendi com o melhor. — Enrugo os lábios. Nolan ri. — Estou esperando — falo, cantando.

Há um farfalhar de tecido quando Nolan veste o casaco e, em seguida, suas palmas sobem pelos meus braços, parando em meus ombros. Lentas. Firmes. Estáveis. Uma garantia de que ele está aqui. De que está *comigo*. Seu nariz encosta no meu e não sei se já tive um momento mais perfeito na vida.

— Me beija — peço de novo, e sinto o gosto de sua risada áspera no momento em que sua boca se aproxima da minha.

Ele é lento, cuidadoso e deliciosamente minucioso. Segura meu rosto e sua boca permanece paciente. Devagar, devagar, devagar. Eu me sinto iluminada por dentro. Reluzindo.

Não percebo que voltamos ao passado até que Nolan se afasta e estamos em outro lugar, com o restante de sua magia brilhando na palma de suas mãos. O céu cinza-pedra e o mar aberto nos recebem. Gaivotas pairando acima do horizonte e ondas agitadas e irregulares.

Nolan franze a testa, olhando ao redor.

— Meu passado — diz.

— Com certeza — concordo, olhando pelo convés do pequeno navio. — Este é o seu barco?

O olhar de Nolan ainda está fixo em algum lugar à distância, com as sobrancelhas para baixo. Pensando.

— *Aye* — responde, distraído. — É minha.

Uma gargalhada sobe pela minha garganta.

— É mulher, então?

— Todos os bons vasos são. — Ele balança a cabeça e olha para mim. Um vento bagunça seus cabelos. Nolan se encolhe. — Isso soou horrível, né?

— Eu não diria *horrível.*

— Eu quis dizer todas as embarcações.

— Aham.

— Estritamente no sentido de natureza náutica, não...

— Tá. Entendi.

Nolan estreita os olhos. É tão fácil provocá-lo.

— Já terminou? — pergunta.

Sorrio.

— Por enquanto.

Ele enfia as mãos nos bolsos do casaco e me lança um olhar de reprovação quando tento fazer o mesmo. Coloquei meu sobretudo rosa até o tornozelo com bolsos pequenos demais antes de sairmos de casa.

Levanto as mãos com luvas e as aceno para Nolan.

— Obrigado. Não quero que você prenda de novo as mãos no casaco enquanto estiver no convés de um navio.

Olho o barco. Se eu abrisse bem os braços, poderia tocar em qualquer uma das extremidades. Tem uma cabine branca na parte de trás. Uma coleção de redes e cordas espalhadas em pilhas organizadas.

Mas não vejo Nolan. Nada além de um gorro de lã descartado, jogado na borda de um caixote velho.

Outra rajada de vento levanta meu cabelo.

— Você sabe em que lembrança estamos? — pergunto.

De vez em quando, ouve-se um baque vindo de baixo de nós. Suponho que ele esteja embaixo do convés, fazendo... seja lá o que os pescadores fazem quando estão lá embaixo.

Fechando as escotilhas? Andando na... prancha?

— Eu passava a maior parte do meu tempo neste barco. Não sei que dia específico é este nem por que estamos...

O resto de sua frase é interrompido abruptamente quando o navio balança sob nossos pés. Nuvens espessas e negras se acumulam ao longe, avançando rápido em nossa direção.

Nolan estende a mão para me ajudar a me equilibrar, segurando com firmeza.

— O que é isso? — questiono.

Ele parece assustado.

— Está vendo o farol?

Viro-me e fito na direção da costa. Percebo o mínimo sinal de uma luz, piscando e diminuindo. Piscando e diminuindo. Mas há uma névoa espessa rastejando em torno das bordas do barco, e eu a perco de vista facilmente. É como se nunca tivesse existido para começar.

— Não — respondo sem força. — Achei que estava vendo, mas agora não estou.

— Sinos de igreja — diz ele para si mesmo.

Um som baixo e misterioso ecoa sobre a água. Bem ao longe. O lento badalar dos pesados sinos de uma igreja corta o ar antes que o vento leve o barulho embora.

Os pelos da minha nuca se arrepiam.

— *Inferno* — fala Nolan. — Eu conheço este dia. — Ele engole em seco. — Este é o dia em que eu morri.

Capítulo Trinta e Três

Harriet

— O dia em que você morreu? — repito.

Nolan assente, com o olhar fixo em algum lugar distante. Ainda está segurando meu braço.

— Bem… — Eu me inclino e olho para a água na lateral do barco. A ondulação está ficando lentamente mais violenta, levantando a embarcação e depois a deixando cair de volta. Como se o próprio Poseidon tivesse erguido a mão da água e estivesse brincando com o pequeno navio. — Isso não parece coisa boa.

Nolan franze a testa, procurando alguma coisa no barco com o olhar. Talvez uma escotilha de fuga.

— Não, não é mesmo.

A chuva começa a cair em gotas grossas e pesadas. Ela pesa no meu cabelo, mas não consigo sentir a temperatura ou a umidade. É uma sensação estranha. É como estar sendo bombardeada por bolas de algodão. Ou andar em uma teia de aranha.

O barco balança de novo, e o Nolan do passado aparece do convés inferior. Está vestindo um suéter branco grosso e tem uma expressão frenética, correndo para o leme. Ele o gira, tentando virar o barco em direção à costa, mas até eu sei que é inútil. A tempestade está vindo muito rápido. A neblina é espessa demais. Não tem como saber para onde está indo.

— Por que você está aqui sozinho? — grito por cima do barulho do vento, da chuva e do oceano espumoso e agitado. Podemos até não conseguir sentir os efeitos da tempestade, mas o som é horrível. Um trem desgovernado. Um rugido que ecoa. — Tinha que ter alguém com você!

Nolan me segura com mais força em um solavanco particularmente violento, com um braço enrolado em minha cintura. Ele está encharcado, desde o cabelo escuro até as botas pretas, com água escorrendo pelo rosto como lágrimas. Não consigo ver nada, a tempestade é uma cortina que nos envolve.

— É um barco pequeno! — grita de volta.

A embarcação dá um solavanco e derrapamos dois metros para a esquerda. Nossos pés são arrastados pelo convés molhado enquanto, atrás de nós, o Nolan do passado está tentando prender as cordas.

Meu Nolan o observa com um rosto incrivelmente triste, o maxilar tensionado.

— Precisamos ir — diz ele.

Pela primeira vez, não quero discutir.

— Sim — concordo. — Vamos embora.

Só que, quando Nolan tenta me puxar em sua direção, o barco se inclina outra vez e uma onda rebelde bate na lateral. A água cai em cascata sobre o convés e eu perco o equilíbrio, batendo a cintura com força. Começo a escorregar enquanto a embarcação rangente pende para a direita. Eu procuro qualquer coisa em que possa me agarrar. Uma corda. Um mastro. Qualquer coisa.

Mas estou desajeitada devido à adrenalina e ao medo. A neblina, o vento, a chuva e o oceano se misturando até que tudo esteja pintado de cinza. Nolan grita por mim, mas não consigo vê-lo. Só consigo ver a versão dele do passado, segurando firme o leme do navio com uma só mão. Seu suéter está grudado na pele como gesso, o ângulo do braço está todo errado.

— Nolan! — grito, sem saber se estou chamando o passado ou o presente.

Ambos, talvez.

Ele deve ter ficado com tanto medo aqui sozinho. Será que sabia que nunca voltaria? Ou teve esperança até o último momento?

Outra onda atinge o barco com um rugido de estourar os tímpanos. Há um estalo feroz, como se a terra estivesse se abrindo, e o Nolan do passado perde o controle do leme. Eu tento alcançá-lo, mas é tarde demais.

O barco está quase perpendicular à água e ele rola pelo convés, batendo a cabeça no mastro do navio antes de cair na água.

Cai na água sem fazer barulho.

— Harriet! — Ouço de algum lugar atrás de mim, frenético e temeroso. — Harriet!

— Estou aqui! — tento gritar.

Mas não consigo me mexer. O convés é muito íngreme, a madeira é muito escorregadia. As ondas estão implacáveis agora, uma depois da outra, batendo na madeira e quebrando-a sob seu aperto monstruoso. Há apenas o rugido do oceano e as batidas do meu coração nos ouvidos. Minha respiração rápida e em pânico, e a voz de Nolan, gritando em meio à tempestade.

Preciso chegar até ele.

Fico de joelhos e tento me virar, tateando sem rumo em sua direção. A madeira geme sob minhas mãos e o mundo gira, a água caindo sobre mim como um martelo. Perco o controle escorregadio com um grito e caio da beirada.

Debaixo da água, o silêncio é total.

Estou consciente de uma forma que provavelmente não deveria enquanto afundo aos poucos sob a superfície. Consigo sentir a água, mas não *sentir*, meu corpo se adaptando ao novo ambiente sem problemas porque não estou *aqui*. Não de verdade.

Não preciso respirar.

Não preciso ver.

Eu apenas *sou*.

Um fiapo. Uma lembrança.

Pertenço a outro tempo. A outro lugar.

Enevoada, sonhadora e coberta de azul, flutuo para baixo, para baixo, para baixo.

Uma parte distante de meu cérebro soa um alerta, mas está longe demais, e estou muito, muito cansada. Estou exausta de pensar, e de lutar, e de querer, e de ansiar. Gostaria de descansar agora. Só por um momento.

Sei que preciso voltar à superfície, encontrar Nolan e deixar que ele me leve de volta ao lugar ao qual pertenço, mas não consigo reunir a energia necessária. Em vez disso, deixo-me afundar, piscando contra o peso do oceano.

A água não faz meus olhos arderem, nem queima meu nariz, nem sufoca meus pulmões. Há uma vaga sensação de pressão, mas é fácil de ignorar. Os detritos do navio flutuam preguiçosos ao meu redor, e eu passo os dedos por um pedaço de madeira. Talvez possa usar isso para voltar à superfície?

Não sei. É coisa demais para pensar. Uma preocupação fácil de deixar de lado. Meus pensamentos se tornam lentos e sou reduzida a cores e sensações. Água fria e dedos dormentes.

Azul. Roxo. O branco desbotado de um suéter.

A água se mexe e eu o vejo.

Nolan está ali, na água, na minha frente. Seus braços estão frouxos ao lado do corpo e seu cabelo é um halo ao redor da cabeça, clareado para um bronze-escuro sob a superfície. Há um corte em sua testa, que atravessa a sobrancelha, porém não está mais sangrando. Ele parece congelado no tempo. Tranquilo.

Nolan pisca, lenta e vagarosamente.

Sim, penso, cansada. *Eu estou aqui. Não precisa mais ficar sozinho.*

Estou feliz por poder estar aqui com ele no final, mesmo que ele não saiba disso.

Ninguém deveria estar sozinho quando morre. Não Nolan. Ele já esteve sozinho o suficiente.

Eu o alcanço através da extensão de mar aberto e ele pisca sem pressa, com as feições suavizadas. Ergue a mão como se quisesse estendê-la de volta e nos aproximamos. Juntos, afundamos cada vez mais, o oceano ficando mais escuro ao nosso redor. Estamos tão longe da superfície, mas é bom aqui embaixo.

Silencioso.

Quente.

Não preciso ter medo.

Este não é o seu lugar, sussurra uma voz. *Volte para mim. Nade, Harriet. Lute.*

Em um segundo. Vou começar a nadar de novo em um segundo. Neste momento, só quero estar com Nolan.

Com Nolan.

Com... Nolan.

Nolan.

Ondas de choque se propagam na água ao nosso redor. Faíscas douradas iluminam a escuridão.

Lindo, penso com uma risada, bolhas saindo da minha boca.

Nolan se afasta, fica mais longe do alcance.

Não, penso. *Não, fique comigo.*

Não quero que ele vá embora. Não quero vê-lo desaparecer.

Ele afunda ainda mais. Seus olhos estão fechados agora.

Sinto uma mão segurar a gola do meu casaco. Há um puxão, um pulso de magia ao redor da minha cintura...

E então não há nada.

Capítulo Trinta e Quatro

Nolan

Aterrissamos no meio da sala de estar de Harriet, encharcados até a alma.

Alcanço seu casaco rosa e tento arrancá-lo de seus ombros, mas o tecido é pesado demais e os braços dela estão presos. O corpo está mole e sem reação embaixo do meu, os olhos fechados e os lábios tingidos de um leve tom de azul.

— Porra. Puxo o casaco mais uma vez, e a cabeça dela pende para o lado. — Porra. Harriet. *Por favor.*

A magia irrompe de mim e a jaqueta desaparece, a camisa azul fina que ela veste por baixo gruda em seu peito.

Ela está imóvel demais.

Gelada demais.

— Harriet — chamo, sacudindo-a uma vez.

Abro sua boca e me abaixo, expirando ar para os seus pulmões. Mas não sei se vai funcionar. Eu sou um espírito. Não *respiro*. Eu me inclino para trás e coloco as mãos bem no meio de seu peito, pressionando em um ritmo firme.

Ela não se mexe.

— Harriet — repito.

Quanto tempo ela ficou embaixo da água? Um minuto? Dois? O tempo é fugaz, especialmente em uma lembrança. Eu nunca deveria tê-la soltado.

Meu Deus, nunca esquecerei a visão dela caindo do barco, com os olhos arregalados de terror, as mãos tentando me alcançar. Eu tentei segui-la, mas ela desapareceu rápido demais. Eu não conseguia vê-la sob a superfície. Não conseguia ver nada.

— Harriet — sussurro de novo, implorando agora, ainda pressionando seu peito.

Conto até trinta, levanto as mãos e espero ver seus pulmões se encherem.

Nada acontece.

Pressiono a boca na dela outra vez.

— Harriet, por favor. Por favor, meu amor. — Eu seguro seu queixo com a mão trêmula, paro de tentar insuflar ar em seus pulmões e suavizo minha boca na dela em um beijo. Estou desesperado. Ela está fria *pra caralho*. — Vai, por favor. Acorda. Acorda para mim.

Será que esta é a consequência de que Isabella me alertou? É este o preço que preciso pagar?

Se for, é alto demais.

Encaro seu rosto pálido.

— Harriet. — Minha voz falha. — Volta para mim.

Traço sua bochecha com o polegar. A água escorre da ponta do meu cabelo para o chão. Estou ciente do silêncio, pressionando enquanto nos envolve em um casulo no chão de Harriet. Ele aperta meus pulmões e minha nuca, minha respiração muito alta na ausência dela.

— Por favor — sussurro.

Harriet se empertiga embaixo de mim com um arfar gaguejante, engasgando-se. Eu a viro de lado às pressas enquanto ela coloca a água em seu corpo para fora, tossindo e cuspindo, minha mão firme em suas costas quando eu a ajudo. O alívio é como uma lâmina me cortando. Estou tão grato que dói.

— Está tudo bem. — Eu a conforto enquanto ela se enrola de lado, com os joelhos dobrados no peito. Seu corpo treme violentamente, seu cabelo molhado é um tufo emaranhado no pescoço. — Nós voltamos. Eu peguei você.

Eu a encontrei embaixo d'água. Eu a trouxe de volta e não a soltei. Ela está segura agora e vai ficar bem.

Seu olhar está perdido, seus dentes rangem.

— F-f-frio — gagueja.

Cuspo um palavrão. É claro que Harriet está com frio. Coloco as mãos em seus ombros e deixo a magia fluir por mim, arrepiante e reluzente. Meu controle está, na melhor das hipóteses, frágil, e a magia explode de mim em uma onda frenética, sacudindo os enfeites da árvore de Natal enquanto cobre Harriet como um cobertor. Ela geme ao ser envolvida em ouro. Eu a aperto com mais força.

— Você está bem — repito, sem conseguir parar de tremer. — Estamos de volta.

Nunca deveríamos ter voltado ao passado. Não quando sei que a chave para eu seguir em frente está escondida na prateleira de cima do almoxarifado. Essas viagens não passam de uma distração e agora são uma ameaça à segurança de Harriet. Eu deveria ter pegado sua mão e a puxado de volta para o presente assim que aterrissamos naquele barco. Eu sabia onde estávamos.

Foi egoísmo guardar segredo.

Minha magia recua, acariciando-a gentilmente enquanto retorna para mim. Bochechas rosadas. Cabelo bagunçado. Olhos cansados. Ela está exausta, mas *viva*, deitada em meia-lua no chão da sala de estar.

Harriet olha para o próprio peito com um som de surpresa.

— Você e-escolheu o de quebra-nozes.

Ela puxa a blusinha de seu conjunto de pijama de flanela, sorrindo de leve para os quebra-nozes dançantes. Não posso dizer que foi uma decisão deliberada. Escolhi o que a aqueceria o mais rápido possível. Harriet se arrepia e eu franzo a testa, gesticulando com a mão outra vez. Um moletom aparece em cima dos quebra-nozes.

É grande demais. Ela fica minúscula no tecido macio, com as mangas estendendo-se além das mãos. Então enfia os dedos nos punhos do moletom, enrolando-se em uma bola.

— É seu?

— É — respondo de imediato, o coração ainda martelando.

Não consigo parar de tocá-la. Passo as mãos sobre seus braços, as costas, a linha de seu pescoço. Pressiono as mãos em sua pele quente e, enfim, solto a respiração quando sinto seu coração pulsando, firme e constante.

Outro arrepio percorre seus ombros e minha magia explode, colocando luvas em suas mãos e um gorro em sua cabeça. Pisco e ela está usando calça de neve, bem fechada na cintura.

Um sorriso bem-humorado se esboça no canto de seus lábios.

— Embora tudo isso seja muito útil, acho que seria melhor se você se secasse. — Ela suaviza a expressão, a mão se levantando para afastar um pouco do meu cabelo molhado do rosto. — Suas mãos estão geladas. Você deve estar congelando, Nolan.

Eu me afasto dela. Estava pingando em suas roupas quentes e secas. Tocando-a com minhas mãos geladas.

— Desculpa. — Invoco minha magia de novo. Minhas roupas molhadas desaparecem e são substituídas por uma calça jeans e uma camiseta cinza. — Eu não... Você estava... E aí... — Tensiono o maxilar, meus molares rangendo. — Me desculpa — digo por fim.

— Ah, Nolan — sussurra Harriet, estendendo os braços e se aproximando mais. — Vem cá. Não precisa se desculpar. Eu estou bem.

Mas quase não esteve, e foi porque eu não consegui mantê-la segura. Porque sou covarde demais para contar a verdade. Porque não consigo ficar longe dela.

Eu a pego no colo e enterro o rosto em seu cabelo, exalando um suspiro pesado. Harriet se agarra a mim com a mesma fúria.

— Chega de viagens ao passado — anuncio em seu pescoço. — Chega, Harriet. Nós não vamos voltar.

Ela passa os dedos em meu cabelo.

— Mas nós não...

— Já chega — digo novamente, minha voz grave, depois pressiono a mão em suas costas, tentando aconchegá-la mais. — Eu não vou te levar. Não vou, Harriet.

— Tudo bem — concorda, então desliza as unhas pelo meu couro cabeludo. — Tudo bem. Vamos ficar aqui.

Assinto, o nariz encostado em seu pescoço. Eu deveria ter contado sobre a bússola. Nunca deveríamos ter ido ao passado.

— Não vou... Não vamos mais voltar.

— Tudo bem — assegura ela mais uma vez, me tranquilizando. — Nós não vamos, Nolan. Está tudo bem. Eu estou bem.

— Está bem.

Fecho os olhos, abraçando-a. Não consigo afastar a imagem dela embaixo d'água, com o cabelo dourado flutuando ao redor. Os olhos cor de âmbar brilhantes, mesmo no escuro. O casaco rosa e a mão, alcançando a minha.

Franzo a testa e inclino a cabeça para o lado, *lembrando*. Não de quando a puxei do oceano, mas antes.

Água fria. Uma dor lancinante em minha testa. Pressão em meu peito e queimação no nariz.

Tudo embaçado e escuro, e depois claro.

Sua mão. Alcançando a minha.

Pensei que fosse um anjo.

Abro os olhos de repente.

— Eu vi você — murmuro.

Harriet se ajeita em meu colo até que seus braços estejam envolvendo meus ombros, a bochecha encostada em um deles.

— O quê?

— Debaixo da água — digo, com a voz trêmula. — Eu vi você.

— Ah. Sim, você viu. Eu não vi você, mas consegui sentir sua magia. — Ela beija a ponta da minha orelha. — Obrigada por ter ido me buscar.

Balanço a cabeça.

— Não, Harriet. Eu *vi* você. Eu me lembro de você. E-eu... eu me lembro de quando estava me afogando — gaguejo, sem saber como isso é possível, mas sentindo a verdade em meu âmago. Eu me *lembro*. — Eu vi você embaixo da água. Você tentou me alcançar. Tentou segurar minha mão.

Uma ruga aparece em sua testa. Harriet procura meus olhos com os dela.

— Você quer dizer que me viu quando me puxou do mar — fala, devagar. — Certo?

Balanço a cabeça.

— Não. É uma lembrança. De antes. É nebulosa, mas eu me lembro de você. De *você*, Harriet. Eu me lembro do seu casaco. — Sinos de igreja. O azul-turquesa dos ovos de um tordo. O verde do vidro marinho. Um rosa muito, muito claro. *Rosa*. O rosa de seu casaco. — Harriet, era você. Eu estava morrendo e vi *você*.

— Como? — sussurra ela.

Balança a cabeça.

— Eu não sei.

Lembro-me daquela coceira na primeira noite em que nos conhecemos. Quando Harriet estava sentada em seu sofá com o cabelo preso em um rabo de cavalo bagunçado. Eu a olhei e algo me pareceu familiar. Uma lembrança, flutuando no limite da minha consciência.

Ela sempre esteve lá. Durante todo esse tempo, Harriet esteve lá.

— O que isso significa? — murmura ela.

— Eu não sei — sussurro de volta.

Encosto a testa na dela e inspiro seu cheiro de açúcar e hortelã-pimenta. Sinto a maciez de seu cabelo. Fecho os olhos e tento ligar os pontos.

— Talvez sempre fosse para eu te encontrar — digo.

Talvez, acrescenta meu coração, *você sempre devesse ter sido minha.*

Harriet aceita bem as notícias — e sua recuperação de um quase afogamento na costa da Irlanda em 1902 também.

Faz panquecas com seu gorro de pompom cobrindo até as orelhas, as luvas descartadas sobre a bancada da cozinha enquanto manuseia a espátula. A constatação de que eu, de alguma forma, vi o seu eu atual no momento da minha morte, há mais de cem anos, validou todas as suas teorias sobre a minha presença em sua vida.

— Eu sabia — afirma pela quinquagésima vez desde que entramos na cozinha, com os olhos brilhantes de entusiasmo. Um torrão úmido de massa sai voando da ponta de sua espátula. — Eu sabia que tinha que ajudar você a seguir em frente. E agora, olha só! Temos a prova!

Penso na bússola na prateleira de cima de seu almoxarifado e me sinto desconfortável.

— Não é exatamente uma prova — rebato, ainda tentando enrolar, ainda tentando esticar nosso tempo juntos.

Parece que não aprendi porra nenhuma.

Ela coloca as mãos na cintura, olhando-me do fogão. Está encantadora com o moletom largo e o pijama de flanela. Cabelo rebelde e bochechas rosadas.

— Achei que você ficaria feliz com isso — diz. — É uma garantia de que você vai seguir em frente.

— Não é coisa nenhuma — respondo, cansado. — Não temos ideia do que isso significa. Não de verdade.

Parte de mim ainda espera que seja uma série de coincidências, sem sentido em sua frequência. Dois navios se cruzando na noite, nada mais e nada menos.

Harriet desliga o fogão.

— Significa alguma coisa, Nolan. Você sabe que significa.

É disso que tenho medo. Como posso seguir em frente se quer dizer que preciso deixar isto para trás? Panquecas à tarde e uma cozinha bagunçada com xícaras de chá que não combinam. Harriet e seus conjuntinhos de pijama.

A ironia é de tirar o fôlego. Harriet é a chave para minha salvação, mas ser salvo significa que irei para um lugar sem ela.

Tiro a borda da minha panqueca. A cadeira à minha frente range contra o chão. A mão de Harriet alcança a minha.

— Ei, fala comigo. O que foi?

Entrelaçamos nossos dedos. Não sei como articular a culpa, a trepidação e a hesitação, então digo:

— Estou tendo dificuldade de descobrir como me despedir de você.

Ela emite um som curto, sua mão se retesa e depois relaxa na minha.

— Nós sabíamos que isso ia acontecer — sussurra.

— *Aye*, eu sei.

Mas não sabia a rapidez com que me apaixonaria. Não tinha ideia de como ela se tornaria importante em tão pouco tempo.

Penso nela embaixo d'água. A expressão em seu rosto. Sua mão alcançando a minha.

Eu não sabia que já estava sentindo saudade dela há mais de cem anos. Agora vou sentir saudade por mais uma vida após a morte.

— Não quero te deixar sozinha — digo, com a garganta apertada.

— Não vou ficar sozinha. Eu tenho Sasha. E Oliver. — Ela tenta dar um sorrisinho, com a boca trêmula. — Não precisa se preocupar comigo. Eu vou ficar bem.

Eu sei disso. Harriet é resiliente, inteligente e tão encantadora que faz meu peito doer. Ela é uma força inominável, e eu a vi reconstruir sua confiança de forma constante nas últimas semanas. Agora, Harriet realmente acredita em si mesma — que pode se manter firme e ficar bem. Que o esforço necessário para exigir mais para si mesma vale a pena.

Sei que ela vai ficar bem sem mim. Vai ficar mais do que bem. Vai brilhar pra caralho. Como já tem brilhado.

Eu sei disso.

É *comigo* que eu estou preocupado.

Capítulo Trinta e Cinco

Harriet

Três dias para o Natal e estou fingindo estar bem até convencer a mim mesma.

Eu disse ao Nolan que vou ficar bem porque não quero que ele se preocupe. Quero que vá para a vida após a morte sem nenhuma hesitação. Ele merece isso.

Mas a verdade é que a despedida vai acabar comigo. Não faz diferença ele dizer que não me lembrarei dele quando se for. Meu coração se lembrará. Eu tenho certeza.

Nolan não diz nada sobre minha alegria forçada, em vez disso, prefere me beijar com vontade toda vez que sugiro outra atividade festiva. Pergunto se ele quer fazer casinhas de biscoito de gengibre e, em resposta, sou encurralada contra a mesa da cozinha. Pergunto se quer patinar no gelo, e acabamos nos pegando no meu carro por quinze minutos. Eu o pego cantarolando uma música de Natal e dou um sorriso tão intenso que minhas bochechas doem.

— Que foi? — pergunta ele.

— Você está cantando.

— Não estou.

— Você está cantando uma música *natalina*.

— Não estou.

— Então você *gosta* do Natal. Mesmo depois de toda aquela murmuração e resmungos.

— Ou, talvez — Nolan estala os dedos e um ramo de visco cresce lentamente da lâmpada acima da minha cabeça —, você esteja me contagiando.

Não agimos como se tivesse um prazo. Somos apenas duas pessoas curtindo as festas de fim de ano, fazendo o possível para ignorar os últimos grãos de areia que restam em nossa ampulheta. Não quero que meus últimos momentos com Nolan sejam esperando pelo fim. Não quero antecipar o adeus.

E é exatamente por isso que estamos comemorando o Natal mais cedo, esparramados no chão da minha sala de estar em frente à lareira com uma pilha de cobertores e comida chinesa suficiente para alimentar um pequeno exército. Eu sei que logo devo não me lembrar de nada, mas o observo embaixo da minha árvore como se, tentando bastante, fosse lembrar. De como Nolan fica *assim*, sentado com as pernas cruzadas na altura do tornozelo sob o brilho das luzinhas, uma caixa de *lo mein* aberta no colo e uma coroa de papel torta no topo da cabeça.

— Você tem tradições muito interessantes — diz ele com um sorriso de lado, perfurando um pedaço de brócolis com o garfo, que logo leva à boca.

— Estava esperando talheres de prata finos? Talvez um ou dois candelabros?

Ele balança a cabeça.

— Eu estava esperando pratos no formato da Fada Açucarada de *O quebra-nozes*, no mínimo.

Eu me sento, superinteressada.

— Você já viu isso em algum lugar? — Nolan revira os olhos, e eu aponto o garfo para ele. — Aí está o infame entusiasmo e espírito natalino.

— Há um limite para quantas vezes se pode ouvir "Crabs for Christmas" antes de a temporada de festas começar a perder um pouco do brilho.

Ofego, ofendida.

— Retire o que disse. É uma tradição de Maryland.

— É uma palhaçada de Maryland.

Cubro a boca com a mão e solto uma gargalhada tão forte que caio para trás. Nolan coloca o prato de lado e engatinha para cima de mim com um sorriso, acomodando-se em cima do meu quadril, com uma ponta da coroa de papel caída sobre a testa. Meu coração gira dolorosamente no peito, como uma chave em uma fechadura enferrujada.

— Você é tão encantadora — afirma ele. — Deveria ter dito isso mais vezes.

É o mais próximo que chegamos de reconhecer o inevitável daqui a alguns dias, e a pressão faz meus olhos arderem.

— Você disse vezes o suficiente — asseguro, com a voz embargada.

É claro que eu tinha que me apaixonar por um espírito. Sempre gostei mais das coisas quebradas e esquecidas.

— Comprei um presente para você — conta Nolan, baixinho. — Quer ver?

Dou risada.

— Por que parece que você está prestes a abrir a calça?

— Não é disso que estou falando. — Ele hesita. — Mas é bom saber. Para mais tarde.

O calor ferve no fundo da minha barriga.

— Mais tarde — repito.

Continuo experienciando fragmentos agridoces do que poderia ser. Talvez em algum lugar de um universo alternativo, uma Harriet e um Nolan diferentes estejam sentados em frente à lareira sem um ultimato pairando sobre eles. Talvez estejam felizes.

Nolan se solta de mim e se acomoda nos cobertores, com os olhos cada vez mais sérios. Há uma fagulha de calor, uma breve chuva de faíscas, e uma caixa aparece em meu colo. Está embrulhada de forma imperfeita — papel kraft com fita adesiva segurando as bordas irregulares —, e meu coração dá outra batida dolorosa. Imagino Nolan embrulhando sozinho. Sem magia. Apenas ele.

Tiro a fita adesiva com cuidado e retiro o papel.

— Não é tão bom assim — diz Nolan em antecipação. — Não quero que se empolgue.

— Tarde demais — cantarolo. — Minhas expectativas estão fora de controle.

— Sem pressão — murmura ele, coçando a nuca.

Dou uma risada quando enfim tiro o papel.

É um estojo de pesca antigo. Azul-marinho e desbotado. Há marcas no local onde sua mão o pegou e o colocou, provavelmente centenas de vezes. Encaixo meus dedos nos dele e sorrio com a correspondência.

— Acho que já tive o suficiente de mar aberto — digo, batendo os dedos sobre a alça. — Mas é encantador. Obrigada.

Vou usar para guardar temperos na cozinha, talvez. Ou para minhas joias, quem sabe.

Ele revira os olhos e segura a pequena trava na frente da caixa de metal.

— O presente está dentro, sua boba. Eu não tinha nenhuma caixa apropriada. Faz tempo que não dou um presente a alguém.

Nolan abre a trava e levanta a tampa.

Dentro há um quadrado bem dobrado de tecido, o mesmo das luvas dele que ainda estão enfiadas nos bolsos do meu casaco rosa perto da porta. Passo a mão sobre o tecido macio como manteiga.

— É um cachecol — explica ele. — Daquela loja que eu falei? De 1978? Eles também vendiam cachecóis. Eu, ah, encontrei no meu apartamento. Achei que você gostaria de ter um conjunto que combinasse.

Eu o tiro da caixa. O tecido é grosso e aconchegante, não desgastado pelo tempo como as luvas. A cor também é um pouco mais vibrante, como se a lã tivesse sido comprada recentemente. Passo as mãos pelas fileiras irregulares.

— Achei que você tinha dito 1976.

— O quê?

— Você me disse que comprou as luvas em 1976 em um centro mercantil.

— Ah. Bem… — Ele engole pesado. — Devo ter comprado o cachecol na mesma época e perdido.

Enrolo o cachecol em volta do pescoço. Há iniciais costuradas na parte de baixo. *NC.* Adoro o fato de que, apesar de insistir em mentir para mim sobre onde conseguiu o cachecol, Nolan é egoísta o suficiente para querer que eu ande por aí com um pedaço dele.

— Obrigada — sussurro. — Eu amei.

— Você não precisa amar.

— Mas eu amo — afirmo. — É meu agora. Para de falar mal do meu cachecol.

Ele abaixa o queixo para esconder o sorriso e eu me inclino para o lado, pegando um pacote embrulhado debaixo da árvore. Entrego para Nolan, juntando as mãos sob o queixo. Estou falando do presente desde que o encontrei há duas manhãs na loja, aguardando ansiosamente a reação dele.

Nolan olha para o pacote em suas mãos, com as sobrancelhas franzidas.

— Você comprou um presente para mim?

— É claro que comprei um presente para você. É Natal. — Passo a mão sobre meu cachecol. — Você me deu um também.

Ele percorre o lindo papel de embrulho dourado com os dedos longos.

— Ninguém me dá um presente há... — ele inclina a cabeça para o lado — ... muito tempo.

Hesito, mas então pergunto:

— É por isso que você odeia tanto a rádio de Natal?

Nolan solta uma gargalhada.

— Não. Odeio a rádio de Natal porque não suporto a música sobre os sapatinhos de Natal. — Ele estremece e depois murmura para si mesmo: — Quem faz uma música tão deprimente? Eu nunca vou entender.

— Esquece essa porcaria de música. — Rio. — E abre logo seu presente.

Nolan sorri para mim e rasga o embrulho de seu presente que nem um doido, o papel dourado caindo no piso de madeira igual a pequenas estrelas cadentes. Me faz lembrar sua magia. A maneira como ela brilha, e reluz, e queima mais forte sempre que eu rio.

Mordo o lábio inferior e cravo os olhos na caixa em suas mãos. Há uma parte de mim que quer jogá-la pela janela e continuar vivendo nesta colcha de negação em que nos envolvemos. Mas eu sei o que está por vir. Soube assim que vi o presente dele na loja.

Nosso fim é inevitável.

Não posso continuar fingindo.

Por mais que eu queira.

Nolan abre a caixinha branca e fica imóvel.

— Harriet — sussurra.

Eu me inclino para a frente para poder ver a bússola aninhada no meio da caixa.

— Eu encontrei no almoxarifado da loja. Dá para acreditar? Estava embaixo de um caixote velho de geleia. Estava lá esse tempo todo. — Dou risada, mas soa rígida. Vazia. — Não posso ter certeza, mas acho que talvez te pertença. Se não, é uma réplica muito boa. Nem funciona. Exatamente como você disse. Lembra?

Ele não tira os olhos da bússola.

— *Aye*. Eu me lembro.

Nolan a reconhece. Eu sei que sim. A descoberta faz com que arrepios se espalhem por meus braços e minha garganta fique apertada. Minha pulsação fica acelerada e o relógio pendurado sobre minha cabeça começa a badalar.

Nosso tempo acabou, penso com tristeza. *Não posso mais me prender a ele.*

— Ela só aponta em uma direção. Não é... — Finco os dentes sobre meu lábio inferior, fazendo de tudo para não chorar. Era isso que eu queria. Era isso que eu esperava. Então, por que está sendo tão difícil? — Não é engraçado? — pergunto, a voz vacilando.

Nolan gira a bússola de leve para um lado e para o outro, observando a seta na parte superior. Quando eu a segurava, apontava só para o meu peito. Não importava para que lado eu estivesse, sempre apontava em uma direção. Agora que Nolan a está segurando, no entanto, aponta...

— Ela aponta para você — diz Nolan, com a voz baixa, cravando os olhos azuis arregalados nos meus. Um sorriso triste e sabido surge em um dos lados de sua boca. — Ela aponta direto para você.

— Ah. Não pode ser...

— Esta bússola é minha — interrompe Nolan, com delicadeza. — Você estava certa. Sobre tudo. Tem razão. Você é a chave para que eu siga em frente, exatamente como pensou. Você e sua lojinha.

Sinto minha expressão desabar.

— Estou muito feliz — desabafo, com a voz embargada.

Nolan pragueja, diminuindo o espaço entre nós e encontrando meu ombro com a testa.

— Não chora.

— Não estou chorando — digo, obviamente chorando. Lágrimas silenciosas escorrem pelo meu rosto. Fungo e passo o dorso da mão embaixo do nariz. — Estou muito feliz por poder dar isso a você. É o melhor presente de Natal de todos os tempos, né?

Nolan bufa. Mas não há humor ali. Apenas frustração. Resignação.

— *Aye*. Teria sido, se eu não tivesse encontrado primeiro.

Sacudo a cabeça.

— Não estou entendendo.

Ele balança a cabeça para a frente e para trás no meu ombro.

— Fui eu que colocou a caixa de geleia em cima da bússola. Eu não queria ver. Não queria tocar. Achei que, se fizesse isso, talvez ela me levasse embora. Pensei que, se eu a ignorasse, poderíamos continuar como estávamos. Não imaginei que você também a encontraria. — Ele fecha os olhos e respira fundo, tensionando o maxilar. — Deveria ter jogado essa porcaria no porto.

— Acho que eu teria encontrado mesmo assim — sussurro.

— *Aye*, eu também acho. — Nolan inclina a cabeça de maneira minuciosa para o lado, como se estivesse dizendo *não* a alguma voz que não consigo ouvir. — Eu não quero ir.

— Nolan.

Ele alcança minha mão e entrelaça nossos dedos. Faíscas douradas começam a dançar de seus nós, pousando como beijos nas costas da minha mão.

— Eu não quero ir — repete.

— Sua magia — sussurro.

Nolan assente.

— *Aye*. Ela está me chamando de volta.

— De volta para onde?

— Não sei.

Encaro a bússola descartada no chão, com mais lágrimas enchendo meus olhos. Passei tanto tempo tentando *não* pensar na partida de Nolan que não tenho ideia do que fazer agora que está acontecendo.

— Quanto tempo nos resta?

Nolan abre os olhos azuis brilhantes, o olhar levemente suplicante.

— Eu não sei. — Ele engole em seco, a tensão transparecendo nas linhas do rosto. — Não muito.

Assinto e digo a mim mesma para ser corajosa. Eu sabia que ia acontecer. *Sempre* soube.

Mas isso não facilita o processo. Na verdade, eu só piorei tudo. Estiquei meu sofrimento como um elástico e agora o centro dele está vibrando de tensão. Quando se romper, ficarei despedaçada. Como o papel dourado no chão.

— Está tudo bem — sussurro, uma única lágrima escorrendo pela minha bochecha antes de eu enxugá-la e tentar sorrir. — Vai ficar tudo bem.

— Eu não quero ir — repete ele, e *meu* peito racha, deixando uma estranha combinação de culpa, tristeza e afeto vazar.

Sinto como se estivesse sob as ondas de novo, lutando para alcançar a luz da superfície.

— Não, Nolan. Isso é bom. É o que você esteve esperando todo esse tempo. — Fungo. Outra lágrima escorre, e Nolan balança a cabeça, estendendo a mão para enxugá-la. Pressiono o rosto em sua palma. — Estou muito feliz por poder estar com você no… fim. — Solto um suspiro agudo. — É para ser assim.

— Não parece. — Ele arregala os olhos, há outro puxão feroz em seu corpo. A magia é uma corda, puxando-o na direção oposta à minha. — Não sei como me despedir de você. Preciso de mais tempo.

Balanço a cabeça, sorrindo com tristeza.

— Isso é tudo o que temos.

— Não. Não, eu preciso de mais.

— Não podemos.

— Harriet — implora Nolan, então me guia com a mão em minha bochecha, trazendo-me para seu corpo, envolvendo-me com seus braços. Ele me segura ferozmente. Como se pudesse se prender aqui comigo só pela força de vontade. — Harriet, eu nunca… — Nolan engole em seco, seu corpo inteiro se agita sob a força da magia. — Vou pensar em você todos os dias. A cada momento. Só em você.

Fecho os olhos.

— Por favor, não diga adeus — sussurro, meus lábios contra sua bochecha, minha voz se desfazendo em pedaços.

Outra lágrima persegue a primeira. Depois outra, e mais outra, até que estou chorando em silêncio contra sua pele.

Nolan me aperta com mais força. Seu corpo grande estremece no meu. Ele está resistindo ao puxão de sua magia com tanta força que está tremendo. Tudo para ficar só mais um momento.

Isso me faz amá-lo ainda mais. Esse homem teimoso e impossível.

— O que você gostaria que eu fizesse? — murmura ele.

Eu me inclino para trás até poder segurar seu rosto. Toco suas sobrancelhas. Aquela fina cicatriz branca. A inclinação das bochechas e a linha marcada do maxilar. Tento dar uma última boa olhada nele.

Vou me lembrar dele. *Vou me lembrar.*

— Quero que me beije — peço em meio às lágrimas. — E me diga que vai me ver amanhã. Exatamente como na primeira noite.

Nolan encosta o nariz no meu. Roça os lábios no canto da minha boca. De um lado e depois do outro. Tão, tão carinhoso.

— Harriet — diz, mexendo a boca na minha. — Vejo você amanhã.

Sua voz falha na última palavra e eu assinto, fungando e fechando os olhos com força. Não quero assistir a ele indo embora. As únicas coisas que quero são sua boca na minha e meu corpo colado no dele. Levanto a cabeça e Nolan me dá um beijo, lento, e doce, e tão sincero que soluço mais uma vez. Seguro seu cabelo com os punhos fechados até não conseguir mais.

Até haver uma chuva de faíscas douradas e um sussurro doloroso do meu nome.

Até eu estar sentada no chão em frente à minha lareira, sozinha.

Mantenho os olhos fechados e as pernas grudadas no peito.

— Não se esqueça — falo para a sala vazia, encostando a testa nos joelhos.

Desenho seu nome no tecido do meu pijama e o entoo sem parar.

Nolan.

Nolan.

Você o ama. E acho que ele poderia ter amado você também.

Com um pouco mais de tempo, acho que ele poderia ter amado você para sempre.

— Não se esqueça — digo de novo. — Por favor, por favor. Não se esqueça.

Capítulo Trinta e Seis

Harriet

Acordo no meio da cama com os olhos inchados e a garganta arranhada, e fico olhando para o teto.

Nolan, penso, e fecho os olhos em alívio. *O nome dele é Nolan.*

Eu não esqueci.

Penso em como seu cabelo se enrolava no colarinho. Na sensação da sua risada em minhas costas, seu braço pesando sobre minha cintura.

Uma lágrima escapa pelo canto do meu olho.

Lembre-se, sussurra uma voz persuasiva no fundo da minha mente. *Lembre-se e espere.*

Eu me obrigo a levantar da cama e desço as escadas. Pego a bússola descartada do chão e a coloco em cima da lareira. Depois, preparo uma xícara de café e espero.

Sento-me perto da janela, observo a água e espero.

Observo o sol atravessar o céu e espero.

Observo as estrelas piscando até ganhar vida e espero.

Caio em um sono inquieto no sofá e, em meus sonhos, espero.

Nolan não vem, mas eu espero.

O amanhã vem e vai. Assim como o dia seguinte.

Coloco uma vela na janela e lembro.

Lembro e espero.

Capítulo Trinta e Sete

Harriet

— Vamos deixar as árvores até o fim de janeiro como de costume?

Sasha tem pisado em ovos perto de mim desde o Natal, sem dúvida lendo a melancolia que mantenho enrolada em mim como o cachecol que não me dei ao trabalho de tirar. O Natal chegou e passou, e Nolan não voltou.

Estou muito triste. Eu sei disso. É difícil não ficar.

Portanto, estou me permitindo sentir meus sentimentos enquanto ando pela Toca do Corvo, pensando em Nolan. Faço um inventário de minhas lembranças, ticando cada caixa para ter certeza de que nada mudou. A pista de patinação no gelo. O campo de árvores. O canto dos fundos da loja onde fica sua poltrona favorita, e meu quarto. Minha cozinha. Sua xícara de chá.

Ainda está tudo lá. Todas as rachaduras e fendas preenchidas por Nolan.

Talvez tenha sido seu último presente para mim. Um pouco de magia para mantê-lo aqui.

Seja como for, sou grata por não ter que esquecer a risada rouca dele ou a forma relutante como sua boca sempre se contorcia num sorriso.

Como se, mesmo depois de cem anos, ele ainda não tivesse certeza de como fazer isso.

— Harriet — chama Sasha, com cautela. — Você está bem?

A pergunta de um milhão de dólares.

— Sim e sim — digo, mordendo a parte interna da bochecha. — As decorações ficam até o final do mês, e eu... estou ok.

Ok me parece uma boa palavra para descrever o meu estado.

Sasha franze a testa ao me olhar do lado de um espelho antigo. Dou uma boa checada em mim na moldura dourada e estremeço. Meu cabelo está em um coque bagunçado no topo da cabeça. Estou com olheiras e cansada. E meus ombros estão curvados até as orelhas, com o cachecol que Nolan me fez enrolado três vezes no pescoço.

— Talvez eu esteja um pouco menos que ok.

Sasha assente, solene.

— Usei o espelho de propósito. Você precisava dar uma boa olhada em si mesma.

Eu a encaro sem achar graça.

— Imaginei. Obrigada por isso.

Sasha contorna o espelho e dá a volta no balcão, juntando-se a mim onde estou tentando limpar os adesivos de preço da base de taças empoeiradas. Absorvemos um pouco do estoque de uma loja de antiguidades vizinha que teve que fechar as portas, e eles inexplicavelmente colocavam adesivos em tudo.

— Isso de você ficar aí toda tristonha tem alguma coisa a ver com o cachecol que você se recusa a tirar?

Enfio o queixo no tecido. Ainda tem o cheiro de Nolan. Cravo e sal marinho.

Que *saudade* dele.

— Talvez.

Sasha hesita, esperando que eu fale mais. O que não faço.

— Será que tem alguma coisa a ver com o bonitão que veio aqui com aquela bonitona?

Paro de tentar descarregar meu sofrimento na base de uma taça de vinho.

— Você se lembra disso?

Ela faz uma careta.

— Foi no mês passado. É claro que eu me lembro.

Sim, mas... eu meio que presumi que ela não se lembraria. Nolan disse que os espíritos não são lembrados. Que quando um mortal o vê, ele desaparece de repente de sua consciência. Eu me pergunto o que mais…

Esmago de súbito esse pensamento. Não. *Não*. Isso não significa nada. Nolan se foi e eu estou aqui.

Não adianta ficar discutindo os detalhes de um mundo sobre o qual nunca saberei mais.

— Aquele cara meio que te olhava como se o mundo girasse ao seu redor — continua Sasha. — E eu não o vi mais desde então.

Assinto, cutucando a borda de um adesivo.

— Sim. Tinha… Nós tivemos um rolo. — Um rolo que parecia ser *tudo*. Um rolo que deve ter me arruinado para qualquer outro *rolo* pelo resto da minha vida. — Mas foi temporário e nós dois sabíamos disso. Ele… seguiu em frente. Foi embora.

Sorrio para mim mesma. Desconfio que pareça um soluço.

Sasha me encara.

— Ele vai voltar?

Balanço a cabeça.

— Ah, poxa. — Sasha encosta a cintura no balcão ao meu lado. — Vamos precisar de uma bebida?

— Não. — Sorrio e apoio a cabeça em seu ombro. — Estou lidando com isso. Estou só… me dei espaço para lamentar o que poderia ter sido, acho.

— Justo — diz Sasha. — Se você quiser conversar sobre isso, estou aqui, tá? — Ela dá um tapinha de leve nas minhas costas. — Prometo não fazer mais nenhuma gracinha com o espelho.

— Agradeço. — Dou risada.

— Mas você meio que parece a sra. Havisham de *Grandes esperanças*, andando por aí com esse cachecol.

Reviro os olhos.

— Anotado.

Sasha aponta com o polegar por cima do ombro.

— Vou adiantar minhas leituras enquanto finjo que estou fazendo o inventário. Se precisar de mim, é só gritar.

— Pelo menos você é sincera — berro em resposta.

Ela dá um aceno de mão.

— Você é sempre bem-vinda a se juntar a mim!

— Algumas de nós ainda têm trabalho a fazer!

Deixo a mente vagar enquanto tiro os adesivos do restante das taças. Mantenho o cachecol em volta do pescoço e pressiono o rosto nele de vez em quando. Posso ser a sra. Havisham, mas é bom sentir que ainda tenho um pedaço de Nolan aqui comigo.

Não tenho nenhum outro lembrete tangível. A bússola desapareceu da lareira na manhã seguinte à partida dele. Tudo o que restou foi a caixinha branca em que a embrulhei e os pedaços de papel de embrulho dourado entre as tábuas do assoalho.

Gosto de pensar que está com Nolan agora. Seja lá onde ele estiver.

O sino na porta toca anunciando um novo visitante.

— Já vou te ajudar — grito. — Fique à vontade para dar uma olhada e me avise se tiver alguma dúvida.

A porta se fecha e sapatos de salto alto tilintam sobre o piso irregular. Uma sombra cai sobre minhas taças descombinadas.

— Na verdade, eu estava querendo falar com a proprietária. — Levanto a cabeça e minha irmã me oferece um sorriso hesitante do outro lado do balcão. — Se não tiver problema.

Preparo um chá para nós e encontro duas cadeiras em um dos cantos nos fundos, arrumando-as de modo que possamos conversar perto de uma das janelas. Está nevando esta tarde, uma leve neblina do outro lado do vidro que me faz pensar em manhãs preguiçosas na cama. Nas mãos de Nolan no meu cabelo e sua pele nua sob minha boca.

Pisco e me concentro na minha irmã, mexendo a colher com um pouco de agressividade demais. O objeto bate nas bordas da xícara fazendo *clink clink clink*.

— Estou surpresa em te ver — começo.

Ela não disse nada além de um “obrigada” fraco desde que lhe entreguei a xícara e, por mais que eu não me importe de dar espaço para que ela reúna toda a coragem de que precisa, não tenho ideia do que está fazendo aqui. É possível que esteja analisando o terreno para minha mãe, mas isso parece um pouco desesperado demais para Donna York.

— Não achei que fosse aparecer aqui — tento de novo, forçando-me a ficar quieta, a *esperar*.

Samantha assente, olhando para a xícara de chá como se nela estivessem guardados os segredos do universo.

— Imaginei que não, considerando nossa última conversa.

Sorrio, tensa.

— E como você tem ignorado minhas mensagens há meses.

Ela estremece.

— Justo.

Fico quieta. Se Samantha está esperando um pedido de desculpas, não vai receber. Não me arrependo de nada do que disse no baile de gala. Pela primeira vez em muito tempo, fui sincera. Fui corajosa. Nolan me mostrou que eu poderia ser essas duas coisas sem me desculpar por isso. Não pretendo desfazer todo seu trabalho árduo facilitando a situação para minha irmã. Embora seja *difícil* para mim não preencher o espaço entre nós com palavras tranquilizadoras, mantenho-me firme. Sopro o vapor saindo da minha xícara e espero.

— Eu sempre tive inveja de você, sabe — confessa ela, por fim.

Quase cuspo meu chá.

— *O quê?*

Um sorriso tenso se desenha no rosto dela.

— É tão difícil assim de acreditar?

— É — digo, rápido e com ênfase. — Você... você... — Coloco meu chá no parapeito da janela. Minhas mãos tremem tanto que é difícil segurar a xícara. — Você *me* invejava? Por quê?

Como?, quero perguntar. *Quando*? Samantha sempre foi a mais arrumada. Aquela com a qual minha mãe me comparava, só para concluir que eu ficava lamentavelmente aquém.

Seu sorriso se entristece.

— Você sempre pôde ser quem queria, enquanto eu não tive escolha a não ser me encaixar no molde que foi feito para mim.

Pisco, chocada.

— Samantha. — Preciso me acalmar. Não sei se estou furiosa ou espantada com o fato de nós duas termos sido machucadas de maneira tão profunda pela mesma coisa. Talvez uma combinação dos dois sentimentos. — Passei a vida inteira tentando me *encaixar* nesse molde. Era como se... ninguém quisesse que eu me encaixasse.

Ela assente.

— Eu sei disso agora. Ou fiquei sabendo depois do que você disse no baile, acho. Eu pensava que você tinha um poço de confiança que eu nunca descobri como acessar e que estava só fazendo o que queria, sem se importar com as consequências.

Ela coloca a xícara ao lado da minha, as alças de cerâmica se encostando. Não são do mesmo jogo, mas combinam muito bem. Fico observando-as por muito tempo.

— Quando você tomou a decisão de largar a carreira na advocacia e assumir este lugar — continua Samantha —, fiquei furiosa. Era como se você pudesse fazer o que quisesse enquanto eu ficava presa. Enquanto eu precisava arrumar a sua bagunça. Não foi uma reação justa, e isso é algo que estou trabalhando na terapia, mas... acho que nunca considerei que as mesmas opções não foram dadas a você.

— Eles gostavam mais de você — digo. — Eles *sempre* gostaram mais de você.

— Acho que mamãe tinha medo de como você se deu bem com a tia Matilda tão rápido — comenta Samantha. — Acho que ela sempre teve dificuldades de te entender, e foi difícil quando Matilda acertou na primeira tentativa. Não estou inventando desculpas por ela, mas acho que a mamãe sentiu que perdeu você antes mesmo de te ter.

— Eu era uma criança.

Samantha assente.

— Eu sei. Não é justo o modo como ela tratou você. Nossos pais também são pessoas. Eles cometem erros e fazem escolhas erradas. Mas você...

Ela se interrompe. Meu coração bate furioso no peito.

— Mas eu?

— Você foi tão corajosa — prossegue Samantha em um sussurro, olhando para cima e depois para baixo novamente. — Muito mais corajosa do que eu. Tudo o que a mamãe impunha, você parecia aguentar. Você não cedia. Você não se abatia.

— Claro que me abatia — interrompo. — Isso me machucava. Todas as vezes.

Samantha assente.

— Sei disso agora. Mas você também era muito boa em fazer as outras pessoas acreditarem que estava bem. Eu achava que você tinha algo que me faltava.

— Sim. — Solto uma risada. — Um complexo de querer agradar as pessoas.

— E, aparentemente, eu andei nutrindo um complexo de inferioridade — responde Samantha, com um sorriso triste repuxando os lábios. — Conforme fui crescendo, acho que minha admiração se transformou em irritação. Passei tanto tempo com inveja de você que esqueci que era para estarmos do mesmo lado. Nós éramos parceiras, lembra?

As lágrimas ardem em meus olhos.

— Sim. Nós éramos parceiras.

Contávamos tudo uma à outra. Nos deitávamos embaixo dos cobertores dela à noite, com o rosto a centímetros de distância um do outro em seu travesseiro e cochichávamos sobre tudo o que gostaríamos de ser. Nós éramos melhores amigas.

O rosto de Samantha se suaviza.

— Eu gostaria de voltar a isso, se conseguirmos. Acho que vai levar algum tempo, para nós duas. E sei que devo um pedido de desculpas a você. Mas gostaria de tentar.

Eu fungo, tentando discretamente limpar a parte de baixo do olho com a ponta do cachecol. Mas o sentimento se esvai quando sinto o pequeno *NC* bordado na borda.

Talvez eu tenha sido a chave para Nolan seguir em frente em sua vida após a morte, mas acho que ele foi o empurrão que eu precisava *nesta* vida. Ele me forçou a me enxergar com outros olhos. Também me tornou corajosa o suficiente para me defender e, por causa disso, Samantha também passou a me ver de outro jeito.

É como se Nolan tivesse esticado a mão acima da minha cabeça e consertado aquela lâmpada quebrada no almoxarifado. Estou vendo tudo de um ângulo que nunca vi antes. Há luz em todos os meus cantos escuros, descortinando as coisas esquecidas.

— Eu também gostaria de tentar — digo a Samantha. Eu me arrisco. Estendo a mão para ela. Quando ela encosta a dela na minha, algo em meu peito se realinha, muda e se acomoda. Deixo escapar um suspiro e dou meu primeiro sorriso verdadeiro em semanas. — Eu gostaria muito.

Capítulo Trinta e Oito

Nolan

Se eu soubesse que a vida após a morte era só mais sala de espera com paredes brancas e uma pintura de paisagem sem graça, não teria lutado tanto para chegar aqui.

— Estou no inferno? — pergunto.

Isabella inspeciona as unhas, completamente desinteressada em meu chilique.

— Pela décima quinta vez, gostaria de reiterar: não. Você não está no inferno, Nolan.

— Você pretende me prender contra a minha vontade por toda a eternidade ou só por um período curto?

— Nossa, como você está dramático esses dias.

Cruzo os braços, recostando-me na cadeira de plástico que me foi designada. Ela range em ameaça.

— Você me manteve aqui por semanas sem explicação. Acredito que tenho direito à minha cota de drama.

Isabella estala a língua e uma lixa aparece do nada. Ela começa a modelar as unhas.

— Não existe isso de *semanas* neste lugar, Nolan. Por favor, tente se controlar.

Não *consigo*. Estou um caos desde que cheguei a esta sala — não importa há quanto tempo. Com certeza parecem semanas.

Semanas sem saber se Harriet está bem. Semanas pensando em seu rosto quando ela me pediu para não dizer adeus. Semanas sentindo a ausência dela como uma faca entre minhas costelas.

Fui enviado para assombrar Harriet, mas ela acabou *me* assombrando.

— Eu gostaria de ir embora — digo, talvez pela octogésima sexta vez.

— Não — fala Isabella, passando de uma unha para a outra. — Como já enfatizei, estamos aguardando a chegada de uma colaboradora. — Olhos escuros brilham para mim por baixo de cílios grossos. — Seja paciente.

— Minha paciência se esgotou.

Ela revira os olhos.

— Jura?

— Eu quero…

Uma batida soa na porta, leve e animada. Três batidas rápidas em sequência.

Isabella mantém os olhos em mim. Ela estala os dedos e a lixa de unha desaparece.

— Você vai se comportar? — pergunta.

— Depende.

Ela assenta a boca em uma linha fina.

— Acho que é o melhor que vou conseguir. Pode entrar — grita.

A porta se abre com um rangido e um pequeno borrão laranja entra. Builín se aproxima e se senta aos meus pés pacientemente, com a cauda laranja e branca balançando com alegria no ar. Pisco.

A gata mia uma saudação e pula no meu colo, cutucando meu peito com a bochecha e, em seguida, se pendurando de modo dramático em cima de mim. Faço um carinho de leve sob seu queixo, mais confuso do que nunca.

— Por que minha gata está aqui?

— Ela não é sua gata — diz uma voz familiar, rindo.

Minha atenção se volta para a mulher ao lado de Isabella, com um leve sorriso no rosto e os braços cruzados. Ela ergue as sobrancelhas quando nossos olhares se encontram e se fixam, um sorriso lento se curvando em sua boca com traços familiares.

— Você me reconhece? — pergunta ela.

Assinto. A tia de Harriet, Matilda, está de pé na minha frente, vestindo um suéter colorido com mangas largas, o cabelo encaracolado desarrumado como o de Harriet. Isso provoca uma pontada de saudade tão feroz no meu peito que é de se admirar que eu não caia da cadeira.

— Ótimo. — A mulher bate uma palma com as mãos. — Eu estava querendo falar com você.

— Trazer espíritos que partiram há pouco tempo de seus respectivos locais de descanso leva tempo — explica Isabella. — Foi esse o motivo da espera. Teve um pouco de... — Ela e Matilda trocam um olhar carregado — ... burocracia.

A tia de Harriet estala os dedos e uma poltrona aparece. É a mesma que eu escolhi na loja de antiguidades. A que ficava ao lado da janela, onde eu lia meus livros enquanto sua sobrinha andava lá na frente. Ela se acomoda na poltrona, com uma caneca fumegante de chá ao seu lado. É uma caneca de árvore de Natal, claro que é. Sorrio.

— Entendo que temos uma conhecida em comum — diz Matilda, suavizando o rosto. — Como está minha garota?

Inclino-me para a frente em meu assento, com os cotovelos apoiados nos joelhos.

— Ela é um caos — respondo, com a voz embargada. — Cor por toda parte. Uma risada que é só um pouquinho alta demais. Dolorosamente viciada em bengala doce. — Hesito. — Tão encantadora por dentro quanto por fora.

Sinto tanta saudade dela.

Matilda dá uma risada que enche a sala, refletindo nas paredes brancas. Uma que é só um pouquinho alta demais.

— É, parece a minha Harriet. — Ela fecha os olhos e um sorriso melancólico se insinua. — Sinto saudade dela — acrescenta, baixinho.

— Ela sente saudade de você — afirmo. — Você não... foi visitar?

Matilda balança a cabeça.

— Não posso. Há restrições de tempo. Se os espíritos pudessem ver seus entes queridos assim que se separam, não sei se conseguiriam seguir em frente. — Ela sorri com tristeza, os olhos afiados. Aponta com a cabeça para Builín, que ainda está em meu colo. — Embora eu tenha encontrado minhas maneiras de saber como ela está.

— Builín é sua?

— Prefiro Oliver, mas sim. É minha. Ela fez companhia a Harriet quando eu não podia. — Aquele sorriso triste de novo. — Eu não queria que minha menina ficasse sozinha.

Passo a mão sobre as costas arqueadas de Builín. Sua cauda balança em meu peito.

Eu também não queria deixar Harriet sozinha. Fico mal só de pensar nisso.

— Você está aqui para me guiar até o próximo lugar? — pergunto. — Já que foi Harriet quem me fez seguir em frente.

Matilda pisca para mim, com a caneca de chá parada a meio caminho da boca.

— Você não sabe? — Sua atenção se volta para Isabella. — Ele não sabe?

Minha supervisora faz que não com a cabeça.

— Ele ainda não se deu conta.

Faço uma careta.

— O que eu não sei?

Elas me ignoram.

Matilda coloca a caneca de árvore de Natal de lado em uma mesa de apoio que aparece do nada. Outro cacareco que vi na loja de antiguidades.

— Mas ele não pode achar que foi tudo uma coincidência.

Isabella dá de ombros.

— Para um homem tão inteligente, parece que ele é bem burro.

Matilda faz um som pensativo.

— Bom, ele morreu navegando direto para uma tempestade. Não deve ser a pessoa mais brilhante do mundo, mesmo.

— Tem razão.

— Com licença. Alguém poderia me explicar? — Olho de uma para a outra. — Isso tem a ver com Harriet? Aconteceu alguma coisa?

O rosto de Matilda se suaviza.

— Harriet está bem. Quer dizer, o melhor que pode estar. — Ela hesita, passando o polegar pelo lábio inferior. Já vi Harriet fazer a mesma coisa um milhão de vezes, e meu coração dá outra pancada dolorosa no peito. — O que você acha que está fazendo aqui, Nolan?

— Sendo torturado.

Isabella bufa.

— Não isso. Por que você acha que veio para este lugar, Nolan? — pergunta Matilda. — Esta — diz ela, gesticulando para o espaço aberto ao nosso redor — sala de espera.

— Porque... — Olho para Isabella, mas ela mantém a expressão cuidadosamente neutra. — Porque Harriet descobriu qual era o meu assunto pendente. Encontrou a bússola, e isso resolveu um enigma de décadas. Consegui seguir em frente quando ela me colocou no caminho certo.

Isabella aperta a ponte do nariz com um suspiro.

Matilda me encara.

— Nossa — exclama Matilda. — Você é burro mesmo.

Cerro os dentes.

— Eu gostaria de uma explicação.

Não aguento nem mais um segundo dessa discussão vaga. Minha paciência está por um fio. Toda vez que fecho os olhos, sinto Harriet estremecer em meus braços. Vejo seus grandes olhos castanhos, cheios de lágrimas. Minha boa vontade acabou.

— A bússola nunca foi seu assunto pendente. — Matilda pega a caneca de volta. Builín pula do meu colo e vai até ela, enrolando-se entre suas pernas. — Harriet é.

Tudo fica imóvel e tenso. Como um daqueles brinquedos que eu tinha quando criança, em que a corda era puxada por trás. Minha corda foi puxada, mas nada sai. O ruído branco preenche o espaço entre meus ouvidos, minha garganta está seca.

— O quê? — pergunto, expirando.

Isabella alisa a saia.

— Você já se perguntou por que continua sendo um espírito, apesar de cumprir todos os pedidos que já fiz a você? — questiona, e eu permaneço em silêncio. — Você estava esperando, Nolan. — Algo inusitadamente terno e suave transforma as feições duras da minha supervisora. — Você estava esperando por Harriet. Para existir no mesmo tempo que ela. Suas almas estavam juntas no início, e estarão juntas no fim.

Apoio as mãos nas bordas da cadeira, com os nós dos dedos brancos. Mal me atrevo a ter esperança. A respirar.

— Como você... — eu expiro — ... tem certeza?

Isabella levanta uma sobrancelha insolente.

— Você não tem?

A bússola. Aquele dia no oceano. A maneira como sempre senti que estava sendo atraído incessantemente para a órbita dela. Como passei minha vida inteira *procurando*. A vibração sob minha pele toda vez que ela olhava em minha direção. A maneira como pensei tê-la reconhecido naquela primeira noite. A *saudade* que sinto dela.

Aye, tenho certeza.

— Isso não acontece com todos os espíritos — explica, sem pressa, com uma tristeza antiga brilhando por trás de seus olhos escuros. — E, às vezes, há complicações… que impedem que duas almas voltem a se encontrar. Você tem uma sorte extraordinária, Nolan.

— Sorte — repito, seco.

Isabella assente.

— *Sorte* — digo mais uma vez. Solto a borda da cadeira e pressiono a palma das mãos nos joelhos. Minhas mãos tremem, meu corpo inteiro cambaleia com a força desse sentimento. — Você está me dizendo que fui forçado a existir em outro tempo sem a mulher que eu… — Engulo a palavra, não querendo dizê-la pela primeira vez a ninguém que não seja Harriet. Fecho as mãos em punhos e tento de novo. — Vivi vidas inteiras esperando, sem motivo, sem aviso. Fui completamente *infeliz*. E você chama isso de *sorte*?

Isabella fixa um olhar impenetrável em mim.

— E agora que você sabe a verdade, quantas vidas mais você esperaria? Pela sua Harriet?

Minha frustração me deixa com pressa. De repente, me sinto exausto. Cansado até os ossos.

— Quantas fossem necessárias — respondo. — Não importa quanto tempo.

— Boa resposta — diz Matilda de sua poltrona aconchegante.

— Mas você não poderia ter mencionado isso? — pergunto a Isabella, passando a mão pelo cabelo, frustrado. — Todo esse papo de consequências, e você não poderia ter apenas me *contado* que era para ela ser *minha*?

Seu rosto permanece impassível.

— Não, não poderia.

— Por quê?

— Você teria acreditado em mim? "Nolan, isto não é um exercício de treinamento. Esta é a sua Harriet. Sua. Ela foi feita para você, assim como você foi feito para ela." — Ela sorri. — Você teria rido na minha cara.

Reflito, e então, a contragosto, aceito que ela tem razão.

— Talvez.

Isabella bufa, cruzando os braços sobre o peito.

— Eu contei o máximo que pude. Mais do que isso e eu teria enfrentado minhas próprias consequências. Suas viagens ao passado foram feitas para acelerar o processo. Você não vê? O barco, quando ela era criança. Como você cantava as músicas de Natal favoritas dela antes de conhecê-la. Harriet até fez a mesma geleia que sua mãe servia quando você era criança. Ela esperou por você a vida inteira, e você a tem procurado há tanto tempo quanto ela.

Penso na lembrança em que Harriet estava no sofá, com o queixo apoiado nos braços cruzados, olhando para a água. Outra em que eu estava sentado à mesa em minha casa, fazendo o mesmo.

Nós dois sozinhos.

Passo a mão pela boca, com a garganta seca. Há uma certeza por trás de meus olhos que não consigo afastar.

— É isso, então? É por isso que estou aqui? Tenho que esperar mais?

Matilda se inclina para a frente.

— Você está aqui porque agora precisa fazer uma escolha. — Ela estala os dedos e uma bengala doce aparece em sua mão. Um sorriso se insinua em sua boca quando desembrulha o doce. — E é melhor que seja a escolha certa.

Capítulo Trinta e Nove

Harriet

Olho fixamente para a vela na minha janela, a chama tremeluzente refletida no vidro. Um amarelo dourado profundo que queima em laranja, a chama dançante firme e segura.

A vela está queimando desde que a acendi pela primeira vez, semanas atrás — dia e noite —, o último resquício de magia que Nolan deixou para trás. O pavio não se desgastou. A cera não derreteu. Eu vim e fui embora e, mesmo assim, a vela continua acesa. Brilha na minha janela, chamando os marinheiros perdidos para casa, como a mãe de Nolan costumava fazer.

Só que o meu marinheiro não vai voltar para casa.

Esse é o problema, acho. Preciso parar de pensar que o lar de Nolan é comigo. Para começar, este nunca foi o lar dele. Nolan nunca foi meu. Isto foi apenas uma parada antes de algo melhor. Uma lição, talvez, para nós dois.

— É só uma vela — digo a mim mesma. Fecho as mãos nas mangas do meu moletom. — Você não vai se esquecer dele se ela estiver apagada.

Não posso continuar assim. Toda vez que olho para a chama, sinto como se levasse um soco no coração. Sinto saudade dele. Eu o desejo. A vela me faz lembrar de tudo o que perdi. Tudo o que não posso mais ter.

Vou fazer um desejo. Vou fechar meus olhos, apagar a vela e pedir algo. Que nem quando era menina.

Eu me inclino para a frente, respiro fundo e…

Uma batida soa à minha porta, sacudindo as dobradiças. Paro o que estou fazendo, a poucos centímetros da chama. A esperança é uma coisa louca e inconstante. Ela se enrosca em mim, roubando meu fôlego.

Não pode ser.

Não é possível.

Abandono a vela e vou cambaleando até a porta, tropeçando nas decorações de Natal que ainda me recuso a guardar. Minha mão treme. Puxo a maçaneta e…

E me vejo cara a cara com Darryl, meu carteiro sem senso de direção. Ele sorri e dá um passo para trás na minha varanda.

— Uau, Harriet, calma aí. Que recepção.

Eu me encosto no batente e passo a mão, trêmula, pela testa. Disse a mim mesma para parar de fazer pedidos impossíveis para as estrelas, mas, assim que tenho uma chance, lá vou eu de novo.

— Oi, Darryl.

— Boa noite, Harry. — Ele ajeita a bolsa no ombro. — Você não está com uma cara muito boa.

Assinto. Esse é o problema da esperança. Ela só leva a um coração partido.

E, como se pode ver, sou especialmente boa em estender meu sofrimento.

— Estou bem. — Deixo a mão cair e tento colocar um sorriso no rosto. — Como posso te ajudar?

O carteiro pega a bolsa e tira uma pequena caixa de papelão.

— Tenho um pacote para você.

Franzo a testa.

— Você tem um pacote para mim às nove e meia da noite?

Ele assente.

— Tenho, sim!

Darryl sacode a caixa de papelão na minha frente, com algo balançando lá dentro. Devem ser a xícara e o pires que comprei porque estava com pena de mim mesma. A que tem um pequeno cupido atirando uma flecha em vez de uma alça. Pego o objeto de suas mãos antes que ele sacuda a porcaria até quebrar em pedacinhos.

— Me confundi hoje cedo, mas não se preocupe. Eu sempre entrego os pacotes no lugar deles.

Isso é *mentira*, mas estou cansada demais para discutir com ele.

— Bem, obrigada por trazer, Darryl. Fico grata.

— Sem problema.

Ele se apoia nos calcanhares, vira-se para sair e hesita. Cruzo os braços e fico na porta, observando-o em meu pequeno caminho de pedra. Atrás dele, a rua está iluminada por lâmpadas que brilham suavemente. As estrelas são um cobertor brilhante no céu.

— Tem certeza de que está bem, Harry? Você parece meio deprimida.

— Estou mesmo — respondo, com uma risada. — Mas vai passar. Acho que me apego demais às coisas. Como é aquele ditado? "Se você ama algo, deixe-o ir?"

Darryl franze a testa.

— Sempre achei esse ditado estúpido.

Dou risada.

— É, eu também. — Nós dois sorrimos. — Eu vou ficar bem.

— Claro que vai. — O carteiro assente uma vez. — Até a próxima.

Dou um pequeno aceno.

— Até mais.

Fecho a porta atrás dele e volto para minha vela. Fico olhando para a chama laranja e dourada, observando como o reflexo faz parecer que há cinquenta velas, todas enfileiradas.

Eu vou ficar bem. Pode levar algum tempo, mas talvez um dia, em breve, eu consiga pensar em Nolan sem desejar um final diferente. Não preciso manter uma vela acesa para me lembrar de todas as coisas boas que ele trouxe para minha vida.

Então, fecho os olhos, penso na forma como sua mão segurava minha nuca e apago a vela.

Uma batida soa à minha porta.

Reviro os olhos.

— Darryl, eu juro por Deus.

Não verifiquei a etiqueta antes de largar o pacote na mesinha de entrada. Ele deve ter entregado a coisa errada na casa errada e quer continuar com seu serviço especial de entrega noturna. Pego a caixa e a coloco embaixo do braço, abrindo a porta.

Só que não é Darryl.

Maxilar forte. Corpo largo. As mãos soltas ao lado do corpo. Ele se aproxima e a luz da árvore que ainda não desmontei atinge seu rosto.

O cabelo é escuro. Levemente encaracolado. Despenteado pelo vento e bagunçado. Nolan sorri para mim da varanda da frente, um pouco inseguro.

— Olá, Harriet.

Deixo cair a caixa.

Ele engole em seco, parecendo nervoso. Passa a mão pelo cabelo em um movimento tão dolorosamente familiar que eu poderia chorar.

— Talvez você não se lembre, mas já nos encontramos antes. Eu...

Não espero que ele termine a frase. Me jogo em cima dele, com os braços em volta de seu pescoço e os joelhos abraçando sua cintura. Nolan me envolve com os braços na mesma hora, puxando-me mais para cima, para seu peito, com uma das mãos enroscada em meu cabelo.

— Eu lembro — digo, com a voz embargada demais, minha boca ocupada dando beijos frenéticos em seu queixo, em sua mandíbula, na pequena cavidade abaixo de sua orelha. — Claro que eu lembro.

— *Caralho* — sussurra ele, enfático, com o rosto em algum lugar no meu cabelo. — Harriet. Meu *Deus*, Harriet. Como eu senti sua falta.

Eu rio e soluço ao mesmo tempo, depois aperto seus antebraços, seus bíceps, seus ombros. Torço o tecido de sua camisa de flanela em meu punho e o seguro com força.

Nolan está *aqui*.

— O que está acontecendo? Você está mesmo aqui? — Pisco com dificuldade, tentando conter as lágrimas. Quero vê-lo direito. Quero ter certeza. — Por que você não seguiu em frente? Alguma coisa deu errado? Eu preciso consertar?

Nolan balança a cabeça e nos leva para dentro de casa. Ele fecha a porta atrás de nós e me abraça com mais força, com o queixo no topo da minha cabeça.

— Estou aqui — afirma ele, e um arrepio percorre minha espinha. Quantas noites adormeci com a fantasia de ouvir exatamente essa frase, sussurrada exatamente dessa forma? — Estou aqui, Harriet. É real.

— Tem certeza? — pergunto, minhas palavras abafadas enquanto soluço.

— *Aye*, tenho certeza.

Nolan se afasta, secando minhas lágrimas com os polegares. Seu sorriso é terno. Seus olhos são calorosos. Ele parece diferente, de alguma forma. Como se enfim tivesse descansado. Como se tivesse encontrado o que estava procurando.

— Não tem nada para você consertar. Eu segui em frente, como eu queria.

Balanço a cabeça.

— Não estou entendendo.

— Me deram uma escolha. Duas portas para atravessar. Uma me levaria a um lugar de descanso e paz. E a outra...

Ele hesita. Analiso seu rosto, investigando com o olhar.

— E a outra? — pergunto.

Um sorriso começa em um dos lados de sua boca e se desenrola devagar até que suas covinhas ganham vida sob a barba. As linhas de expressão de seus olhos se aprofundam.

— E a outra me levaria de volta à mulher que eu amo — completa ele.

Um som quebrado sai de mim. Encosto a testa em seu peito e começo a chorar de verdade.

— Eu não entendo.

Nolan passa as mãos por todo o meu cabelo, com uma risada estrondosa em seu peito enquanto esfrega minhas costas.

— Acho que não precisamos entender. — Ele nos balança para a frente e para trás. — Era você, Harriet. Era você que eu estava esperando. Não era para você me fazer seguir em frente, mas para me manter aqui. Me manter conectado. — Nolan encosta a testa na minha. — Sempre foi você.

Sinto como se estivesse em um sonho. Como se eu fosse acordar de repente na minha cama, sozinha. Quero *tanto* acreditar nele, mas tenho medo.

— Você pode me beijar? — peço, com as bochechas ainda molhadas de lágrimas. Não sei como parar de chorar. — Você pode me beijar para eu saber que isto não é...

Nolan segura meu rosto e puxa minha boca até a sua, beijando-me como se sua vida dependesse disso. E, de certa forma, acho que depende. Ele veio de outra época para me amar, e eu estava esperando para amá-lo de volta. Essa era a origem da dor oca em meu peito.

Nós só tínhamos que nos encontrar.

Suas mãos calejadas se prendem em meu cabelo e o puxam com força enquanto ele se deixa levar, beijando-me com mais intensidade. Lambendo minha boca, empurrando-me para a frente, encurralando-me na parede com um baque.

— Desculpa — murmura contra minha boca quando minha cabeça bate em uma luminária.

Nolan passa a mão em meu cabelo. Distrai-se e o enrola no punho.

— Não se desculpe — sussurro. — Me beija de novo.

Não estou sonhando.

É real.

Nolan voltou para mim.

Ele é *meu*. Alguém que eu posso ter. Alguém com quem eu posso ficar.

Nós nos beijamos até eu ficar tonta. Até eu não saber que horas são ou onde estamos.

Quando finalmente se afasta, seus lábios estão inchados e seus olhos, brilhantes.

— E agora? — pergunto.

Fico na ponta dos pés e dou um beijo em seu queixo. Porque eu posso. Porque nunca pensei que seria capaz de fazer isso outra vez.

Nolan dá um sorriso tão deslumbrante que quase começo a chorar de novo. Ou talvez eu ainda esteja chorando. Não sei.

Ele se inclina para a frente, de modo que as palavras são sussurradas contra minha boca.

— Vou ver você amanhã, Harriet. — Nolan roça um beijo em meu lábio inferior, na depressão do meu queixo, no fim do meu pescoço. Encontra minha mandíbula com a mão e me segura com firmeza. — E no dia seguinte, e no próximo, e no próximo.

Ele pontua cada afirmação com um beijo, sua barba por fazer provocando cócegas em minha pele. Quando se afasta, segura meu rosto entre as mãos, olhando para mim com um desejo terno e doloroso. Uma posse profunda e confiante.

— Vou estar com você em todos os amanhãs que você permitir, e suspeito que depois disso também.

Enrolo as mãos em seus pulsos, segurando-os.

— Tem certeza?

Nolan assente.

— O meu assunto pendente é você, Harriet York. Acho bom se acostumar a me ter por perto.

Ofego.

— Me assombrando?

— Não. — Ele sorri. — Te amando.

Agradecimentos

Obrigada por ler a história de Harriet e Nolan. Sei que é um pouco diferente do que vocês estão acostumados, mas é uma história que está brotando em mim há algum tempo. A ideia de um Espírito do Natal Passado rebelde, enviado para assombrar a mulher errada, surgiu logo depois que escrevi *Um namorado de Natal*, mas eu a guardei em uma gaveta para quando parecesse o momento certo. E parece que o momento certo foi o de uma gravidez de oito meses enquanto um prazo inevitável se abatia sobre mim.

Um amigo me disse certa vez que escrever um livro é como colocar um marcador de página em um capítulo da nossa vida. Muito do que estamos passando se reflete em nosso trabalho como autores. Gosto de pensar que este livro é um reflexo da esperança que senti enquanto gestava meu filho. O grande amor, que enche a alma, que eu já tinha por essa pessoinha que ainda não conhecia. A espera, a observação e a certeza de que tudo estava prestes a mudar para melhor.

Portanto, obrigada por ter escolhido este livro. Espero que ele tenha lhe acrescentado algo de que você precisava. Espero que, se você se sentir como algo perdido e esquecido, perceba o quanto é belo e especial. E que, se você se sentir como se tivesse sido deixado em suspenso, perceba que há beleza nisso também. Que talvez aquilo que você está procurando esteja logo ali na esquina.

No que diz respeito aos livros, gostaria de agradecer à minha agente, Kim Lionetti, que me ouviu divagar sobre espíritos em um restaurante vazio em Nova York, assentiu e me disse para escrever. É incrível ter alguém que acredita em suas ideias antes que você consiga articulá-las, e eu me sinto incrivelmente sortuda por ter Kim ao meu lado.

Obrigada à equipe da Avon, que acolheu este projeto com um entusiasmo inacreditável. Se é maravilhoso ter alguém que acredite em seus projetos antes que eles ganhem vida, é simplesmente mágico ter uma equipe que reaja de maneira tão entusiasmada quando elas estão no papel. Shannon, você moldou esta história de forma tão bela no livro do meu coração. Mal posso esperar para ver o que mais faremos juntas. E DJ, que acreditou em mim desde o que parece ser o início, que alegria absoluta é (enfim) trabalhar com você.

Obrigada a todos que conduziram este livro à sua forma final: os editores, a equipe de marketing, os diagramadores, todas as equipes de publicação estrangeiras e a absolutamente incomparável Brittany Keller, que fez a capa dos meus sonhos. De fato, é preciso uma aldeia (muito talentosa e especializada).

E à minha comunidade. Obrigada à Adri, por sempre me dar o incentivo de que preciso. Obrigada à Annie, por conhecer e amar meu cérebro. Obrigada aos meus amigos escritores, que tornam este trabalho estranho e maravilhoso muito menos solitário. E obrigada a todas as pessoas que já leram, venderam, emprestaram, compartilharam, gritaram ou fizeram algo para meus livros. Essa comunidade de amor é o que torna este trabalho o melhor do mundo. Sou muito, muito grata.

Meu maior e mais sincero agradecimento ao meu marido, por me amar mesmo quando eu me transformo em um troll de prazos, debruçada na minha mesa e gritando sempre que entra na sala. Minha bússola aponta para você de todas as formas.

E aos meus filhos, que ainda acham que a mamãe trabalha em uma livraria. Esperei por vocês a vida inteira.

Espero que você volte para outra visita ao departamento de Assombrações e Espíritos. Ouvi um boato de que há uma ceifadora à solta.

Este livro foi impresso pela Vozes, em 2025, para a Harlequin.
O papel do miolo é Avena 70g/m^2 e o da capa é Cartão 250g/m^2.